MW01568097

अपराध लेखन के शहनशाह का नया शाहकार

मुझसे बुरा कौन

सुरेन्द्र मोहन पाठक को हिन्दी का सर्वश्रेष्ठ मिस्ट्री राइटर माना गया है। अब तक उनके लगभग तीन सौ उपन्यास प्रकाशित हो चुके हैं। सन 1959 में उनकी पहली रहस्यकथा 'सत्तावन साल पुराना आदमी' *मनोहर कहानियाँ* में प्रकाशित हुई थी, तदोपरान्त उनकी कई कहानियाँ विभिन्न पत्रिकाओं में प्रकाशित हुईं। सन 1963 में उनका पहला जासूसी उपन्यास *पुराने गुनाह नये गुनहगार* प्रकाशित हुआ। उसके बाद से अब तक उन्होंने पीछे मुड़कर नहीं देखा। *पैंसठ लाख की डकैती*, *मीना मर्डर केस*, *हारजीत*, *कागज की नाव*, *कोलाबा कांस्पीरेसी* उनके बहुत प्रसिद्ध उपन्यास हैं और *'विमल सीरीज़'* सर्वाधिक लोकप्रिय सीरीज़ है जिसमें उन्होंने 42 उपन्यास लिखे हैं। इसके अतिरिक्त उन्होंने जेम्स हेडली चेज़ और मारियो पूज़ो के उपन्यासों का हिन्दी में अनुवाद किया और साथ-साथ इण्डियन टेलिफोन इण्डस्ट्रीज, नई दिल्ली की फुल टाइम सरकारी नौकरी भी की।

उन पर अन्य जानकारी के लिए www.smpathak.com पर लॉग ऑन करें और उनसे smpmysterywriter@gmail.com पर सम्पर्क किया जा सकता है।

अपराध लेखन के शहनशाह का नया शाहकार

मुझसे बुरा कौन

सुरेन्द्र मोहन पाठक

हार्पर
हिन्दी

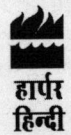

हार्पर हिन्दी
(हार्परकॉलिंस पब्लिशर्स इंडिया) द्वारा 2016 में प्रकाशित

कॉपीराइट लेखक © सुरेन्द्र मोहन पाठक 2016

हार्पर हिन्दी हार्परकॉलिंस पब्लिशर्स इंडिया का हिन्दी सम्भाग है
हार्पर कॉलिंस *पब्लिशर्स*
ए-75, सेक्टर-57, नौएडा — 201301, उत्तर प्रदेश, भारत
1 लंदन ब्रिज स्ट्रीट, लंदन, एसई1 9 जीएफ, यूनाइटेड किंगडम
हैज़ेल्टन लेन्स, 55 एवेन्यू रोड, सुईट 2900, टोरॉन्टो, ऑन्टैरियो एम5आर 3एल2
तथा 1995 मरखम रोड, स्कैरबारो, ऑन्टैरियो एम1बी 5एम8, कनाडा
25 राइडी रोड, पिम्बल, सिडनी, एनएसडब्ल्यू 2073, ऑस्ट्रेलिया
195 ब्रॉडवे, न्यू यॉर्क एनवाई 10007, यूएसए

P-ISBN : 9789351777229
E-ISBN : 9789351777236

टाइपसेटिंग : निओ साफ़्टवेयर कन्सलटैंट्स, इलाहाबाद

मुद्रक : माइक्रो प्रिंट इण्डिया, नई दिल्ली

यह पुस्तक इस शर्त पर विक्रय की जा रही है कि प्रकाशक की लिखित पूर्वानुमति के बिना इसे व्यावसायिक अथवा अन्य किसी भी रूप में उपयोग नहीं किया जा सकता। इसे पुन: प्रकाशित कर बेचा या किराए पर नहीं दिया जा सकता तथा जिल्दबंध या खुले किसी अन्य रूप में पाठकों के मध्य इसका परिचालन नहीं किया जा सकता। ये सभी शर्तें पुस्तक के खरीदार पर भी लागू होती हैं। इस सन्दर्भ में सभी प्रकाशनाधिकार सुरक्षित हैं। इस पुस्तक का आँशिक रूप में पुन: प्रकाशन या पुन: प्रकाशनार्थ अपने रिकॉर्ड में सुरक्षित रखने, इसे पुन: प्रस्तुत करने के प्रति अपनाने, इसका अनुदित रूप तैयार करने अथवा इलैक्ट्रॉनिक, मैकेनिकल, फोटोकॉपी तथा रिकॉर्डिंग आदि किसी भी पद्धति से इसका उपयोग करने हेतु समस्त प्रकाशनाधिकार रखने वाले अधिकारी तथा पुस्तक के प्रकाशक की पूर्वानुमति लेना अनिवार्य है।

लेखकीय

मेरा नवीनतम उपन्यास 'मुझसे बुरा कौन' आपके हाथों में है। क्रॉनोलॉजिकल रिकार्ड के लिये उद्धृत है कि प्रस्तुत उपन्यास मेरी ;अब तक पुस्तकाकार में प्रकाशित रचनाओं में 293वां है और जीतसिंह सीरीज में नौवां है। इस सीरीज का पिछला प्रकाशित उपन्यास 'गोवा गलाटा' था जो कि हार्पर कालिंस से ही पिछले साल फरवरी में प्रकाशित हुआ था। इस लिहाज से जीतसिंह कदरन जल्दी पाठकों की अदालत में हाजिर है जो कि पाठकों की अपेक्षाओं के, बल्कि माँग के, अनुरूप है। उपन्यास मैंने बहुत मनोयोग से लिखा है और जीतसिंह की 'जीता जो कुछ नहीं जीता' वाली छवि मैंने इसमें भी बरकरार रखी है हालांकि जीतसिंह को ऐसा ही चित्रित करते रहना मुझे उसके साथ ज्यादती लगने लगा है। अब वो स्थापित और प्रशंसित सीरीयल हीरो है, इसलिये वक्त की जरूरत ये जान पड़ती है कि आइन्दा उसकी छवि को भी लांड्री में धुलने के लिये भेजा जाये और उसे कल्फ लगा के, प्रैस कर के, प्रेजेंटेबल बना कर पेश किया जाये।

उपरोक्त सन्दर्भ में मैं अपने सुबुद्ध पाठकों की अमूल्य राय आमन्त्रित करता हूं। प्रार्थना करता हूं कि वो मुझे किसी भी माध्यम से अवगत करायें कि आइन्दा वो जीतसिंह के किरदार को किस रंग में देखना पसन्द करेंगे — उसके पूर्वस्थापित रंग में या वैसी तब्दीली के साथ जिसका हिन्ट मैंने ऊपर दिया। पाठकों की राय को मैंने हमेशा तरजीह दी है इसलिये उम्मीद करता हूं कि इस सन्दर्भ में भी आप मुझे उससे वंचित नहीं रखेंगे।

जीतसिंह के प्रस्तुत नये उपन्यास के सन्दर्भ में मैं एक और बात अपने पाठकों की जानकारी में लाना चाहता हूं जो कि दिलचस्पी से खाली नहीं।

जीतसिंह के पिछले उपन्यास की स्क्रिप्ट जब मैंने हार्पर कालिंस के हवाले की थी तो मैंने उपन्यास के पांच नाम सुझाये थे जिनमें दो नाम 'गोवा गलाटा' और 'मुझसे बुरा कौन' भी थे। जो नाम चुना गया, वो 'गोवा गलाटा' था क्योंकि वो पूर्व प्रकाशित उपन्यास 'कोलाबा कांस्पीरेसी' से ताल बिठाता

जान पड़ता था लिहाजा मैंने पाठकों को खबर करना शुरू कर दिया कि प्रकाशनाधीन आगामी उपन्यास का नाम 'गोवा गलाटा' था।

फिर एक रोज मुझे सम्पादक महोदया का फोन आया कि उनकी सेल्स टीम की राय में सेल्स के लिहाज से 'मुझसे बुरा कौन' नाम ज्यादा दमदार लगता था लिहाजा उपन्यास का नाम वो रखा जाना चाहिये था। मैंने इस आधार पर सख्त ऐतराज जताया कि 'गोवा गलाटा' नाम पाठकों की जानकारी में जा चुका था, पसन्द किया जा चुका था इसलिये अब नाम तब्दील करना गलत था, नाजायज था। मेरे ऐतराज से प्रकाशक को इत्तफाक हुआ और नतीजतन 'गोवा गलाटा' नाम ही बरकरार रहा।

अब कहना न होगा प्रस्तुत उपन्यास को लिखते वक्त मुझे नाम के चयन की कोई दिक्कत—जो अक्सर होती थी—न हुई क्योंकि प्रकाशक का, उसकी सेल्स टीम का पसन्दीदा नाम तो पहले से ही तैयार था जोकि 'गोवा गलाटा' का नहीं रखा जा सका था।

लिहाजा प्रस्तुत उपन्यास का फाइनल, स्वीकार्य, नाम 'मुझसे बुरा कौन'।

यहां अब ये विडम्बना देखिये कि जो नाम लेखक और प्रकाशक दोनों की सम्मति से पास था, माकूल था, उसको मेरे हितचिन्तक, करीबी, पाठक—दोस्तों जैसे पाठक—नकारने लग गये; बोले, नाम 'कोलाबा कांस्पीरेसी', 'गोवा गलाटा' जैसा, उसी तर्ज और मिजाज का होना चाहिये था जैसा मैं चाहकर भी गढ़ न सका।

अब आप ही फैसला करेंगे कि 'मुझसे बुरा कौन' प्रस्तुत उपन्यास के लिये मौजूं नाम है या नहीं! वैसे शेक्सपियर को याद करें तो—नाम में क्या रखा है!

यहां इस बात का जिक्र अनुचित न होगा कि इस नाम की सार्थकता स्थापित करने के लिये मैंने बड़े यत्न से उपन्यास के मिजाज का बखान करती वो चन्द सतरें बनायीं जो कि आपने टाइटल की बैक में छपी देखीं।

उपन्यास कैसा बन पड़ा है, इसका फैसला हमेशा की तरह आपने ही करना है। इसके प्रति आपकी अमूल्य, निष्पक्ष, निर्भीक राय की मुझे प्रतीक्षा रहेगी। राय कैसी भी हो, मेरे सिर माथे होगी इसलिये बेहिचक लिखें, ये जान के लिखें कि आपकी राय की आपके लेखक के लिये बहुत अहमियत है, उसी से उसने फैसला करना होता है कि आइन्दा उसने क्या लिखना है और क्या लिखने से परहेज करना है। ताकीद है कि मैंने मैजोरिटी के साथ चलना

है। अगर मैजोरिटी कहती है कि उपन्यास बढ़िया है तो यकीनन बढ़िया है; अगर मैजोरिटी कहती है कि उपन्यास किसी काम का नहीं तो भले ही अपनी निगाह में मैंने कोई बड़ा कमाल ही क्यों न कर दिखाया हो, वो जरूर खामियों से भरपूर है जिससे मुझे इबरत हासिल करना है और आइन्दा बेहतर लिखकर दिखाना है।

कारोबारी लेखन ऐसे ही चलता है जो स्वान्तः सुखाय होने की जगह जनता सुखाय होता है—होना ही चाहिये। हलवाई ने जिनके लिये मिठाई बनाई जब वो उन्हें ही बद्‌मजा लगी तो हलवाई के कारोबारी मिशन को फेल ही तो माना जायेगा क्योंकि मिठाई कोई अपने लिये तो बनाता नहीं!

□

मैं बड़े हर्ष के साथ सूचित करता हूं कि मेरे पूर्वप्रकाशित उपन्यास 'क्रिस्टल लॉज' को 'गोवा गलाटा' से भी ज्यादा वाहवाही हासिल हुई है और ये लेखकीय लिखने के वक्त तक मुतवातर हासिल हो रही है। ये मेरे लिये बहुत सुखद आश्चर्य है, बहुत हौसला अफजाह बात है, कि अब तक हर बार ऐसा हुआ कि हार्पर कालिंस से जो भी नया उपन्यास छपा, वो वहीं से छपे मेरे पिछले उपन्यास से ज्यादा सराहा गया। 'गोवा गलाटा' की पाठकों द्वारा की गयी सराहना से मैं गद्‌गद् था तो अब 'क्रिस्टल लॉज' की चौतरफा प्रशंसा से चमत्कृत हूं। जब कि ये वही उपन्यास है जिसे तीन साल मुझे अपने पास रखना पडा था क्योंकि मेरे एक अन्य, मिजाज के राजा, प्रकाशक को मुकेश माथुर का उपन्यास छापना कबूल नहीं हुआ था। सोचता हूं कि अब क्या उससे छुपा होगा कि उसने क्या खोया था।

इतने प्रसिद्धि प्राप्त उपन्यास में आपके लेखक से फिर दो चूक हुईं जिनका जिक्र यहां जरूरी है।

एक ये कि सुरभि के पिता बाबूराव शिन्दे ने अपने स्कूटर पर इन्स्पेक्टर अशोक सावन्त को लिफ्ट दी थी, न कि एडवोकेट मुकेश माथुर को जैसा कि उपन्यास के पेज नम्बर 350 पर दर्ज है।

ये एक स्थूल चूक थी जो कि लगभग हर पाठक के नोटिस में आयी और जिसे चाहता तो प्रूफ रीडर ही सुधार सकता था लेकिन ये कहकर लेखक—वो कबूल करता है—अपने से हुई कोताही की जिम्मेदारी से नहीं बच सकता।

दूसरी चूक विकट है जोकि तकरीबन पाठकों की पकड़ में न आयी, सच पूछें तो केवल दो पाठकों ने मेरा ध्यानाकर्षण उस चूक की ओर किया जो कई बार स्क्रिप्ट और प्रूफ पढ़े होने के बाद भी मेरी तवज्जो में न आयी। वो गम्भीर

चूक ये है कि जब जीटाप्लैक्स की अतिरिक्त गोलियां, जो कमलेश दीक्षित ने काफी के मग में डाली थीं, काफी की परत के नीचे छुप गयी थीं (पृष्ठ 335) तो वो अटवाल को सहज ही कैसे नजर आ गयीं (पृष्ठ 368)।

मेरा अपने उन पाठकों को साधुवाद जो लेखक से कहीं ज्यादा सतर्क और जागरूक हैं।

'क्रिस्टल लॉज' के प्रति कुछ चुनिन्दा राय—कुछ ही, क्योंकि स्थानाभाव के कारण तमाम की तमाम का इस लेखकीय में समावेश नहीं किया जा सकता—यहां उद्धृत हैं :

☐ गाजियाबाद के मुबारक अली ने 'क्रिस्टल लॉज' रात तीन बजे तक एक ही बैठक में पढ़ा जबकि अगला दिन वर्किंग डे था और वो बकौल खुद अगले दिन आफिस में निरन्तर जमहाईयां लेते रहे। रात के तीन बज जाने के बावजूद उन्होंने उपन्यास के कुछ हिस्से तभी दोबारा पढ़े। उन्होंने उपन्यास को शानदार, जबरदस्त, जिन्दाबाद (!) करार दिया जिसमें शानदार कोर्ट रूम ड्रामा एक बड़े ही लम्बे अरसे बाद उन्हें पढ़ना नसीब हुआ। उन्होंने मुझे राय दी कि मैं 'कोर्ट रूम ड्रामा' अब नियमित अन्तराल से लिखा करूं।

बंगलिंग एडवोकेट मुकेश माथुर उन्हें उपन्यास में पूरे जलाल पर लगा, जब भी उसकी बड़े आनन्द साहब से मुठभेड़ हुई, एक यादगार सीन बन गयी, खासतौर से तब जब मुकेश माथुर आनन्द साहब को कहता है—'इतना बड़ा पाखण्डी कोई आप जैसा बड़ा आदमी ही हो सकता है'।

उन्होंने एक सुपरहिट जासूसी उपन्यास के लिये जरूरी सारे तत्व 'क्रिस्टल लॉज' में भरपूर मात्रा में मौजूद पाये। उपन्यास में न सिर्फ भरपूर मनोरंजन किया बल्कि उसके जरिये जेहनी सकून भी हासिल किया। बकौल उसके, सत्य का दीपक कभी न बुझने वाली बात का जब जब भी जिक्र आया, तब तब सत्य में गाहे बगाहे विचलित हो जाने वाली आस्था फिर से जमने लगी। उन्होंने खुद को खुशकिस्मत जाना कि बिना कोई मॉरल साइन्स की क्लास अटेंड किये हमें जीने के लिये जरूरी, बेहद जरूरी, मूल्यों की अहमियत आपकी लिखी किताबों से घर बैठे पता चल जाती है, न सिर्फ पता चलती है, बल्कि उन पर अमल करने की इच्छा मन में बलवती होने लगती है'।

□ नागौर के डाक्टर राजेश पराशर की निगाह में 'क्रिस्टल लॉज' हिन्दी में शायद ऐसा पहला उपन्यास है जो कि पूरे का पूरा ही कोर्ट रूम ड्रामा पर आधारित है। 'क्रिस्टल लॉज' के कोर्ट रूम सीन्ज पढ़ कर उन्होंने मेरे से सवाल किया है कि मैं लेखक हूं या वकील! उन्हें कोर्ट रूम की बहस से रोचक, प्वायन्ट टु प्वायन्ट सारगर्भित लगी तथा डिडक्टिव रीजनिंग अव्वल दर्जे की लगी।

बकौल उनके, अगर मेरे द्वारा बताये तरीके से मुलजिम से बहस हो और अनुसन्धान हो तो सिर्फ दस फीसदी केसों में ही पुलिस को थर्ड डिग्री का इस्तेमाल करना पड़े—ऐन वैसे ही जैसे अगर मरीज से गहन पूछताछ की जाये तो क्लीनिक परीक्षा, डाक्टर परीक्षा खुद अपने हाथों से करे तो सिर्फ दस फीसदी केसों में ही पैथोलोजिकल लैब की जांच की जरूरत पड़े। लेकिन, उन्होंने खेद प्रकट किया, हकीकतन ऐसा नहीं होता; क्या पुलिस, क्या डाक्टर, सभी नाहक फालतू टैस्ट करते हैं या थर्ड डिग्री आजमाते हैं। नतीजतन यूं राजी किया मुजरिम अदालत में मुकर जाता है और टैस्ट अक्सर गलत हो जाते हैं।

'माइनस' के खाते में उन्हें 'क्रिस्टल लॉज' की कहानी 'वहशी' जैसी जटिल न लगी, सस्पैक्ट्स ज्यादा जान पड़े इसलिये किसी पर भी तीखा फोकस न बन पाया। जमा, उन्हें उपन्यास में पृष्ठ कम लगे (376, कम लगे!)

सामूहिक रूप से डाक्टर साहब ने 'क्रिस्टल लॉज' को पूरे नम्बरों से पास किया।

□ नवी मुम्बई की डाक्टर सबा खान ने 'क्रिस्टल लॉज' को बाकमाल अफसानानिगारी और किस्सागोई का दर्जा दिया और आपके खादिम की हौसलाअफजाई के लिये क्या खूब फरमाया कि 'क्रिस्टल लॉज' को पढ़ कर अगर कोई मीन मेख निकाले तो वो या तो खुद को दूसरी दुनिया से आया बन्दा समझता है या फिर उसे जासूसी उपन्यास पढ़ना छोड़ देना चाहिये। आनन्द साहब के भतीजे का बरी हो जाना उनके दिल को दुखी कर गया, सुरभि शिन्दे ने दिल को छुआ और मुकेश माथुर तो 'बस, छा गया इस बार'। पूरे नावल के दौरान उन्हें यही लगता रहा कि कि वो खुद ही कोर्ट में बैठी हैं और उनकी आंखों के सामने सारे विजुअल्स चल रहे हैं।

अन्त में उन्होंने फरमाया कि अगर मेरे 'आल टाइम बैस्ट ट्वेन्टी' नावल्स की फेहरिस्त बनाई जाये तो मेरे बहुत से नावल्स को 'क्रिस्टल लॉज' से कड़ा मुकाबला करना होगा।

☐ दिल्ली के कुलभूषण चौहान को 'क्रिस्टल लॉज' को शानदार, जबरदस्त, धांसू, तेज रफ्तार और एक ही बैठक में पठनीय लगा। मुकेश माथुर और बड़े आनन्द साहब के बीच हुए डायलॉग उन्होंने खूब खूब एनजाय किये। कोर्ट रूम ड्रामा पढ़ के तो बस मुंह से 'वाह! वाह!' ही निकली। जो कमी उन्हें खली, वो ये थी कि जज द्वारा फैसला सुनाये जाने के वक्त बड़े आनन्द साहब कोर्ट रूम में नहीं थे वर्ना उनकी प्रतिक्रिया को जान कर उनके चेहरे के भावों के बारे में पढ़ कर और मजा आता। दूसरे उन्हें कोर्ट में इंगलिश के संवादों का कदरन ज्यादा प्रयोग काफी खला जबकि ऐसे लम्बे लम्बे सम्वादों का हिन्दी अनुवाद भी उपलब्ध न था।

'कोर्ट प्रयास करे कि कोई भी सत्य का दीप बुझे न बुझाये।'

ये पंक्ति चौहान साहब को चेतना को झिंझोड़ने वाली लगी, वो इससे इतने प्रभावित हैं कि वो इसे अक्सर अपने मित्रों, परिचितों में दोहराते रहते हैं।

☐ नीरज झा चौदह साल की उम्र से मेरे पाठक हैं और बकौल उनके मेरा कोई भी उपन्यास पढ़ के उन्हें कभी नाउम्मीदी न हुई इसलिये 'क्रिस्टल लॉज' भी उन्हें खूब पसन्द आया। उन्होंने इसे 'जैम आफ ए नावल', 'ब्रैथ टेकिंग' जैसे विशेषणों से नवाजा और उसमें और भी वो सब खूबियां पायीं जिनकी वो मेरे उपन्यास में अपेक्षा करते हैं। उन्होंने उपन्यास के सस्पेंस को नाकाबिलेबर्दाश्त लिखा, अन्दाजेबयां को सन्तुलित बताया और उपन्यास रवानगी को सुपरसॉनिक स्पीड का दर्जा दिया। उन्हें उपन्यास में स्मार्ट टॉक के खाते में वो खूबियां दिखाई दीं जिन्हें वो पहले केवल सुनील सीरीज के उपन्यासों में पाया करते थे। कोर्ट रूम ड्रामा को उन्होंने हाई वोल्टेज ड्रामा करार दिया और आखिर में उसे ऐसी मास्टर जादूगरी बताया जिसे कोई जादूगर ही अंजाम दे सकता था।

☐ पराग डिमरी को 'क्रिस्टल लॉज' के मोह जाल ने ऐसा जकड़ा कि उन्होंने कई जरूरी कामों को मुल्तवी कर के, नजरअन्दाज कर के उसे एक ही बैठक में पढ़ा और इस जिद के तहत अगला सारा

दिन उनकी आंखें दुखती रहीं। इस सिलसिले में उन्हें बीवी की नाराजगी भी झेलनी पड़ी लेकिन उन्हें हर प्राब्लम मंजूर हुई क्योंकि उपन्यास उनकी उम्मीदों पर पूरी तरह से खरा उतरा। उन्होंने मेरी भाषा शैली को मेरा ब्रह्मास्त्र बताया जो कि प्रस्तुत उपन्यास में पूरी खूबी, पूरी बानगी से चला।

बकौल उनके उपन्यास में शुरुआत में ही लेखनी पांचवें गियर में थी, आगे न्यूट्रल कभी आया ही नहीं और ड्राइव भी ऐसी मानो यमुना एक्सप्रेस वे पर सफर जारी हो।

☐ शाहदरा, दिल्ली के नारायण सिंह को 'क्रिस्टल लॉज' के कोर्ट सीन खूब पसन्द आये, एक लम्बे अन्तराल के बाद मुकेश माथुर से मुलाकात तसल्लीबख्श लगी और उपन्यास की शुरुआत का प्रसंग उन्हें सबसे अधिक 'रोचक और दमदार' लगा। बड़े आनन्द साहब का सैशन कोर्ट में खुद पेश होना उन्हें रोमांच से भर गया और कमला सारंगी की गवाही का प्रसंग उन्हें सबसे ज्यादा प्रभावशाली लगा। उपन्यास के अन्त के करीब के ऐंटी क्लाइमैक्स को उन्होंने 'पिक्चर अभी बाकी है, दोस्त' का दर्जा दिया। आखिर में उन्होंने फिर उपन्यास को बेजोड़, लाजवाब, शानदार, दिल को छूने वाला जैसे अलंकरणों से नवाजा।

☐ मेरी प्रबल आलोचक मेरी अपनी सुपुत्री रीमा पाठक है जोकि बैंक में उच्चाधिकारी है और, अगर आप भूले न हों तो, मेरे विमल के नये उपन्यास 'जो लरे दीन के हेत' को 'ढ़ोढ़ा'—ऐसी मिठाई जो अन्य मिठाइयों के बचत खुचत से बनती है—करार दिया था लेकिन गनीमत है, मेरी खुशकिस्मती है, मेरी मेहनत का फल है कि 'क्रिस्टल लॉज' को उसने 'काजू कतली' का दर्जा दिया जो कि, आप जानते ही हैं कि, बहुत कीमती, बहुत सुपीरियर मिठाई होती है। उसने 'क्रिस्टल लॉज' को अपने पत्र में, जो कि इंगलिश में था, 'एक्सीलेंट', 'फास्टपेस्ड', 'अनपुटडाउनेबल' करार दिया और कहानी को सुपर्ब बताया जोकि अपनी रफ्तार में एक बार भी पटरी से न उतरी। कोर्ट रूम ड्रामा उसे 'वैरी वेल रिटन' लगा और ऐसा अहसास हुआ जैसे कि वो कोई हालीवुड की फिल्म देख रही थी। मुकेश माथुर और बड़े आनन्द साहब की कोर्ट में भिड़न्त उसे 'माइन्ड ब्लोइंग' लगी। उपन्यास की शुरुआत के, 'अदरी-बदरी' वाले बीस पच्चीस पेज तो ऐन 'वाह वाह' लगे। ये आधे से पहले भांप चुकने के बावजूद कि कातिल कौन था उससे उपन्यास को

बीच में न छोड़ा गया और उसने उसे अविकल एक ही बैठक में पढ़ा। तमाम के तमाम किरदार उसे वास्तविकता के करीब और अपने आस पास ही कहीं विचरते लगे।

अन्त में 'नालायक' पुत्री ने लिखा :

"गॉड ब्लैस यू विद मोर थॉट्स एण्ड प्लाट्स फार युअर ग्रेट राइटिंग।"

☐ दिल्ली के हसन अलमास महबूब ने रात को कमरा बन्द करके, मोबाइल ऑफ करके, सिग्रेट फूंकते सुबह चार बजे तक चली एक ही सिटिंग में 'क्रिस्टल लॉज' पढ़ा और बकौल उनके, ऐसा मजा आया जिसे कि वो बयान नहीं कर सकते। कोर्ट सीन उन्हें खास तौर से पसन्द आये। प्लॉट उन्हें बहुत चुस्त दुरुस्त लगा जिसमें कहीं कोई लूप होल नहीं था और हर प्वायन्ट को मुकम्मल तौर से एक्सप्लेन किया गया था। उन्होंने उपन्यास को 'मीना मर्डर केस' के समकक्ष रखा।

☐ आनन्द पाण्डेय ने एक परिगणक की तरह 'क्रिस्टल लॉज' सम्बन्धी अपनी राय को दस सब-हैड्स में—मिस्ट्री, थ्रिल, सस्पेंस, स्टोरीलाइन, ड्रामा, लैंग्वेज और स्टाइल, डायलॉग्स, हार्डवेयर, साइज, कैरेक्टराइजेशन—बांटा और सबका एक से दस तक के स्केल पर अलग अलग मूल्यांकन करने के बाद उपन्यास को सौ में से इक्यासी नम्बरों से पास किया। सबसे कम नम्बर उन्होंने आपके लेखक को मिस्ट्री में—दस में से चार—और सबसे अधिक—दस में से दस—लैंग्वेज और स्टाइल, डायलॉग्स और हार्डवेयर को दिये। यानी उन्हें कथ्य की रवानगी और शब्द चयन सुपर्ब लगा, डायलॉग्स उपन्यास की खास खूबी लगे, विशेष सराहना उन्होंने मुकेश माथुर और बड़े आनन्द साहब के बीच हुए डायलॉग्स की की और कवर डिजाइन और प्रिंटिंग वगैरह को एक्सीलेंट बताया।

☐ मांडूवाला, देहरादून के नवल किशोर डंगवाल को 'क्रिस्टल लॉज' बेहतरीन मर्डर मिस्ट्री लगा और ये सिलसिला खासतौर से पसन्द आया कि केस को किसी दक्ष पीडी ने या पुलिस अधिकारी ने नहीं, एक गावदी वकील ने अपना दिमाग इस्तेमाल करके हल किया। बड़े आनन्द साहब का और मुकेश माथुर का शुरुआती वार्तालाप उन्हें खासतौर से पसन्द आया जिससे उन्होंने जाना कि कैसे मर्यादा में रह कर भी एक दूसरे पर तीखे तंज कसे जा सकते हैं। धर्मेश उमाठे की गवाही

उन्हें मनोरंजक लगी और ये बात परम संतोषजनक लगी कि मकतूल अभयसिंह राजपुरिया ड्रग सप्लायर या वूमेनाइजर न निकला।

□ विकी लहंगीर को 'क्रिस्टल लॉज' बहुत बहुत पसन्द आया। उन्हें सुनील के बाद मुकेश माथुर पसन्दीदा किरदार लगा और इन्डीपेंडेंट लायर के रूप में अपने नये जोशोजूनून के साथ उन्हें खूब खूब पसन्द आया और उम्मीद जाहिर की कि आइन्दा उनकी मुकेश माथुर से जल्दी मुलाकात होगी, सात साल के अन्तराल से तो हरगिज न होगी। बतौर कोर्ट रूम ड्रामा उन्होंने उपन्यास को मील का पत्थर करार दिया।

उन्होंने ये भी प्रबल इच्छा जाहिर की कि मुकेश माथुर नकुल बिहारी आनन्द के गुनहगार भतीजे का केस रीओपन करवाये, उसकी बड़े आनन्द साहब से इस सिलसिले में कोर्ट में सीधी भिड़न्त हो और भतीजा सजा पाये।

□ देहरादून के नरेन्द्र सिंह कोहली ने 'क्रिस्टल लॉज' को जादुई अहसास जगाने वाले उपन्यास का दर्जा दिया और उसे मेरी सशक्त कलम की बड़ी उपलब्धि करार दिया। मुकेश माथुर ने फील्ड वर्क में जो मेहनत की उसने कोहली साहब को खासतौर से मुतमईन किया और सुनील की याद ताजा की। बकौल उनके कोर्ट रूम, प्रोसीडिंग्स को वो 'हजम न कर सके', जोकि उन्हें 'बोरिंग लगीं', 'जिनको फील्ड इनवैस्टीगेशन पर तरजीह नहीं दी जानी चाहिये थी'।

□ ज्ञानेन्द्र गदरे को 'क्रिस्टल लॉज' में जो बात सबसे ज्यादा पसन्द आयी, वो ये थी कि कथानक को कोर्ट रूम ड्रामा के तौर पर पेश किया गया था। मुकेश माथुर का बड़े आनन्द साहब से कोर्ट में मुकाबला उन्हें डेविड एण्ड गोलियाथ सरीखा लगा। कुछ बातों से उन्हें नाइत्तफाकी हुई लेकिन वो उन्हें ऐसी न लगी जो कि कहानी की रफ्तार या गुणवत्ता में बाधा बन सकतीं। उन्हें कोर्ट रूम ड्रामा ने ही नहीं, उपन्यास में निहित मर्डर मिस्ट्री ने भी प्रभावित किया।

□ चण्डीगढ़ के गुरप्रीतसिंह ने 'क्रिस्टल लॉज' को सुपर-सुपरलेटिव डिग्री में पहुंचा दिया, यानी उपन्यास को बेहतरीन नहीं 'बेहतरीनेस्ट' करार दिया। उन्होंने उपन्यास को मुकेश माथुर का नहीं एस. एम. पाठक का जलाल करार दिया, अदांजेबयां को कमाल बताया। लेखक दिवाकर चौधरी के किरदार में उन्हें मेरा अक्स दिखाई

दिया। अलबत्ता लाल बजरी से उठी धूल का कमलेश दीक्षित की पतलून के पाहुंचों में मिलना उन्हें हज्म न हुआ।

☐ मुक्तसर, पंजाब के सागर खत्री कहते हैं कि उन्होंने 'क्रिस्टल लॉज' को इसलिये तीन दिन में पढ़कर खत्म किया क्योंकि उन्हें लगा जैसे बरसों बाद किसी भूखे को उसका मनपसन्द भोजन मिला था जिसको उसका स्वाद ले लेकर खाना अनिवार्य था। कोर्ट रूम ड्रामा के वो घोर प्रशंसक हैं इसलिये पढ़ते वक्त उनको लगा जैसे कि वो उपन्यास मैंने खास तौर से उनके लिये ही लिखा था। हर क्षण उन्हें लगा कि मुकेश माथुर जहां भी गया, उसके साथ वो भी थे। माथुर – बड़े आनन्द साहब टकराव तो उन्हें ऐसा लगा जैसे वो उन्हें किसी और ही दुनिया में ले गया हो। मकतूल राजपुरिया बतौर जिन्दा किरदार कहीं नहीं था, फिर भी वो उन्हें सारे उपन्यास पर छाया लगा।

☐ सिकन्दराबाद के संदीप शुक्ला का कहना है कि वैसे तो 'क्रिस्टल लॉज' मर्डर मिस्ट्री है पर इसे याद किया जायेगा मुकेश माथुर और बड़े आनन्द साहब की व्यक्तिगत नोक-झोंक और कोर्ट रूम की बहसबाजी की वजह से। उच्चस्तरीय, परिपक्व माथुर-आनन्द वार्तालाप की उन्होंने भूरि-भूरि प्रशंसा की। अलबत्ता महिमा सिंह की इज्जत से खिलवाड़ ने उनके मन को दुखी किया। उनके अनुसार लेखक को 'रेप' की जगह 'मोलेस्टेशन' लिखना चाहिये था।

☐ मुकेश माथुर गोन्दिया के शरद कुमार दुबे का कभी पसन्दीदा पात्र नहीं बन सका था, लिहाजा उन्होंने बेमन से 'क्रिस्टल लॉज' पढ़ना शुरू किया और जब समाप्त किया तो मुकेश माथुर से तमाम गिले शिकवे भूल गये। उपन्यास को उन्होंने बेजोड़ बताया और मुझे हजारों बधाईयों से नवाजा। सुरभि शिन्दे ने और कोर्ट सीन्स ने उनका मन मोह लिया और अब वो अतिशीघ्र मुकेश माथुर का अगला कारनामा पढ़ने को बेकरार हैं।

☐ जालन्धर के सुभाष कनौजिया ने 'क्रिस्टल लॉज' हार्ड कापी के बाजार में उपलब्ध होने से बहुत पहले 'न्यूज़ हंट' के सौजन्य से उसकी किसी स्कीम के तहत बतौर ई-बुक पांच रुपये में सहज ही प्राप्त करके पढ़ा। लेकिन इस बात की उन्हें वो खुशी न हुई जो वो हमेशा से हार्ड कापी के क्रेज और लगाव के हासिल करते हैं। उनकी निगाह में हार्ड कापी उपलब्ध होने से पहले नये उपन्यास का बतौर ई-बुक

उपलब्ध होना ऐन वैसा है जैसे कि कोई बिग बजट फिल्म सिनेमा रिलीज से पहले टीवी पर दिखाई जाये।

'क्रिस्टल लॉज' को उन्होंने 'शानदार', 'जानदार', 'जबरदस्त' जैसे अलंकरणों से नवाजा। उपन्यास के डायलॉग्स को उन्होंने विशेष रूप से सराहा। मुकेश माथुर को नये अन्दाज में देखना उन्हें अच्छा लगा। खासतौर से ये बात पसन्द आयी कि वो अभी भी नौसिखिया है और अनुभव लेने के लिये संघर्ष कर रहा है। उन्हें इस बात से हार्दिक संतोष हुआ कि उसका चित्रण मां के पेट से कानून सीखकर आये अभिमन्यु सरीखा न किया गया। उन्हें ये बात भी बहुत अच्छी लगी कि केस हारने के बावजूद बड़े आनन्द साहब के मान सम्मान में कोई कमी आती न दर्शाई गयी।

☐ अभिषेक ओझा को उपन्यास 'शानदार', 'जानदार', 'जबरदस्त', 'जिन्दाबाद' लगा लेकिन हीरो मुकेश माथुर से ज्यादा उन्हें बड़े आनन्द साहब ने प्रभावित किया। उनकी निगाह में बड़े आनन्द साहब पूरे उपन्यास में (!) जलाल पर थे और उनका हर जगह मुकेश माथुर को बिलिटिल करना ओझा साहब को खूब पसन्द आया। ओझा साहब की राय में उपन्यास में सपन सोलंकी को होना ही नहीं चाहिये था। तमाम केस बड़े आनन्द साहब को खुद हैंडल करना चाहिये था।

☐ अन्त में संतोष कुमार—दि ओनली वन—की राय जो कि अनोखी है, अनूठी है, इकलौती है, किसी से नहीं मिलती, इसलिये जिक्र के काबिल है। 'क्रिस्टल लॉज' पढ़ने के बाद वो बड़े अफसोस के साथ फरमाते हैं कि हीरे की तलाश करते पाठकों को मैंने कोयले की खान तक भी नहीं पहुंचने दिया, इस बार मैंने महज अपना नाम भुनाया, काम नहीं, अगर मैंने अपने अगले नावल में 'क्रिस्टल लॉज' के लिये पाठकों की वाहवाही छापी तो इसका मतलब सिर्फ ये होगा कि सारी वाहवाही पाठकगण नहीं, मैं खुद लिखता हूं। नावल की रफ्तार उन्हें स्लो, बोरियतभरी लगी, कहीं कुछ चौंकाने वाला न हुआ और उन्हें सबसे ज्यादा निराश उपन्यास के अन्त ने किया।

अन्त में बतौर सम-अप उन्होंने फरमाया कि अब बतौर लेखक मेरी नीयत में खोट आ गया है।

बहरहाल विद्वान, बुद्धिमान, चतुर सुजान संतोष कुमार की राय कैसी भी है मेरे सिर माथे। उनकी जानकारी के लिये ये कहना जरूरी है

कि अगर मैं उनकी 'अमूल्य' राय से इत्तफाक जाहिर करूं तो दुनिया में ऐसी राय की राह के राही दो ही शख्स होंगे :

एक मैं और दूसरे संतोष कुमार।

☐

आजकल भूख, बीमारी, गरीबी, आतंकवाद जैसी लानतों जैसा ही दर्जा मोटापे को प्राप्त है जिसे कि मानवता के लिये गम्भीर खतरा करार दिया गया है। अमेरिका में तो इसे देश की इकानमी के लिये भी खतरा माना है, बचपन के मोटापे को राष्ट्रीय सुरक्षा के लिये खतरा खुद वर्तमान राष्ट्रपति की पत्नी मिशेल ओबामा ने करार दिया है। जापान में बाकायदा कानून बनाया गया है जो कि मोटापे को गैरकानूनी ठहराता है। और भी कई मुल्क हैं जो अपने अपने तरीकों से मोटापे के विरुद्ध जेहाद खड़ा किये हैं। मसलन दुबई में मोटों को पतला होने का सरकारी प्रोत्साहन सोने के ईमान की सूरत में है। वहां रमजान के महीने में हर प्रतियोगी को घटाये गये हर किलोग्राम वजन पर एक ग्राम सोने के इनाम का प्रावधान है। जमा, सबसे ज्यादा वजन घटाकर दिखाने वाले टॉप के तीन प्रतियोगियों को 5545 डालर (3,66,000 रुपये) के सोने के सिक्कों से पुरस्कृत किया जाता है।

यहां ये बात गौरतलब है कि संसार में जिन दस मुल्कों में लोग मोटापे से सबसे ज्यादा ग्रस्त हैं, उनमें से एक युनाइटिड अरब एमिरेत है जिसका कि दुबई एक अंग है।

दुबई से प्रेरणा लेकर रूस के प्रांत साइबेरिया ने भी मिलता जुलता कदम उठाया है। ज्ञातव्य है कि साइबेरिया संसार की सबसे ठण्डी जगहों में से एक है जहां कि सर्दियों में तापमान माइनस 71° सेल्सियस तक पहुंच जाता है। वहां हर एक किलो वजन घटाने वाले को राज्य के गर्वनर ने टॉप ग्रेड, हाई कैलोरी कोयला देने का ऐलान किया है जोकि उस बर्फीली जगह की बड़ी जरूरत है। अलबत्ता इनाम में मिला कोयला वजन में कितना होगा, इस बाबत कोई खुलासा नहीं किया गया है।

भारत में 40 और 75 वर्ष के बीच की उम्र के तकरीबन ऐसे स्त्री पुरुष मोटे पाये जाते हैं जिनका घूंट लगाने का और जंक फूड का शौक उम्र के इसी वक्फे के दरम्यान आपे से बाहर हो जाता है और जिन्हें निरंतर अपनी पोशाकों के अगले बड़े साइज तलाश करते रहना पड़ता है। इसके विपरीत जापान में पांच करोड़ लोग कानूनन पतले बने रहने के लिये मजबूर हैं। जापान में माटाबो (MATABO) नामक कानून के तहत 40 और 75 के बीच की उम्र के तमाम

नागरिकों के वजन को सालाना मानीटर किया जाता है और मर्द की कमर का नाप 35.5 इंच से ऊपर और औरत की कमर का नाप 33.5 इंच से ऊपर हो तो इसे खतरे की घन्टी माना जाता है।

इसका क्या मतलब हुआ ?

क्या ये कि तीन फुट कमर वाले स्त्री पुरुष किसी सजा के मुश्तहक होते हैं ?

शुक्र है कि नहीं। अभी वहां कानून इतना सख्त नहीं हुआ लेकिन जो फिर भी परवाह नहीं करते, हैल्प प्रोग्राम्स के जरिये, काउन्सलिंग के जरिये, प्रोत्साहन पुरुस्कारों के मद्देनजर वजन घटाने की कोशिश नहीं करते, उन्हें नेशनल हेल्थ प्रोग्राम में और नागरिकों से ज्यादा पैसा जमा कराना पड़ता है।

देखा जाये तो ये भी एक तरह की सजा ही है लेकिन इसका फायदा ये है कि इस खतरे के तहत सालाना चैकअप की घड़ी आने से पहले पूरा राष्ट्र क्रैश डायटिंग करने लगता है।

फिर वहां प्रतिष्ठित कम्पनियां मोटों को नौकरी पर रखने से परहेज भी तो करती हैं !

कैसी विडम्बना है कि इसी जापान की राष्ट्रीय परम्परा सूमो पहलवान हैं जो वजन बढ़ाने के लिये बेतहाशा खाते हैं। नतीजतन बीस साल की उम्र का कड़क नौजवान सूमो कुश्तीबाज डेढ़ सौ, दो सौ किलो, या इससे भी ज्यादा वजन का आम होता है।

मिसीसिपी, अमेरिका के विधायकगण मेहाल जूनियर, जॉन रीड और बॉबी शोज़ की राय में सरकार द्वारा संचालित भोजनालयों में मोटे मेहमानों का प्रवेश वर्जित होना चाहिये ताकि उन्हें अपने बेकाबू वजन का अहसास हो और वो इस बाबत कोई कारआमद कदम उठायें। विधायक जान रीड ने तो यहां तक कहा कि मोटापा चार सौ किलो के, पांच सौ किलो के, हजार किलो के हाथी की तरह है जो रास्तों पर घूमता फिरता है तो कोई जिसकी तरफ तवज्जो नहीं देता।

मोटापे को मिसीसिपी की नम्बर वन समस्या करार दिया गया है, उसे अमरीका के सबसे ज्यादा मोटे लोगों के राज्य का खिताब हासिल है। इसी वजह से वहां काननू बनाया गया है कि हर बच्चे के लिये हर हफ्ते कम से कम ढाई घन्टे व्यायाम करना स्कूल में भरती होने के वक्त से ही अनिवार्य है। इसके अतिरिक्त हर बच्चे के लिये हर हफ्ते कम से कम पैंतालीस मिनट का स्वास्थ्य सम्बन्धी प्रवचन सुनना भी अनिवार्य है।

मोटों के लिये हवाई सफर तो और भी बड़ी समस्या है। अमेरिका में खान उपनाम वाले महानुभावों के अलावा (अमरीकी एयरपोर्ट पर फिल्म स्टार शहरुख खान की हुई फजीहत को याद कीजिये) अगर किसी को एयर ट्रैवल की दहशत है तो वो मोटे लोग हैं। ये अचरज में डालने वाली बात है कि फ्लाइट अटेंडेंट मोटों के गिर्द पैकिंग में काम आने वाला टेप लपेट देते हैं जो कि इस बात का द्योतक होता है जनाब इतने विशाल हैं कि प्लेन की एक सीट में फिट नहीं हो सकते। डायरेक्टर केविन स्मिथ को तो एक बार प्लेन से उतार ही दिया गया था क्योंकि वो इतना मोटा था कि एक सीट में फिट नहीं आ सकता था और इस हकीकत से वो नावाकिफ भी नहीं था, इसलिये भले आदमी ने अपने लिये दो सीटें बुक कराई थीं।

सामोआ (SAMOA) एयर पहली एयरलाइन है जो मुसाफिरों से उनके वजन के मुताबिक किराया चार्ज करती है। ग्राहक अपने और अपने लगेज के वजन के मुताबिक किराया अदा करता है, बदले में एयरलाइन उसको ऐसी उम्दा सीट मुहैया कराने का वादा करती है जिस पर उसके बैठने को समुचित स्थान हो और आगे टांगें पसारने की भी पर्याप्त जगह हो। एयरलाइन के इस इन्तजाम को सराहना मिली है लेकिन मीडिया में आलोचना भी कम नहीं हुई है। फिर भी यह हकीकत अपनी जगह कायम है कि मोटों के लिये इस इन्तजाम से एयरलाइन्स के बिजनेस में भारी इजाफा हुआ है। एयरलाइन के सीईओ क्रिस लैंगटन ने दावा किया है कि इस इन्तजाम को लागू करने के बाद से पब्लिक में हैल्थ अवेयरनैस बढ़ी है और वो खूब वेट कांशस हुई है।

न्यूजीलैंड में मोटों का प्रवेश मना है। ऐसे लोगों को साफ ये कहकर मुल्क में दाखिल नहीं होने दिया जाता कि वो मोटे हैं। एक ब्रिटिश महिला को अपने न्यूजीलैंड निवासी पति से तब तक अलग रहना पड़ा था जब तक कि उसने अपना वजन नहीं घटा कर दिखाया। ऐसे तमाम प्रवासियों के लिये न्यूजीलैंड के दरवाजे बन्द हैं जो कम्पलीट मैडिकल एग्जामिनेशन पर बॉड़ी साइज में 'जम्बो' पाये जाते हैं।

वियतनाम में मोटापे का नामोनिशान भी नहीं है। लिहाजा अगर वहां माता-पिता ने बच्चों को कोई मोटा आदमी दिखाना होता होगा तो ऐसा किसी किताब में छपी मोटे आदमी की तसवीर के माध्यम से ही सम्भव हो पाता होगा। वहां उनके प्रधानमन्त्री समेत हर कोई बाइसिकल चलाता है इसलिये हर किसी के जिस्म पर या हड्डी है या खाल है, चर्बी का; मोटापे का कोई मतलब ही नहीं।

इंगलैंड में वैस्टमिनिस्टर सिटी काउन्सिल वजन घटाने के सिलसिले में अपने नागरिकों को बाकायदा प्रोत्साहन देती है। हर नागरिक को सरकारी तौर पर एक एक्सरसाइज पैकेज प्रेस्क्राइब किया जाता है और उसके नतीजे के मुताबिक टैक्स और इंसैंटिव घटता बढ़ता रहता है। स्मार्ट कार्ड जैसी टैक्नौलोजी के जरिये इस बात पर बाकायदा निगाह रखी जाती है कि कोई नागरिक उससे अपेक्षित व्यायाम कर रहा था या नहीं, ईमानदारी से वजन घटाने की कोशिश कर रहा था या नहीं। लिहाजा कोशिश में कोताही तो इंसेन्टिव में कटौती।

अमेरिका का एबरक्रोम्बी एण्ड फिच (ABERCROMBIE & FITCH) नामक ब्रांड XL (42´´) या XLL (44´´) साइज के वस्त्रों का निर्माण नहीं करता। यानी इस ब्रांड के कपड़े केवल सामान्य वजन वाले लोगों के लिये हैं। कम्पनी की इस पालिसी की अत्यन्त सारगर्भित व्याख्या कम्पनी के चीफ एग्जीक्यूटिव आफिसर (CEO) माइक जेफरीज ने इन शब्दों में की थी :

> हर स्कूलमें सामान्य और लोकप्रिय बच्चे होते हैं तो कदरन असामान्य बच्चे भी होते हैं। हमारा निशाना पहली किस्म के खास अमरीकी मिजाज के उत्तम रवैये वाले मिलनसार बच्चे होते हैं। इस वजह से हमारे बनाये वस्त्र न हर किसी के लिये हैं, न हो सकते हैं। तो क्या हम जुदा मिजाज के हैं? तो जवाब है कि और कम्पनियों के मुकाबले में, जो जवान बूढ़े मोटे पतले ठिगने लम्बे हर शख्स को अपना ग्राहक बनाने की कोशिश करती हैं, बराबर हैं। वस्त्र अखिर वस्त्र है; 'वैनीला' तो नहीं जो सर्वभौम है, सर्वव्यापक है। आप किसी से विमुख नहीं होना चाहते तो इसका मतलब ये तो नहीं कि आप हर किसी को आकर्षित करने की कोशिश में लग जायें। हम जानते हैं हमारे रवैये से हर कोई दण्ड नहीं पेलने लगा जायेगा लेकिन वो महसूस तो करेगा कि वो असामान्य है!

कम्पनी की इस पालिसी का सबसे प्रबल विरोध पॉप सिंगर माइली साइरस ने ये घोषणा करके किया था कि वो इस ब्रांड के अपने तमाम 'सड़ेले' कपड़ों को आग के हवालेकर देगी।

बावजूद इसके सीईओ माइक जेफरीज इस सन्दर्भ में अपने स्टैण्ड से टस से मस होने को तैयार नहीं हुआ था।

उपरोक्त के विपरीत भारत में कुछ ऐसी कम्पनियां हैं जो आम कपड़े बनाती ही नहीं, खास तौर में मोटों के लिये और ज्यादा मोटों के लिये प्लस, डबल प्लस, ट्रिपल प्लस साइज के कपड़े तैयार करती हैं और अपने विज्ञापन में अपने मोटे मेल माडल को पचास इंच के घेरे की पतलून पहने दिखाती हैं।

बहरहाल कुछ भी कहिये, मोटापे की अपनी आन बान है, अपना रौब है, अपनी शान है। फिर मोटा होना बारसूख, बाहैसियत लोगों का इज़ारा है, गरीब आदमी भला क्या खाकर मोटा होना। फिर भी हो तो वो मोटा है, अमीर मोटा नहीं, 'फिजीकली कम्फर्टेबल' है।

मोटों के बारे में कभी सवाल किया गया था कि वो इतने फराख़दिल, इतने खुशमिजाज क्यों होते हैं तो जवाब मिला था कि न तो वो लड़ सकते हैं; न भाग खड़े हो सकते हैं तो खुशमिजाज भी न हों तो और क्या हों!

अब यही मसला जरा जुदा मिजाज में मुलाहजा फरमाइये :

□ एक अमरीकी राष्ट्रपति, जिनका नाम मुझे याद नहीं, बहुत मोटे थे और समुद्र स्नान के शौकीन थे। एक बार समुद्र स्नान कर रहे थे तो बीच पर मौजूद दो युवकों में से एक बोला— "रेत में क्यों बैठा है? समुद्र में क्यों नहीं जाता?"

"अभी कैसे जाऊं!"—जवाब मिला—"अभी समुद्र राष्ट्रपति जी के इस्तेमाल में है।"

□ एक मोटे मद्रासी नेता ने एक सींकिया हिमाचली नेता पर तंज कसा—भई, तुम्हें देखकर तो ऐसा लगता है जैसे मुल्क में अकाल पड़ गया हो।"

"और तुम्हें देखकर"—दुबला नेता बोला—"कोई भी कह देगा कि अकाल तुम्हारी वजह से पड़ा है।"

□ एक निहायत मोटे खलनायक ने सैट पर शूटिंग शुरू होने से पहले अपने डायरेक्टर से सवाल किया— "जरा देखना, आज मैंने लाल जूते पहने हैं या काले?"

□ एक कर्मठ फायर फाइटर ने एक बहुत मोटी औरत को एक जलती इमारत की चौथी मंजिल से सुरक्षित निकाला।

बाद में मीडिया में उसकी बहादुरी की बहुत तारीफ हुई।

"अरे, भई, वो तो बहुत मोटी थी!"—एक रिपोर्टर ने पूछा— "कैसे कर पाये?"

"दो फेरे लगाये।"—फायरफाइटर ने जवाब दिया।

□ एक वैसी ही मोटी औरत एक जलती इमारत की चौथी मंजिल की बालकनी से आतंक भरी गुहार लगा रही थी—"बचाओ! बचाओ! बचाओ!"

फायर ब्रिगेड का अभी क्योंकि कुछ अता पता नहीं था इसलिये पब्लिक ने ही कुछ करने का फैसला किया। एक बड़ी सी चादर मुहैया की गयी और उसे लोगों ने खोल कर, चारों तरफ से हाथों में पकड़कर बालकनी से नीचे फैलाया।

"कूद जाओ!"—एक जना चिल्लाया।

"नहीं। नहीं।"—औरत पूर्ववत् आतंकित भाव से चिल्लाई—"मेरे वजन से चादर फट जायेगी।"

"तो क्या करें?"—पूछा गया।

"चादर को जमीन पर बिछा दो।"—जवाब मिला।

□ बस में एक मोटी औरत सवार थी, वो खड़ी थी, बार बार बस की रफ्तार की वजह से हिचकोले खा रही थी और कलप रही थी कि कोई उसे सीट नहीं दे रहा था।

"अरे कैसे लोग हैं?" वो गुस्से से बोली—"देख रहे हैं मैं तकलीफ में हूं, गिर सकती हूं, फिर भी कोई मुझे जगह नहीं दे रहा!"

एक दुबले पतले युवक को शर्मिन्दगी का अहसास हुआ, वो उठ कर खड़ा हुआ और विनयशील स्वर में बोला—"मैम, आई कैन मेक ए स्माल कन्ट्रीब्यूशन।"

□ कोर्ट में एक छुटका वकील एक अतिविशालकाय, पुराने, घुन्ने वकील से मुखातिब था।

"अरे, तुम क्या मुकाबला करोगे मेरा!"—मोटा वकील तिरस्कारपूर्ण स्वर में बोला—"जरा साइज तो देखो अपना! तुम्हें तो मैं चाहूं तो जेब में रख लूं।"

"रख लीजिये।"—छुटका वकील सहज भाव से बोला—"फिर आपके भेजे से ज्यादा अक्ल आपकी जेब में होगी।"

□ एक स्कूटी सवार युवती ने एक निहायत मोटी औरत को टक्कर मार दी। भीड़ जमा हो गयी। लोग उसे दोषी ठहराने लगे।

"मैं क्या करती!"—युवती झल्लाई—"पहाड़ जैसा साइज तो देखो!"

"अरे, तो घेरा काट के गुजर जाती न!"—एक व्यक्ति बोला।

"इतना पैट्रोल नहीं था स्कूटी में।"

☐ एक व्यक्ति शादी के बाद आनन फानन मुटिया गयी अपनी बीवी से बेजार था इसलिये वो उसकी तरफ कतई कोई तवज्जो नहीं देता था और हमेशा टीवी देखता रहता था।

"सुनो जी"—एक बार पत्नी व्याकुल भाव से बोली—"तुम्हारी सैक्स में रुचि जगाने के लिये, बताओ, मैं क्या कर सकती हूं?"

"मायके चली जा।"—जवाब मिला।

☐ कुछ अरसा निरन्तर गैरहाजिर रहने के बाद एक रेगुलर बार में पहुंचा तो उसके एक जिगरी ने पूछा—"कहां थे, भई, इतने दिन? और इतना चमक कैसे रहे हो?"

"सब मेरे डाक्टर की मेहरबानी है।"—जवाब मिला—"पिछले महीने रूटीन चैकअप के लिये उसके पास गया तो वो मेरे को बोला कि अगर मैं लम्बी जिन्दगी जीना चाहता था तो उसका फैट फ्री होना जरूरी था।"

"तो तुमने क्या किया? डायट चेंज किया?"

"नहीं, भई। बीवी को निकाल बाहर किया।"

☐

प्रस्तुत उपन्यास के प्रति हमेशा की तरह आपकी अमूल्य, निष्पक्ष राय की आतुरता से प्रतीक्षा में,

दिल्ली—110051
विनीत
19.5.16

सुरेन्द्र मोहन पाठक

बुधवार : 8 अक्टूबर

दोपहरबाद का वक्त था जबकि इन्स्पेक्टर राजेश महाले अपने एसीपी की हाजिरी भर रहा था।

"नॉरकॉटिक्स कन्ट्रोल ब्यूरो को एक बड़ी हॉट टिप मिली है"—एसीपी शिवेश गोहिल बोला—"कि पूना की ओर से नॉरकॉटिक्स की एक बड़ी खेप मुम्बई में दाखिल होने वाली है।"

"ओह!"—इन्स्पेक्टर बोला—"टिप देने वाला कौन था?"

"कोई नहीं। गुमनाम टिप थी। जरूर कोई पब्लिक स्पिरिटिड आदमी था जिसके हाथ वो जानकारी लग गयी थी और जिसे उसने एक्शन के लिये आगे पहुंचाना अपना फर्ज समझा था।"

"या कोई घर का भेदी! अपने ही लोगों से खुन्नस निकालने का ख्वाहिशमन्द!"

"ये भी हो सकता है। बहरहाल टिप बहुत डिटेल्ड है और उस पर एक्शन जरूरी है।"

"लेंगे, सर।"

"टिप देने वाले ने ये तक बताया है कि शाम साढ़े छः बजे के करीब एक नीली वैगन-आर सायन पनवेल हाइवे पर से ठाणे क्रीज पर दाखिल होगी। वैगन-आर का नम्बर एमएच 19 ए आर 3138 बताया गया है और उसकी ये शिनाख्त भी बताई गयी है कि उसका अगला बम्पर अपने स्थान से उखड़ कर दायें बाजू सरका हुआ है और नीचे को झुका हुआ है।"

"इतना कुछ जानने वाला शख्स तो, सर, कोई घर का भेदी ही हो सकता है!"

"मुमकिन है।"

"ऐसी टिप देने वाले इनाम के तलबगार होते हैं! जानते होते हैं कि, पुलिस एनसीबी बरामद माल की कीमत का दस फीसदी बतौर इनाम आम देती है।"

"वो भी जानता हो सकता है लेकिन उसने ऐसा कोई जिक्र नहीं चलाया था, खाली अपनी जानकारी आगे सरकाई थी और फोन बन्द कर दिया था।"

"ओह!"

"इस वैगन-आर को इन्टरसैप्ट करने का काम हमें मिला है।"

"हम करेंगे, सर। अभी तो साढ़े छः बजने में चार घन्टे बाकी हैं। हमारे पास बहुत वक्त है पूरी चौकसी के साथ नाकाबन्दी का तमाम इन्तजाम कर लेने का।"

"राइट! लेकिन कोई मुस्तैद टीम लगानी होगी। अगर नॉरकॉटिक्स की बड़ी खेप का मामला है तो ये किसी स्माल टाइम आपरेटर का काम नहीं हो सकता। माल शर्तिया किसी टॉप के समगलर का होगा जो हो सकता—मैंने कहा, हो सकता है—समझता हो कि पुलिस वाले सब बिकाऊ हैं और उसकी जेब में हैं।"

"ऐसा कहीं होता है, सर!"

"होता है। बराबर होता है। इस हकीकत से तुम वाकिफ नहीं या मैं वाकिफ नहीं! अपने आपको भरमाने की जरूरत नहीं, इन्स्पेक्टर महाले। कबूल करते सिर शर्म से झुकता है लेकिन हकीकत यही है। बड़े समगलरों और कालाबाजारियों का मैला चाटने वालों की कोई कमी नहीं हमारे महकमे में।"

"पांचों उंगलियां बराबर नहीं होतीं, सर।"

"मुझे मालूम है, तभी तो ये महकमा चल रहा है वर्ना कानून के रखवालों में और कानून के दुश्मनों में कोई फर्क ही बाकी न बचता।"

"मे बी यू आर राइट, सर।"

"नो मे बी। आई नो आई एम राइट।"

"सारी, सर।"

"मैं नहीं चाहता इतनी हॉट टिप को हमारे ही आदमी बंगल कर दें। गुलदस्ता थामकर समगलर को या समगलर के कैरियर को—निकल जानें दें।"

"ऐसा नहीं होगा, सर। मैं सब-इन्सपेक्टर गर्गे को ये काम सौंपूंगा जिस का सर्विस रिकार्ड शीशे की तरह क्लियर है। जिसकी निष्ठा और ईमानदारी पर, सर, आप भी जानते हैं, कभी कोई उंगली नहीं उठी।"

"गर्गे! सब-इन्स्पेक्टर!"

"सर, एएसएचओ राउत छुट्टी पर है वर्ना मेरी चायस वो होता।"

"ठीक है। मुझे सब-इन्स्पेक्टर गर्ग इस आपरेशन के लिये मंजूर है लेकिन उसके साथ जो टीम हो, वो भी उसी जैसी चौकस और मुस्तैद होनी चाहिये।"

"ऐसा ही होगा, सर।"

"मैं देर रात तक आफिस में रहूंगा और तुम्हारी टीम की कामयाबी की खबर सुनकर ही घर जाऊंगा।"

"मैं खुद आप तक गुड न्यूज पहुंचाऊंगा, सर।"

"गुड। गैट अलांग।"

जीतसिंह अपनी टैक्सी के साथ अलैग्जेन्ड्रा सिनेमा के स्टैण्ड पर मौजूद था।

वो सिंगल स्क्रीन सिनेमा कब का बन्द हो चुका था लेकिन वो स्टैन्ड अभी भी अलैग्जेन्ड्रा सिनेमा का टैक्सी स्टैण्ड कहलाता था।

मुम्बई के लोकल टैक्सी वालों के दस्तूर की तरह वो टैक्सी से बाहर उसके हुड से टेक लगाये खड़ा था और पैसेंजर की आमद का इन्तजार कर रहा था।

गोवा से लौटे उसे चार महीने हो चुके थे इसलिये अब उसके चेहरे पर घनी दाढ़ी मूंछ थी जिसे तब से वो पांच छ: बार हज्जाम से तरशवा चुका था। सिर के बालों की उसने वैसी खिदमत कम करवाई थी इसलिये अब वो पहले से बड़े थे और अक्सर उसके माथे पर घनी, भारी भवों तक बिखरे रहते थे। नये कारोबार में उसकी गोरी रंगत कदरन झुलस गयी थी और जिस्म थोड़ा भर गया था जिसकी वजह से अब वो तीस का नहीं लगता था, जो कि उसकी उम्र थी, पैंतीस के ऊपर का लगता था।

जो कि उसके हालिया हालात में उसके लिये अच्छा ही था।

वो हिमाचली नौजवान था जोकि रोजगार की तलाश में छ: साल पहले धर्मशाला से मुम्बई आया था। सूरत में मौजूदा इजाफा घनी दाढ़ी मूंछ को खातिर में न लाया जाता तो उसकी शक्ल सूरत मामूली थी, होंठ पतले थे, नाक बिना जरा भी खम के एकदम सीधी थी और कद दरम्याना था। अभी कल तक वो कहने को ताले-चाबी का मिस्त्री था लेकिन नौजवानी की एकतरफा आशिकी के हवाले, उसके बहुत ही अप्रत्याशित, लेकिन उसको मंजूर, क्लाइमैक्स के हवाले कई डकैतियों में शरीक हो चुका था और कई बार खून से हाथ रंग चुका था।

हाल में एक लोकल मवाली इकबाल रजा का गोवा में खून उसके हाथों हुआ था और अपनी सलामती के लिये उसके पोंडा के एक जोड़ीदार रौशन बेग के खून की वो वजह बना था।

अब 'जीतसिंह' पणजी में मर चुका था—उसे मिरामर बीच के बड़ा बाप बहरामजी कान्ट्रैक्टर के कॉटेज में उसके खास आदमी खालिद ने शूट कर दिया था—और अब उसकी जगह 'रौशन बेग' जिन्दा था।

रौशन बेग यानी कि वो, घनी दाढ़ी मूंछ के नीचे जीतसिंह।

अब वो जीतसिंह ताला-चाबी मास्टर नहीं, एक वाल्ट बस्टर नहीं, रौशन बेग टैक्सी ड्राइवर था।

अगर उसने मुम्बई में रहना था, अपने नये बने दुश्मनों से, नेता जी बहरामजी कान्ट्रैक्टर के कहर से, बच के रहना था तो इसी में उसकी गति थी।

वो टैक्सी स्टैण्ड उसने इसलिये चुना था क्योंकि वो उसके जिगरी, दुख सुख के साथी, दोस्त गाइलो का एक अरसे से पक्का अड्डा था। गाइलो की ही वजह से अब वो रहता भी जम्बूवाडी की उस चाल की एक खोली में था जोकि बरसों से गाइलो का ही नहीं, उसके और टैक्सी ड्राइवर दोस्तों का भी—डिकोस्टा, शम्सी, अबदी—मुकाम था। उसका, सब का, एक और दोस्त पक्या भी वहीं रहता था लेकिन वो बाकी जनों की तरह टैक्सी ड्राइवर नहीं, गोदी कर्मचारी था, डॉक पर माल की ढुलाई का काम करता था।

अपने रौशन बेग वाले रोल में न अब वो चिंचपोकली के अपने छः साल के आवास को इस्तेमाल कर सकता था और न अपने क्राफोर्ड मार्केट के ताला-चाबी के ठीये के पास फटक सकता था। वो ठिकाने तो जीतसिंह के थे, वहां रौशन बेग का क्या काम! विठ्ठलवाडी के अपने किराये के फ्लैट को उसने इसलिये छोड़ देने का फैसला किया था क्योंकि अपने मौजूदा हालात में वो उसका बाईस हजार रुपये माहाना किराया भरता नहीं रह सकता था।

तभी हाथ में एक काफी बड़ा सूटकेस थामे एक व्यक्ति टैक्सी के करीब पहुंचा।

जीतसिंह तत्काल सचेत हुआ, सीधा हुआ।

उसने देखा वो बड़ा ठस्सेदार, सूटबूट वाला साहब था, जो कि तब भी आंखों पर बड़े बड़े शीशों वाले, काले गागल्स चढ़ाये था जबकि सूरज डूबे एक घन्टे से ऊपर हो चुका था। उसके सिर पर काला हैट था और जिस्म पर लिनन का काला सूट था। चेहरे पर बड़ी नजाकत से कटी फ्रेंच कट दाढ़ी मूंछ थीं और होंठों में एक बुझा हुआ सिगार दबा हुआ था।

"डिकी खोल, भई!"—वो तनिक उतावले स्वर में बोला।

"क्या!"—जीतसिंह हड़बड़ाया—"अभी। अभी।"

वो लपक कर टैक्सी के पीछे पहुंचा और उसने डिकी का ढक्कन उठाया। हैट वाले ने खड़ा कर के सूटकेस भीतर रखा।

जीतसिंह ने सूटकेस पर फिर से निगाह डाली।

"बन्द कर, भई।"

"बड़ा सूटकेस है।"—जीतसिंह बोला।

"तो?"

"बोले तो बड़े से भी बड़ा।"

"अरे, तो?"

"एक्स्ट्रा चार्ज होगा।"

"कितना?"

"तीस।"

"ठीक है।"

जीतसिंह ने डिकी का ढक्कन गिराया, टैक्सी के परले पहलू में जाकर मीटर डाउन किया और आकर स्टियरिंग के पीछे बैठा।

तब तक पैसेंजर पीछे सवार हो चुका था।

जीतसिंह ने इंजन स्टार्ट किया और टैक्सी को पार्किंग से निकाला।

"किधर जाने को, बाप?"—उसने पूछा।

"बोलता है। इधर से निकल।"

जीतसिंह ने टैक्सी को स्टैण्ड की पार्किंग से निकाला और उसे सड़क पर डाला।

"परेल तक चल।"—पैसेंजर बोला—"आगे बोलेगा।"

"बरोबर, बाप।"

उसने पैसेंजर के हुक्म के मुताबिक रास्ता पकड़ा।

उसने एक बार रियरव्यू मिरर पर निगाह डाली तो पाया कि अब पैसेंजर के हाथ में मोबाइल था जोकि उसके कान से लगा हुआ था।

"टैक्सी में हूं।"—पैसेंजर इतने दबे स्वर में बोला कि जीतसिंह बड़ी मुश्किल से उसकी आवाज सुन पाया। बस, वही तीन लफ्ज पैसेंजर ने बोले और मोबाइल जेब में रख लिया। फिर वो सीट पर पसर गया और जीतसिंह को लगा कि उसने अपनी आंखें बन्द कर ली थीं। बुझा हुआ सिगार तब भी उसके मुंह में था और तब भी था जब वो मोबाइल पर बोल रहा था।

भीड़ू सिगार पीता नहीं था—उसने मन ही मन सोचा—खाता था।

"नाम क्या है तुम्हारा?"—एकाएक पैसेंजर बोला।

"बोले तो!"—जीतसिंह हड़बड़ाया।

"अरे, भई, नाम पूछा तुम्हारा। लम्बा सफर है..."

"ओह! लम्बा सफर है।"

"...आगे भी वास्ता पड़ सकता है इसलिये पूछा। वाकिफ टैक्सी ड्राइवर से वास्ता अच्छा होता है। नहीं?"

"हां। हां, बाप। रौशन... रौशन बेग नाम है, बाप।"

"मुसलमान हो?"

"अंग्रेज तो नहीं है, बाप!"

"हा हा। मेरा नाम आकाश चावरिया है। राजस्थान से हूं। तुम किधर से है?"

"मैं तो बाप इधरीच से है।"

"यानी पक्का मुम्बईकर है?"

"बोले तो हां।"

"दाढ़ी हमेशा से?"

"हमेशा से तो नहीं, बाप! अभी रख लिया बस ऐसीच। थोड़ा टेम के वास्ते। फिर नक्की करेगा।"

"है तो असली!"

"क्या बोला, बाप।"

"फिल्मी नगरी है। साला सब पर फिल्मों का असर है। 'सलमान खान दाढ़ी में तो मेरे को भी दाढ़ी मांगता है' वाला असर। उगने बढ़ने का वेट नहीं कर सकता फिल्मों का मारा मुम्बईया नौजवान। पण तुम कर सकता है। तुम किया गुड!"

"बाप, क्या बोलता है, मेरे तो सिर पर से गुजर गया। अभी क्या बोला तुम?"

"कुछ नहीं। सड़क की तरफ ध्यान दे। अभी बाइक वाले को साइड मारने लगा था।"

खामोशी छा गयी।

जीतसिंह फिर अपने खयालों में खो गया।

बहरामजी कान्ट्रैक्टर ने इकबाल रजा के लिये दस लाख रुपये का इनाम मुकर्रर किया था अगरचे कि वो जीतसिंह को खल्लास करने में कामयाब होकर

दिखाता। उसने जीतसिंह की वो सजा इसलिये मुकर्रर की थी क्योंकि वो जान चुका था कि उसके खण्डाला वाले बंगले की वाल्ट जैसी मजबूत सेफ को उसने खोला था। गोवा में हालात ऐसे बने थे कि इकबाल रजा के हाथों मरने की जगह उसने इकबाल रजा को मार डाला था, खुद उसका लोकल जोड़ीदार रौशन बेग बन गया था और रौशन बेग को बतौर जीतसिंह मरने के लिये नेताजी के हवाले कर दिया था। तब नेता जी ने उसे—'रौशन बेग' को—दस लाख रुपये के इनाम से नवाजा था।

वो इनाम जीतसिंह को न भी मिलता तो कोई बड़ी बात नहीं थी क्योंकि उसका उसे मिलना या न मिलना नेताजी के—बहरामजी कान्ट्रैक्टर के—मिजाज पर निर्भर करता था और गनीमत थी कि उसका तब का मिजाज जीतसिंह को माफिक आया था वर्ना बतौर रौशन बेग अपना क्रेडिट बनाने के लिये वो उनहत्तर लाख रुपया तो वो कुर्बान कर ही चुका था जोकि जौहरी बाजार की प्रीमियर वाल्ट कम्पनी के एक लॉकर में उसने महफूज रखा था। मुम्बई में वापिस कदम रखते ही जीतसिंह को मालूम पड़ गया था कि वो रकम वहां से बरामद की जा चुकी थी और लॉकर को सरन्डर कर दिया गया था। ऐसा न हुआ होता, रकम वहां से चौबस बरामद न की जा चुकी होती, तो चार महीने का वक्फा गुजर चुका था, तब तक नेता जी के आदमियों ने उसे पाताल से भी खोज निकाला होता—आखिर पोंडा में उसकी मौजूदगी की जानकारी भी तो इकबाल रजा ने निकाल ही ली थी—और जहन्नमुमरसीद कर भी दिया होता।

उन लोगों की निगाह में क्योंकि जीतसिंह गोवा में मर चुका था इसलिये अगर उसने मुम्बई में रहना था तो वो वहां अब अपनी असली सूरत उजागर नहीं कर सकता था। इसी वजह से चिंचपोकली और क्राफोर्ड मार्केट के उसके ठीये अब उसके लिये आउट आफ बाउन्ड थे। वैकल्पिक रूप से कोई तो धन्धा उसने अख्तियार करना ही था इसलिये उसने किराये की टैक्सी पकड़ी थी जोकि उसे गाइलो की मदद से हासिल हुई थी। गाइलो इस बाबत उसकी सिफारिश करने की स्थिति में अब ही पहुंचा था जबकि वो महालक्ष्मी के मनीलैंडर से उठाया अपना कर्जा मय सूद चुकता कर चुका था और उसके पास गिरवी पड़े अपनी टैक्सी के कागजात वापिस हासिल कर चुका था। फिर वही कागजात जीतसिंह को किराये की टैक्सी दिलवाने के काम आये थे।

बहरामजी से हासिल इनाम के दस लाख रुपयों में से तीन लाख रुपये जीतसिंह ने—गाइलो की जानकारी में—मिश्री को दिये थे जिन्हें लेने को वो

बिल्कुल तैयार नहीं हुई थी लेकिन जीतसिंह के इसरार के आगे उसे झुकना पड़ा था और यह कह कर तीन लाख की रकम कबूल की थी कि वो उसके पास जीतसिंह की अमानत थी। मिश्री जीतसिंह के दुख सुख की साथी थी इसलिये वो तहेदिल से उसका अहसानमन्द था। अहसान का बदला पैसे से तो नहीं चुकाया जा सकता था फिर भी जीतसिंह की दिली ख्वाहिश थी कि वो रकम—मामूली—मिश्री कबूल करती। इन्हीं जज्बात के तहत तो वो नोटों से भरा सूटकेस हाथ आते ही मिश्री के पास पहुंच गया था और उसे पेशकश की थी कि वो उसमें से कुछ भी ले लेती, चाहे तो तमाम का तमाम ले लेती, लेकिन मिश्री का बड़प्पन था कि उसने कुछ भी लेना कबूल नहीं किया था और बहुत जज्बाती होकर अपनी जुबानी कबूल किया था कि 'ताजिन्दगी किसी मर्द ने मेरी इतनी कद्र न की—न धन्धे पर बैठने से पहले न बाद में'। उसने ये तक कहा था कि उस बाबत वो जिद करेगा तो वो समझेगी कि उसने जो उसकी मदद की थी, वो उसकी फीस भरता था।

जीतसिंह भी जज्बाती हुए बिना—और मिश्री की तुलना सुष्मिता से किये बिना—नहीं रह सका था।

बाकी के सात लाख का जीतसिंह ने गाइलो के साथ फिफ्टी फिफ्टी कर लिया था। गाइलो ने सहर्ष वो रकम कबूल की थी—आखिर उसने जीतसिंह के साथ हाल में बेतहाशा धक्के खाये थे और उनके जौहरी बाजार वाले वाल्ट को हिट करने के प्रोजेक्ट को पल्ले से—टैक्सी गिरवी रख के कर्जा उठाकर और गांठ का मुकम्मल रोकड़ा कुरबान कर के फाइनांस किया था।

वो रकम हाथ आते ही गाइलो ने सबसे पहले अपने दो बड़े शौक पूरे किये थे।

एक, ऐपल का आई फोन सिक्स खरीदा था।

दो, बान्द्रा के एक बढ़िया बार में जाकर छक के स्काच विस्की पी थी। अपने दूसरे शौक का स्वाभाविक साथी उसने जीतसिंह को चुना था, दोनों सज धज कर, औकात बनाकर वहां पहुंचे थे, बार बन्द हो जाने पर ही वहां से टले थे और टैक्सी पर वापिस लौटे थे।

वजह!

दोनों की ही पैरों पर खड़ा हो पाने की हालत नहीं थी।

हालिया तमाम दुश्वारियों की जीतसिंह की आखिरी कमाई साढ़े तीन लाख रुपये थी जब कि अभी कल की बात जान पड़ती थी कि अपने दगाबाज जोड़ीदार राजाराम लोखण्डे को शूट करने के बाद उसके कब्जे में उनहत्तर

लाख रुपयों से भरा सूटकेस था। वो कमाई भी उसके पल्ले न होती अगरचे कि बहरामजी ने जीतसिंह के सिर पर लगाये अपने दस लाख के इनाम पर खरा उतरकर न दिखाया होता।

उसका वो हासिल भागते भूत की लंगोटी था।

अलबत्ता खोया उसने बहुत कुछ था। मसलन :

पहले मुम्बई में और फिर गोवा में वो जान से जाते बचा था।

अपनी शिनाख्त खोई थी—अब वो जीतसिंह लॉकमास्टर की जगह रौशन बेग टैक्सी ड्राइवर था।

घर बार खोया था—अब न वो जा कर चिंचपोकली के अपने खोली से जरा बेहतर आवास पर रह सकता था और न क्राफोर्ड मार्केट के अपने ताले चाबी के बरसों पुराने ठीये को आबाद कर सकता था।

विट्ठलवाडी का फ्लैट खर्चे कम करने के लिये छोड़ना पड़ा था।

बहरहाल किसी भी हाल में मुम्बई लौटकर वो खुश था जहां से अपना निर्वासन उसे कबूल नहीं था। दाढ़ी से वो परेशान था लेकिन वो उसकी वक्ती जरूरत थी क्योंकि वो उसकी असली सूरत छुपाने का कारआमद जरिया था। अब उसके जम्बूवाडी के दोस्त ही जानते थे कि उस दाढ़ी के नीचे वस्तुत: कौन सा चेहरा छुपा था। लेकिन उनसे उसे कोई खतरा नहीं था क्योंकि वो सब उसके जिगरी थे।

बहरहाल वो खुद अपने उस हाल से खुश नहीं था और दिन रात कोई जुगत सोचता रहता था जिसके सदके वो वापिस रौशन बेग से जीतसिंह बन पाता और अपनी पहले जैसी सहज, स्वाभाविक जिन्दगी जी पाता। वो जानता था जीतसिंह बन कर वो उस शहर में नहीं रह सकता था जिस पर बहरामजी कान्ट्रैक्टर का भारी दबदबा था और जिसके हर कोने में उसके गुर्गे, प्यादे पाये जाते थे। अब वो बहरामजी कान्ट्रैक्टर नाम के उस नेता की हकीकत से भी बेखबर नहीं था जोकि नेतागिरी में कदम रखने से पहले बड़ा समगलर और कालाबाजारिया होता था लेकिन अब मराठा मंच नामक पोलिटिकल पार्टी का प्रैसीडेंट था और विधानसभा में चालीस एमएलए की शक्ति रखने वाला नेता था। केन्द्र में उसकी पार्टी के तीन एमपी थे जिसमें से एक का—मधुकरराव साबले का—कत्ल हो गया था तो बाई-इलैक्शन में फिर उसी की पार्टी का कैंडीडेट जीता था। हाल ही में उसने एक बड़ा पोलिटिकल दांव खेला था, अपनी पार्टी को उसने गोवा विधान सभा के इलैक्शनों में उतारा था ताकि उसकी पार्टी अपनी प्रान्तीय छवि से उठकर राष्ट्रीय पार्टी बन जाती लेकिन

उसका वो दांव बुरी तरह पिटा था। इलैक्शनों में करोड़ों रुपया फूंका होने के बावजूद उसकी पार्टी का एक भी कैण्डीडेट गोवा में इलैक्शन नहीं जीत सका था। यानी गोवा में मराठा मंच अपना खाता नहीं खोल सका था और राजनैतिक दायरों में उसके प्रेसीडेंट की भरपूर जगहँसाई हुई थी।

पोस्टइलैक्शंस अन्डरवर्ल्ड में बाकायदा खुसर फुसर थी कि गोवा में अपने करोड़ों के नुकसान की भरपाई के लिये नेताजी फिर समगलिंग के फील्ड में सक्रिय था जबकि गाहे बगाहे कोई न कोई किसी न किसी के कान में ये फूंक भी मार जाता था कि असलियत में नेताजी इस फील्ड से बाहर कभी था ही नहीं, उसकी पोलिटिकल पार्टी की तमाम फंडिंग समगलिंग से ही तो होती चली आ रही थी।

ये अफवाहें दूसरी राजनैतिक पार्टियों के लीडरान तक भी पहुंचती थीं लेकिन चालीस एमएलए की ताकत के साथ अब बहरामजी कान्ट्रैक्टर महाराष्ट्र में इतना ताकतवर नेता माना जाता था कि सरेआम उसके खिलाफ जुबान खोलने की किसी की मजाल नहीं होती थी। पब्लिक पार्टी नाम से उसी जैसी एक क्षेत्रीय पार्टी थी जिसका सदर सदाराव नगरकर नामक एक पुराना, घिसा हुआ, राजनीतिबाज था जिसने कांग्रेस से नाता तोड़कर अपनी वो पार्टी खड़ी की थी। अभी पांच साल पहले तक उसकी पार्टी की प्रांत में अच्छी पूछ थी लेकिन मराठा मंच ने आकर जैसे उस पूछ को ग्रहण लगा दिया था। नगरकर ने मीडिया को एक बार ये ढंका छुपा बयान दिया था कि नेता बन जाने के बावजूद बहरामजी कान्ट्रैक्टर आज भी समगलर और कालाबाजारिया ही था। प्रतिक्रियास्वरूप बहरामजी ने उस पर इज्जत हत्तक का और सौ करोड़ रुपये के हरजाने का कोर्ट में दावा ठोक दिया था। नतीजतन उसे बिना शर्त माफी मांगनी पड़ी थी जिसकी वजह से दो साल पहले उसकी और उसकी पार्टी की भारी किरकिरी हुई थी। तब से आज का दिन था कि वो दोनों नेता दिखावे को एक दूसरे के हिमायती और हितैषी थे लेकिन भीतर से घोर शत्रु थे—नगरकर तो बराबर था, बहरामजी भले ही वो वाकया भूल चुका था।

यूं ही गोवा में अपने गुजरे वक्त की याद में डूबता उतराता वो टैक्सी चलाता रहा।

उसका नाम असद हयात था लेकिन अपने गैंग में वो शाह के नाम से बेहतर जाना जाता था। वो अपने बॉस का खास लेफ्टीनेंट था, लिहाजा बॉस अगर बादशाह था, तो वो शाह था। गैंग में उसकी पीठ पीछे उसे शाह कोई नहीं

कहता था लेकिन रूबरू हर कोई उसे शाह कहता था और उसे इस नाम से पुकारा जाना निहायत पसन्द था।

शाह! जैसे बादशाह बनने से एक पायदान ही दूर हो!

उस घड़ी वो माउण्ट रोड पर स्थित एक फ्लैट में अपने हनीफ लोधी नामक खास आदमी के साथ मौजूद था।

वो बड़ी संजीदगी से सिग्रेट के कश लगा रहा था और हनीफ उसका मुंह देख रहा था और उसके खुलने का इन्तजार कर रहा था।

"मेरे को फिकर।"—आखिर वो बोला।

"काहे वास्ते?"—हनीफ तनिक हैरानी जताता बोला।

"नाजुक काम है।"

"अपना हजूरी ऐन चौकस करेगा न!"

"ऐन मौके पर साला सब ढेर कर दिया तो?"

"ऐसा नहीं होगा, बाप। इसी काम के वास्ते तो उसको इस्पेशल करके ट्रेनिंग दिया। तुम, बड़ा बाप उसका फैमिली का मुकम्मल जिम्मा लिया। साली बड़ी हद तीन की लगेगी, फिर बाहर आ जायेगा। अन्दर वो ऐश करेगा, बाहर उसका अक्खा फैमिली ऐश करेगा। बाहर आयेगा तो तीस पेटी का बोनस अलग से मिलेगा। सब ऐन चौकस समझा के रखा उसे। वान्दा किधर है?"

"फिर भी..."

"बाप, फिक्र नक्को। मैं उसका जिम्मेदारी लेता है।"

"फिर भी..."

"वो ऐन चौकस काम करेगा। कहीं झोल नहीं आने देगा। तुम देखना।"

"बोलने नहीं देता। बोलता है, सुनता हैइच नहीं।"

हनीफ हड़बड़ाया।

"बोले तो!"—फिर सकपकाया सा बोला।

"होनी का जिम्मा लेता है। अनहोनी भी तो हो जाती है!"

"अभी भी बोले तो!"

"साले को ऐन टेम पर—या उससे पहले—धड़का लग गया! उस पर बिजली टूट पड़ी! वो लोकल से टपक गया! ट्रक के नीच आ गया! तो?"

"अच्छा, वो?"

"हां, वो।"

"मेरे पास उसका भी इन्तजाम है बरोबर। मेरे तरकश में कभी एकीच तीन नहीं होता, बाप। आल्टरनेट मैं हमेशा तैयार करके रखता है।"

"अभी तू बोले तो?"

"अपना सावन है न! सावन झंकार। हजूरी का माफिक उसको भी फुल सैट करके रखा मैं। जो पैकेज हजूरी को, वही साला झंकार को। सुनकर फ्लैट हो गया साला। फर्स्ट चानस मांगता था। पण मैं हजूरी को प्रेफर किया। अभी हजूरी को कुछ हुआ—कोई अनहोनी करके हुई, जो कि मेरे को पक्की कि नहीं होगी—तो सावन झंकार टेकओवर करेगा न इमीजियेट करके!"

"ओह!"

"अभी राजी?"

"हां। पण..."

"बाप, अभी भी पण?"

"सुन। सुन। तू हजूरी की जिम्मेदारी लेता है न! या हजूरी को कुछ हो गया तो सावन झंकार की जिम्मेदारी लेगा न! पण सरकारी महकमे की जिम्मेदारी तो तू नहीं ले सकता न!"

"मैं समझा नहीं, बाप!"

"पुलिस ने टिप पर एक्ट न किया तो?"

"एक्ट न किया?"

"तो?"

"बाप, ऐसा कहीं होता है!"

"अरे, गुमनाम टिप नजरअन्दाज भी तो कर दी जाती है!"

"बाप, तुम तो मेरे को भी फिकर लगा रहेला है!"

शाह कुछ न बोला, उसने खामोशी से सिग्रेट का कश लगाया।

कुछ क्षण खामोशी रही।

"देखता है।"—फिर हनीफ हौसले से बोला—"देखता है और वाच करता है।"

स्वनामधन्य शाह ने हौले से सहमति में सिर हिलाया।

"बोले तो"—हनीफ बोला—"अभी फिकर नक्को। आगे देखेंगे। क्या!"

"आगे क्या बीती, इसकी मेरे को खबर कब लगेगी? कैसे लगेगी?"

"मेरे से लगेगी। इमीजियेट लगेगी।"

"कैसे? तू तो इधर है!"

"पुलिस में एक भेदिया है न! भीड़ू इमीजियेट करके इधर फोन लगायेगा।"

"ठीक है। वेट करता है।"

"मैं तुम्हेरे को गुड न्यूज देता है न बस थोड़ा टेम में !"

"और मैं बिग बॉस को।"

"जरूर।"

"साला कोई फच्चर पड़ा तो कैसे मैं बड़ा बाप को मुंह दिखायेगा !"

"सेम प्राब्लम इधर है, बाप ! कोई फच्चर पड़ा तो कैसे मैं तुम्हेरे को मुंह दिखायेगा !"

"हूं।"

"सब ऐन चौकस होगा, बाप।"

"देखता है।"

"... पहुंच गये हैं ..."

जीतसिंह हड़बड़ाया !

"क्या बोला, बाप ?"—वो बोला।

"किधर ध्यान है ?"—पैसेंजर भुनभुनाता सा बोला—"दो बार पुकारा।"

"सारी बोलता है, बाप। बोले तो अभी क्या बोला।"

"मैं बोला हम परेल पहुंच गये हैं, आगे तुलसी पाइप रोड पकड़।"

"अभी। पण आखिर किधर जाने का है ?"

"किधर भी नहीं। मुम्बई की सैर करने का है। तेरे को कोई एतराज ?"

"काहे को होगा ! मीटर चलता है न !"

"श्याना है। दाढ़ी से तंग तो होगा !"

"बोले तो !"

"नाहक गले पड़ी न ! बेजा बला की तरह !"—वो एक क्षण ठिठका फिर बोला—"जीतसिंह।"

जीतसिंह सन्नाटे में आ गया।

"क्या बोला, बाप।"

"जीतसिंह बोला। जो कि तू है।"

"तुम्हेरी समझ में लोचा ! मैं रौशन बेग है, बाप। पहले भी बोला।"

"मैं भी पहले बोला। तू जीतसिंह है। जीतसिंह लॉक मास्टर।"

"खामखाह ! बाप, मैं तो मामूली ..."

"नहीं खामखाह। नहीं मामूली। मैं एकाएक, इत्तफाकन नहीं मिला तेरे से। एक हफ्ते से तेरे पर मेरी नजर है।"

"काहे को?"

"बोलता है। पहले कबूल कर तू जीतसिंह है।"

"बाप, तुम्हेरी समझ में लोचा। मैं सलमान खान है, फिलिम के वास्ते टैक्सी ड्राइवर के रोल का रिहर्सल करता है। क्या!"

पैसेंजर हँसा।

"मजाक अच्छा कर लेता है।"—फिर बोला—"तू और भी बहुत कुछ है लेकिन जीतसिंह पहले है।"

"बाप, चुप कर के बैठने का। खाली पीली मगज नहीं चाटने का। मैं जीतसिंह है या प्रीतसिंह है; रौशन बेग है या सलमान खान है, तुम्हेरे को क्या?"

"है न!"

"क्या?"

"पहले हामी भर कि जीतसिंह है।"

"नहीं है। मैं रौशन बेग ... "

"मुसलमान!"

"हां।"

"पक्का! खरा!"

"हां।"

"मुसलमानी दिखा सकता है?"

"क्या!"

"मुसलमान की अपनी शिनाख्त होती है। टैक्सी रोक और मेरे को खतना दिखा।"

"क्या दिखा?"

"खतना! सुन्नत! सरकमसिज़न!"

"बाप, काहे को मगज चाटता है। मैं बोला न ... "

"मैं सुना न! जो मैं बोला, वो कर!"

जीतसिंह ने टैक्सी रोकी और उससे बाहर निकला।

"अरे, सड़क पर नहीं।"—तत्काल पैसेंजर बोला—"सड़क पर नहीं। जलूस निकल जायेगा। भीतर दिखा।"

"अभी ज्यास्ती बात नहीं मांगता मैं। मेरे को खाली पीली बोम मारने वाला पैसेंजर नहीं ढोने का। दूसरा टैक्सी पकड़ो।"

"पैसेंजर से ऐसे पेश आता है ?"

"आता है। कम्पलेंट करना। अभी ... "

"अच्छा, भई।"

हैट वाला टैक्सी से बाहर निकला और उसके पिछवाड़े में पहुंचा।

जीतसिंह ने उसके करीब जा कर डिकी का ढ़क्कन उठाया।

हैटवाले ने आगे बढ़ कर अपने सूटकेस को हैंडल से थामा, फिर एकाएक बोला — "मेरा मोबाइल !"

"क्या हुआ उसे ?"

"शायद टैक्सी की पिछली सीट पर रह गया। देखना जरा।"

सहमति में सिर हिलाता जीतसिंह टैक्सी के पीछे से हटा और उसके बाजू में पहुंचा। उसने पिछला दरवाजा खोलकर भीतर झांका तो मोबाइल को सीट पर पड़ा पाया।

"है ?" — हैट वाले ने आवाज लगाई।

"है, बाप।" — जीतसिंह बोला — "लाता है।"

"थैंक्यू।"

जब तक वो मोबाइल के साथ पीछे पहुंचा, हैटवाला अपना सूटकेस डिकी में से निकाल चुका था और डिकी का ढक्कन गिरा चुका था।

"भाड़ा, बोल।" — वो बोला।

जीतसिंह ने मीटर देखा और भाड़ा बोला।

हैट वाले ने भाड़ा चुकता किया और अपलक उसकी तरफ देखा।

"क्या देखता है, बाप ?" — जीतसिंह तनिक विचलित स्वर में बोला।

"दाढ़ी को नकाब की तरह इस्तेमाल करने का आइडिया अच्छा है, जीतसिंह, लेकिन सच में ही तो दाढ़ी नकाब नहीं बन सकती !"

"बाप, फिर पहुंच गया उसी जगह पर !"

"जैसे मैंने नकाब से पार झांका, वैसे कोई दूसरा भी तो झांक सकता है !"

"दूसरा कौन ?"

"जिससे छुपने के लिये नकाब ओढ़े है !"

"अरे, कौन ?"

"जिससे खतरा महसूस करता है। लेकिन जीतसिंह ... "

"अरे, क्यों मगज चाटता है, बाप ! क्यों मेरे सब्र का इम्तहान लेता है ! मैं एक टेम बोला, दस टेम बोला, मैं रौशन बेग है, टैक्सी डिरेवर।"

"जीतसिंह है। टॉप का लॉक एक्सपर्ट। हां बोल। कबूल कर। हम दोनों का फायदा है।"

"जबरदस्ती?"

"राजी से।"

"मैं न बोले तो?"

"साबित कर मुसलमान है। अपनी मुसलमानी दिखा। हां न अपने आप हो जायेगा।"

"मैं ऐसा न करूं तो क्या करेगा? मेरी वर्दी फाड़ देगा? साला नंगा कर देगा मेरे को?"

"अरे, नहीं, भई।"

"तो ये लाइन छोड़ने का और दूसरी टैक्सी पकड़ने का। मंजिल खोटी हो रही है तुम्हेरी।"

"ठीक है।"

जीतसिंह जा कर टैक्सी में सवार हुआ, उसने उसे फिर सड़क पर डाला। एक बार उसने रियर व्यू मिरर में निगाह डाली तो पीछे फुटपाथ पर खड़े अपने पैसेंजर को अपने मोबाइल के साथ बिजी पाया।

वो पैसेंजर उसके लिये चिन्ता का विषय था। पता नहीं कैसे वो उसे पहचान गया था और वो उससे क्या चाहता था। लेकिन गनीमत थी कि ज्यादा गले नहीं पड़ा था, जल्दी ही उसने उसका पीछा छोड़ दिया था।

कौन था! क्या चाहता था!

ये सवाल फिर भी मुतवातर उसके जेहन पर दस्तक देता रहा।

सायन पनवेल हाइवे पर ठाणे क्रीक के परले सिरे पर पुलिस की नाकाबन्दी थी।

इस काम के लिये वो जगह इसलिये चुनी गयी थी क्योंकि वहां पहुंचा कोई वाहन एकाएक यू टर्न लेकर वापिस नहीं लौट सकता था।

नाकाबन्दी पर सब-इन्स्पेक्टर गर्गे के साथ दो हवलदार और चार सिपाही थे और बमय उसके सब के सब हथियारबन्द थे।

सब-इन्स्पेक्टर बार बार अपनी कलाई घड़ी देख रहा था और सामने सड़क पर दूर तक निगाह दौड़ा रहा था।

साढ़े छः बस बजने ही वाले थे।

नाकाबन्दी पर भारी सस्पैंस का महौल था। हर कोई टेंशन में था और बेचैनी से पहलू बदल रहा था। बड़े समगलर के माल का मामला बताया जाता था इसलिये सबको अंदेशा था कि शूट आउट की नौबत आ सकती थी।

उस घड़ी सड़क पर ट्रैफिक ज्यादा नहीं था इसलिये निर्दोष वाहनों को बैरियर से गुजरने में कोई दिक्कत पेश नहीं आ रही थी जिसमें कि इतनी ही जगह छोड़ी गयी थी कि एक वक्त में एक वाहन गुजर पाता। किसी को रोका टोका नहीं जा रहा था क्योंकि उनकी निगाहों का मरकज तो एक खास नम्बर की खास कार थी।

"वो रही।"—एकाएक एक हवलदार सस्पेंसभरे लहजे से बोला।

तत्काल सब-इन्स्पेक्टर की पहले ही सामने उठी निगाह सामने फोकस हुई। उस वक्त ऐसा संयोग हुआ था कि करीब आती एक ही कार थी जो कि नीले रंग की वही वैगन-आर थी जिसका कि उन्हें इन्तजार था, अलबत्ता उसके पीछे और वाहन थे।

तत्काल बैरियर का गैप बन्द कर दिया गया। सशस्त्र पुलिसिये मुस्तैदी के, चौकसी के पोज में आ गये। सब-इन्स्पेक्टर ने भी अपनी बैल्ट में लगे होल्स्टर का फ्लैप खोल लिया और उसमें मौजूद गन की मूठ को तनिक बाहर खींच लिया।

दो सिपाही दो कदम आगे बढ़ कर वैगन-आर को रुकने का इशारा करने लगे।

वैगन-आर की रफ्तार घटने लगी।

सब-इन्स्पेक्टर ने नोट किया कि उसमें ड्राइवर के अलावा और कोई पैसेंजर नहीं था।

वैगन-आर बैरियर के करीब, करीबतर होने लगी।

लेकिन जब तमाम पुलिसियों को लगा कि वो बैरियर पर पहुंचकर रुकने वाली थी, उसने रफ्तार पकड़ ली और फिर बैरियर को तोड़ती तोप से छूटे गोले की तरह आगे सड़क पर भागी।

उस अप्रत्याशित वाकये से सब-इन्स्पेक्टर गर्ग के होश फना हो गये। बिजली की फुर्ती से उसने गन निकाल पर हाथ में ली और निकल भागी वैन को निशाना बना कर फायर किये।

वैसी फायरिंग बाकी पुलिसियों की रायफलों से भी हुई।

लेकिन वैगन-आर की रफ्तार में फर्क आना तो दूर, वो और तेज हो गयी। ऐसा न लगा कि चलाई गयी गोलियों में से किसी ने उसे कोई नुकसान पहुंचाया था।

फुर्ती से तमाम पुलिसिये एक जीप और दो मोटरसाइकिलों पर सवार हुए और फिर वो वैगन-आर के पीछे लपके।

उस घड़ी सूरज डूबे थोड़ा अरसा हो चुका था, माहौल में नीम अन्धेरा था जो कि धीरे-धीरे मुकम्मल अन्धेरे में तब्दील होता जा रहा था।

आगे सड़क पर एक उजाड़ स्ट्रेच थी जिस पर अन्धेरा और भी घना जान पड़ता था।

वैगन-आर ऐसी रफ्तार से भाग रही थी कि नहीं लगता था कि वो उनकी पकड़ में आने वाली थी। उसको हैंडल करता शख्स जरूर कोई असाधारण रूप से दक्ष ड्राइवर था।

सब-इन्स्पेक्टर वायरलैस पर कन्ट्रोल रूम को ठकठका रहा था ताकि वैगन-आर को आगे इन्टरसैप्ट किये जाने का इन्तजाम हो पाता।

एकाएक एक और अप्रत्याशित घटना घटी।

वैगन-आर की रफ्तार कम होने लगी।

फिर वो एक साइड रोड पर उतर गयी।

पुलिसिये उस सड़क के दहाने पर पहुंचे तो पाया कि वैगन-आर सौ गज आगे खड़ी थी, उसका इंजन खामोश था और ड्राइवर उसको फिर स्टार्ट करने के लिये पूरा जोर लगा रहा था।

लेकिन ऐसा होने से पहले ही जीप और मोटर साइकिलें उसके सिर पर पहुंच गयीं और उसे घेर लिया गया। ड्राइवर की तरफ हथियार तन गये।

"खबरदार!"—एक रायफलधारी हवलदार कड़क कर बोला—"हिलने का नहीं।"

ड्राइवर पर उस आदेश की कोई प्रतिक्रिया नजर न आयी।

"हाथ ऊपर!"

उसने खामोशी से हाथ उठा दिये, जोकि छत नीची होने की वजह से पूरी तरह से उठ भी न पाये।

फिर उसे घसीट कर वैगन-आर से बाहर निकाला गया और उसको हथकड़ी लगाई गयी।

सब-इन्स्पेक्टर उसके सामने जा खड़ा हुआ। जीप और मोटरसाइकिलों की हैडलाइट्स आन थीं इसलिये वो साफ उसकी सूरत देख सकता था। वो

कोई चालीस साल का गठीले बदन का, स्थूल नयन नक्श वाला आदमी था जो कि डेनिम की घिसी हुई जींस और किसी मोटे कपड़े की चैक की शर्ट पहने था।

सब-इन्स्पेक्टर ने अपलक उसे देखा।

वो निगाहें चुराने लगा, आजू बाजू देखने लगा।

"नाम बोलने का।"—सब-इन्स्पेक्टर अपने व्यवसायसुलभ कर्कश स्वर में बोला।

"हजूरी।"—जवाब मिला।

"पूरा नाम?"

"हजूरीलाल मैनी।"

"किधर से आता है? किधर जाता है?"

"खण्डाला से आता है। कोलाबा जाता है।"

"गाड़ी में क्या है?"

"कुछ नहीं। खाली है।"

"कुछ भी नहीं है?"

"नहीं है।"

"तलाशी लें तो?"

"खुशी से लो।"

"कुछ बरामद हुआ तो?"

"कुछ क्या?"

"कुछ भी!"

"जब कुछ हैइच नहीं तो बरामद कैसे होयेंगा, बाप?"

"हूं।"—फिर सब-इन्स्पेक्टर अपने मातहतों से मुखातिब हुआ—"तलाशी लो।"

तत्काल तमाम पुलिसिये वैगन-आर के हवाले हुए।

"मेरी तरफ देख।"—पीछे सब-इन्स्पेक्टर ने फिर गिरफ्तार ड्राइवर पर निगाह डाली।

इस बार उसने पूरी निडरता से निगाह से निगाह मिलाई।

"हजूरी!"—सब-इन्स्पेक्टर बोला—"हजूरीलाल!"

"हां, बाप।"

"असली नाम बोल।"

"मेरी असली नकली एक ही नाम है। हजूरी। हजूरीलाल।"

"बैरियर पर रुका क्यों नहीं?"

"डर गया था। कभी ऐसे पुलिस एक्शन से वास्ता नहीं पड़ा था। घबरा गया। बौखला गया। उसी हालत में वो गलत कदम उठा बैठा।"

"मानता है गलत कदम था?"

"हां, बाप। ये टेम माफ कर दो।"

"क्या कहने!"

"मां कसम, फिर ऐसी गलती गुस्ताखी नहीं होगी।"

"काम क्या करता है।"

"यहीच काम है, बाप। ड्राइवरी।"

"गाड़ी तेरी है?"

"नहीं।"

"तो तेरे पास क्यों है?"

"खण्डाला से मुम्बई पहुंचाने का काम मिला न!"

"कोलाबा?"

"हां, बाप।"

"उधर कहां?"

"उधर आजाद नगर में बस डिपो है। उधर मेरे को मजहर कर के एक भीड़ू मिलेगा। गाड़ी मेरे को उसको हैण्डओवर करने का।"

"तू मजहर को पहचानता है? पहले से जानता है?"

"नक्को।"

"तो कैसे जानेगा जो मिला वो मजहर?"

"वो जनवायेगा न! कुछ दिखायेगा न साबित करने को कि वो मजहर! जैसे ड्राइविंग लाइसेंस! या वोटर आइडी कार्ड! या आधार! बोले तो कुछ भी।"

"गाड़ी है किस की?"

"मेरे को नहीं मालूम।"

"क्या बोला?"

"बाप, मैं ये काम अक्सर करता है। गाड़ी किधर से किधर पहुंचाने का काम। अच्छा रोकड़ा मिलता है। "

"किस से? गाड़ी के मालिक से? "

"नक्को। इन कामों का एक दलाल है। उससे।"

"नाम बोल।"

"नाम पारस जगताप। पता मेरे को नहीं मालूम।"

"फेंक नहीं। फेंक नहीं।"

"सच्ची बोलता है, बाप। मुम्बई सैन्ट्रल स्टेशन उसका ठीया है। काम हो तो फोन कर के उधर बुलाता है।"

"हूं। ड्राइविंग लाइसेंस है?"

"है न, बाप!"

"निकाल। दिखा।"

कैदी ने ड्राइविंग लाइसेंस पेश किया।

सब-इन्स्पेक्टर ने लाइसेंस का मुआयना किया और उस पर लगी तसवीर से कैदी की सूरत का मिलान किया।

"इस पर तो चूना भट्टी का पता लिखा है!"

"उधरीच रहता है न, बाप।"

"खण्डाला कैसे पहुंच गया?"

"जिधर का काम मिलेंगा, उधर पहुंचने का न, बाप! खण्डाला से गाड़ी लाने का था तो खण्डाला पहुंचा, दिल्ली से लाना होता तो दिल्ली पहुंचता।"

"खण्डाला में गाड़ी किधर से पिक की?"

"उधर एक मोटर गैराज है। वहां से।"

"गैराज कहां है उधर?"

"बोले तो?"

"अबे, ढक्कन, वहां कोई एक ही गैराज तो नहीं होगा! या होगा एक ही गैराज अक्खे खण्डाला में?"

"नहीं, बाप।"

"तो बोल कि जिस गैराज से तूने गाड़ी पिक की, वो उधर किधर है।"

"अच्छा, वो!"

"हां, वो। बोल!"

"उधर पीडब्ल्यूडी का गैस्ट हाउस है न जो कि एक ही है। उसके बाजू में है उधर मेरे वाला गैराज।"

"हूं। गाड़ी के कागजात?"

"ऐन चौकस हैं।"

"दिखा।"

उसने कागजात—आरसी, इंश्योरेंस वगैरह—पेश किये।

"इसके मुताबिक मालिक कोई प्रवेश अधिकारी है जोकि पूना में रहता है।"

"रहता होगा, बाप।"

"तेरे को नहीं मालूम?"

"मेरे को क्या लेने का मालूम कर के! मेरे को तो गाड़ी को खाली एक जगह से दूसरी जगह पहुंचाने का। ये काम मैं कोई पहली बार तो किया नहीं, बाप! अभी बोले तो आज तक तो कोई लोचा आया नहीं..."

"पहले कभी कहीं रोड ब्लॉक न मिला?"

"मिला। पण ऐसा न मिला जो खाली मेरे को रोकता था। इसी वास्ते तो मगज हिल गया और मैं इतना बड़ा मिस्टेक किया जो अब भुगतता है।"

"साहब"—तभी एक हवलदार बोला—"गाड़ी तो क्लीन है।"

"कुछ नहीं मिला?"—सब-इन्स्पेक्टर सकपकाया सा बोला।

"सुई तलाश करने का माफिक काम किया, साहब। कुछ भी नहीं मिला।"

"कमाल है!"

कुछ क्षण खामोशी छाई रही।

फिर सब-इन्स्पेक्टर हुजूम से थोड़ा परे हटा और उसने मोबाइल निकाल कर थाने में अपने एसएचओ राजेश महाले को काल लगाई और उसे हालात से वाकिफ कराया। जवाब में पहले लाइन पर खामोशी छा गयी फिर उसे होल्ड करने को बोला गया।

सब-इन्स्पेक्टर धीरज से मोबाइल कान से लगाये खड़ा रहा।

लम्बे इन्तजार के बाद एसएचओ महाले वापिस लाइन पर लौटा।

"मैंने एसीपी साहब से बात की है।"—वो बोला—"उन्होंने आगे एनसीबी में बात की है। एसआई गर्गे, सबका यही कहना है कि टिप बहुत सालिड है।"

"लेकिन सर"—सब-इन्स्पेक्टर ने अदब से प्रतिवाद किया—"हमने पूरी शिद्दत और मेहनत से गाड़ी को..."

"तुम्हारे एफर्ट में, मुझे यकीन है, कोई कमी नहीं। गर्गे, गाड़ी में कोई भेद है।"

"ऐसा?"

"हां! जरूर उसमें कहीं कोई सीक्रेट चैम्बर है।"

"ओह!"

"गाड़ी और ड्राइवर के साथ थाने पहुंचो। फिर देखते हैं। गाड़ी को भी और ड्राइवर को भी।"

"राइट, सर।"

उसने सम्बन्ध विच्छेद किया और फिर कैदी के रूबरू हुआ।

"तेरी चलती गाड़ी बिगड़ कैसे गयी?"—उसने पूछा।

"पता नहीं।"—कैदी नर्वस भाव से बोला—"यकायक इंजन बैठ गया। बहुत जोर लगाया, स्टार्ट हो के न दिया।"

"रास्ते में कहीं ऐसा हुआ?"

"नहीं, बाप, नहीं हुआ। खाली इधरीच हुआ।"

"क्यों?"

"क्या बोलेगा, बाप! मशीन है! बिगड़ जाता है तो नोटिस तो नहीं देता न!"

"श्याना है।"

सब-इन्स्पेक्टर कुछ क्षण सोचता रहा, फिर वैगन-आर के पास पहुंचा। वो कार की ड्राईविंग सीट पर सवार हुआ तो पाया चाबी इग्नीशन में ही लगी हुई थी। उसने चाबी घुमा कर इग्नीशन आन किया तो इंजन तत्काल बोला।

उसने इग्नीशन आफ करके फिर आन किया।

इंजन पूरी नफासत से फिर आन हुआ।

"हूं।"—उसके मुंह से निकला और उसकी गर्दन स्वयमेव ऊपर से नीचे हिली।

लगभग उसी वक्त वैसा ही रोड ब्लॉक तुलसी पाइप रोड पर माहिम रेलवे स्टेशन से थोड़ा आगे था।

पता नहीं क्या बात थी!—जीतसिंह ने मन ही मन सोचा—आजकल रोड ब्लॉक्स आम बात हो गयी थी।

उसने नोट किया कि ट्रैफिक बिना किसी विघ्न बाधा ने उस बैरियर पर से गुजर रहा था। बैरियर पर तीन वर्दीधारी पुलिसिये मौजूद थे लेकिन वो नाकाबन्दी से, ट्रैफिक की रवानगी से उदासीन जान पड़ते थे।

साले मुफ्तखोरे!

ड्यूटी करते थे कि अहसान करते थे।

बैरियर खड़ा करते थे और बीड़ी पीते उसकी तरफ पीठ फेरकर खड़े होते थे।

अभी भी बस बीड़ी ही नहीं पी रहे थे पर लगता नहीं था कि बहुत चौकन्ने थे।

लेकिन जब वो बैरियर के करीब पहुंचा तो तीनों जैसे सोते से जागे और हाथ हिला कर उसे रुकने का इशारा करने लगे। एक जना, जोकि हवलदार की वर्दी में था, उसे टैक्सी को बाजू में लेने का इशारा करने लगा।

जीतसिंह ने फुटपाथ से लगाकर टैक्सी रोकी।

हवलदार उसके करीब पहुंचा। दोनों सिपाही भी ट्रैफिक से विमुख होकर हवलदार के पीछे आ खड़े हुए।

हवलदार ने सरसरी निगाह टैक्सी के भीतर घुमाई और फिर रुखाई से बोला—"किधर जाता है?"

"किधर भी नहीं जाता, बाप।"—जीतसिंह तनिक भुनभुनाता सा बोला—"पैसेंजर के लिये भटकता है।"

"लाइसेंस दिखा। बैज दिखा।"

जीतसिंह ने दोनों काम किये।

"गाड़ी के पेपर दिखा।"

उसने वो काम भी किया लेकिन उसको न लगा कि हवलदार ने कागजात की तरफ कोई तवज्जो दी थी।

"बाहर निकल! डिकी खोल!"

"काहे को?"

"सुना नहीं!"

"पण काहे को?"

"साला हलकट! जुबान लड़ाता है! अन्दर होना मांगता है!"

"भाव नहीं खाने का, बाप, खोलता है।"

जीतसिंह ने पीछे जाकर डिकी का ढ़क्कन उठाया तो ये देख कर उसे सख्त हैरानी हुई कि भीतर एक सूटकेस पड़ा था।

कहां से आया?

कब आया?

कैसे आया?

उसे खबर क्यों न लगी?

क्या माजरा था?

हवलदार ने भी डिकी में झांका।

"साथ में सामान ले के चलता है!"—फिर बोला।

"अपुन का नहीं है, बाप।"—जीतसिंह असमंजसपूर्ण भाव से बोला—"लगता है किसी पैसेंजर का रह गया।"

"और तेरे को मालूम न पड़ा!"

"बोले तो ऐसीच हुआ, बाप।"

"बंडल! ऐसा कहीं होता है!"

"अभी हुआ न!"

"पैसेंजर का सामान टैक्सी में रह गया तो थाने जमा कराना था!"

"मालूम पड़ता तो कराता न! अभी मालूम पड़ा, कराता है।"

"खोल!"

"क्या?"

"अरे, सूटकेस, और क्या?"

"मैं कैसे खोलेगा पराया सामान..."

"अभी तेरी टैक्सी में मिला न! मेरे को देखना मांगता है, चैक करना मांगता है कि अपना है या पराया है!"

"पण..."

"साला सुनता नहीं। जुबान लड़ाता है। ठोक देंगा साला।"

"पण, बाप, सुनो तो। जब ये सूटकेस मेरा नहीं तो खुला तो नहीं होगा न! लॉक होगा तो मैं कैसे खोलेगा?"

"यही देख कि लॉक है या नहीं!"

जीतसिंह हिचकिचाया।

"भाटे!"

एक सिपाही आगे आया।

"सूटकेस थाम। देख। चैक कर।"

भाटे नामक सिपाही पीछे डिकी पर पहुंचा। उसने खड़े सूटकेस को लिटा कर उसके खटके ट्राई किये। दोनों स्प्रिंगदार खटके तत्काल खुले। उसने ढक्कन उठाया।

हवलदार ने गर्दन निकाल कर सूटकेस के भीतर झांका।

भीतर कपड़े भरे थे।

"सब निकाल!"—वो बोला—"खाली कर।"

सिपाही भाटे ने तमाम कपड़े सूटकेस से निकाल कर उसके बाजू में डाल दिये। सूटकेस खाली हो गया।

हवलदार ने फिर गौर से सूटकेस का मुआयना किया।

"कपड़े तो थोड़े से हैं!"—फिर बड़बड़ाया—"इतनों से सूटकेस कैसे भर गया?"

"कैसे भर गया?"—सिपाही भाटे बोला।

"लोचा है।"

"बोले तो?"

"अभी! अभी!"

हवलदार ने सूटकेस उठा लिया और उसका बारीक मुआयना करने लगा। उसने कई बार उसे उलटा पलटा, एक दो जगह पर ठकठकाया, दबाया, फिर एकाएक उसकी आंखों में अजीब चमक आयी।

"इसमें नकली तला है।"—वो विजेता के से भाव से बोला।

"ऐसा!"—भाटे बोला।

"बोले तो?"—जीतसिंह बोला।

"साला बाहर से जितना ऊंचा है, अन्दर से उतना गहरा नहीं है। इसी वास्ते थोड़े से कपड़ों से पूरा भरा जान पड़ने लगा। अभी भेद खुलता है।"

उसने वर्दी की जेब से एक चाबियों का गुच्छा बरामद किया जिसमें तीन चार विभिन्न आकार की चाबियों के अलावा एक छोटा सा चाकू भी था। उसने चाकू को खोल कर उसका नन्हा सा, कोई डेढ़ इंच लम्बा, फल सीधा किया। उसने फल की नोक को सूटकेस के भीतर उसकी चारों साइडों के साथ साथ धीरे धीरे फिराना शुरू किया। नतीजतन सूटकेस का नकली तला नीचे से अलग हो गया।

"देखा!"—वो बोला।

"नकली तला!"—भाटे बोला।

"बोले तो फाल्स बाटम!"—दूसरा सिपाही बोला।

"और नीचे"—हवलदार बोला—"सफेद पाउडर की थैलियां। जिनमें क्या है, मेरे को मालूम।"

जीतसिंह का कलेजा मुंह को आने लगा। एक तो वो सूटकेस ही उसको हैरान कर रहा था जोकि वहां नहीं होना चाहिये था लेकिन था। जब उसने फैल्ट हैट वाले, बड़े सूटकेस वाले पैसेंजर को पीछे उतारा था, उससे पहले डिकी खाली थी और उसके बाद, बड़ा सूटकेस वहां से निकाल लिया जाने के बाद, डिकी को खाली होना चाहिए था लेकिन नहीं थी। पता नहीं कहां से वो सूटकेस उसमें आन टपका था! वो भी नकली तले वाला जिसके नीचे से सफेद पाउडर की थैलियां बरामद हुई थीं।

सफेद पाउडर!

जीतसिंह को अपनी सांस रुकती महसूस हुई।

"साला ड्रग्स ढोता है।"—हवलदार कड़क कर बोला—"हेरोइन इधर से उधर करता है।"

"अरे, नहीं, बाप।"—जीतसिंह बौखलाकर बोला—"मैं तो..."

"नॉरकॉटिक्स समगलर है!"

"अरे, बाप, मैं मामूली टैक्सी डिरेवर।"

"दस साल को नपेगा। भाटे! जोशी! थाम लो साले को।"

जीतसिंह गिरफ्तार।

एक अनबूझ साजिश के तहत गिरफ्तार।

अपने दल बल के साथ और अपने 'कैच' के साथ सब-इन्स्पेक्टर गर्गे थाने पहुंचा।

हजूरी तब भी हथकड़ी में था।

सब-इन्स्पेक्टर ने एसएचओ महाले को तमाम किस्सा बयान किया।

"सर"—फिर दबे, संजीदा लहजे में बोला—"एक बात काबिलेगौर है, काबिलेजिक्र है।"

"कौन सी बात?"—इन्स्पेक्टर महाले की भवें उठीं।

"हमारे से आगे, काफी आगे दौड़ती वैगन-आर एकाएक इसलिये रुकी थी क्योंकि, बकौल कैदी, उसका इंजन एकाएक बन्द हो गया था और इसकी भरपूर कोशिशों के बावजूद रीस्टार्ट हो के नहीं दिया था लेकिन जब मैंने खुद इग्नीशन चैक किया था तो उसको पर्फेक्ट वर्किंग कंडीशन में पाया था।"

"ऐसा इत्तफाक से हुआ हो सकता है। वो भाग रहा था, दहशत में था, अपनी उस हालत में इग्नीशन को ठीक से हैंडल नहीं कर सका होगा।"

"मुमकिन है लेकिन, सर, उसके पास कार छोड़ कर भाग निकलने का भी तो पूरा पूरा मौका था जिसे कि उसने अवेल न किया! उस घड़ी हम एक उजाड़ स्ट्रैच पर थे, अगर वो कार छोड़ कर भाग निकला होता तो अन्धेरे में ऐसा गर्क हुआ होता कि हमें ढूंढे न मिलता।"

"घबराये, बौखलाये आदमी का मगज बराबर काम नहीं करता। उसे उस घड़ी सूझा ही नहीं होगा कि वो फरार हो सकता था।"

"सर, आप ज्यादा तजुर्बेकार हैं लेकिन जो मुझे सूझा उसे बयान करना, आपकी जानकारी में लाना, मैंने जरूरी समझा।"

"तुमने ठीक किया। इस बारे में हम फिर विचार कर सकते हैं, अभी वैगन-आर को स्ट्रिप करने का इन्तजाम करो। मुझे पूरा यकीन है उसमें कहीं न कहीं कोई सीक्रेट चैम्बर जरूर निकलेगा।"

"यस, सर।"

वो इन्तजाम किया गया।

नजदीकी गैराज से दो दक्ष मकैनिक तलब किये गये और वैगन-आर उनके हवाले कर दी गयी। जब तक कार उनके हवाले थी तब तक पुलिस ने अपनी रूटीन तफ्तीश को आगे बढ़ाया।

मालूम पड़ा कि :

कार वाकेई पूना के प्रवेश अधिकारी के नाम रजिस्टर थी लेकिन वो उसके पास से चोरी चली गयी हुई थी और पूना में दो दिन पहले की तारीख में बाकायदा उसकी चोरी की रिपोर्ट दर्ज थी।

इसका मतलब था कि कार में सीक्रेट चैम्बर की तामीर पिछले दो दिनों में ही हुई थी और समगलिंग के खास मकसद से ही हुई थी।

खण्डाला में पीडब्ल्यूडी के गैस्ट हाउस के बाजू में कोई मोटर मैकेनिक गैराज नहीं था।

मुम्बई सैन्ट्रल स्टेशन के बाहर पारस जगताप नाम का कोई दलाल सक्रिय नहीं था।

एक घन्टे में मकैनिक लोगों ने खबर दी कि वैगन-आर में सीक्रेट चैम्बर बराबर था जिसे कि उन्होंने खोज निकाला था। जो चैम्बर ड्राइवर की सीट के नीचे था और सीट को चैम्बर पर वैल्ड कर दिया गया हुआ था। वैल्डिंग को काटने पर ही सीट हटी थी तो नीचे से बारह गुणा बारह गुणा तीन इंच का एक खाना बरामद हुआ था जिसमें कीमती स्विस घड़ियां भरी हुई थीं।

"लिहाजा हमारी टिप में एक ही नुक्स था"—एसएचओ बोला—"कि वो नॉरकॉटिक्स की बाबत थी जबकि घड़ियां बराबद हुईं।"

"केस तो फिर भी समगलिंग का ही है, सर!"—सब-इन्स्पेक्टर गर्गे बोला।

"हां। और ये हमारे हिस्से आयी बड़ी कामयाबी है।"

"बराबर, सर।"

"ये कीमती माल है। ड्राइवर खुद इसका मालिक नहीं हो सकता। अब हमने उससे जानना है वो किसका हरकारा है, माल किसका है! उसे मेरे आफिस में हाजिर करो।"

हजूरीलाल को एसएचओ के आफिस में हाजिर किया गया।

उसके हुक्म पर उसकी हथकड़ी निकाल दी गयी।

"बैठ।"—एसएचओ महाले नम्र स्वर में बोला।

हजूरी के चेहरे पर हकबकाहट के भाव आये, उसने बैठने का उपक्रम नहीं किया।

"अरे, बैठ न!"—एसएचओ ने इसरार किया—"मेरे को मालूम तू एक बड़े गेम का महज एक मोहरा है। कोआपरेट करेगा तो हो सकता है बड़ी जहमत से बच जाये। तेरे को वादामाफ गवाह का दर्जा हासिल हो सकता है। यूं तू मामूली सजा से भी बच सकता है। नहीं?"

हजूरी का सिर मशीन की तरह सहमति में हिला।

"तू समझ तू हमारी तरफ है। इसलिये समझ कि थाने का मेहमान है। यही सोच के बैठ।"

हजूरी झिझकता हुआ एक कुर्सी पर बैठ गया।

"माल किसका है?"—एसएचओ ने बड़ी आत्मीयता से पूछा।

"मेरे को नहीं मालूम।"—हजूरी कातर भाव से बोला—"मेरे को तो यही नहीं मालूम था कि कार में कोई माल था।"

"कार चोरी की निकली है।"

"ऐसा!"—हजूरी ने नेत्र फैलाये।

"तेरे को इस बाबत भी कोई खबर, कोई जानकारी नहीं थी?"

"मां कसम, नहीं थी।"

"मुम्बई सैन्ट्रल स्टेशन पर पारस जगताप नाम का कोई शख्स नहीं पाया जाता। इस नाम के किसी दलाल को वहां कोई नहीं जानता।"

"पण मेरे को तो वो हमेशा उधरीच मिला।"

"फेंक नहीं। सोच के, जिम्मेदारी से जवाब दे।"

"वहीच करता है, बाप। बोले तो हो सकता है उधर वो किसी और नाम से आपरेट करता हो, किसी और नाम से जाना जाता हो!"

"तो गाड़ी तेरे को खण्डाला में मिली?"

"हां, बाप।"

"एक मोटर गैराज से?"

"हां, बाप।"

"उधर पीडब्ल्यूडी के गैस्टहाउस के बाजू के मोटर गैराज से?"

"हां, बाप।"

"पक्की बात?"

"हां, बाप।"

"उधर ऐसा कोई गैराज नहीं है।"

हजूरी निगाह चुराने लगा।

"जवाब दे।"

उससे जवाब देते न बना।

"कभी जेल गया है?"

वो सिर परे देखने लगा।

"ये कोई छुपने वाली बात है?"

"एकबार ... एक बार गिरफ्तार हुआ था। ज ... जेल गया था।"

"कितनी लगी थी?"

"नहीं लगी थी। मेरे खिलाफ कुछ साबित नहीं हो पाया था इसलिये छूट गया था।"

"खुशकिस्मत निकला। थर्ड डिग्री का मजा चखा?"

"बोले तो?"

"अबे, अन्दर डण्डा परेड हुई?"

उसने कठिन भाव से इंकार में सिर हिलाया।

"फिर तो वाकई खुशकिस्मत है। खैर, वो तजुर्बा तेरे को अब होगा।"

"क्या बोला, बाप?"

"सच नहीं बोलेगा तो नर्क का नजारा होगा तेरे को। उस दिन को कोसेगा जब तेरी मां ने तेरे को पैदा किया था।"

वो व्याकुल दिखाई देने लगा।

"ये तो जाहिर है कि तू महज हरकारा है। अभी बोल किसका हरकारा है? किसके लिये काम करता है? बड़ा बाप कौन है? बड़ा मगरमच्छ कौन है?"

उसने जवाब न दिया, मजबूती से होंठ भींच लिये।

"तो ये तेरा आखिरी फैसला है कि जुबान नहीं खोलेगा? मालिक का वफादार बन के दिखायेगा?"

वो परे देखने लगा।

"जेल की हवा खा चुका है फिर भी नहीं जानता कि यहां तो गूंगे भी बोलने लगते हैं!"

उसने बेचैनी से पहलू बदला लेकिन मुंह न खोला।

"ठीक है।"—एसएचओ ने गहरी सांस ली—"मैं करता हूं तेरा इन्तजाम।"

उसने सब-इन्स्पेक्टर गर्गे को तलब किया।

"नहीं सुनता।"—और बोला—"नहीं हिलता। समझता है खामोश रह सकता है।"

"तो?"—सब-इन्स्पेक्टर बोला।

"तो क्या! वहम दूर कर, मेरे भाई! ले के जा और ठोक।"

हजूरी सिर से पांव तक कांप गया लेकिन फिर भी खामोश रहा। आखिर उसके डील में शामिल था कि उसने आसानी से कुछ नहीं बकना था।

नाकाबन्दी से कोई आधा किलोमीटर दूर एक एक-मंजिला इमारत थी जहां कि जीतसिंह को ले जाया गया।

वो कोई दस बारह मकानों वाली एक छोटी सी गली थी जिस तक पहुंचते वक्त वो म्युनीसिपल मार्केट के आगे से गुजरे थे।

उसने देखा इमारत के बाहर एक रोता सा बल्ब जल रहा था जो कि वहां रोशनी का इकलौता साधन था अलबता शीशों वाली रौशन खिड़कियां बताती थीं कि भीतर वैसा आलम नहीं था। इमारत के बरामदे में दो दरवाजे दिखाई दे रहे थे जो कि बन्द थे। किसी मर्द मानस का वहां कोई अता पता नहीं था।

"ये क्या जगह है?"—उसके मुंह से निकला—"कोई थाना चौकी तो नहीं जान पड़ती?"

"चौकी है।"—हवलदार धूर्त भाव से बोला—"सीक्रेट करके। ऐन फिल्मी इस्टाइल में। कोई देखे तो मालूम न पड़े कि चौकी है।"

"गोली देता है, बाप!"

हवलदार हँसा।

"भीतर चल।"—फिर बोला—"भीतर तूने किसी की हाजिरी भरनी है।"

"किसकी?"

"मालूम पड़ेगा।"

"फिर भी?"

"हमारे बॉस की।"

"ओह!"

"जिसके सामने अब तू कोई और ही राग अलापेगा।"

उसने बरामदे में जाकर एक दरवाजे को धक्का दिया तो वो खुल गया। उसने जीतसिंह की बांह पकड़ी और उसे अपने से आगे चलाने लगा।

दोनों सिपाहियों ने उसके पीछे आने की कोशिश न की।

एक गैरआबाद कमरा लांघ कर हवलदार उसे पूरी तरह से रौशन एक आफिसनुमा कमरे में लेकर आया जहां एक आफिस टेबल के पीछे एक एग्जीक्यूटिव चैयर पर...

जीतसिंह के नेत्र फैले।

...उसका शाम का, फ्रेंचकट दाढ़ी वाला पैसेंजर बैठा था।

गागल्स और फैल्ट हैट वो तब भी लगाये था, सिगार तब भी उसके मुंह में था अलबत्ता अब वो बुझा हुआ नहीं था, सुलगा हुआ था और धुंआ छोड़ रहा था।

"बॉस!"—हवलदार बोला।

"ओह!"—जीतसिंह के मुंह से निकला—"बॉस, मेरे को बताया होता कि सरकारी भीड़ू था। पुलिस वाला था।"

"बताता तो क्या करता?"—सिगार मुंह से निकालता वो बोला—"झट कबूल कर लेता कि रौशन बेग नहीं, जीतसिंह था?"

"बाप, काहे को एक ही बात के पीछे पड़ा है। मैं कितनी बार बोलेगा तो ऐतबार में लायेगा कि मैं रौशन बेग है, रौशन बेग है, रौशन बेग है।"

"बैठ।"

"पण..."

"अरे, बैठ न! बैठने में क्या है?"

जीतसिंह उसके सामने एक कुर्सी पर बैठ गया।

"यहां बात को ऐतबार में लाने का और भी तरीका है, जोकि पीछे रोड पर मुमकिन नहीं था। सीधा और आसान। कोई पंगा नहीं। कोई लोचा नहीं।"

"बोले तो?"

"मैं अपने और आदमियों को बुलाता हूं और सबको हुक्म देता हूं। कि वो जबरदस्ती तेरी पतलून उतारें।"

"अरे, नहीं, बाप!"

"ईजी! चुटकियों में रिजल्ट सामने। अपने बहुरूप को मुकम्मल करने के लिये सुन्नत भी तो नहीं करवा ली?"

"बाप"—इस बार जीतसिंह बोला तो उसका स्वर अपने आप ही दब गया—"क्या चाहते हो?"

"हां, ये टोन पसन्द है मेरे को।"

"क्या चाहते हो?"

"रौशन बेग से कुछ नहीं चाहता—वो मेरे किसी काम का नहीं—जीतसिंह से चाहता हूं।"

"जीतसिंह से क्या चाहते हो?"

"बोलूंगा। जब कबूल कर लेगा कि जीतसिंह है।"

"तुम्हेरे आदमी सच में मेरे साथ जबरदस्ती करेंगे?"

"अभी देखना। सब सामने आयेगा।"

"सरकारी भीड़, गैरकानूनी काम करेंगे!"

"अरे, भई, तू गिरफ्तार है। हेरोइन की बड़ी खेप के साथ गिरफ्तार है। यानी किसी खतरनाक गैंग का खतरनाक आपरेटर है..."

"मैं मामूली टैक्सी डिरेबर है।"

"...ऐसे गिरफ्तार शख्स की जामातलाशी होगी या नहीं होगी? ऐसा आम होता है कि पुलिस की पूछताछ से बचने के लिये, डण्डा परेड से बचने के लिये और मालिक से वफादारी दिखाने के लिये पकड़े जाने पर आपरेटर खुदकुशी कर लेते हैं। जहर खा लेते हैं, ब्लेड से नसें काट लेते हैं। ऐसी कोई आइटम मुकम्मल जामातलाशी से ही तो बरामद होगी जो सारे कपड़े उतरवाये बिना कैसे होगी? बोल, कैसे होगी?"

जीतसिंह खामोश रहा, उसने बेचैनी से पहलू बदला।

"तो मैं बुलाऊं बाकी लोगों को?"

"सब पुलिस वाले हैं?"

"तेरे को क्या दिखाई देता है?"

"ये क्या जगह है?"

"चौकी है।"

"बाहर कोई बोर्ड क्यों नहीं?"

"क्यों, भई? गजट में छपा है कि चौकी पर बोर्ड जरूर लगा होना चाहिये?"

"फिर भी!"

"नवीं चौकी है। बोर्ड बनने गया है। आ जायेगा एक दो दिनों में।"

"जगह उजाड़ क्यों जान पड़ती है?"

"अरे, चौकी ही तो है! थाना तो नहीं है! यहां खाली छः आदमियों का स्टाफ है। यहां का इंचार्ज सब-इन्स्पेक्टर दो आदमियों के साथ दूसरे केस की तफ्तीश के लिये दूसरी जगह गया है।"

"ओह! बोले तो ... तुम क्या है?"

"मैं! मैं मैं है।"

"बाप, बड़ा पुलिसवाला तो नहीं है।"

"अच्छा!"

"किसी बड़े ओहदे वाले पुलिस वाले को किसी लॉक बस्टर से क्या लेना देना होयेंगा?"

"श्याना है। यानी अब कबूल करता है कि ..."

"हवलदार को बाहर भेजो।"

उस शख्स ने बिना किसी हुज्जत के हवलदार को वहां से रुखसत कर दिया।

पीछे दोनों अकेले रह गये।

उस शख्स ने सिगार का लम्बा कश लगाया और ढेर सारा धुंआ दोनों के बीच उगला।

"तो?"— फिर बोला।

"अभी बोलो कि पुलिस वाले नहीं हो।"—जीतसिंह संजीदगी से बोला।

"नहीं हूं। लेकिन देख ही रहा है कि इस जगह का पुलिस का अमला मेरी मुट्ठी में है।"

"जिन्होंने नाकाबन्दी पर केस नहीं पकड़ा, तुम्हारे वास्ते मेरे को पकड़ा?"

"अब तो लैंग्वेज भी स्ट्रेट बोलता है!"

"जवाब दो।"

"यही बात है। मुझे तेरी जरूरत है ..."

"मेरी?"

"जीतसिंह की—जोकि तू है—और उसके बेमिसाल हुनर की।"

"हूं।"

"मैं तेरे को अन्धेरे में नहीं रखना चाहता। तू हेरोइन के साथ पकड़ा गया है ..."

"सफेद पाउडर की कुछ थैलियों के साथ पकड़ा गया हूं जिनको खाली झांक कर, शक्ल देख कर एक हवलदार ने बोल दिया कि हेरोइन थी। अब जब

कि मेरे को मालूम कि मेरे को सैट किया गया था तो क्या गारन्टी है वो हेरोइन से भरी थैलियां थीं! हेरोइन कीमती आइटम है। सुना है थोक में चालीस-पैंतालीस लाख में एक किलो आती है। कैसे तुम खाली मेरे को फांसने के लिये इतनी हेरोइन का इन्तजाम कर सकते थे!"

"श्याना है। मगज में रखता है कुछ बराबर। इसी वास्ते मेरे काम का है।"

"ये मेरी बात का जवाब नहीं।"

"तो अपनी बात का जवाब सुन। अगर तू रौशन बेग होने की जिद नहीं छोड़ेगा तो बाकायदा गिरफ्तार किया जायेगा। फिर जब पंचनामा होगा तो पकड़ी गयी थैलियों में हेरोइन ही पायी जायेगी। अभी मैंने ये इन्तजाम जरूरी नहीं समझा था क्योंकि मेरे को यकीन था कि आखिर तू अपनी जिद छोड़ देगा। अब तू देख ही रहा है कि मेरा यकीन कारगर निकला है। नहीं?"

"हां।"

"बहरहाल बात ये हो रही थी कि जब केस बनेगा तो तू हेरोइन के साथ ही पकड़ा गया दिखाया जायेगा। फिर बचना मुमकिन नहीं होगा। लम्बी लगेगी। अब सूरत अहवाल ये है कि तेरे आइन्दा बुरे अंजाम से सिर्फ मैं तेरे को बचा सकता हूं। अभी बोल, तेरे को इस बात का अहसास है या नहीं है?"

"हैं। पूरी शिद्दत से है।"

"गुड।"

"मेरी टैक्सी कहां है?"

"वहीं है जहां तेरे को थामा गया था। तुलसी पाइप रोड पर।"

"माल समेत?"

"माल निकाल लिया गया हुआ है। अभी यहां बन्द है।"

"पण टैक्सी बन्द नहीं है!"

"टैक्सी ने कहां जाना है!"—उसके स्वर में लापरवाही का पुट आया—"तू पसर, मेरे से बाहर जाके दिखा, मंगवा लेंगे।"

"मेरा ऐसा कोई इरादा नहीं।"

"न ही होना अच्छा है। तेरे लिये।"

"तुम हो कौन?"

"मैं हूं कोई। साथ देगा तो जान जायेगा।"

"कम से कम नाम तो बोलो।"

"बोला न! आकाश चावरिया।"

"असली नाम है।"

"वर्किंग नेम है।"

"गागल्स, फैल्ट शक्ल छुपाने के लिये?"

"ठीक?"

"दाढ़ी मूंछ तो असली है?"

"खींच के देख। इधर आ जा। मैं ऐतराज नहीं करूंगा।"

"मुझे सैट कैसे किया?"

वो हँसा।

"मैं मुश्किल से आधे मिनट के लिये टैक्सी के पीछे से हटा था, इतने कम वक्त में हेरोइन वाला सूटकेस डिकी में प्लांट नहीं किया जा सकता था। वो बड़े सूटकेस में था तो सूटकेस को लिटाने में, उसे खोलने में, भीतर से छोटा सूटकेस निकालने में, उसे डिकी में खड़ा करने में, सूटकेस वापिस बन्द करने में और उसे निकाल कर डिकी बन्द करने में आधे मिनट से कहीं ज्यादा टाइम लगता है।"

वो फिर हँसा।

"नहीं?"—जीतसिंह जिदभरे स्वर में बोला।

"हां।"

"तो कैसे किया?"

"बोलता हूं। जुबानी बताने की जगह डिमांस्ट्रेशन देता हूं।"

उसने हाथ में थमे सिगार को वापिस होठों में दबाया और उठकर खड़ा हुआ। विशाल टेबल की ओट में से उसने अपना बड़ा सूटकेस बरामद किया और उसे खड़ा करके अपने और जीतसिंह के बीच मेज पर रखा।

"हैंडल की तरफ तवज्जो दे।"—वो बोला—"इसके बीच में एक खटका है। काले रंग का। लिवर जैसा। इसको दबाने से सूटकेस का तला दो फाड़ खुल जाता है। देख!"

उसने सूटकेस को ऊंचा किया और खटका दबाया।

सूटकेस का तला दो हिस्सों में बंट कर दो पल्लों की तरह आजू बाजू लटक गया। उसने लिवर को फिर दबाया तो वो बन्द हो गया और सूटकेस का साधारण तला जान पड़ने लगा।

"बैटरी से आपरेट होता है।"—वो बोला—"छोटा सूटकेस भीतर था। इस बड़े सूटकेस की जगह उसको डिकी में पहुंचाने के लिये खाली ये खटका ही तो दबाना था! पलक झपकते हो जाने वाला काम था।"

"पहले से सब इन्तजाम तैयार रखा?"

"क्योंकि मुझे मालूम था कि तू आसानी से जीतसिंह होने की हामी नहीं भरने वाला था। तेरी जिद तोड़ने के लिये, तुझे काबू में करने के लिये पहले से अल्टरनेट इंतजाम करके रखना जरूरी था। इसीलिये अपने काम के लिये मैंने तुलसी पाइप रोड को चुना था। वो बहुत लम्बी सड़क है और उस पर कई ऐसी लम्बी लम्बी स्ट्रैच आती हैं जिन पर से किधर मुड़ जाना मुमकिन नहीं होता।"

"ठीक। लेकिन मैं तुम्हारी नाकाबन्दी से पहले पार निकल जाता और तुम्हें उतारने के लिये फिर टैक्सी रोकता तो!"

"वो नाकाबन्दी फ्लैक्सीबल थी जो खड़े पैर, मेरा फोन आने पर तैयार की जानी थी।"

"ओह!"

"और सिर्फ, तेरी खातिर थी। तुम्हें थामते ही नाकाबन्दी हटा ली गयी थी।"

"मैं पहले कबूल कर लेता कि मैं जीतसिंह था?"

"तो छोटा सूटकेस इस बड़े सूटकेस में ही रहता और आगे नाकाबन्दी की जरूरत न पड़ती।"

"काम क्या है?"

"काम ऐन तेरी लाइन का है।"

"मेरी लाइन क्या है?"

"बकवास न कर।"

जीतसिंह खामोश रहा।

"काम ऐन वैसा है जैसा तू हाल में पूरी कामयाबी से कर चुका है। तूने एक तरह से अपने हो चुके तजुर्बे को ही दोहराना है—समझना कि एक ही काम को दो बार किया—लेकिन वो जिक्र बेमानी है। तू जानता है, सब जानता है, इसलिये बेमानी है।"

"मुझे पहचाना कैसे? इत्तफाक से?"

"बिल्कुल ही इत्तफाक से तो नहीं! कुछ जोड़ तोड़ किया, कुछ घटा जमा किया, कुछ फुटवर्क किया। कुछ भेजे से काम लिया, फिर काम बना।"

"मसलन क्या किया?"

"सुन। अन्डरवर्ल्ड में ये खुसर फुसर काफी थी कि मराठा मंच नाम की पोलिटिकल पार्टी के सदर बहरामजी कान्ट्रैक्टर के खण्डाला के बंगले की वाल्ट जैसी सेफ खुल गयी थी और उस काम को अगर कोई अंजाम दे सकता था तो वो जीतसिंह था।"

"ये कौन बोला?"

"तेरा ही एक भाई बन्द बोला। तेरे ही जैसा ताला-चाबी मास्टर लेकिन तेरी परछाईं भी नहीं। अड्डा भायखला में। नाम चन्दू मराठे। जानता है न! जानता ही होगा! हमपेशा लोग एक दूसरे को जानते ही होते हैं।"

जीतसिंह खामोश रहा।

"इकबाल रजा नेताजी बहरामजी कान्ट्रैक्टर का खास आदमी है। हैंचमैन है..."

"हैंचमैन बोले तो?"

"जल्लाद! जल्लाद! मैं चन्दू मराठे से मिला था। उसी ने मेरे को बताया था कि उसी ने बतौर टॉप लॉकबस्टर तेरा नाम इकबाल रजा को सुझाया था और फिर तुझे थामा गया था लेकिन तू किसी तरह से उनके चंगुल से बच निकला था—कैसे बच निकला था, मेरे को नहीं मालूम। बच के किधर निकल गया था ये भी नहीं मालूम लेकिन फिर कुछ दिन बाद अपने भेदियों से मेरे को खबर लगी थी, कि नेताजी ने—जो कि खुद उन दिनों गोवा आता जाता रहता था—तेरी फिराक में इकबाल रजा को पोंडा भेजा था। इससे मेरे को ये हिन्ट मिला कि मुम्बई से निकल कर तू पोंडा पहुंचा हो सकता था वर्ना इकबाल रजा की, नेताजी के जल्लाद की, उधर मौजूदगी का कोई मतलब नहीं था। तू उधर था?"

"आगे बढ़ो!"

"आगे ये कि उधर बड़े मिस्टीरियस सरकमस्टांसिज में इकबाल रजा का कत्ल हो गया। पोंडा के बाहर की एक खंडहर मिल के कम्पाउन्ड में से उसकी खंजर से बिन्धी लाश बरामद हुई। रजा ने पोंडा में रौशन बेग नाम का एक लोकल भीड़ू पकड़ा था जो उधर बतौर उसका जोड़ीदार उसके साथ काम करता था। आगे करिश्मा ये हुआ कि वो रौशन बेग जीतसिंह को पकड़ कर पणजी नेताजी के दरबार में ले गया जहां कि जीतसिंह को शूट कर दिया गया और इस काम की एवज में रौशन बेग ने नेताजी से दस लाख का इनाम बटोरा।"

"ये कैसे मालूम हुआ?"

"नेताजी के कैम्प में उधर अपना एक भेदिया था न!"

"ओह! भेदिया था! बाप इतने बड़े आदमी के कैम्प में, ऐन भीतरी सर्कल में भेदिया रखने वाला भीड़ू खुद भी तो कोई बड़ी औकात वाला ही होगा!"

"तो ?"

"वो बड़ी औकात खुद तुम्हारी है या कि किसी बहरामजी जैसी बड़ी औकात वाले के अन्डर में चलते हो ?"

"इन बातों से"—उसके स्वर में सख्ती का पुट आया—"तेरे को कोई मतलब नहीं होना चाहिये। समझा ?"

"समझा ! आगे बोलो। जो कह रहे थे, उससे आगे बढ़ो।"

"मैं कहां था ?"

"जीतसिंह को पणजी में शूट कर दिया गया और रौशन बेग ने नेताजी से दस लाख रुपये का इनाम हासिल किया।"

"हां ! जीतसिंह पणजी में खल्लास हुआ, उसकी लाश गायब कर दी गयी लेकिन इधर के जीतसिंह के साथियों में, उसके जम्बूवाडी के खास दोस्तों में, इसका कोई रियेक्शन नुमायां नहीं था। अलबत्ता उनके बीच एक नवां जोड़ीदार आन बसा था जो कि रौशन बेग था और जो इधर टैक्सी चलाता था। ये बात मेरे को खटकी। कैसे एक नवां भीड़ू, जम्बूवाडी पहुंचकर जीतसिंह के खास ड्राइवर भाई दोस्तों का एकाएक जिगरी बन सकता था ! मैंने पोंडा से पता निकाला तो मालूम पड़ा कि वो चार साल से उधर था लेकिन इधर से ही उधर पहुंचा था और उधर टूरिस्ट गाइड बना हुआ था। वो रौशन बेग एकाएक मुम्बई लौटा तो डोंगरी न पहुंचा जहां कि मुम्बई छोड़ने से पहले तक एक अरसे से वो रहता था, जाकर जम्बूवाडी चाल की एक खोली में रहने लगा और भाड़े की टैक्सी चलाने लगा। जम्बूवाडी में नवां भीड़ू जीतसिंह के टैक्सी ड्राइवर साथियों से ऐसा हिला मिला पाया गया जैसे वो उन्हें बरसों से जानता था। जबकि कुल जमा चार महीनों से वो जम्बूवाडी में था। ये बात मेरे को खटकी। नतीजतन मैंने इस रौशन बेग पर फोकस बनाया। मालूम पड़ा नागपाड़ा में अलैग्जेंड्रा सिनेमा का टैक्सी स्टैण्ड उसका पक्का अड्डा था। वहां मैंने मुतवातर उसको वाच किया लेकिन वो मुझे किधर से भी जीतसिंह न लगा। फिर मैंने पावरफुल, टेलीस्कोपिक साइट वाले कैमरे से खुफिया तौर पर उसकी फोटो निकालीं ..."

जीतसिंह के चेहरे पर सख्त हैरानी के भाव आये।

"... और एक फ्रंट पोज वाले क्लोजअप को एक ग्राफिक आर्टिस्ट को इस हिदायत के साथ सौंपा कि वो उस पर से दाढ़ी मूंछ हटा दे। भारी उजरत की गारन्टी के तहत उस आर्टिस्ट ने बड़ी दक्षता से वो काम किया और जब नतीजा मेरे को सौंपा तो मैंने पाया कि रौशन बेग की बिना दाढ़ी मूंछ सूरत

काफी हद तक जीतसिंह से मिलती थी। बाकी काम दो में दो जोड़कर जवाब चार निकालने जैसा था।"

"चार जवाब क्या निकाला?"

"यही कि जीतसिंह लॉक बस्टर ही कमाल का नहीं था, और भी कई कमाल कर सकता था और बड़ा कमाल उसने ये किया था कि पणजी में उसकी जगह रौशन बेग मरा था और खुद उसने रौशन बेग की आईडेन्टिटी अख्तियार कर ली थी जिसके सदके उसका जलावतन खत्म हो सकता था और वो मुम्बई वापिस लौट सकता था। वो जानता था कि अगर उसने मुम्बई में रहना था तो जीतसिंह वाली आईडेन्टिटी से किनारा करना उसके लिये जरूरी थी। जीतसिंह मुम्बई लौटता तो देर सबेर उसकी शिनाख्त हो के रहती और नेताजी बहरामजी कान्ट्रैक्टर तक उसकी खबर पहुंच के रहती। तब यकीनी तौर पर वो उसी अंजाम को पहुंचता जिस पर पहुंचने से वो अपनी जगह रौशन बेग को कुर्बान कर के बच गया था।"—वो एक क्षण ठिठका, फिर बोला—"अब बोल, मैंने कुछ गलत तो नहीं बोला! ठीक से रीकंस्ट्रक्ट किया न तेरे पास्ट को?"

"बहुत पहुंचा हुआ भीड़ू है, बाप! बोले तो टॉप का।"

वो हँसा। उसने अपने सिगार की तरफ तवज्जो दी तो पाया कि बुझ चुका था लेकिन उसने उसको सुलगाने की कोशिश न की।

"अगर"—जीतसिंह बोला—"नेता जी को टिप देते कि जीतसिंह जिन्दा था..."

"पागल हुआ है! मुर्दा जीतसिंह मेरे किस काम आता?"

"ओह! तो कोई काम है जो तुमने मेरे से निकालना है?"

"अभी आई बात समझ में।"

"काम क्या है?"

"वही जिसमें तू माहिर है।"

"कोई वाल्ट खोलना है?"

"वाल्ट जैसी मजबूत सेफ खोलनी है।"

"क्या निकालना है?"

"कुछ नहीं। सेफ खुली और तेरा काम खत्म।"

"ऐसा?"

"हां।"

"उजरत मिलेगी?"

"बराबर मिलेगी। पूरी जिम्मेदारी से मिलेगी।"

"बावजूद इसके कि तुम बिना उजरत भी मुझे अपना काम करने के लिये मजबूत करने की पोजीशन में हो!"

"हां। बावजूद इसके।"

"कम्माल है!"

"कोई कमाल नहीं। अच्छे कारीगर की अच्छी उजरत अदा करने पर ही अच्छा काम होता है, लगन से काम होता है, दिल से काम होता है। मैं क्या जानता नहीं!"

"बहुत मेहरबान, कद्रदान, जर्रानवाज भीड़ू है, बाप।"

"कारीगरी के मामले में मैं सच में ऐसा हूं।"

"क्या मिलेगा?"

"अभी तू कबूल करता है न कि तू जीतसिंह है?"

"अभी कोई कसर रह गयी है! तुम्हारे चंगुल में फंसा फड़फड़ाता कोई रौशन बेग कैसे हो सकता है।"

वो हँसा।

"फंसने फड़फड़ाने वाली स्टेज अब गयी। अब तू मेरा साथी है।"

"शुक्रिया।"

"लेकिन धोखा दिया तो अंजाम बुरा होगा।"

"क्यों धोखा दूंगा? क्या धोखा दूंगा? पहले गोवा भागा था, इस बार चांद पर पहुंच जाऊंगा।"

"जैसा तू शख्स है, जैसी तेरी गुजश्ता जिन्दगी है, उसमें तेरे को बहुत धोखे, बहुत पैंतरे, बहुत फरेब सूझ सकते हैं।"

"मेरी गुजश्ता जिन्दगी से भी वाकिफ है, बाप!"

"कुछ कुछ। मोटे तौर पर। मुकम्मल तौर पर नहीं।"

"मुकम्मल तौर से वाकिफ होता तो किसी और ही टोन में, ट्यून में बात कर रहा होता।"

"क्या मतलब?"

"मैं तेरह खून कर चुका हूं।"

"मुझे क्यों बता रहा है?"

'कोई खास वजह नहीं। समझो अक्लमन्द को इशारा सरकाया।"

"मैं इशारे नहीं समझता।"

"फिर तो छोड़ो ये किस्सा। समझो मैंने कुछ नहीं कहा। आगे बोलो।"

"बोलता हूं। पहले एक खास बात बोलता हूं।"

"क्या खास बात?"

"गांठ बान्ध के रखने लायक बात।"

"कौन सी बात?"

"अभी तू यहां से निकल लेगा। सब डील सैट हो जाने के बाद तेरे को यहां से निकल लेने की इजाजत होगी। तब ये खुशफहमी न पाल लेना कि तू आजाद हो गया।"

"अरे, नहीं।"

"कानून के हाथ बड़े लम्बे होते हैं। तेरे को फिर से थाम लिया जाना महज वक्त की बात होगी और अब का हेरोइन वाला केस तेरा तब भी इन्तजार कर रहा होगा।"

"बेकसूर को फंसाया जायेगा!"

"पुलिस का रोजमर्रा का काम है। ऐसा फिट करेगी कि शिकंजे में फंसा सांस नहीं ले पायेगा।"

"मेरा ऐसा फिट होने का कोई इरादा नहीं। मेरा पुलिस को अपना दुश्मन बनाने का कोई इरादा नहीं।"

"अक्ल की बात की।"

"मेरा सवाल बीच में रह गया। उजरत... उजरत क्या मिलेगी?"

"तू बोल।"

"पांच।"

"पांच लाख?"

"और क्या पांच हजार! बच्चे की गुल्लक खोलनी है क्या, बाप!"

"ज्यादा है।"

"स्पैशल काम है। इसलिये स्पैशल फीस है।"

"बहुत ज्यादा है।"

"जो काम मेरे सिवाय कोई कर ही नहीं सकता, उसकी ये फीस ज्यादा कैसे है?"

"कौन बोला ये काम तेरे सिवाय कोई नहीं कर सकता?"

"तुम्ही बोला, बाप। जुबानी न बोला तो अपने एक्शंस बोला। कोई दूसरा भीड़ू तुम्हारा काम कर सकता होता तो तुम मेरे पीछे पड़ते! इतनी शिद्दत से, इतनी मेहनत से, इतनी तैयारी से मेरे को फांसते!"

"श्याना है!"

"समझते हो कोई दूसरा तुम्हारा काम कर सकता है तो चन्दू मराठे को बोलो। उसके लिये पचास हजार फीस भी ज्यादा होगी।"

"नहीं, वो नहीं। मेरे को जीतसिंह ही मंजूर है, और कोई नहीं। कोई भी नहीं।"

"तो फिर उजरत पर हुज्जत किस लिये?"

"तेरी मांग में तेरे लालच की झलक है।"

"लालच वाली कोई बात नहीं। ये वाजिब उजरत है। फिर मेरा खर्चा भी तो है?"

"खर्चा! खर्चा कैसा?"

"मेरी खास, जर्मन टूल किट मेरे हाथ से निकल चुकी है। मेरे पिछले काम में ऐसा फच्चर पड़ा था कि मेरे को मौकायवारदात से जान छोड़ कर भागना पड़ा था और मेरी नायाब टूल किट पीछे छूट गयी थी। नयी खरीदने में लाख रुपया लगेगा। जो कि मेरे पास नहीं है। एडवांस दोगे तो वो काम होगा।"

"एडवांस कितना?"

"फिफ्टी पर्सेंट।"

"लेकिन जब टूल किट एक लाख की..."

"बाप, जब रोकड़े पर किच किच है तो एक काम करो न?"

"क्या?"

"सेफ से जो बरामद हो, वो मेरे साथ शेयर करो।"

"लुट जायेगा।"

"खामखाह!"

"खामखाह ही। सेफ से कुछ बरामद नहीं होने वाला है।"

"बोम मारता है, बाप।"

"वो वैसी नहीं है जिसमें कैश या जेवरात या प्रेशस स्टोंस—हीरे जवाहरात—रखे जाते हैं। वो डाकूमेंट्स महफूज रखने के काम आने वाली सेफ है।"

"फिर खोलना क्यों मांगता है? कोई खास, स्पेशल डाकूमेंट्स जो तुम बोला, नक्की करने का?"

"तू ये सब नहीं समझेगा। तू अपनी समझ इतने तक कायम रख एक सेफ तेरे सामने होगी जिस पर तूने अपना नायाब हुनर आजमाना होगा, उसे खोलना होगा। ऐसा होते ही तेरा काम खत्म। तेरे को उसी घड़ी उधर से निकल लेने की इजाजत होगी।"

"लॉक कैसा होगा?"

"क्यों पूछता है? जब तू दावे के साथ कैसी भी सेफ खोल सकता है तो लॉक कैसा भी हो, क्या वान्दा है?"

"वान्दा नहीं है लेकिन लॉक की किस्म मालूम हो तो तैयारी हो जाती है, सहूलियत हो जाती है।"

"तेरी वो तैयारी नहीं कराई जा सकती। वक्त का तोड़ा है। मेरे को लॉक की कोई जानकारी नहीं—सच पूछे तो इस बाबत मेरे को कुछ सूझा ही नहीं—और जानकारी हासिल करने का अब वक्त नहीं।"

"ऐसा?"

"हां! लेकिन लॉक की किस्म की एडवांस जानकारी के बिना तू उसे खोल तो लेगा न?"

"बाप, मेरा नाम जीतसिंह है।"

"यानी खोल लेगा?"

"अगर कोई लॉक मैं नहीं खोल सकता तो कोई नहीं खोल सकता।"

"मैं तेरे कंफीडेंस की तारीफ करता हूं।"

"ऐसा नामुराद मौका आज तक तो आया नहीं कि कोई लॉक मेरे से न खुला हो।"

"बढ़िया। अब तू भलामानस बन के दिखा और मेरा एक कहना मान।"

"बोलो, बाप।"

"मैं तेरी पांच लाख उजरत की मांग कबूल करता हूं लेकिन तू एडवांस एक लाख कबूल कर ताकि तू टूल किट खरीद सके।"

"लेकिन..."

"अरे, कहना मान। ये न भूल कि फंसा हुआ तू अभी भी है। मैं तेरा लिहाज कर रहा हूं न! इसलिये तू मेरा लिहाज कर। प्लीज बोलता हूं।"

"जो पंछी तुम्हारे शिकंजे में फंसा फड़फड़ा भी नहीं सकता, उसको प्लीज बोलते हो?"

"हां, भई। और दिल से बोलता हूं।"

"ठीक है फिर। तुम्हारा कहा मेरे को मंजूर है।"

"थैंक्यू। कितना टाइम लगेगा इस काम में? क्योंकि टाइम का तोड़ा है।"

"कितना तोड़ा है?"

"अरे, कई दिनों में होने वाला काम न हो ये।"

"नहीं है ऐसा। टूल किट की असल कीमत पचास हजार है लेकिन इतने में हासिल करनी हो तो एडवांस में आर्डर देना पड़ता है और कम्पनी की सप्लाई में पन्द्रह से बीस दिन लगते हैं। ब्लैक में किट ओवरनाइट मिलती है—बड़ी हद अड़तालीस घंटे में मिलती है—लेकिन कीमत डबल अदा करनी पड़ती है।"

"तू करना डबल अदा। मैं तेरे को एक लाख रुपया दे के भेजूंगा।"

"काम किधर है?"

"बोलूंगा। सब बोलूंगा। अभी धीरज रख।"

"मेरे को सेफ निकासी का इन्तजाम करना होगा।"

"वो सब इन्तजाम तू समझ पहले ही हुआ पड़ा होगा।"

"ऐसा?"

"तू यूं समझ कि तू यूं टहलता हुआ जायेगा जैसे बारात में आया हो और यूं ही टहलता हुआ लौटेगा।"

"अकेला?"

"नहीं, अकेला तो नहीं! किसी का साथ होना तो निहायत जरूरी है वर्ना तुझे गाइड कौन करेगा?"

"साथ कौन? तुम?"

"देखना।"

"ठीक है।"

"तेरा वहां लम्बा ठहरना भी जरूरी नहीं होगा। तू तो अपने काम से फारिग होते ही वहां से निकल लेगा। जितनी जल्दी काम खत्म करेगा, उतनी ही जल्दी वहां से निजात पायेगा।"

"हूं। दिन तो मुकर्रर है न?"

"मुकर्रर है। दिन इतवार ग्यारह अक्टूबर मुकर्रर है। इतवार रात दस बजे तू पार्टी में पहुंचा हुआ होगा इसलिये जरूरी है कि अपनी टूल किट तू परसों शाम तक, या बड़ी हद इतवार सुबह तक हासिल कर ले।"

"परसों शाम नहीं तो रात तक टूल किट मेरे पास होगी।"

"गुड! ढंग की ड्रेस की भी जरूरत होगी जिसे कि पार्टी वियर कहते हैं।"

"किसी पार्टी में जाना होगा?"

"हां! बड़ी पार्टी में। कम से कम हजार लोगों की पार्टी में।"

"टूल किट साथ ले के कैसे जाऊंगा ऐसी फैंसी जगह पर?"

"सब इन्तजाम हो जायेगा। पहले तू टूल किट हासिल कर चुक और मेरे को खबर दे।"

"कर चुकने की खबर देनी होगी?"

"वो तो जरूरी है।"

"कैसे दूंगा?"

"मोबाइल है न तेरे पास!"

"है।"

"नम्बर मेरे को दे। मैं तेरे को काल लगाता रहूंगा और पता करता रहूंगा।"

"कई काल लगाओगे! जब कि मेरी एक ही काल से काम बन जायेगा।"

"मतलब?"

"अपना नम्बर बोलो। जब काम हो जायेगा तो मैं काल लगाऊंगा न!'

"नहीं, वही इन्तजाम ठीक है जो मैं बोला।"

"नम्बर देना नहीं चाहते हो?"

"अरे, भाई, मोबाइल है ही नहीं मेरे पास।"

"ऐसा कहीं होता है!"

"मेरे साथ हुआ न! गिर गया कहीं। नया लेने का टाइम नहीं लगा अभी। कल परसों में लूंगा।"

"पुड़िया है।"

"बहस छोड़।"—उसने एक पैड और बालपैन उसकी तरफ सरकाया—"अपना नम्बर लिख।"

जीतसिंह ने लिखा।

"गुड!"—वो बोला—"टूल किट तेरे काबू में आ जाने के बाद मैं अगली मुलाकात का इन्तजाम करूंगा।"

"यहीं?"

"नहीं। कहीं और। इस जगह को अब तू आउट आफ बाउन्ड समझ वर्ना प्राब्लम होगी तेरे लिये।"

जीतसिंह हड़बड़ाया।

"पुलिस वालों से दूर दूर ही रहना चाहिये, मेरे भाई। वो कहते नहीं हैं कि न इनकी दोस्ती अच्छी, न दुश्मनी अच्छी।"

"कहते तो हैं!"

"ड्रेस का क्या बोला तूने?"

"नहीं बोला। मेरे पास एक बढ़िया काला सूट है तो सही लेकिन वो चिंचपोकली में मेरी खोली में बन्द है। मौजूदा हालात में जहां जाने का हौसला मैं नहीं कर सकता।"

"क्यों?"

"समझो, बाप। वो खोली जीतसिंह की है। मैं रौशन बेग है।"

"ओह! सॉरी! मामूली बात थी पर मेरे मगज से निकल गयी।"

"वान्दा नहीं।"

"ड्रेस के लिये दस हजार मैं अलग से देता हूं तेरे को।"

"बढ़िया।"

एक लाख दस हजार की रकम के साथ जीतसिंह वहां से रुखसत हुआ। ये सोचता हुआ कि क्या वो उस रकम के साथ कहीं गायब हो सकता था!

एक घण्टे के बाद—कोई सवा आठ बजे के करीब—हजूरीलाल को फिर एसएचओ राजेश महाले के आफिस में पेश किया गया।

उस वक्त उसका मुंह माथा सब सूजा हुआ था, कपड़े अस्त व्यस्त थे और उन पर जगह जगह खून के दाग थे। चलने के लिये तब वो एक सिपाही के सहारे का मोहताज था।

एसएचओ के इशारे पर उसे एक विजिटर्स चेयर पर ढेर किया गया और उसके सामने एक पानी का गिलास रखा गया जिसे उसने बड़े उतावले भाव से, कांपते हाथों से थामा और यूं पिया कि वो छलका ज्यादा, हलक में कम उतरा।

"अब क्या बोलता है?"—एसएचओ उसे घूरता बोला।

"क्या बोलेगा, बाप!"—वो कांपती आवाज में बोला—"इतना ठोका..."

"बोम मारता है।"—सब-इन्स्पेक्टर गर्गे शान्ति से बोला—"साला सीढ़ियों से गिरा। देखकर नहीं चलता। साला एक सीढ़ी मिस किया तो कलाबाजियां खाता चौदह सीढ़ियां नीचे आ के पड़ा।"

"च च च।"—एसएचओ ने नकली सम्वेदना प्रकट की—"शुक्र है कोई हड्डी नहीं टूटी। शुक्र है न, हजूरीलाल!"

"हां, साहब। बराबर है।"—हजूरी बोला।

"बहुत लापरवाह है तू। सीढ़ियों से फिर गिर सकता है। इस बार हड्डी टूट सकती है। बल्कि हड्डियां टूट सकती हैं। मांगता है?"

"नहीं, साहब।"

"तो सच बोलने को तैयार है अब?"

"हां, बाप। अब और चारा किधर है?"

"ठीक। अभी बोल, किसका माल ढोया?"

"साहब, वो बड़ा आदमी है। बहुत बड़ा आदमी है। तुम्हेरी उम्मीद से बड़ा आदमी है। बड़ा और ताकतवर। मैंने उसका नाम लिया तो मेरी मौत निश्चित होगी। चुटकियों में मुझे चींटे की तरह मसल डाला जायेगा।"

"अबे, घोंचू, तू थाने में है।"

"वो इधरीच मेरे को खल्लास करा देगा।"

"तू नाहक फिक्र करता है। यहां तेरा बाल भी बांका नहीं हो सकता। फिर जिसका तू नाम लेगा वो गिरफ्तार होगा। कैसे वो तेरे को खल्लास करायेगा!"

"तुम देखना साहब।"

"ठीक है, देखेंगे। अभी नाम बोल। बोल किसका माल ढोता था?"

"साहब, रहम करो। इस बाबत मत मुंह खुलवाओ मेरा!"

"गर्गे, तू कैसा एसआई है। ये तो नहीं लगता कि चौदह सीढ़ियों से गिरा! वापिस ले के जा।"

"नहीं, नहीं।" —हजूरी ने आर्तनाद किया।

"तो बक के दे। नाम ले उस समगलर का जिसका तू कैरियर है।"

"साहब, बचा लोगे?"

"हां। बोला न, तेरा बाल भी बांका नहीं होने देंगे। जो डैमेज हो चुका, उस को भी कन्ट्रोल करेंगे। अब बोल!"

"साहब, मजबूरी में बोलता है..."

"अबे, क्यों मेरे सब्र का इम्तहान ले रहा है? नाम ले अपने बाप समगलर का।"

"लेता है, साहब, लेता है।"

"साला हरामी अभी भी सस्पेंस फैलाता है।"

"बहरामजी कान्ट्रैक्टर।"

कमरे में सन्नाटा छा गया।

जो कि कई क्षण बरकरार रहा। पुलिसिये उस दौरान एक दूसरे का मुंह देखते रहे।

"क्या नाम बोला?" —फिर एसएचओ कैदी को घूरता बोला।

"बहरामजी कान्ट्रैक्टर।" —हजूरी ने फंसे कण्ठ से दोहराया।

"बहरामजी कामन नाम है।"—सब-इन्सपेक्टर गर्गे दबे स्वर में बोला—"पारसियों में कान्ट्रैक्टर कामन कास्ट है।"

"हूं।"—एसएचओ बोला—"तो ये बहरामजी कान्ट्रैक्टर घड़ियों का समगलर है?"

"नॉरकॉटिक्स का भी। गोल्ड और सिलवर का भी।"

"किधर पाया जाता है?"

"कोलाबा में मेंशन है।"

"कोलाबा में किधर?"

"उधर सी-रॉक एस्टेट है न! उधर।"

"उधर तो मराठा मंच पार्टी का सदर बहरामजी कान्ट्रैक्टर रहता है। तू किस बहरामजी काट्रैक्टर की बात करता है?"

"उसी की बात करता है, साहब।"

"अरे, साले हरामी, तू इतने बड़े नेता पर इलजाम लगा रहा है कि वो समगलर है?"

"है न! अन्डरवर्ल्ड में किसी से पूछो वो नेता जी समगलर। काला बाजारिया।"

"पहले वो ये सब था लेकिन पालिटिक्स में आने पर उसने अपने तमाम काले धन्धों से किनारा कर लिया था।"

"थोड़ा टेम के वास्ते। अपने को इस्ट्रेट भीड़ू बन गया बताने के वास्ते। पण ढंके छुपे सब चलता था। अभी चार महीने पहले से उसके काले धन्धों ने रफ्तार पकड़ ली है।"

"किस वास्ते?"

"गोवा में मराठा मंच पार्टी की करारी हार हुई न! सूपड़ा साफ हुआ न! करोड़ों रुपया इलैक्शनों में फुंक गया। वापिस किधर से आयेगा! भरपाई किधर से होगी!"

"अबे, तू कोई पुड़िया तो नहीं सरका रहा?"

"नहीं, साहब। पुड़िया सरकाऊंगा तो और ठोकोगे। मेरे में और मार खाने की हिम्मत नहीं।"

"तेरा नेता से डायरेक्ट वास्ता है?"

"नहीं, साहब। कैसे होयेंगा? मेरे को तो कोई नेता जी के पास भी नहीं फटकने देगा।"

"तो किससे वास्ता है?"

"जहांगीर कान्ट्रैक्टर से, जो कि नेता जी का भांजा है। खालिद से, जो कि नेता जी का खास है।"

"हूं। वैगन-आर कहां से पिक की? और खबरदार जो खण्डाला के मोटर गैराज का नाम लिया।"

"नहीं लेगा, साहब। नेता जी के बंगले से पिक की जो कि उधर खण्डाला में ड्यूक्स रिट्रीट नाम के होटल वाली सड़क पर है।"

"भांजा जहांगीर कान्ट्रैक्टर, जिसका तू नाम लिया, उधर था?"

"नहीं।"

"दूसरा नाम खालिद लिया। वो उधर था?"

"नहीं।"

"तो किसने तेरे को गाड़ी सौंपी?"

"मंजूर ने। वो भी नेता जी का खास है जोकि उधर था।"

"वैगन-आर उसने तेरे हवाले की?"

"हां, साहब।"

"ये बोल के कि भीतर समगलिंग का माल छुपा था। स्विस घड़ियां छुपी थीं?"

"हां, साहब। उन्हीं को ढोना तो मेरा काम था! उसी काम की तो मेरी फीस थी!"

"कितनी?"

"पचास हजार!"

"बस! इतने बड़े रिस्क की फीस पचास हजार!"

"और भीडू लोग तो बीस में ये काम करने को तैयार, क्योंकि कोई रिस्क हैइच नहीं। आज तक ऐसे माल नहीं पकड़ा गया।"

"अब कैसे पकड़ा गया?"

"जरूर कोई मुखबिरी किया। भांजा उसका पता निकाल के रहेगा और फिर खालिद उसे ऐसा सेट करेगा कि फिर किसी और की मुखबिरी करने की हिम्मत नहीं होगी।"

"हूं। तेरे को बोला गया था कि कार चोरी की थी?"

"हां। बरोबर।"

"उसमें सीक्रेट चैम्बर कब, कहां सैट किया गया था?"

"मेरे को नहीं मालूम। लेकिन कार खण्डाला में थी तो ये काम उधरीच हुआ होगा।"

"तेरे को बोला गया था कि सीक्रेट चैम्बर में घड़ियां थीं?"

"हां, साहब। पहले ही बोला न!"

"यूं कितनी बार ऐसे काम कर चुका है?"

"कभी गिन के नहीं रखा। पण कई बार। कई से ज्यादा बार।"

"कभी कोई पंगा न पड़ा?"

"नक्को।"

"सिवाय इस बार के।"

"कोई मुखबिरी किया न! बड़ा बाप फुल सैट करेगा उस भीड़ू को।"

"जानेगा तो करेगा।"

"जानेगा बरोबर। नेताजी बहुत ताकतवर। बहुत डेन्जर। उससे कुछ नहीं छुपा रह सकता। दो दिन में मुखबिर की लाश समन्दर में तैरती पायी जायेगी। तुम देखना, साहब।"

"मुम्बई में वैगन-आर किधर पहुंचाने का था?"

"सी रॉक एस्टेट।"

"किसको सौंपना था?"

"जो कोई भी गेट पर मिलता।"

"फिर क्या होता?"

"गाड़ी से माल निकाल के उसे मेरे को वापिस सौंपा जाता। फिर मैं कोलाबा से दूर उसे कहीं भी लावारिस छोड़ देता।"

"पकड़े गये माल की कीमत का कोई अन्दाजा है?"

"नहीं, साहब।"

"हमारा भी माकूल अन्दाजा नहीं है लेकिन स्विस घड़ियां हैं। थोड़ी हैं फिर भी अस्सी लाख से कम की नहीं होंगी। ज्यादा की भी हो सकती हैं। और ज्यादा की भी हो सकती हैं।"

हजूरी खामोश रहा।

"और कुछ कहना चाहता है?"

उसने इंकार में सिर हिलाया।

"ठीक है। इसे लॉक अप में ले के जाओ और कोई फर्स्ट एड की जरूरत हो तो इन्तजाम करो। इसने हमारा साथ दिया है इसलिये अब हमारा फर्ज बनता है कि हम इसका खयाल करें, लिहाज करें।"

एक हवलदार और एक सिपाही हुजूरी को उठा के वहां से ले गये।

"गम्भीर मसला है।"—पीछे एसएचओ चिन्तित भाव से बोला—"अगर वो शख्स सच बोल के गया है तो बहुत ही गम्भीर मसला है।"

"झूठ बोलने की कोई वजह तो नहीं दिखाई देती, सर!"—सब-इन्स्पेक्टर गर्गे बोला—"अन्डरवर्ल्ड में खुसर पुसर तो है कि नेता जी फिर अपने पुराने कारोबार में सक्रिय है!"

"अन्डरवर्ल्ड अफवाहों का बाजार है। वहां की हर अफवाह सच्ची नहीं होती। पालिटिक्स में नेताजी की जो मौजूदा हैसियत है उसकी रू में यकीन नहीं आता कि वो फिर अपने पुराने, पीछे छूट चुके, काले धन्धों की तरफ वापिस लौट पड़ा होगा।"

"सर, क्या पता लगता है!"

"नहीं पता लगता। फिर भी इतने बड़े आदमी पर बिना सबूत कोई लांछन लगाना पुलिस के लिये मुसीबत का बायस बन सकता है। वो विधान सभा में चालीस एमएलए की ताकत वाला नेता है और इस लिहाज से हाउस में बड़ी हैसियत रखता है। हमने उस पर समगलिंग में लिप्त होने का इल्जाम लगाया, इलजाम लगाना तो दूर, इस बाबत कोई हिन्ट भी उसे दिया, तो वो सीधे पुलिस कमिश्नर से बात करेगा। नतीजा जानते हो क्या होगा?"

"क्या होगा?"

"हम सब लाइन हाजिर होंगे।"

"इस अंजाम से बचने के लिये हम क्या करेंगे? जो केस हमारी पकड़ में आया है, उसे ठण्डे बस्ते में डाल देंगे?

"ऐसा तो नहीं होना चाहिये।"—एसएचओ के स्वर में चिन्ता का पुट आया—"जब हमारे पास हजूरीलाल की सूरत में गवाह है तो ऐसा तो नहीं होना चाहिये!"

"तो क्या करेंगे?"

"एसीपी साहब ने मेरे को बोला था कि वो देर रात तक आफिस में रुकेंगे और हमारी टीम की कामयाबी की खबर सुनकर ही घर जायेंगे। वो आफिस में होंगे, मैं जाकर उनसे बात करता हूं।"

"ठीक।"

हनीफ लोधी फिर असद हयात उर्फ शाह के रूबरू था।

"तेरी शक्ल पर रौनक है।"—शाह बोला—"यानी गुड न्यूज है!"

"है न, बाप!"— हनीफ चहका— "तभी तो इधर हाजिरी भरता है।"

"हूं। क्या हुआ?"

"सब कुछ ऐन पर्फेक्ट हुआ, बाप। पुलिस में हमारा जो भेदिया है, उसका फोन आया न! उसने कनफर्म किया न कि सब कुछ ऐन पर्फेक्ट हुआ।"

"हजूरी ने पर्फेक्ट काम किया?"

"ऐन पर्फेक्ट काम किया।"

"ठुकने के बाद?"

"करारा ठुकने के बाद। तभी तो पुलिस वालों को यकीन आया कि जो बकता था, मजबूरी में बकता था। तभी तो उन्हें हजूरी का बयान जेनुइन लगा।"

"उन्हें यकीन आ गया? यकीन आ गया कि पकड़ा गया माल बहरामजी कान्ट्रैक्टर का था?"

"बाप, यकीन न आने की कोई वजह ही नहीं है। लेकिन हमारा भेदिया कहता है कि उस खबर से थाने के एसएचओ के हाथ पांव फूले हुए हैं।"

"वो तो होना ही था। आखिर बड़े नेता का, पावरफुल, जबर, शख्स का मामला था। अभी वो कुछ करेगा या नहीं?"

"करेगा। क्योंकि मालूम पड़ा है कि अपने एसीपी से कान्फ्रेंस करता है। एसीपी फिर आगे पुलिस के टॉप ब्रास से बात करेगा।"

"किस से बात करेगा?"

"बड़े अफसरान से। तभी तो कोई स्ट्रेटजी तैयार करेंगे।"

"अपने हजूरी को नेताजी के रूबरू करेंगे?"

"ऐसा बराबर हो सकता है।"

"नेता जी बहरामजी के सामने, पुलिस के बड़े अफसरान के सामने, हजूरी का दम निकल जायेगा। वो फिर कोई और ही राग अलापने लगेगा।"

"और राग?"

"सोच!"

"ओह! ऐसा नहीं होगा, बाप। तुम्हेरे को मालूम, ऐसा नहीं होने दिया जा सकता। मैं पहले से इन्तजाम करके रखा कि ऐसा न होने पाये।"

"बढ़िया। क्या इन्तजाम किया?"

हनीफ ने बताया।

इंस्पेक्टर राजेश महाले ने अपने एसीपी की हाजिरी भरी और तमाम वाकया बयान किया।

"हूं।"—एसीपी ने गम्भीर हूंकार भरी—"तो नेताजी बहरामजी कान्ट्रैक्टर फिर अपने पुराने धन्धे में है! पुराना पापी फिर पाप की गली में है!"

"सर, हजूरीलाल के बयान से तो यही जाहिर होता है! वैसे भी, आप जानते हैं, कि भेदियों के जरिये ऐसी अफवाहें हमारे तक पहुंचती ही रहती हैं।"

"हां। लेकिन उनकी तरफ तवज्जो नहीं दी जाती थी क्योंकि अफवाह आखिर अफवाह ही होती है।"

"पर अब तो सबूत है हमारे पास! समगलिंग के माल के साथ, चोरी की गाड़ी के साथ उसका कैरियर रंगे हाथों पकड़ा गया है। खंडाला में गाड़ी जहां उसे सौंपी गयी थी, वो नेताजी का मुकाम था, जहां उसने इधर मुम्बई में पहुंचानी थी, वो भी नेताजी का मुकाम है। कैरियर उसके खिलाफ अपना बयान देने के लिये तैयार बैठा है। नेता जी कैसे डिसओन करेगा इतनी बातों को?

"हूं।"

"फिर उसने नेताजी के भांजे जहांगीर कान्ट्रैक्टर का नाम लिया जिससे कि वो अपना वास्ता बताता है। सर, ऐरे गैरे को तो ये ही नहीं मालूम हो सकता कि नेताजी का कोई भांजा भी है।"

"यानी उसके बयान में दम है!"

"मेरे को तो पूरा पूरा लगता है।"

"ठोक कर बयान निकलवाया। बाद में मुकर गया तो?"

"उसकी मजाल नहीं हो सकती। वो नहीं मुकरेगा। मैं इस बात का जिम्मा लेता हूं।"

"कैसे? कैसे जिम्मा लेते हो?"

"मैंने बयान रिकार्ड किया न!"

"वैरी गुड! ये बहुत समझदारी का काम किया तुमने। शाबाश!"

"थैंक्यू सर।"

"बन्दी को रिकार्डिंग की खबर है?"

"नहीं, सर। खुफिया तरीके से रिकार्डिंग की। मुकरने की कोशिश करेगा तो रिकार्डिंग उसके मुंह पर मारूंगा न!"

"गुड! वैसे वो है कौन?"

"कैरियर है न! पुराना कैरियर बताता है अपने आपको।"

"पुलिस की नॉलेज में है?"

एसएचओ ने हिचकिचाते हुए इंकार में सिर हिलाया।

"शहर में पुलिस के इतने भेदिये हैं, कभी किसी ने हजूरीलाल मैनी नाम के कैरियर का जिक्र न किया?"

"नहीं ही किया, सर। वजह शायद ये है कि जिसका कैरियर था उसकी हस्ती बड़ी, बहुत ही बड़ी थी। आज की तारीख में बहरामजी कान्ट्रैक्टर बड़ा, बड़ी ताकत वाला नेता है। ऐसी शख्सियत की तरफ उंगली उठाने से मुखबिर कतराते हैं। ऐसी मुखबिरी सीधे मौत की राह दिखा सकती है, सर।"

एसीपी ने सहमति में सिर हिलाया।

"सीधे हमारी नॉलेज में इसलिये न आया क्योंकि कहता है कभी पकड़ा नहीं गया।"

"हूं।"

"अब क्या करने का, सर?"

"मुश्किल सवाल है।"

"सर, ये तो जगविदित है कि बहरामजी नेतागिरी में आने से पहले नोन समगलर और कालाबाजारिया था..."

"करैक्ट। लेकिन ऐसे लोग जब कोई नया रास्ता अख्तियार करते हैं तो उनके लिये जरूरी हो जाता है कि वो पुरानी राह पर चलना बन्द कर दें। ऐसी मिसाल हैं हमारे सामने।"

"मिसाल हैं!"

"हाजी मस्तान की मिसाल है। गोदी पर बोझा ढोने वाले कुली से समगलर बना वो पालिटिक्स में आ गया था, नेता बन गया था, दलित मुस्लिम सुरक्षा महासंघ नाम की पोलिटिकल पार्टी खड़ी कर ली थी जिसने मुम्बई में ही नहीं, मद्रास और कलकत्ता में भी चुनाव लड़े थे जिनमें ब्लैक मनी को पानी की तरह बहाया गया था..."

"सर, यही तो चार महीने पहले गोवा के चुनावों में बहरामजी कान्ट्रैक्टर ने अपनी मराठा मंच पार्टी के लिये किया था!"

"लेकिन कोई कामयाबी हासिल नहीं हुई थी।"

"सर, वो जुदा मसला है। मैं ये कहना चाहता था कि यूं फाइनांशल प्रैशर में आया पुराना समगलर नेता पैसे की खातिर क्या फिर अपने पुराने धन्धे में सक्रिय नहीं हुआ हो सकता?"

"जरूरी नहीं। हाजी मस्तान ने भी इलैक्शनों में बेशुमार पैसा खोया था लेकिन वो अपराध की दुनिया में वापिस नहीं लौटा था। सन् 1980 में अपराध की दुनिया को अलविदा करने के बाद, सन 1984 में बहरामजी की ही तरह

स्थापित नेता बन जाने के बाद सन 1994 में अपनी मौत तक उसने समगलिंग, एक्सटोर्शन के कारोबार में फिर हाथ नहीं डाला था।"

"अच्छा!"

"ऐसा ही केस अरुण गावली का है जो कि इसी शहर में माफिया डान से खादी टोपी धारी नेता बन गया था। वो अपने अनुयायियों में 'डैडी' कहलाता था और जिसने महाराष्ट्र में अखिल भारतीय सेना नाम की पोलिटिकल पार्टी खड़ी की थी। जब गैंगस्टर था तो दगड़ी चाल से आपरेट करता था और तब किडनैपिंग, टार्चरिंग, एक्सटोर्शन, मर्डर उसकी पसन्दीदा क्रिमिनल एक्टिविटीज थीं। कई बार गिरफ्तार हुआ लेकिन हर बार लैक आफ इवींडेंस के बिना पर छूट गया क्योंकि कभी कोई उसके खिलाफ गवाही देने को तैयार न हुआ।"

"आखिर तो फंसा था। मर्डर के केस में। सजा भी हुई थी!"

"हां। लेकिन ये बाद की, बहुत बाद की बात थी जब कि उसके पोलिटिकल करियर का सितारा वैसे ही गुरुब हो चला था।"

"ओह!"

"मैं ये कहना चाहता था कि ऐसे शख्स ने जब पॉलिटिक्स में कदम रखा था तो अपने पुराने धन्धे छोड़ दिये थे और चिंचपोकली से इलैक्शन लड़कर 2004 में एमएलए बन गया था। बाद में उसी सीट से उसने अपनी मुसलमान बीवी ज़ुबैदा मुजावर उर्फ आशा गावली को इलैक्शन जितवा दिया था। उसकी बेटी गीता गावली चिंचपोकली से ही असैम्बली इलैक्शन जीती थी। महाराष्ट्र का हाउसिंग मिनिस्टर सचिन अहीर उसका भतीजा था हलांकि बाद में उसकी उससे बिगड़ गयी थी और उसने अपने चाचा के ही खिलाफ इलैक्शन लड़ा था जिसमें दोनों हार गये थे और शिवसेना का एक कैण्डीडेट जीता था। महाले, इस अरुण गावली की पोलिटिकल लाइफ में एक टाइम तो ऐसा आया था कि शिवसेना चीफ बाल ठाकरे ने उसकी खातिर मुम्बई पुलिस की आलोचना की थी कि हम सिर्फ हिन्दू गैंगस्टर्स के ही पीछे पड़ते थे और अरुण गावली और अमर नायक जैसे मवालियों को 'आमची मुले', हमारे लड़के कहकर पुकारा था..."

"गुस्ताखी माफ, सर, आप कहना क्या चाहते हैं? इन मिसालों से आप स्थापित क्या करना चाहते हैं?"

"यही कि नेताजी बहरामजी कान्ट्रैक्टर की बाबत जो अफवाहें हमारे तक पहुंचती हैं, वो गलत, बेबुनियाद हो सकती हैं। असल में उसने भी हाजी मस्तान और अरुण गावली की तरह अपनी दागदार गुजश्ता जिन्दगी से किनारा

कर लिया हो सकता है। इसलिये बावजूद इसके कि हमने उसके खिलाफ मजबूत केस पकड़ा है, हमें फूंक फूंक के कदम उठाने की जरूरत है।"

"क्या करना होगा ?"

"कल तक इन्तजार करना होगा। कल सुबह मैं पहला काम यहीं करूंगा कि मैं अपने डीसीपी को कन्फीडेंस में लूंगा और फिर इस बाबत हम कमिश्नर साहब से मीटिंग करेंगे। उस मीटिंग में जो फैसला होगा, फिर उसके मुताबिक हम अपना अगला कदम उठायेंगे। कल तक इन्तजार करो, महाले, फिर देखना कमिश्नर साहब का भी यही हुक्म होगा कि बहरामजी का हजूरीलाल से आमना सामना कराया जाये और उसे चैलेंज किया जाये कि वो अपने नामोनिहाद कैरियर के बयान को झुठला कर दिखाये। जब ऐसा होगा तो मैं तुम्हारी भी वहां मौजूदगी सुनिश्चित करूंगा। बहरहाल कल तक यथापूर्व स्थिति बनी रहने दो।"

"ओके, सर।"

"वैसे क्या खयाल है तुम्हारा, कैरियर की गिरफ्तारी की खबर, माल के पकड़े जाने की खबर उसके आकाओं तक पहुंच चुकी होगी !"

"मेरे खयाल से तो पहुंच चुकी होगी। ऐसे कामों को एक फिक्सड टाइम टेबल के मुताबिक अंजाम दिया जाता है। एक प्वायन्ट से एक टाइम चला माल जब दूसरे प्वायन्ट पर दूसरे टाइम न पहुंचा तो भाई लोगों का माथा तो ठनका ही होगा ! फिर खुफिया तफ्तीश चलायेंगे तो पता भी निकाल ही लेंगे आखिर कि कैरियर पकड़ा गया था, माल पकड़ा गया था।"

"ऐसा हो चुका होगा ?"

"अभी तो मुझे उम्मीद नहीं ! ऐसी तफ्तीश में, ऐसी जानकारी निकालने में टाइम लगता है, कई बार उम्मीद से ज्यादा टाइम लगता है।"

"हूं। महाले, तुमने भरपूर कोशिश करनी है कि ये खबर तुम्हारे थाने से लीक न होने पाये।"

"नहीं होगी, सर। मैं सबको खड़का के रखूंगा।"

"गुड। ठीक है, कल मिलते हैं।"

"राइट, सर।"—एसएचओ उठ खड़ा हुआ।

"कमिश्नर साहब से मीटिंग से लौटते ही मैं तुम्हें तलब करूंगा। थाने में ही रहना।"

"जरूर, सर।"

"जा सकते हो।"

"थैंक्यू, सर।"

जीतसिंह जम्बूवाडी पहुंचा।

वहां एडवर्ड सिनेमा के करीब एक बेवड़े का अड्डा था जो कि गाइलो का फेवरेट था।

गाइलो बाटली का रसिया था। आठ-साढ़े आठ के बाद वो अक्सर उस अड्डे पर पाया जाता था। जीतसिंह को ये देखकर बड़ी राहत महसूस हुई कि तब भी वो वहां मौजूद था। वो एक कोने की मेज पर अपने एक दोस्त के साथ बैठा हुआ था। जीतसिंह दोस्त से वाकिफ नहीं था—कभी तआरुफ का इत्तफाक नहीं हुआ था—लेकिन नाम से वाकिफ था।

वो टेबल के करीब पहुंचा।

"जी...रौशन!"—गाइलो बोला—"ऐन फिट टेम पर आया। बैठ।"

"थैंक्यू।"

"कैसे आया? इत्तफाक से या इस्पेशल कर के!"

"स्पैशल कर के।"

"ओह! मेरे से मिलना मांगता है?"

"तेरे से ही।"

"मेरे से ही! ओह! ओह! नो प्राब्लम। जॉनी इज ए वैरी काइन्ड एण्ड कनसिड्रेट फ्रेंड! जॉनी, माई डियर!"

फ्रेंड ने अपने गिलास पर से सिर उठाया।

"थोड़ा टेम के वास्ते इधर से नक्की कर। थैंक्यू बोलता है।"

"नो प्राब्लम, डियर।"

जॉनी ने अपना गिलास काबू में किया और वहां से रुखसत हो गया।

पीछे गाइलो ने बड़े स्टाइल से, नखरे से, जेब से अपना ऐपल आई-फोन सिक्स निकाला और उसकी स्क्रीन पर निगाह डाली।

"नाइन पीएम।"—वो बोला—"बोले तो नाइन पीएम पर आया फिरेंड!"

गाइलो घड़ी भी लगाता था लेकिन चार महीने पहले जब से साठ हजार रुपये खर्च कर के वो फोन खरीदा था, उसे पब्लिक में चमकाने के लिये बहानों से जेब से निकालता था। इसी वास्ते तब टाइम कलाई घड़ी पर नहीं, मोबाइल पर देखता था।

जीतसिंह ने टाइम की तस्दीक में सहमति में सिर हिलाया।

"अभी बोल, क्या बात है?"—गाइलो बोला—"नहीं, पहले डिरिंक बोल। मांगता है?"

"मांगता है।"—जीतसिंह बोला।

"गुड।"

गाइलो ने दो ड्रिंक्स का आर्डर दिया।

फिर दोनों ने सिग्रेट सुलगाये।

"ये जॉनी।"—जीतसिंह बोला—"तेरा फ्रेंड। हमेशा इधर ही पाया जाता है?"

"बोले तो?"

"मैं जब भी तेरी तलाश में इधर आता हूं, इसे तेरे साथ ड्रिंक करते पाता हूं।"

"तेरे को पिराब्लम?"

"नहीं। पण लगता है मुफ्तखोरा है।"

"क्या खोरा है?"

"मुफ्तखोरा। फ्रीलोडर।"

"ओह! फ्रीलोडर। जीते, अब फिरेंड है तो है। फिरेंड अच्छा बुरा बाद में होता है, फिरेंड पहले होता है।"

"पते की बात कही। करता क्या है?"

"रेगुलर करके कुछ नहीं करता; बस, छोटा मोटा ऑड जॉब्स करता है।"

"इसी वास्ते हमेशा इधर होता है। कोई गाइलो मिले, ड्रिंक आफर करे..."

"अब नक्की कर न! वो कोई पिराब्लम तेरे वास्ते! उठ के जाने को बोला तो गया न!"

"वो तो है!"

तभी वेटर ड्रिंक्स ले आया।

उसके रुखसत होने तक वो दोनों खामोश रहे।

"अभी आया मैं।"—फिर गाइलो बोला—"बस, पहला ही था हाथ में।"

"ओह!"

"चियर्स बोल!"

"चियर्स!"—जीतसिंह ने जाम से जाम टकराया।

"अभी बोल।"

"बोलता हूं। गाइलो, मेरे को तेरे से, अपने जिगरी से, एक खास बात करने का।"

"अरे, कर न!"

"तेरे को एक स्टोरी सुनाने का।"

"सुना न! आई एम आल इयर्स।"

"इसी शाम की आपबीती।"

"कोई"—गाइलो के माथे पर बल पड़े—"बुरी बीती?"

"हां।"

"ये टेम क्या हुआ?"

"सुन।"

जीतसिंह ने सविस्तार तमाम किस्सा बयान किया।

"जीसस!"—गाइलो के मुंह से निकला—"वो भीड़ू साला पहले तेरे को निगाह से बीन लिया, फिर फोटू निकालकर कनफर्म किया कि तू जीतसिंह?"

"हां।"

"था कौन?"

"क्या पता कौन था! नाम आकाश चावरिया बताया लेकिन मुंह से माना कि फर्जी था। सूरत फैल्ट हैट और ये... बड़े काले गागल्स के पीछे छुपी थी। मुंह पर फ्रेंच कट दाढ़ी थी जो, मेरा मन कहता था कि, नकली थी लेकिन आफर करने लगा कि खींच के देख लूं।"

"साइकालोजी लगाया। भीड़ू को मालूम था तू ऐसी जुर्रत नहीं करने वाला था।"

"हो सकता है।"

"अभी पिराब्लम क्या है? वो तेरे को जॉब देता है, उसकी उजरत देता है, पिराब्लम किधर है। साला एडवांस भी दिया।"

"जो टूल किट और ड्रेस खरीदने में मुकम्मल खर्च हो जायेगा। यानी खर्चा दिया, एडवांस किधर दिया?"

"बोले तो यू आर राइट।"

"मेरे को पूरा यकीन है जो चार लाख रुपया काम हो जाने के बाद देने का वादा उसने किया है, वो मेरे को नहीं मिलने वाला। अपना काम निकालकर वो ऐसा गायब होगा कि मेरे को ढूंढे नहीं मिलेगा।"

"काहे कू ? उधर चौकी से उसका पता निकालना न !"

"चौकी गायब है।"

"गायब है ! क्या बोलता है ?"

"हैइच नहीं।"

"किधर गयी ?"

"किधर भी नहीं गयी। कभी थी ही नहीं।"

"जीते, काहे मगज का कचरा करता है। एक्सप्लेन कर।"

"जब उन्होंने मेरे को थामा था तो मेरी टैक्सी पीछे तुलसी पाइप रोड पर ही छोड़ दी थी और मेरे को जीप में बिठाकर 'चौकी' पर ले आये थे जहां कि वो भीड़ू, मेरा पैसेंजर जिसने मेरे को सैट किया था, मेरे को दोबारा मिला था। बाद में उसके साथ सुलह सफाई हो जाने के बाद, सब सैटल हो जाने के बाद, मेरे को वहां से चला जाने दिया गया था। मैं पैदल चल कर तुलसी पाइप रोड वहां पहुंचा था जहां कि मेरी टैक्सी खड़ी थी तो मैंने पाया था कि चाबी इग्नीशन में नहीं थी जहां कि मैंने उसे छोड़ा था।"

"जो भीड़ू लोग तेरे को थामा, उन्हीं में से किसी ने निकाल कर काबू में किया !"

"मेरे को भी ऐन यही सूझा था। वहां से रुखसत होने से पहले मेरे को चाबी के बारे में सवाल करना चाहिये था लेकिन खयाल न आया। वापिसी के आधे रास्ते आया तो मेरे को लगा कि चाबी इग्नीशन में मिलेगी वर्ना वो मुझे सौंपी गयी होती।"

"तब क्या किया तूने ? वापिस लौटा ?"

"लौटना ही था।"

"तो चाबी मिली चौकी से ?"

"वैसी चौकी ? वहां तो भां भां करती अन्धेरे में डूबी इमारत खड़ी थी। न बाहर कोई जीप थी, न कोई मोटरसाइकिल थी। साला लगता ही नहीं था कि अभी थोड़ी देर पहले वो इमारत आबाद थी।"

"फिर ? क्या किया ?"

"पड़ोस की घन्टी बजाई और घन्टी का जवाब देने निकले पड़ोसी से चौकी की बाबत सवाल किया। जवाब में वो मेरे को ऐसे देखने लगा जैसे मेरे मगज में जाला। फिर बोला वो इमारत तो तीन महीने से खाली पड़ी थी।"

"पण उधर रौशनी ! हलचल ! किसी की निगाह में न आयी !"

"आती भी तो ऐसा होने की वजह थी जो कि पड़ोसी ने मेरा लिहाज करके मुझे बताई। उस मकान का मालिक बाजरिया प्रापर्टी एजेन्ट उसे किराये पर देना चाहता था। ऐसा कोई जरूरतमन्द प्रापर्टी डीलर के पास पहुंचता था तो वो प्रापर्टी दिखाने साथ चलने की जगह उसे चाबी दे देता था। इस वजह से कभी कभार वहां आवाजाही दिखाई देना आम बात थी।"

"यानी यूं ही तेरे उस गागल्स और फैल्ट हैट वाले ने प्रापर्टी डीलर से चाबी हासिल की और उस खाली इमारत को तेरे साथ अपना डिरियामा करने के लिये इस्तेमाल किया!"

"हां।"

"फिर तो साले पुलिसिये भी नकली होंगे!"

"हो सकता है न हों! वो असली हों और, जैसा उसने दावा किया था, उसके साथ सैट हों। आखिर उन्होंने सरेआम रोड ब्लाक सैट किया था, मैं हैट वाले की पेशकश न कबूल करता तो मेरे को गिरफ्तार किया जाना था। गिरफ्तार कर के बमय बरामदी कहीं पेश किया जाना था। पुलिस वाले नकली होते तो ये सब कैसे कर पाते!"

"ठीक! लेकिन जीते, ये हैरानी की बात नहीं कि पुलिस वालों ने उस भीड़ू के साथ इतना कोआपरेट किया!"

"कोई हैरानी की बात नहीं। इस पाप की नगरी में पैसा खुदा है, किसी से भी, कुछ भी करा सकता है।"

"वो तो है बरोबर।"

"मैंने इलाके का चक्कर लगाया था। वहां उस म्युनीसिपल मार्केट के आसपास एक नहीं, दो नहीं, तीन चौकियां थीं जिनकी मौजूदगी में अभी उस मकान में एक चौथी चौकी होने का कोई मतलब ही नहीं था। वहां एलजे क्रास रोड पर चौकी है, कपड़ बाजार रोड पर चौकी है, सतवलेकर मार्ग पर चौकी है, फिर माहिम पुलिस स्टेशन तो है ही जो उन चौकियों को कवर करता है।"

"यानी उस इमारत में न चौकी थी, न हो सकती थी!"

"बिल्कुल। और गाइलो, मैं जब उन चौकियों का चक्कर लगा रहा था तो एलजे क्रॉस रोड वाली चौकी पर मेरे को ऐसा नजारा हुआ था जो साबित करता था कि पुलिस वाले असली थे।"

"क्या देखा?"

"जिन पुलिसियों ने मुझे नाकाबन्दी पर थामा था, उनमें एक हवलदार था जो उस चौकी पर ड्यूटी करता था।"

"तूने उसे देखा? पहचाना?"

"बरोबर। ऐन चौकस।"

"उसने?"

"नहीं।"

"नाम जाना?"

"हाल नहीं था जानने का लेकिन जाना।"

"कैसे?"

"उस चौकी के बाहर एक चाय का खोखा है जिस पर से चौकी में चाय सप्लाई होती है। उस पर एक नाबालिग छोकरा था—यही कोई पन्द्रह साल का—जो भीतर चाय पहुंचाता था। मैंने उसको किसी तरह से अपनी तरफ किया और उससे इस हवलदार का नाम निकलवाया।"

"नाम बोले तो?"

"शिवराम धोवाले।"

"वो छोकरा हवलदार को बोल देगा!"

"उम्मीद नहीं। पण बोल देगा तो बोल देगा। क्या किया जा सकता है!"

"हवलदार फिर तेरे वास्ते कोई पिराब्लम खड़ी करेगा!"

"नहीं कर सकता। हैटवाले ने मेरे से काम निकलवाना है। वो उसे ऐसा नहीं करने देगा।"

"पण..."

"गाइलो, इस बात को इतना घसीटने की जरूरत नहीं है। तू ये मान के चल कि हवलदार के नाम को लेकर कोई पंगा नहीं होगा।"

"हवलदार शिवराम धोवाले!"

"हां।"

"एलजे क्रॉस रोड चौकी!"

"हां।"

"तो मतलब बोले तो ये हुआ कि तेरे को थामने वाले पुलिस वाले असली थे और हैट वाले की मुट्ठी में थे!"

"हां।"

"अभी तेरा प्राब्लम क्या है? जो रोकड़ा तेरे को मिला तू उसको हज्म कर और थोड़ा टेम टैक्सी चलाना बन्द कर। क्या वान्दा है?"

"उसे मालूम है मैं जाम्बूवाडी चाल में रहता हूं।"

"थोड़ा टेम उधर से नक्की कर।"

"नहीं चलेगा।"

"काहे कू?"

"उस हैटवाले ने मेरे को बतौर जीतसिंह पहचाना है। वो जानता है आज की तारीख में जीतसिंह देखने में कैसा लगता है। मैंने उसके बाहर जाने की कोशिश की तो वो मेरे को तलाश नहीं करेगा, वो बहरामजी कान्ट्रैक्टर को टिप देगा कि अपनी जान बचाने के लिये गोवा में मैंने क्या गेम खेला था। फिर उस नेताजी के आदमी मेरे को पाताल से भी खोज निकालेंगे और इस बार कोई धोखा चलाना भी मुमकिन नहीं होगा। आखिर नेताजी का जल्लाद इकबाल रजा भी मेरे तक पहुंचा ही था जबकि मैं यहां से छः सौ किलोमीटर दूर गुमनामी में टेम काटता पोंडा में था।"

"अभी बोले तो हैटवाले से डबल क्रॉस इज आउट।"

"हां।"

"फिर भी क्या वान्दा है! तू कर उसका काम। उसका काम हो जायेगा तो तब तो वो आटोमैटीकली तेरा पीछा छोड़ देगा। नो?"

"यस।"

"फिर तेरे यकीन में भी लोचा हो सकता है कि काम हो जाने के बाद चार पेटी रोकड़ा वो तेरे को नहीं देगा!"

"हो सकता है।"

"फिर वान्दा किधर है! जो जैसा चलता है चलने दे।"

जीतसिंह खामोश रहा।

गाइलो ने गौर से उसकी सूरत का मुआयना किया।

"बोले तो तेरे मगज में कुछ है।" फिर बोला—"बाटम्स अप कर, रिपीट आर्डर करता है मैं, फिर जो मगज में है उसको आउट करना। ओके?"

जीतसिंह ने सहमति में सिर हिलाया।

"पण"—फिर बोला—"पेमेंट मैं करूंगा।"

"नो चांस। मैं पहले से इधर था न। इस वास्ते मैं होस्ट। तू बाद में आया, इस वास्ते तू गैस्ट। अभी गैस्ट भी कहीं पेमेंट करता है!"

"पण, गाइलो..."

"कभी तू पहले इधर होयेंगा तो पेमेंट करना। मैं विद थैंक तेरा गैस्ट बनना असैप्ट करेगा। नो?"

"यस।"

उन्हें नये ड्रिंक्स सर्व हुए।

जिनके साथ दोनों ने नये सिग्रेट भी सुलगाये।

"अभी तेरे को मांगता क्या है ?" — फिर गाइलो बोला।

"मेरे को चैन से रहना मांगता है। वो हैट वाला मेरे चैन में फच्चर डालता है। मेरे को उसकी कोई जानकारी निकालना मांगता है। गाइलो, जानकारी ताकत होती है जो ताकत वाले के खिलाफ भी कारआमद तरीके से इस्तेमाल की जा सकती है।"

"मे बी यू आर राइट।"

"वो भीड़ू मेरे साथ बहुत होशियारी से, बहुत खबरदार हो के पेश आ रहा है। ऊपर से गलत ये हो रहा है कि वो मेरे बारे में सब कुछ जानता है जबकि मैं उसके बारे में कुछ भी नहीं जानता। मैं उसका असली नाम नहीं जानता, मैं उसकी असली सूरत से वाकिफ नहीं, उसके किसी पते ठिकाने से वाकिफ नहीं — जिस ठिकाने पर वो मुझे मिला वो फर्जी निकला — अपना फोन नम्बर तक उसने मेरे को नहीं दिया ..."

"ये तमाम जानकारी उस हवलदार को जरूर होगी जो तू बोला कि एलजे क्रास रोड पर ड्यूटी करता है !"

"गाइलो, पुलिसवाले से जानकारी निकालना कोई हँसी खेल है !"

"वो तो, बोले तो, नहीं है।"

"तो फिर ?"

"जीते, सारे बखेड़े, सारे पंगे तेरे ही गले क्यों पड़ते हैं ?"

"क्योंकि मैं जीता हूं।" — जीतसिंह के स्वर में वितृष्णा का पुट आया — "सब कुछ जीत लेता हूं। बहुत किस्मतवाला हूं न !"

"ईजी ! ईजी ! ईजी डज़ इट, जीते !"

जीतसिंह ने विस्की का एक घूंट पिया, सिग्रेट का एक कश लगाया।

"मेरा सवाल था" — गाइलो आत्मीयता से बोला — "तेरे को मांगता क्या है ?"

"उस आदमी की जानकारी निकालना मांगता है मेरे को।"

"कैसे निकलेगी ?"

"गाइलो, उसका एक काम है जिसे कोई एक्सपर्ट वाल्ट बस्टर ही अंजाम दे सकता है जो कि मैं है। उसने इस बाबत पता किया होगा तो मेरा नाम सामने आया होगा लेकिन साथ ही ये भी मालूम पड़ा होगा कि जीतसिंह गोवा में खल्लास हो चुका था। नतीजतन उसने क्या किया होगा ?"

"वो तुम्हेरे जैसा कोई दूसरा एक्सपर्ट ढूंढ़ता होगा।"

"बिल्कुल! और इस बाबत अन्डरवर्ल्ड में पूछताछ करता होगा। यूं एक एक्सपर्ट चन्दू मराठे उसकी जानकारी में आया भी लेकिन वो खुद बोला कि उस पर उसका ऐतबार न जमा। मेरी तो उसको इत्तफाक से खबर लगी—बल्कि यूं कहो कि जीते की फेमस बद्किस्मती से खबर लगी वर्ना अभी भी उसकी पूछताछ चल ही रही होती। नहीं?"

"हां।"

"तेरे अन्डरवर्ल्ड में कान्टैक्ट हैं। तू जानकारी निकालने की कोशिश कर कि हैट, गागल्स वाला वो भीडू किस किस से मिला। फिर हो सकता है कोई ऐसा ताला चाबी मास्टर सामने आ जाये जो कि उसे पहचानता हो, जानता हो कि वो कौन है। तू समझा मेरी बात?"

"हां। मैं एक्ट करूंगा इस लाइन पर।"

"थैक्यू गाइलो।"

"पण उस भीडू की असलियत जान के तू करेगा क्या?"

"मैं क्या करूंगा, ये इस बात पर मुनहसर है कि क्या उसकी असलियत निकलती है! हो सकता है कि असलियत ऐसी निकले कि वो खुद ही कोई माकूल रास्ता दिखाने लगे।"

"हो तो सकता है। ओके, मैं छानता है इस बाबत अन्डरगिराउन्ड को।"

"शुक्रिया।"

"और बोल।"

"ये तो पक्का है कि वो भीडू कोई शेडी कैरेक्टर है। किसी स्ट्रेट भीडू को ऐसी अन्दर की बात नहीं जान पड़ सकती कि साढ़े चार महीने पहले मैंने—जीतसिंह ने—नेताजी बहरामजी कान्ट्रैक्टर के खण्डाला वाले बंगले में वहां की वाल्ट जैसी सेफ खोली थी।"

"अन्डरवर्ल्ड में ऐसी बातें आम पहुंच जाती हैं।"

"मंजूर। तो फिर वो अन्डरवर्ल्ड वाली किस्म का आदमी हुआ या न हुआ?"

"हुआ।"

"ऐसा न होता तो कैसे खण्डाला वाले वाकये की बाबत जान पाता? कैसे जान पाता कि उसको अंजाम देने वाला लॉकमैन जीतसिंह था?"

"नहीं जान पाता।"

"फिर बातचीत के दौरान उसके मुंह से ये भी निकला कि जो काम वो मेरे से कराना चाहता था, वैसा मैं हाल में पूरी कामयाबी से कर चुका था।

बोलता था मैंने अपने हो चुके तजुर्बे को ही दोहराना था। यानी उसका काम ऐन खण्डाला वाली किस्म का है।"

"कहीं उसका भी नेताजी ही तो निशाना नहीं !"

"क्या मालूम ?"

"यानी तू फिर खण्डाला में !"

"नहीं ! उसने साफ बोला था कि लोकल काम था। दूसरे, नेताजी का मुकाम आजकल खण्डाला नहीं है। मेरे को पहले से मालूम कि मई जून की गर्मियों में और मानसून में वो अक्सर खण्डाला होता है और इधर कभी कभार आता है। लेकिन अब तो अक्टूबर का महीना चल रहा है, मेरे खयाल से अब वो अक्सर इधर पाया जाता होगा और कभी कभार ही खण्डाला जाता होगा।"

"तू तो ऐसे बोलता है जैसे ये टेम भी तेरे को नेताजी को ही हिट करने का।"

"नहीं बोलता, लेकिन ये खयाल मेरे जेहन में बरोबर आया। वो बार बार नेताजी का जिक्र करता था, इस वास्ते आया।"

"जीते, बताना तो उसको पड़ेगा कि काम किधर है। जब टूल किट तेरे पोजेशन में आ जायेगी तो तू क्या करेगा ?"

"उससे कान्टैक्ट होने का इन्तजार करूंगा।"

"बोले तो ?"

"ऐसा ही इन्तजाम है। मैं उससे कान्टैक्ट नहीं कर सकता, इस बाबत जब करेगा वो ही मेरे से कान्टैक्ट करेगा।"

"साला छापे में छपेगा कि ये टेम जीतसिंह से कान्टैक्ट करने का था ?"

"मेरे मोबाइल पर काल लगाता है मेरे को। हर तीन चार घन्टे के बाद। और पूछता है क्या खबर है। वेट करता है पाजिटिव जवाब मिलने का।"

"कम्माल है ! पण जब मोबाइल पर फोन लगाता है तो उसका नम्बर तो तेरे मोबाइल पर आता होगा ?"

"आता है ! हर बार वो नम्बर महानगर निगम के किसी पीसीओ का निकला। आठ डिजिट वाला लैण्डलाइन नम्बर। हर बार जुदा इलाके का जुदा पीसीओ।"

"जीसस ! साला इतना खबरदार भीड़ू ?"

"ऐसीच है।"

"तो वो तेरे से कान्टैक्ट करेगा और आखिर तू उसे गुड न्यूज देगा कि टूल किट तेरे काबू में। फिर ?"

"फिर वो मेरे को कहीं मिलेगा ... "

"और तब बोलेगा कि काम किधर है ?"

"हां।"

"तो बोले तो इट्स ए मैटर आफ टाइम ओनली। तू वेट कर मीटिंग का।"

"वो तो करना ही पड़ेगा। पण मेरे को अर्जेंट करके उसकी जानकारी मांगता है। तभी उसके खिलाफ मेरे हाथ मजबूत होंगे। वर्ना वो मेरे को बर्बाद कर देगा। अपना काम निकाल कर भी मेरा पीछा नहीं छोड़ेगा।"

"ऐसा ?"

"हां।"

"ऐसा डेंजर भीड़ू ?"

"हां।"

"तू उससे मुकाबला करना मांगता है ? यू वांट टु फाइट दि डेविल विद फायर ?"

"ऐसा करना जरूरी है। गाइलो, हमारे यहां बोलते हैं जो पहले मारे वो मीर ... "

"वन हू स्ट्राइक्स फस्ट इज दि विक्टर।"

"वही। वही। इसी वास्ते मैं चाहता हूं मेरे को उसकी जानकारी हो।"

"वो कोई बड़ा बाप है ?"

"मेरे को नहीं लगता।"

"तेरे को क्या लगता है !"

"मेरे को लगता है कि वो किसी बड़ा बाप के अन्डर में चलने वाला उसका लेफ्टीनेंट है।"

"ओह !"

"और उसको हिदायत है कि लॉक मैन से काम ही निकलवाना है, उसको काम की भनक नहीं लगने देनी।"

"बोले तो काम होगा क्या ?"

"क्या पता ! वो तो बोलता था कि सेफ में खाली डाकूमेंट्स थे लेकिन कोई गारन्टी नहीं कि सच बोलता था। मेरे सेफ को हैंडल करने वक्त वो मेरे सिर पर खड़ा होगा।"

"वो खुद ?"

"वो या उस जैसा कोई और।"

"उसने कोई हिन्ट न दिया कि कौन?"

"नहीं।"

"मैं बोले तो वो खुद।"

"देखेंगे। बहरहाल अभी ये बात अहम नहीं। अभी मैं ये कह रहा था कि किसी न किसी का मेरे साथ होना लाजमी है। वो कोई ज्यों ही देखेगा कि लॉक अनलॉक हो गया था, वो मुझे उसका डोर खोलकर भीतर झांकने का मौका दिये बिना वहां से चलता कर देगा। तब मेरे को कैसे मालूम होगा कि पीछे उसने सेफ में से क्या निकाला?"

"कैसे होगा? आई मीन, नहीं होगा। लेकिन जीते, सेफ बस्टिंग के काम के लिये सूट बूट में सज के जाना किस वास्ते जरूरी?"

"उसने एक पार्टी का हिन्ट दिया है। बड़ी पार्टी का। बोलता था कम से कम हजार लोग शामिल होंगे। पार्टी में वो भी बतौर मेहमान शामिल होगा और अपने जैसी ही सज धज के साथ मुझे साथ ले के जायेगा।"

"बोले तो पार्टी किसी बड़े आदमी के घर में, किसी इम्पोर्टेंट करके भीड़ू के इम्पोर्टेंट करके रेसीडेंस में और सेफ भी उधरीच कहीं?"

"हां।"

"वन थाउजेंड गैस्ट्स के बीच तेरे को अपना काम करना होगा?"

"ऐसा ही जान पड़ता है।"

"जीते, तू जायेगा काम से। तू सेफ तक भी नहीं पहुंच पायेगा।"

"वो बोलता है पहुंच पाऊंगा। नहीं पहुंच पाऊंगा तो मेरे को क्या! नुकसान तो उसका होगा! काम तो उसका बिगड़ेगा!"

"जीते, मेरे को फिकर। तू बड़े जाल में फंसने जा रहा है।"

"जाना तो पड़ेगा। नहीं जाऊंगा तो बहरामजी के हवाले कर दिया जाऊंगा और फिर मेरी मौत निश्चित होगी। मैंने उस को इतना बड़ा धोखा दिया—खुद को बचाने के लिये एक दूसरे भीड़ू को जीतसिंह बोल के पेश कर दिया—वो बक्श देगा मेरे को?"

"नो। नैवर।"

"वो तो इसी वास्ते मेरी जान लेने पर आमादा था कि मैंने उसके खण्डाला के बंगले की सेफ खोलने की जुर्रत की थी। अब तो मैं उसका डबल गुनहगार हूं, कैसे छोड़ देगा!"

"जीसस! जीते, कब तक ऐसीच चलेगा! कब साली तेरी बैड लक पलटी खायेगी?"

"कभी तो"—अपने आप ही जीतसिंह के मुंह से आह निकल गयी—"कभी तो वो दिन आयेगा?"

"मैं वेट करता है वो टेम का। वो दिन का।"

"मैं भी।"

"मैं गॉड आलमाइटी से प्रे करेगा तेरा वास्ते कि वो दिन जल्दी आये। मैं इसी संडे को चर्च जायेगा और तेरा वैलफेयर की दुआ में बड़े वाला कैंडल जलाकर आयेगा।"

"थैंक्यू।"

"तो अभी मेरे को तेरे उस भीड़ू की कोई खोज खबर निकालने का?"

"हां।"

"पण, माईंड इट, मैं साला एफर्ट ही कर सकता है, सक्सेस की कोई गारन्टी नहीं कर सकता।"

"मेरे को मालूम।"

"गुड!"

"वो हजार गैस्ट वाली पार्टी इतवार रात को है। वैसे तो बाद में भी कुछ मालूम होगा तो काम आयेगा लेकिन पहले मालूम होगा तो ज्यादा काम आयेगा।"

"देखता है। देखता है क्या होता है!"

"एक बात और।"

"अभी और भी?"

"हां। गाइलो, प्लीज कर के बोलता है।"

"ओके। बोल।"

"ये आम खयाल है कि बहरामजी कान्ट्रैक्टर ने नेता बनने के बाद से अपने पुराने धन्धे छोड़ दिये हैं। अब वो न समगलर है, न कालाबाजारिया है, खाली नेता है..."

"जब चीफ मिनिस्टर बनने के ख्वाब देखता है तो कैसे होगा पुराने धन्धों में!"

"वही बोला मैं। अभी बोले तो जब कोई टॉप का समगलर, टॉप का माफिया डान रिटायर होता है तो उसकी जगह कब्जाने के लिये धन्धे के दूसरे लोग आगे आते होंगे न!"

"बोले तो बरोबर। साला टॉप का पोजीशन खाली हो तो कौन नम्बर टू बना रहना चाहेगा, नम्बर थ्री बना रहना चाहेगा ! साला बुलेट का माफिक एक्ट करेगा टॉप पोजीशन पर कब्जा करने का वास्ते।"

"मेरा यही मतलब था। गाइलो, तू ये पता लगा कि कौन बहरामजी की खाली की गयी जगह हथियाने की कोशिश कर रहा है, या कर चुका है !"

"उससे तेरे को क्या मिलेगा ?"

"मेरे मगज में यही आता है कि वो फैल्ट हैट गागल्स वाला भीड़ू ऐसे ही किसी बड़ा बाप का करीबी निकलेगा।"

"आई सी। पण तब तू करेगा क्या ?"

"मैं हैट वाले को जरिया बनाकर उस बड़ा बाप की शरण में जाने की कोशिश करूंगा। मैं उस कोशिश में कामयाब हो गया तो फिर वो ही मेरे को बहरामजी के कहर से बचा लेगा। मौजूदा हालात में जानबख्शी का और कोई तरीका मेरे को नहीं दिखाई देता।"

"जानबख्शी तो ऐसे तेरी हो जायेगी, जीते, लेकिन फिर तू पक्का मवाली बन जायेगा।"

"अभी मैं क्या बला है।"

"अभी इस्ट्रेट लाइफ का तेरा चांस है—मांगता भी है तेरे की इस्ट्रेट लाइफ, इसी वास्ते ताला चाबी के अपने एक्सैप्शनल टैलेंट को नक्की करके टैक्सी चलाता है—पण तब इस्ट्रेट लाइफ सपना बन जायेगा साला।"

"देखा जायेगा। कुयें में तो पहले ही हूं और ज्यादा गहरा कहां जा गिरूंगा !"

"जीते, उम्मीद नहीं छोड़नी चाहिये। उम्मीद पर बोले तो दुनिया कायम है।"

"है न ! तभी तो करता है न उम्मीद कि तू मेरे वास्ते एक्सप्रैस करके कोई जानकारी निकालेगा।"

"साला किधर घुमा दिया बात को।"

"गाइलो, गॉड की रहमतों का खजाना मेरे गुनाहों के ढेर से कहीं बड़ा है। इसी वास्ते जीता भले ही कुछ न जीते, रहता जीता है। मेरे तमाम गुनाहों के बावजूद जिसने मुझे आज तक सलामत रखा, आगे भी रखेगा।"

"आमीन !"

"इसीलिये मैं ऊपर वाले से हमेशा दुआ करता हूं कि ऐ खुदा, तू मेरे करमों की तरफ न देख, अपनी रहमत की तरफ देख। तू जानता है कि न मेरे

गुनाहों का हिसाब हो सकता है, न तेरी रहमत का। दोनों समुद्र में उठने वाले बुलबुले हैं, कौन उनकी गिनती कर सकता है! मैं सिर्फ इतना जानता हूं कि मैं सिर से पांव तक गुनाहों से लबरेज हूं लेकिन तेरी रहमत के सामने मेरे गुनाह तुच्छ हैं। मैं..."

"सैन्टीमेंटल हो रयेला है। जब कि अभी तो थर्ड ही है..."

"सैकण्ड।"

"तभी। मैं इमीजियेट करके थर्ड आर्डर करता है न! अभी बाटम्स अप कर।"

जीतसिंह के जज्बात को ब्रेक लगी, उसने असहाय भाव से गर्दन हिलाई और फिर दोस्त के हुक्म की तामील की।

सब-इन्स्पेक्टर गर्गे ने एसएचओ के आफिस में कदम रखा।

एसएचओ राजेश महाले उस वक्त हजूरीलाल के बयान की रिकार्डिंग का टेप सुन रहा था जो कि वो तब तक कई बार सुन चुका था।

उसने टेप ऑफ किया और सवालिया निगाह से सब-इन्स्पेक्टर की तरफ देखा।

"एक वकील आया है।"—सब-इन्स्पेक्टर बोला—"हमारे नये कैदी से मिलना चाहता है।"

"वकील! कौन वकील?"

सब-इन्स्पेक्टर ने एक फैंसी विजिटिंग कार्ड एसएचओ के सामने रखा।

"तुषार पाटिल!"—एसएचओ ने कार्ड पर से पढ़ा—"बीए एलएलएम, एडवोकेट हाईकोर्ट। फोर्ट का पता है।"

"मलवानी चैम्बर्स। हाईकोर्ट के करीब है। आफिस कम्पलैक्स है। आधे से ज्यादा आफिस वकीलों के हैं।"

"लगता है इस जगह से वाकिफ हो!"

"जी हां।"

"क्या चाहता है?"

"मैंने बोला न! शायद आपका ध्यान नहीं था। हमारे नये कैदी से मिलना चाहता है।"

"हजूरीलाल से?"

"जी हां।"

"माथा फिरेला है! ये कोई टाइम है!"

"जिद कर रहा है।"

"उसको बोलो कल आये।"

"नहीं सुनता। कहता है उसे अपने क्लायन्ट से मिलने का कानूनन अख्तियार है।"

"क्लायन्ट! हजूरीलाल उसका क्लायन्ट!"

"वो यही बोला।"

"उसे खबर कैसे लग गयी वो यहां गिरफ्तार है?"

"पता नहीं। शायद स्टाफ में से किसी ने मेहरबानी की। मोबाइल से काल लगवा दी।"

"क्या! सस्पैंड करा दूंगा। डिसमिस करा दूंगा।"

"इतना स्टाफ है इधर। मालूम पड़ेगा कौन था तो करवायेंगे न!"

"पड़ेगा। कैसे नहीं पड़ेगा!"—एसएचओ एक क्षण को ठिठका फिर बोला—"लेकिन..."

सब-इन्सपेक्टर की भवें उठीं।

"स्टाफ में से किसी ने उसे मोबाइल से काल लगवाई तो क्या फोकट में लगवाई होगी!"

"नहीं।"

"तो देने को रोकड़ा किधर था हमारे कैदी के पास! जामातलाशी में सब कुछ तो जब्त कर लिया गया था!"

"रोकड़ा कमिट किया होगा न!"

"क्या मतलब?"

"काल के जवाब में जो मिलने आयेगा, वो आके देगा।"

"ओह!"

"वकील के लिये क्या हुक्म है?"

"अरे, ये कोई टाइम है मुलाकात का।"

"बोलता है उसे मालूम है अभी पंचनामा नहीं हुआ, अभी चार्ज लगा कर उसे बाकायदा गिरफ्तार नहीं किया गया। अभी वो खाली हिरासत में है और लॉक अप में है..."

"इतना कुछ मालूम है!"

"बोलता है ऐसे कैदी से ऑड आवर्स में भी मुलाकात पर पाबन्दी नहीं होनी चाहिये। वो थाने में है, जेल में नहीं है।"

"अरे, टालो उसे।"

"वो नहीं टलता। एसीपी के पास जाने को बोल रहा है। मालूम कर भी चुका है कि रात की इस घड़ी एसीपी अपने आफिस में अवेलेबल है।"

"देवा! ये वकील भी साले... अभी क्या बोलूं! तुम बोलो, क्या करना चाहिये?"

"खाली पांच मिनट को मिलना चाहता है। बोलता है कुछ बेसिक बातें पूछेगा और वकालतनामा साइन करवायेगा। मेरे खयाल से तो मिल लेने देना चाहिये।"

"पांच मिनट!"

"जी हां।"

"ठीक है। जाओ, करो इन्तजाम।"

"अभी सर।"

अपना नाम तुषार पाटिल बताने वाला वकील एक कोई चालीस साल का, दुबला पतला लेकिन रौबदार आदमी था जो रात की उस घड़ी भी वकीलों वाला काला कोट पहने था और कालर लगाये था। उसे थाने के एक बड़े कमरे में उसके परले कोने में लगी एक टेबल पर बिठाया गया, फिर एक हवलदार हजूरीलाल को वहां लाया और उसने हजूरीलाल को टेबल से पार पड़ी इकलौती कुर्सी पर वकील के सामने बिठाया और टेबल के करीब उसके पहलू में खड़ा हो गया।

वकील ने घूर कर उसे देखा।

हवलदार हड़बड़ाया, वकील का रौब उस पर गालिब होता साफ जान पड़ा।

"पांच मिनट!"—फिर भी वो भरसक अपने स्वर में अधिकार का पुट लाता बोला—"ज्यास्ती एक सैकंड भी नहीं। एसएचओ साहब का सख्त हुक्म है।"

"ठीक है।"—वकील सहज भाव से बोला—"अब हिल।"

भुनभुनाता सा हवलदार वहां से हटा और जा कर दरवाजे पर खड़ा हुआ।

"हल्लो।"—पीछे वकील अपने भावी क्लायन्ट से सम्बोधित हुआ।

सिर झुकाये बैठे संजीदासूरत हजूरी ने सिर उठाया और मुलाकाती आगुन्तक की तरफ देखा। तत्काल उसके चेहरे के भाव बदले।

"सम्भल के!"—वकील चेतावनीभरे भाव से दांत भींच कर फुंफकारा—"सम्भल के। हवलदार देख रहा है।"

हजूरी सम्भला।

"मैं तुषार पाटिल।"—हवलदार को सुनाने के लिये वकील ने जानबूझ कर आवाज तनिक ऊंची की—"तुम्हारा वकील। ओके?"

हजूरी ने मन्त्रमुग्ध भाव से सहमति में सिर हिलाया।

"वकील बोला मैं। सुना?"

"हां।"

"मांगता है न?"

"हं-हां।"

"गुड।"—फिर वकील का स्वर दब गया—"अभी बोलो, कैसी बीती?"

"ठीक।"

"ठीक बोले तो?"

"जो होना था, ऐन फिट हुआ।"

"क्या बयान दिया?"

"वही, जो देने को बोला था...बोला गया था।"

"ठुका?"

"हां।"

"ढेर?"

"ढेर भी। लेकिन बर्दाश्त से बाहर नहीं।"

"उन्हें बयान पर यकीन आ गया?"

"लगता तो था! न आया होता तो और ठोकते। और पूछते।"

"हूं। आगे जो होगा उसके लिये तैयार है?"

"हां। लेकिन मेरी बीवी! बच्चे!"

"उनकी तरफ पूरा ध्यान दिया जा रहा है। पचास हजार रुपया आन एकाउन्ट उन्हें सौंपा भी जा चुका है। राजी?"

"हां।"

"तेरी तीस पेटी तेरे लिये रिजर्व है लेकिन बयान से हिलना नहीं है, हजूरी। जो बयान इधर ठुकने के बाद दिया, उस पर कायम रहना है, चाहे तबाही आ जाये।"

"तबाही!"

"बड़े आदमी को लपेटा न! आ सकती है। तेरे को बयान से हिलाने के लिये तेरे पर प्रेशर बनाया जा सकता है।"

"पु-पुलिस ऐसा होने देगी?"

"क्या पता लगता है। जाबर का जबर हर जगह चलता है।"

"मैं नहीं हिलने का!"

"पक्की बात?"

"हां।"

"शाबाश। अब ये पेपर साइन कर। यहां नीचे ... बाटम में।"

"क्या है ये?"

"वकालतनामा है। साइन करेगा तो मैं तेरा वकील मुकर्रर होऊंगा न!"

हजूरी के चेहरे पर हैरानी के भाव आये।

"हवलदार देखता है, ढक्कन।"—वकील बोला—"देखने वाले को दिखाने का।"

"ओह!"

"कर।"

"लेकिन जब जेल जाना ही है ..."

"बचाव की फिर भी जरूरत होती है। वकील की फिर भी जरूरत होती है। ऐसा ही दस्तूर है।"

"ओह।"

उसने वकील से बाल पैन लेकर निर्देशित जगह पर साइन किये।

"अब कोई प्राब्लम है तो बोल।"—वकील बोला—"मैं हल कराने की कोशिश करूंगा। जरूरत है तो बोल। मैं पूरी कराने की कोशिश करूंगा।"

"करा सकोगे बाप?"

"अरे, कोशिश करूंगा बोला न! कोशिश करूंगा।"

"है तो सही एक जरूरत!"

"क्या?"

"लेकिन क्या वो यहां थाने में पूरी हो सकेगी?"

"तू जरूरत तो बोल।"

"मैं ... मैं"—उसका स्वर दब गया—"चरस पीता हूं। उसके बिना मेरे को रात को नींद नहीं आती। मेरे पास ऐसा सिगरेट का एक पैकेट था जो कि यहां जामातलाशी में जब्त कर लिया गया। वकील साहब, अगर वो इन्तजाम हो जाता तो ..."

वो खामोश हो गया, वकील का सिर क्योंकि पहले ही इंकार में हिलने लगा।

"ये थाना मेरे लिये नया है।"—वकील बोला—"यहां वाकफियत बनाने में टाइम लगेगा। फिर रात का टाइम है। नौ बज चुके है।"

"ओह!"—हजूरीलाल के स्वर से गहन निराशा झलकी—"फिर तो रात आंखों में ही कटेगी।"

"ऐसा नहीं होगा।"

"जी!"

"तेरे लिये एक आल्टरनेट इंतजाम इत्तफाक से है मेरे पास।"

"क्या?"

"अभी मालूम पड़ता है।"

वकील ने अपनी जेब में हाथ डाला और वापिस निकाला। वही हाथ उसने दोनों के बीच मेज पर पड़े वकालतनामे के कागज की तरफ बढ़ाया, उसे थामा लेकिन उठाया नहीं। एक क्षण को हाथ कागज के नीचे सरकाया और फिर वापिस खींचा।

"जैसे मैंने डाला"—एक सावधान निगाह परे दरवाजे पर खड़े हवलदार पर डालता वो दबे स्वर में बोला—"वैसे कागज के नीचे हाथ सरका।"

सस्पेंसभरे ढंग से उसने वो काम किया।

"कुछ हाथ आया?"

"हां।"

"क्या?"

"गो-गोली जान पड़ती है।"

"गोली ही है। काबू में कर। होशियारी से, खबरदारी से कागज के नीचे से खिसका कर जेब में डाल।"

एक क्षण खामोशी रही।

"हो गया?"—वकील ने पूर्ववत् दबे स्वर में पूछा।

"हां।"

"तो समझ तेरा काम हो गया। तेरा रात का इन्तजाम हो गया।"

"है...है क्या ये गोली?"

"एस्टेसी। एस्टेसी की गोली है। छः सौ रुपये की एक आती है।"

हजूरीलाल के नेत्र फैले।

"बहुत प्यारा, बहुत हाई क्लास नशा है। याद करेगा।"

"याद ही करूंगा। अफार्ड तो नहीं कर सकूंगा!"

"जब तीस पेटी का बोनस पायेगा तो अफोर्ड भी कर सकेगा। फिर इतने बड़े काम को अंजाम देने के बाद गैंग में तेरी हैसियत होगी, कोई औकात होगी। तू इससे बेहतर चीजें अफोर्ड कर सकेगा।"

उसके चेहरे पर क्षण भर को रौनक आयी और लुप्त हुई।

"लेकिन"—फिर वो सन्दिग्ध भाव से बोला—"ये खड़े पैर आपके पास कैसे?"

"मैं लेता हूं न! जैसे तेरे को चरस की लत है, वैसे मेरे को एस्टेसी की लत है।"

"ओह!"

"कल तक मैं तेरा चरस का भी कोई जुगाड़ बना दूंगा।"

"शुक्रिया।"

"शुक्रिया क्या? ये तो बॉस लोगों की वफादारी का इनाम है। हजूरी, ऐसे कई इनाम तेरे हिस्से आयेंगे। तू जेल में हर तरह की ऐश करेगा। तेरे को कैद कैद नहीं, पिकनिक लगेगी। बॉस लोगों की गारन्टी है ये।"

"मैं मशकूर हूं।"

"होना ही चाहिये। नहीं होगा तो नाशुक्रा कहलायेगा।"

"मैं वैसा नहीं हूं। होता तो इस काम के लिये तैयार ही न होता।"

"मालूम मेरे को। एक बात का खयाल रखना।"

हजूरीलाल की भवें उठीं।

"गोली फौरन ही न खा लेना। मेरे पीठ फेरते ही हज्म न कर लेना।"

"मैं समझा नहीं!"

"समझ! ताकतवर गोली है। तूने यहीं खा ली तो वापिस लॉक अप में पहुंचने तक ही नशे के हवाले हो जायेगा। फिर कोई न कोई इस बात को जरूर भांप जायेगा जो कि ठीक न होगा। तेरी जामातलाशी हुई है। गोली तेरे पास नहीं हो सकती। वो लोग झट समझ जायेंगे कि मैंने तेरे को दी। तू चाहता है ऐसा हो?"

उसने पुरजोर ढंग से इंकार में सिर हिलाया।

"मैं भी नहीं चाहता। इसलिये गोली अब से एक डेढ़ घन्टे बाद खाना। लॉक अप में और कैदी होंगे!"

"तीन और हैं।"

"वो सो जायें, तब खाना। ठीक?"

उसने सहमति में सिर हिलाया।

"तेरे को पता भी नहीं चलेगा कि दिन चढ़ा होगा। जन्नत का नजारा होगा आज की रात तुझे।"

"शुक्रिया।"

"हवलदार उतावला हो रहा है।"—वकील उठ खड़ा हुआ—"जिम्मेदारी से काम लेना। मैं जाता हूं।"—उसका स्वर फिर ऊंचा हुआ—"कल फिर यहीं या कोर्ट में मुलाकात होगी जबकि तेरे को रिमांड के लिये पेश किया जायेगा। मैं चला।"

वकील ने मेज पर से कागज उठाकर अपने ब्रीफकेस में रखा और वहां से रुखसत हुआ।

हवलदार के करीब वो ठिठका।

"देख ले, मैंने पांच मिनट से ज्यादा नहीं लगाये।"—वो बोला।

"ठीक किया।"—हवलदार अनमने भाव से बोला।

"एसआई साहब को, एसएचओ साहब को मेरा शुक्रिया बोलना।"

"बोलेगा।"

"और तेरा शुक्रिया मैं बोलता हूं।"

वकील ने हवलदार की मुट्ठी में कुछ सरकाया और लम्बे डग भरता वहां से निकल गया।

पीछे हवलदार ने मुट्ठी खोली तो उसमें पांच सौ का नोट पाया।

कमाल का भीड़ू था—वो होंठों में बुदबुदाया—पीला गान्धी सरका गया!

शुक्रवार : 9 अक्टूबर

अगले रोज के तमाम अखबारों में ठाणे क्रीक पर समगलिंग के माल के साथ पकड़ी गयी वैगन-आर की और उसके ड्राइवर हजूरीलाल की गिरफ्तारी की खबर थी लेकिन किसी भी अखबार ने उस खबर को इतनी अहमियत नहीं दी थी कि वो प्रमुखता से मुख पृष्ठ पर छापी जाती। सब अखबारों में खबर बीच के पृष्ठों पर छपी थी और किसी ने भी उसके तार बहरामजी कान्ट्रैक्टर के साथ जोड़ने की जुर्रत नहीं की थी। अलबत्ता 'एक्सप्रैस' ने ये सावधान इशारा अपनी कवरेज में जरूर किया था कि गिरफ्तार व्यक्ति एक भूतपूर्व टॉप समगलर का कैरियर बताया जाता था जिसने कि अब अपना पुराना धन्धा छोड़ कर प्रतिष्ठा और सम्भ्रांतता का नकाब ओढ़ लिया था जबकि उसका ये दावा सन्दिग्ध था कि उसने अपना पुराना धन्धा छोड़ दिया हुआ था।

सुबह एक चाय वाला छोकरा चार चाय लेकर लॉक अप में पहुंचा।
गलियारे में मौजूद एक सिपाही ने उसके लिये लॉक अप के लोहे के जंगले का ताला खोला।
छोकरा भीतर दाखिल हुआ।
उसने तीन कैदियों को—जो कि नौजवान लड़के थे, उठ कर बैठे हुए थे—चाय दी।
चौथा कैदी अभी भी सोया पड़ा था।
छोकरा उसके करीब पहुंचा और उसने उसे कन्धा पकड़ कर हिलाया, कोई प्रतिक्रिया न हुई तो झकझोरा।
तो भी कोई प्रतिक्रिया सामने न आयी।
"अरे, ये तो उठता नहीं!"—छोकरा उच्च स्वर में बोला।
"उठता नहीं!"—जंगले से बाहर गलियारे में खड़ा सिपाही सकपकाया।
"मैं चाय इसके बाजू में रख के जाता है।"
"अभी ठहर। रुक। मेरे को देखने दे।"

सिपाही भीतर आया, उसके साथ में एक डण्डा था जिससे उसने कैदी के पहलू को टहोका—"उठ, भई। चाय आयी है तेरे लिये।"

जवाब नदारद।

सिपाही के माथे पर बल पड़े। उसने कैदी का कन्धा थामा और उसके शरीर को अपनी तरफ घुमाया।

तत्काल वजह सामने आयी कि कैदी क्यों नहीं उठता था।

मरा पड़ा था।

हजूरीलाल मैनी नाम का समगलिंग के माल का कैरियर, जो कि पिछली रात बमय माल गिरफ्तार हुआ था, लॉक अप में मरा पड़ा था।

थाने में हड़कम्प मच गया।

फौरन पुलिस के डाक्टर को तलब किया गया।

डाक्टर ने आकर मृतक का मुआयना किया।

"प्वायजनिंग का केस जान पड़ा है"—आखिर डाक्टर बोला—"कनफर्मेशन पोस्टमार्टम से होगी।"

"आपकी एक्सपर्ट ओपीनियन कहती है कि ये जहर खा के मरा है?"—एसएचओ महाले बोला।

"हां।"

"कौन सा जहर? है कोई आइडिया?"

"है। संखिया। आरसेनिक। दूसरी सांस नहीं आने देता।"

"ओह! इसी वजह से चिल्ला भी न पाया!"

"हां। ऐसे केस मैंने पहले भी हैंडल किये हैं इसलिये सिम्पटम्स की मुझे पहचान है। कनफर्मेशन पोस्टमार्टम से...।"

"ठीक! ठीक! मैं एसीपी साहब को खबर करता हूं। उनके आने तक आप थाने में रुकिये। जा के मेरे आफिस में बैठ जाइये। मंगत, डाक्टर साहब को मेरे आफिस में पहुंचा और चाय काफी जो बोलें, उसका इन्तजाम कर।"

एक सिपाही सहमति में सिर हिलाता डाक्टर को वहां से ले चला।

सब-इन्स्पेक्टर गर्गे ने एक चादर मंगवाई जिससे लाश को कवर किया गया।

फिर एसएचओ और सब-इन्स्पेक्टर में गम्भीर मन्त्रणा शुरू हुई।

"इसके पास जहर कहां से आया?"—एसएचओ चिन्तित भाव से बोला—"क्या जामातलाशी में कोई कसर रह गयी थी?"

"हरगिज नहीं।"—गर्गे दृढ़ता से बोला।

"तो फिर!...ये लड़के"—एसएचओ की निगाह बाकी कैदियों की तरफ उठी—"जो रात को इसके साथ बन्द थे..."

"तीनों अच्छे घरों के हैं। रात को इसलिये पकड़ कर लाये गये थे क्योंकि एक डिस्को में हुड़दंग मचा रहे थे और वहां मौजूद लड़कियों से छेड़खानी कर रहे थे। आप जानते ही हैं कि कोई फौजदारी न हुई हो तो ऐसे केसिज को लाकर हवालात में बन्द किया जाता है और सुबह जब इनके होश ठिकाने आ जाते हैं तो वार्निंग देकर छोड़ दिया जाता है। इनका हजूरीलाल से कोई रिश्ता वास्ता मुमकिन नहीं। ऊपर से जहर का इनके पास क्या काम!"

"शायद इनमें से कोई जैसा लगता है, वैसा न हो, कोई बिग बॉस का भड़वा हो जो जानबूझ कर गिरफ्तार हुआ हो ताकि यहां लाकर बन्द किया जाता और इसको हजूरीलाल को जहर देने का मौका मिलता!"

"सर"—सब-इन्स्पेक्टर के स्वर में हैरानी का पुट आया और वो अपने आप ही धीमा पड़ गया—"आपका मतलब है इसका कत्ल करवाया गया है?"

"मुंह हमेशा के लिये बन्द करने के लिये। आखिर इसने अपने बयान में बहरामजी कान्ट्रैक्टर जैसे बड़े भूतपूर्व डॉन को लपेटा था!"

"लेकिन, सर, उसको इसके बयान की खबर कैसे लग सकती थी?"

"गिरफ्तारी की लग सकती थी। बमय माल गिरफ्तारी की लग सकती थी। जब कैरियर माल के साथ ठिकाने पर न पहुंचा तो कहां पहुंचा! ऐसे लोगों के जैसे कान्टैक्ट्स होते हैं, उनकी तुम्हें खबर नहीं या मुझे खबर नहीं!"

"इसका मुंह हमेशा के लिये बन्द करने के लिये इस के कत्ल का इन्तजाम किया गया!"

"बराबर।"

"आपकी बात में दम है, सर, लेकिन ऐसा इन लड़कों में से किसी ने नहीं किया हो सकता।"

"तुम दावे के साथ कैसे कह सकते हो?"

"सर, ये तीनों दोस्त हैं, उस डिस्को के, जहां से कि इन्हें थामा गया था, रेगुलर हैं और इनको बाकायदा आइडेन्टिफाई किया जा चुका है कि पढ़े लिखे हैं, अच्छे घरों के हैं। पार्टीबाजी में कभी कभार आपे से बाहर हो जाते हैं; और इनमें कोई अवगुण नहीं। मैं यकीन से कह सकता हूं कि इनमें कोई किसी मवाली का, किसी बड़े गैंगस्टर का मोहरा, प्यादा नहीं हो सकता।"

"हूं।"

"वैसे भी लॉक अप में किसी को जबरन जहर देना कैसे मुमकिन हो सकता है! रात को हजूरी के साथ कोई जोर जबरदस्ती हुई होती तो उस ने आसमान सिर पर न उठा लिया होता!"

एसएचओ ने हिचकिचाते हुए सहमति में सिर हिलाया।

"इंजेक्शन!"—फिर बोला—"इन्जेक्शन दिया जा सकता है।"

"जी!"

"ऐसे लड़कों की, तुम जानते ही हो, जामातलाशी तो होती नहीं क्योंकि उसके लिये पंचनामा करना पड़ता है, रजिस्टर में सीरियल के साथ ऐन्ट्री करनी पड़ती है। ऐसे केसिज को तो सुबह वार्निंग देकर छोड़ दिया जाता है। नहीं?"

"हां, सर।"

"फिर इनमें से किसी के पास जहर से भरी इंजेक्शन की सीरिंज क्यों नहीं हो सकती?"

"हो सकती है, सर, लेकिन इस्तेमाल हो चुकने के बाद लॉक अप से गायब तो नहीं हो सकती!"

"पता करो!"

तीनों लड़कों की, लाश की तालाशी ली गयी, लॉक अप के हर कोने खुदरे को सुई तलाश करने जैसी बारीकी से खंगाला गया।

वांछित वस्तु बरामद न हुई।

"तो?"—एसएचओ परेशान लहजे से बोला।

"वकील!"—एकाएक सब-इन्स्पेक्टर गर्गे के मुंह से निकला।

"क्या!"—एसएचओ हड़बड़ाया।

"जो बीती रात हमारे कैदी से मिलने आया था! जबरदस्ती गले पड़ के मिल के गया था! तुषार पाटिल!"

"उसने क्या किया होगा?"—एचएचओ सन्दिग्ध भाव से बोला।

"मुलाकात के दौरान हमारे कैदी को कोई गोली वोली सरकाई होगी।"

"जहर की गोली! जो कैदी ने राजी से खा ली और मर गया!"

"नशे की गोली, सर, नशे की गोली! चरस का आल्टरनेट। हमारा कैदी हशीश एडिक्ट था। जामातलाशी में उसके पास से जो सिग्रेट का पैकेट बरामद हुआ था, उसमें मौजूद तमाम के तमाम सिग्रेटों में चरस थी। कैदी की समझ में वकील उसके लिये एक गोली की सूरत में किसी आल्टरनेट नशे का इन्तजाम करके गया।"

"मुलाकात हमारे हवलदार मोडक की निगरानी में हुई थी। जो क्या अन्धा था जो ... बुलाओ उसे।"

हवलदार मोडक को तलब किया गया।

उसने बार बार कसम उठाकर बयान दिया कि मुलाकात के दौरान वो हर घड़ी कमरे में उनके करीब मौजूद था और एक सैकंड के लिये भी उसकी निगाह उन दोनों पर से नहीं हटी थी। वो गारन्टी के साथ कह सकता था कि वकील ने कैदी को कोई गोली-वोली नहीं सरकाई थी। वकील के कैदी से एक कागज साइन कराने के अलावा उन दोनों के बीच में कतई कुछ नहीं हुआ था।

"मोडक!"—एसएचओ दान्त पीसता बोला—"वकील से गुलदस्ता तो नहीं थामा था?"

हवलदार अन्दर से पूरी तरह हिल गया।

क्या साहब को पांच सौ रुपये के नजराने की खबर लग गयी थी?

नहीं लग सकती थी—उसके दिल ने, उसकी अक्ल ने गवाही दी।

"अबे, जवाब क्यों नहीं देता?"

"साहब, मैं अपने बच्चों की कसम खा के कहता हूं कि ऐसा कुछ नहीं हुआ था"—हवलदार ने आर्तनाद किया—"ऐसी कोई कोशिश भी हुई होती तो मैं फौरन आपको या एसआई साहब को खबर करता।"

"वकील ने कैदी को कोई गोली पुड़िया नहीं सरकाई थी?"

"नहीं, साहब जी, ऐसा हुआ होता तो क्या ..."

"दफा हो।"

हवलदार मोडक सिर पर पांव रख कर भागा।

"फिर तो एक ही सम्भावना बाकी है।"—पीछे सब-इन्स्पेक्टर बोला।

"क्या?"—एसएचओ अनमने भाव से बोला।

"भाई लोगों ने, आई मीन नेताजी बहरामजी के आदमियों ने, हमारे स्टाफ का कोई आदमी फोड़ा और उससे अपना काम निकलवाया।"

"गर्गे"—एसएचओ तनिक झुंझलाया—"होने को तो कुछ भी हो सकता है लेकिन मेरी तवज्जो में बार बार वो वकील ही आ रहा है। क्यों वो रात के नौ बजे थाने पहुंचा! सुबह क्यों न आया! वकालतनामा सुबह साइन करवाता तो कोई पहाड़ टूट पड़ता! उसका रात को ही आना जरूरी था ताकि हमारे कैदी को—जिसने इतनी मजबूत उंगली नेताजी की तरफ उठाई थी—दिन का उजाला देखना नसीब न होता। क्या नाम बताया था उसने अपना?"

"तुषार। तुषार पाटिल।"

"पता उसके विजिटिंग कार्ड पर था। कार्ड मेरे आफिस में पड़ा होगा..."

"पता मेरे को वैसे ही याद है, सर। मलवानी चैम्बर्स। फोर्ट। हाईकोर्ट के करीब। मैं उस चैम्बर से वाकिफ हूं। उसमें वकीलों के दफ्तर..."

"ठीक! ठीक! बोला था तुमने। गर्गे, जीप पकड़ो, कुछ आदमी पकड़ो, खुद फोर्ट जाओ और उस वकील को यहां लेकर आओ।"

"राइट, सर।"

"तब तक मैं एसीपी साहब को रिपोर्ट करता हूं।"

"राइट, सर। सर, एक बात बोलूं?"

"क्या?"—एसएचओ के स्वर में उतावलेपन का पुट आया—"क्या बात? बोलो!"

"कल हमसे एक कोताही हुई। कल हमने हजूरीलाल के बयान को, उसकी एक बात को सीरियसली नहीं लिया। उसने बोला था कि उसने जिसका समगलिंग का माल ढोया था, वो बहुत बड़ा आदमी था, बहुत ताकतवर आदमी था, उसने उसका नाम लिया तो उसकी मौत निश्चित होगी। उसने फरियाद करके कहा था कि उसे चुटकियों में चींटी की तरह मसल डाला जायेगा, उसे थाने में ही खल्लास करा दिया जायेगा। देख लीजिये, ऐन वही हुआ जिसका उसे अन्देशा था। और चुटकियों में ही हुआ!"

एसएचओ तिलमिलाया।

"एसआई गर्गे!"—फिर कड़े स्वर में बोला—"तुम मेरे में नुक्स निकाल रहे हो?"

"नो, सर! नैवर, सर! मैं तो खाली ये कह रहा था कि..."

"लौट के कहना। डू युअर जॉब नाओ।"

"यस, सर। राइट अवे, सर।"

सावन झंकार एक कोई तीस साल का अच्छी शक्ल सूरत वाला लम्बा, दुबला पतला नौजवान था जो कि मूल रूप से शोलापुर का रहने वाला था, इंटर पास था और आठ साल पहले नौकरी की तलाश में अपनी बूढ़ी मां और अपने से छोटी एक बहन और एक भाई को पीछे छोड़ कर मुम्बई आया था। वहां आकर ही उसे मालूम हुआ था कि इन्टर तो मुम्बई जैसे बड़े शहर में, जहां एमए बेरोजगार फिरते थे, न होने जैसी क्वालीफिकेशन थी जिसके दम पर छः महीने निरन्तर धक्के खाते रहने के बावजूद वो कहीं चपरासी की नौकरी भी

हासिल नहीं कर सका था। गांठ का पैसा चुक जाने के बाद पेट भरने की खातिर उसने ऐसे ऐसे काम किये थे जिनको करते होने की शोलापुर में वो कल्पना भी नहीं कर सकता था। उसने स्टेशन पर बोझा उठाया, दूर दूर तक दौड़ दौड़ कर पैसेंजर्स के लिये टैक्सी पकड़ कर लाने का काम किया, फ्लोरा फाउन्टेन पर जूता पालिश किया, कूरियर कम्पनी का कूरियर बना, फिल्मों में भीड़ के दृश्यों में भीड़ बनकर खड़ा होने वाला एक्स्ट्रा बना और यूं तीन साल दुर दुर करती जिन्दगी बिताने के बाद आखिर डॉक वर्कर, गोदी कर्मचारी, बना जो कि वो आज भी था।

गोदी कर्मचारी बनना भी कोई हँसी खेल नहीं था, उसके लिये ठेकेदार को—जो कि किसी बड़े मवाली का चमचा होता था—रिश्वत देनी पड़ती थी जो कि उसे नहीं देनी पड़ी थी—पड़ती तो मुफलिस वो हरगिज न दे पाता—क्योंकि एक दूसरे, पुराने गोदी कर्मचारी पर—नाम विनायक मराठे—उस को कोई अहसान करने का मौका मिला था और अहसान का बदला उसने उसे बन्दरगाह पर लोडिंग-अनलोडिंग का, यानी कि कुली का, काम दिलवा कर चुकाया था जो कि वो आज भी कर रहा था और अब चाह कर भी वो काम वो छोड़ नहीं सकता था। डॉक वर्कर बन जाने के बाद ही उसे मालूम हुआ था कि यूं भरती हुए तमाम वर्कर बड़े मवालियों के गैंग में शामिल माने जाते थे और उन्हें हर वो काम करना पड़ता था जिसे करने का उन्हें हुक्म होता था। अमूमन ये काम समगलिंग का माल कस्टम से पार पहुंचाना होता था लेकिन गाहे बगाहे किसी बड़ी कनसाइनमेंट में सेंध लगाने का भी हुक्म होता था। वो काम जोखम का होता था और उसे अंजाम देने में बड़ी दक्षता की जरूरत होती थी। अब वो बन्दरगाह के कितने ही कर्मचारियों की तरह उस गैंग का हिस्सा था जिसको बिग बॉस की तरफ से उसका चीफ चमचा असद हयात कन्ट्रोल करता था और हनीफ लोधी नाम का एक मवाली जिसका दायां हाथ था। असद हयात को हर कोई शाह कहकर पुकारता था इसलिये कोई कोई हनीफ लोधी को छोटा शाह भी कह देता था।

उसका वास्ता जब भी पड़ता था, हनीफ लोधी से ही पड़ता था, असद हयात के हुजूर में उसकी पेशी पांच साल में बस चार या पांच बार ही हुई थी और टॉप बॉस के तो वो कभी करीब भी नहीं फटक पाया था।

हनीफ लोधी ने उसे हाल में एक ऐसी पेशकश की थी जिसे उसने फौरन कबूल कर लिया था। वो तीस लाख रुपये के इनाम की और शोलापुर में बैठे

उसके परिवार को एक माहाना रकम की पेशकश थी लेकिन जिसमें हनीफ लोधी की फर्स्ट चायस हजूरीलाल मैनी बन गया था।

उसने बहुत सोच समझकर पकड़े जाने का और जेल जाने का जोखम लेना कबूल किया था। जो शुकराना हासिल होने की पेशकश थी, वो जानता था डॉक वर्कर बना रहकर वो सात जनम नहीं कमा सकता था। फिर डॉक पर भी गिरफ्तारी का खतरा कोई कम नहीं था। कुली लोग माल सरकाते या वैसे ही दूसरे फसादी काम करते पकड़े भी तो जाते ही थे और फिर सजा भी पाते थे। ऐसा कम ही हो पाता था कि यूं पकड़े गये अपने किसी कुली को कोई बड़ा बाप छुड़वा लेता हो।

बहरहाल खतरा कहां नहीं था! हर जगह था। इसलिये वो एक बड़ा दांव खेलने को, जेल जाने का, सजा पाने का खतरा मोल लेने को तैयार हो गया था। लेकिन वो चांस हजूरी ने मार लिया था।

अब वो धारावी में एक्रेजी के इलाके में स्थित एक चाल में अपने कमरे के बाहर स्टूल पर बैठा उस रोज का अखबार 'मिड डे' पढ़ रहा था जो कि और अखबारों की तरह सुबह सवेरे नहीं, दोपहर के करीब आता था और उसकी तवज्जो का मरकज फ्रंट पेज पर छपी हजूरीलाल मैनी की थाने के परिसर में हुई मौत की खबर था।

सुर्खी पढ़ कर के कूद कर इस नतीजे पर पहुंचा था कि जरूर हजूरी की मौत पुलिस की ठुकाई ज्यास्ती हो जाने की वजह से हुई थी लेकिन पूरी खबर पढ़ कर उसे मालूम हुआ था मौत जहर से हुई थी, उसने जहर खा कर खुदकुशी कर ली थी।

थाने के लॉक अप में जहर उसे कैसे, कहां से हासिल हुआ इस बात का कोई खुलासा न्यूज में नहीं था।

अनायास ही वो अपनी कल्पना हजूरी की जगह करने लगा।

अगर हजूरी की जगह वो होता तो क्या पुलिसिया कहर का खौफ खाकर वो खुदकुशी कर लेता?

हरगिज नहीं।

यूं तो उसका सारा मिशन ही पिट जाता।

जान ही चली गई तो तीस पेटी का इनाम किस काम का!

कोई भेद था।

जरूर कोई भेद था।

"हल्लो!"

उसने हड़बड़ा कर अखबार पर से सिर उठाया।

सामने कारमला खड़ी थी।

कारमला सिल्वा कोई बाइस साल की गोवानी लड़की थी जो कि एक्रेजी के उसी झोंपड़ पट्टे में रहती थी जिसमें कि वो चाल थी। उसकी दो छोटी बहनें थीं जो स्कूल जाती थीं जबकि खुद वो कालगर्ल थी, बहनों की खातिर उस नामुराद धन्धे में थी और रोज शाम को आधी रात तक करीबी पास्कल के बार में ग्राहकों की तलाश में पायी जाती थी। वो धन्धा उसकी मजबूरी था, चाहकर भी जिससे वो निजात नहीं पा सकती थी।

सावन उसकी हकीकत से पूरी तरह से वाकिफ था, फिर भी उससे मुहब्बत करता था और उस दिन के सपने देखता था जबकि वो खुद किसी काबिल बन जाता, उससे वो धन्धा छुड़ा पाता और उसको अपनी शरीकेहयात बना पाता।

"हल्लो!"—अखबार बन्द करता वो अनमने भाव से बोला।

"आज डॉक पर नहीं गया, मैन!"

"दिल नहीं किया। छुट्टी कर ली।"

"खामखाह!"

"खामखाह ही तो!"

"बड़ी कन्सैंट्रेशन से अखबार पढ़ता था! कोई खास खबर है?"

"हां।"

"क्या?"

"खुद देखो।"

सावन ने अखबार उसे थमा दिया।

कारमला हजूरी से ताल्लुक रखते वाकये से खुद सावन के बताये वाकिफ थी। सावन ने अपने उस बाबत इरादे को भी उससे नहीं छुपाया था। कारमला उसके उस कदम से कतई सहमत नहीं हो पायी थी लेकिन सावन ने उसे बड़ी शिद्दत से समझाया था कि हो सकता था कि उसकी ये फरियाद कबूल हो जाती कि वो अनजाने में समगलरों का मोहरा बन गया था, उसे कतई खबर नहीं थी कि वो समगलिंग का माल ढो रहा था। यूं उसे कम सजा हो सकती थी, वो सन्देह लाभ पा कर छूट भी सकता था, तीस पेटी का नजराना हर हाल में उसके लिये खरा था। वो बड़ी रकम उन दोनों की तकदीर बदल सकती थी इसलिये वो उस कदम में छुपा कोई भी खतरा मोल लेने को तैयार था।

कारमला ने आखिर अखबार से किनारा किया।

"अच्छा हुआ।"—फिर बोली।

"क्या अच्छा हुआ?"—सावन हैरानी से बोला—"हजूरी मर गया, ये अच्छा हुआ?"

"अरे, नहीं। उसकी जगह तुम न हुए, ये अच्छा हुआ।"

"ओह!"

"अभी पुलिसिया कहर का शिकार वो बना, फिर तुम बनते।"

"पुलिसिया कहर का शिकार! लगता है खबर तुमने गौर से नहीं पढ़ी, पूरी नहीं पढ़ी। उसने सुईसाइड की। जहर खा के।"

"सुईसाइड, माई फुट। ये पुलिस की बनाई हुई कहानी है। कस्टडी में मौत हो तो वो लोग ऐसे ही लीपा पोती करते हैं। ज्यास्ती ठोक दिया, दम निकल गया तो बोल दिया सुईसाइड कर ली, खुद अपनी जान ले ली, खुद ... खुद ..."

"खुदकुशी।"

"वही। वही कर ली।"

"हूं!"

"हिरासत में जामातलाशी होती है। साला जहर किधर रखा उसने अपने पास!"

"मरा तो वो जहर से ही!"

"बंडल!"

"साफ लिखा है।"

"कल का पेपर देखना। कोई और ही स्टोरी सामने आयेंगा।"

"और स्टोरी! तुम तो मुझे फिक्र में डाल रही हो!"

"काहे वास्ते! तुम तो बच गया साला! बोले तो लक्की डॉग!"

"मैं खुदकुशी हरगिज न करता।"

"वो भी किधर किया! पुलिस ने मार लगाई, न झेल पाया।"

"कारमला, उसको मालूम था ऐसा सलूक उसके साथ होना था, हो के रहना था, वो अपने ऐसे किसी अंजाम के लिये तैयार था।"

"ऐसा?"

"हां।"

"तो फिर ... जहर। वो खुद-खुदकुशी!"

"या कत्ल!"—सावन के मुंह से इतनी दबी आवाज निकली कि कारमला बड़ी मुश्किल से सुन पायी।

"क्या!"—वो अचकचा कर बोली—"क्या

"कुछ नहीं। ऐसीच एक खयाल ... वहशी खयाल आया मगज में।"

"लेकिन कत्ल! बोले तो मर्डर!"

"तू नहीं समझेगी।"

"वो भी जेल में! कौन करेगा? कैसे करेगा? कैसे होयेंगा साला?"

"अरे, बोला न, तू नहीं समझेगी। अब छोड़ ये किस्सा।"

कारमला खामोश हो गयी।

उसने तो किस्सा छोड़ दिया लेकिन सावन के जेहन में एकाएक जो कीड़ा कुलबुलाया था(वो टिक के बैठने की जगह पसरने लग गया।

क्या माजरा था?

हजूरी बहुत बड़े आदमी के बारे में मुंह फाड़ने वाला था। उसके वो काम कर चुकने के बाद कहीं वाकेई तो उसका मुंह हमेशा के लिये बन्द नहीं कर दिया गया था ताकि उन लोगों के रुख से पर्दा न उठ पाता जिनका वो वक्ती मोहरा था!

सब-इन्स्पेक्टर गर्गे अपने थाने में वापिस लौटा।

खाली हाथ।

सूरत पर पराजय के भाव लिये वो अपने एसएचओ के रूबरू हुआ।

"क्या हुआ?"—एसएचओ के मुंह से स्वयमेव निकला।

"कुछ ठीक नहीं हुआ, सर।"—सब-इन्स्पेक्टर दबे स्वर में बोला।

"अरे, क्या ठीक नहीं हुआ?"

"फोर्ट में, मलवानी चैम्बर्स में मैंने एडवोकेट तुषार पाटिल का आफिस ट्रेस कर लिया था और इत्तफाक से तब वो अपने आफिस में मौजूद भी था।"

"गुड!"

"नहीं गुड, सर!"

"क्यों? पहेलियां न बुझाओ, गर्गे!"

"सर, एडवोकेट तुषार पाटिल पिचहत्तर साल का है, सिर से गंजा है, बाइफोकल्स लगाता है, और डबल बैरल फिजीक का मालिक है। यानी वजन में सौ किलो के पेटे में।"

एसएचओ ने मुंह बाये उसकी तरफ देखा।

"फिर भी मैंने उससे बात की। अपने रात वाले तुषार पाटिल के बारे में बात की, उसका बारीकी से हुलिया बयान कर के बात की लेकिन नतीजा कुछ न निकला। वो ऐसे किसी शख्स को नहीं जानता था।"

"लेकिन वो विजिटिंग कार्ड, जो रात वाले वकील ने पेश किया था..."

"विजिटिंग कार्ड बांटने के लिये ही होते हैं, सर। लोगों को देने के लिये ही छपवाये जाते हैं। उम्रदराज एडवोकेट तुषार पाटिल का एक विजिटिंग कार्ड उस रात वाले हमारे विजिटर के हाथ लग जाना क्या बड़ी बात थी?"

"हूं।"

"आप किसी को अपना कार्ड दें, बाद में वो कोई कार्ड को अपने लिये गैरजरूरी समझ कर फेंक दे और कोई दूसरा अपने काबू में कर ले तो... क्या बड़ी बात है।"

"हूं।"

"विजिटिंग कार्ड आइडेन्टिटी कार्ड तो नहीं होता न जिस पर कि किसी की तसवीर छपी हो।"

"अब बच्चे न पढ़ा, यार।"

"सॉरी, सर।"

"कल हम एक बड़ी साजिश के शिकार हुए हैं। डीसीपी तक शिकायत जाऐगी। किसी न किसी का कहर टूटेगा मेरे पर। बड़ा इलजाम आयेगा कि हम—मैं, मेरा थाना—इतने अहम कैदी को, इतनी इम्पार्टेंट विटनेस को थाने में महफूज न रख सके। बहरामजी बड़ा बाप है, अब बड़ा नेता है, हमारे पर उससे मिले होने का इलजाम आना भी कोई बड़ी बात न होगा। गवाह बहरामजी कान्ट्रैक्टर की तरफ मजबूत उंगली उठाकर मरा है इसलिये अब ये बड़ा केस तसलीम किया जायेगा। बहरामजी के साथ तो जो होगा सो होगा, थाने को डिपार्टमेंटल इंक्वायरी झेलनी पड़ सकती है। ऐसा हुआ तो"—एसएचओ ने असहाय भाव से गर्दन हिलाई—"मैनी हैड्स विल रोल, एसआई गर्गे।"

खामोशी छा गयी।

"सर"—आखिर सब-इन्स्पेक्टर ने खामोशी भंग की—"अब बहरामजी के खिलाफ क्या होगा? केस बनेगा या सब कुछ शैल्व कर दिया जायेगा?"

"फिलहाल तो ऐसा नहीं होने वाला। केस चाहे न खड़ा हो लेकिन, मुझे एसीपी साहब ने बताया है कि, पूछताछ जरूर होगी।"

"ऐसा?"

"हां। फिर पूछताछ के नतीजे पर निर्भर करेगा कि केस खड़ा होगा या नहीं!"

"ओह!"

"एसीपी साहब ने डीसीपी साहब को साउण्ड आफ किया है और डीसीपी साहब ने आगे कमिश्नर साहब से मीटिंग की है जिसमें ये फैसला हुआ है कि क्योंकि गवाह मर गया है और मर कर हमारे हाथ से निकल गया है इसलिये कमिश्नर साहब का नेता बहरामजी को तलब करना मुनासिब न होगा। डीसीपी साहब उससे मिलने जायेंगे। दो बजे की अप्वायन्टमेंट फिक्स हुई है और मेरे को भी डीसीपी साहब के साथ जाने का हुक्म हुआ है।"

"एसीपी साहब को नहीं?"

"उनकी उस टाइम की एक प्रीशिड्यूल्ड अप्वायन्टमेंट है, वर्ना वो ही जाते।"

"ठीक!"

"लाश के अर्जेंट पोस्टमार्टम का हुक्म जारी हुआ है, आज ही शाम तक रिपोर्ट आ जायेगी।"

"गुड।"

"अब तुम जा सकते हो।"

सैल्यूट मार कर सब-इन्सपेक्टर गर्गे अपने आला अफसर के आफिस से रुखसत हुआ।

गाइलो अपनी टैक्सी पर एलजे क्रॉस रोड पहुंचा।

उस घड़ी उसके साथ पैसेंजर सीट पर डेविड परदेसी मौजूद था।

डेविड परदेसी धारावी में रहता था। वहां अजमेर सिंह के ढाबे से, जहां कि वो अक्सर पाया जाता था, उसने उसे पिक किया था। वो जम्मूवाडी के दोस्तों के ग्रुप में सबका दोस्त था लेकिन जीतसिंह का ज्यादा दोस्त था इसलिये गाइलो ने जब जीतसिंह के नाम का हवाला दिया था तो वो उसके साथ चलने को तैयार हो गया था। उनके पीछे पीछे एक पुरानी सान्त्रो वहां पहुंची थी जिसका इन्तजाम परदेसी ने धारावी से ही किया था और जो उस घड़ी उसके दोस्त टोनी के हवाले थी।

चौकी की एकमंजिला इमारत सड़क से थोड़ा हट के, थोड़ा फासले पर थी इसलिये गाइलो ने टैक्सी को उसके सामने सड़क पर खड़ी करने में कोई हर्ज न समझा।

सान्त्रो उससे परे खड़ी हुई।

"आता है।"—गाइलो टैक्सी का अपनी ओर का दरवाजा खोलता बोला।

परदेसी ने सहमति में सिर हिलाया।

गाइलो टैक्सी में से निकला तो परदेसी, जैसा कि पहले ही सैटल हो चुका था, उसकी जगह ड्राइविंग सीट पर सरक आया।

गाइलो चौकी की इमारत पर पहुंचा।

बरामदे में एक कुर्सी पर एक सिपाही बैठा था जिसने आदतन संदिग्ध भाव से उसकी ओर देखा।

"क्या है?"—फिर आदतन कर्कश स्वर में बोला।

"हवलदार धोवाले से मिलने का।"—गाइलो सहज भाव से बोला।

"किस से?"

"हवलदार शिवराम धोवाले से। ऊंचा सुनता है, बाप!"

"ज्यास्ती बात नहीं। क्या काम है?"

"उसी से काम है।"

"मेरे को बोल।"

"पिराइवेट कर के काम है। तुम्हेरे को कैसे बोलेंगा!"

"धोवाले तेरा जानने वाला है?"

"मेरा नहीं। मेरा नहीं। जो भीड़ू मेरे को इधर भेजा, उसका काम है। मैं तो हवलदार धोवाले से कभी मिला हैइच नहीं।"

"ओह! इधर रुक। देखता है।"

"बरोबर, बाप।"

सिपाही उठ कर भीतर गया और एक वर्दीधारी हवलदार के साथ वापिस लौटा। उसने हवलदार को दिखा कर गाइलो की तरफ इशारा किया और वापिस अपनी कुर्सी पर ढेर हो गया।

हवलदार दो कदम आगे बढ़कर गाइलो के सामने आ खड़ा हुआ।

"क्या है?"—फिर बोला।

"धोवाले?"—गाइलो अदब से बोला—"शिवराम धोवाले?"

"हां। क्या है?"

"मैं गाइलो। साहब ने भेजा।"

"कौन साहब?"

"बड़ा साहब।"

"अरे, कौन बड़ा साहब?"

"बाप"—गाइलो सप्रयास एक गुप्त निगाह सिपाही की तरफ डालता दबे स्वर में बोला—"मालूम तुम्हेरे को। सिपाही सुनता है। कल रात वाला

बड़ा साहब। जिस का वास्ते तुलसी पाइप रोड पर बैरियर लगा कर एक भीड़ू को थामा और म्यूनीसिपल मार्केट के बाजू की नकली चौकी ...”

“धीरे बोल!”—तत्काल हवलदार का मिजाज बदला, वो सावधान स्वर में बोला।

“धीरे ही बोलता है, बाप।”

“क्यों भेजा?”

“कल रात उधर बड़ा साहब का पोर्टेबल मोबाइल चार्जर रह गया, वो लेने भेजा।”

“ओह! चल।”

“किधर?”

“उधरीच। चार्जर काबू में करने।”

“ओह! बोले तो बरोबर।”

“इधर पहुंचा कैसे?”

“अभी रोड से वाक किया न!”

“अबे, रोड तक कैसे पहुंचा? कोई अपना कनवेंस है या पब्लिक कनवेंस से आया?”

“अच्छा, वो। फिरेंड की टैक्सी पर आया न। वो उधर रोड पर खड़ेली है।”

“चल।”

दोनों सड़क पर पहुंचे।

गाइलो ने हवलदार को बड़े अदब से दरवाजा खोल कर टैक्सी में पीछे सवार करवाया और खुद आगे बैठा।

हवलदार को वो कर्टसी, वो स्पैशल अटैंशन बहुत पसन्द आयी, वो खुश हो गया।

ड्राइविंग सीट पर बैठे परदेसी ने टैक्सी स्टार्ट की।

हवलदार के निर्देश पर चलती टैक्सी उजाड़ इमारत पर पहुंची।

“बाई चांस चाबी अभी भी मेरे पास है।”—हवलदार ने बताया।

“बढ़िया।”—गाइलो बोला।

“तू इधरीच ठहर। मैं देखता है।”

हवलदार कार से निकला और इमारत के कम्पाउन्ड का आयरन गेट ठेल कर भीतर दाखिल हुआ और आगे बरामदे में पहुंचा।

"देखा हवलदार को ? "—पीछे गाइलो बोला—"सूरत की शिनाख्त हो गयी ?"

"हां।"—परदेसी बोला।

"ठीक से मगज में बैठ गयी ?"

"हां।"

"कहीं भी देखेगा तो इमीजियेट कर के पहचानेगा ?"

"हां।"

"गुड। इसी वास्ते बाई एक्सक्यूज चौकी से निकाल कर लाया।"

"ठीक किया।"

"नाम शिवराम धोवाले।"

"मालूम। पहले भी बोला।"

"परदेसी, माई डियर, ये काम फुल अटैंशन से करने का और ऐसे करने का कि कोई नतीजा पाजिटिव करके निकले।"

"ये भी पहले भी बोला।"

"फिर बोलता है न एम्फेसिस बनाने का वास्ते ! परदेसी, हमेरा फिरेंड जीता पिराब्लम में, इस वास्ते ... "

"वो तो हमेशा ही प्राब्लम में होता है।"

"अभी क्या बोलेंगा ! जब बैड लक ही साला खराब तो ... क्या बोलेंगा ! पण टाइम चेन्जिज़, हिज टाइम विल आलसो चेंज। और फिर ... "

"वो लौट रहा है।"

गाइलो खामोश हो गया।

हवलदार लौट कर पूर्ववत् टैक्सी में सवार हो गया।

"चार्जर इधर नहीं है।"—वो भुनभुनाता सा बोला।

"ऐसा !" गाइलो ने नकली हैरानी जाहिर की।

"हां। साला खमखाह दौड़ाया !"

"दौड़ाया किधर, बाप ! टैक्सी पर लेकर आया न।"

"अब वापिस चौकी पर छोड़ मेरे को।"

"बोले तो साहब चार्जर किधर और मिस किया !"

"हां। जब इधर नहीं तो ... "

"ठीक। ठीक। मैं जा कर बोलेगा साहब को।"

टैक्सी वापिस चौकी पर लौटी।

हवलदार कार से उतरा और चौकी की ओर बढ़ चला।

पीछे गाइलो परदेसी की ओर घूमा।

परदेसी ने भवें उठाकर उसकी तरफ देखा।

"माई डियर"—गाइलो संजीदगी से बोला—"इस की लेटर इन दि डे किसी ... उस भीड़ू से मुलाकात होयेंगा जिस का जानकारी हमारे फिरेंड जीते को मांगता है।"

"तेरे को कैसे मालूम?"—परदेसी बोला।

"मालूम नहीं, खाली अन्दाजा है।"

"ओह! अन्दाजा है।"

"हां। पण ऐसीच नहीं। कोई बेस है उसका। लास्ट नाइट का इधर का फुल इस्टोरी मैं तेरे को पहले ही बोला। उधर खाली इमारत का चाबी अभी भी हवलदार के पास है। इससे मेरे को ये आइडिया आया कि उस हैट-गागल्स वाले भीड़ू को अभी भी उस ठिकाने से कोई काम। अभी जब चाबी हवलदार के पास है तो बोले तो या तो हवलदार किसी टेम जा कर हैट वाले से मिलेगा। या हैट वाला किसी टेम इधर आयेगा। क्या?"

"वो तो मैं फालो किया, बरोबर, पण गाइलो, तेरा आइडिया साला डड भी तो हो सकता है!"

"क्या बोला?"

"हो सकता है चाबी हवलदार के पास इसलिये हो क्योंकि वो उसे लौटाना भूल गया हो या उसे लौटाने का टेम न लगा हो!"

"बोले तो हो तो सकता है! पर वान्दा नहीं। अभी एक बात और भी है।"

"वो क्या?"

"हवलदार को चौकी से निकालने के लिये—ताकि तू अच्छी तरह से उसकी सूरत देख पाता—मैं एक्सक्यूज दिया कि बड़े साहब का, हैट-गागल्स वाले का, मोबाइल चार्जर उधर कल वाली जगह पर रह गया था पण चार्जर तो उधर नहीं था, न हो सकता था। परदेसी, ये बात देर सवेर हवलदार के मगज में आयेगी। तब हो सकता है वो इस बारे में हैट वाले से मिले!"

"काहे को? मोबाइल पर काल लगाने का इजी काम काहे नहीं करेगा?"

"हो सकता है न करे। हो सकता है उसे इंस्ट्रक्शन हो कि फोन नहीं लगाने का था। जीते को भी वो ऐसीच बोला। इसी वास्ते अपना फोन नम्बर उसको न दिया। बोल दिया जब काल करेंगा, वो खुद करेंगा। तू नैगेटिव मत

सोच, परदेसी। जीते की खातिर सोच, फिरेंड की खातिर सोच कि किसी न किसी टेम इस हवलदार का किधर न किधर हैट वाले से मीटिंग होयेंगा।"

"ओके। ... फिर भी मीटिंग न हुई तो?"

"जीसस!"

"अरे, आर्ग्यूमेंट सेक पूछता है, न हुई तो?"

"तो साला थाम लेगा और ठोक के हैटवाले का पता निकालेगा।"

"तू ... तू पुलिस वाले को थाम लेगा? ठोकेगा?"

"फिरेंड का वास्ते साला कुछ भी करेंगा। पण तू गॉड आलमाइटी से दुआ कर कि वो नौबत न आये।"

"ओके।"

"तेरे पास कैमरा है, पावफुल जूम वाला कैमरा है जोकि रात के टेम, कम लाइट में भी फोटू निकालता है। जिस भीड़ू की हमको तलाश है, उसका जनरल अपीयरेंस का बारे में मैं तेरे को बोल के रखा। पण हो सकता है हवलदार धोवाले की उससे मीटिंग के टेम वो हैट न पहले हो, गागल्स न लगाये हो। उसका फिरेंच कट दाढ़ी मूंछ भी नकली हो सकता है। इस वास्ते इस केस में, परदेसी, तेरे को मगज से काम लेने का, अपना जजमेंट लगाने का, अपना इंटैलीजेंट—जो कि तू है—जजमेंट लगाने का। क्या!"

"तू फिक्र न कर। सब ठीक होगा।"

"फिकर तो मैं करेगा। साला मेरे वो फिरेंड को कुछ करके दिखाने का। बोले तो ये काम के अलावा भी बहुत कुछ करके दिखाने का।"

"सब ठीक होगा। गॉड विल हैल्प।"

"यस, लैट इट बी सो। परदेसी, सान्त्रो का खर्चा, तेरा शुकराना, सब जीता देगा।"

"देखेंगे। नहीं भी देगा तो वान्दा नहीं।"

"दैट्स लाइक ऐ गुड फिरेंड। अभी निकल ले।"

डीसीपी का नाम शशिकान्त दलवी था।

दो बजने में अभी पांच मिनट बाकी थे जबकि पुलिस की लाल बत्ती वाली, काले शीशों वाली सफेद एम्बैसेडर कार कोलाबा प्यायन्ट पर स्थित सी-रॉक एस्टेट पहुंची। कार को एक वर्दीधारी हवलदार चला रहा था और उसके साथ पैसेंजर सीट पर इन्स्पेक्टर राजेश महाले सवार था।

डीसीपी मुश्किल से चालीस साल का था, वर्दी में रौबदार लग रहा था और काले गागल्स में जंच रहा था।

सी-रॉक एक विशाल एस्टेट थी जिसके पृष्ठ भाग में ठाठें मारता समुद्र था और उसकी भौगोलिक स्थिति ऐसी थी कि उसका अग्र भाग तो सड़क के लैवल पर था लेकिन पृष्ठ भाग समुद्र की सतह से बहुत ऊंचाई पर था। एस्टेट के गिर्द पत्थरों को जोड़ कर बनाई गयी ऊंची चारदीवारी थी जिसके फ्रन्ट में एक विशाल आयरन गेट था जो कि बन्द था। गेट के पहलू में पत्थरों से ही बना एक गेट हाउस था, उसका सड़क पर खुलने वाला दरवाजा भी उस घड़ी बन्द था।

इन्स्पेक्टर महाले के निर्देश पर हवलदार ने हार्न बजाया।

गेट हाउस का दरवाजा खुला, उस पर एक वर्दीधारी दरबान प्रकट हुआ।

इन्स्पेक्टर ने अपनी तरफ की खिड़की का शीशा नीचे गिराया और उसमें से गर्दन बाहर निकाल कर दरबान से सम्बोधित हुआ—"डीसीपी दलवी साहब आये हैं। नेता जी से अप्वायन्टमेंट है।"

दरबान ने सहमति में सिर हिलाया, फिर वो दरवाजे पर से गायब हो गया। कुछ क्षण बाद आयरन गेट खुला तो वो उसके पहलू में खड़ा दिखाई दिया। उसने ड्राइवर को करीब आने का इशारा किया।

हवलदार ने कार आगे बढ़ाई और उसे दरबान के पहलू में ले जाकर रोका।

"सीधे चले जाओ। आगे सिरे पर कोई मिलेगा और आपको साहब के पास ले जायेगा।"

हवलदार ने सहमति में सिर हिलाया और कार आगे बढ़ाई।

पीछे आयरन गेट बदस्तूर बन्द हो गया।

पेड़ों से आच्छादित लम्बी राहदारी से गुजरती कार उसके सिरे पर पहुंची। आगे एकाएक फूल पौधों से सुसज्जित एक विशाल कम्पाउन्ड प्रकट हुआ जिसमें एक सफेद रंग का भव्य मैंशन खड़ा था।

"कमाल है, भई!"—डीसीपी के मुंह से निकला—"ऐसी शानोशौकत से रहता है वर्तमान नेता और भूतपूर्व समगलर!"

"समगलिंग की कमाई की ही बरकत होगी, सर!"—इन्स्पेक्टर अदब से बोला।

"आजकल नेतागिरी भी समगलिंग से कोई कमजोर धन्धा नहीं। दोनों ही जगह मुल्क को लूट खाने की पूरी पूरी सुविधा है।"

"बहरामजी तो दोनों है, सर! यानी दोनों हाथों में लड्डू!"

"हां, भाई। सम पीपुल हैव आल दि लक इन दि वर्ल्ड।"

मेंशन के सामने सफेद संगमरमर की सीढ़ियां थीं जिनके निचले सिरे पर एक काला सूटधारी युवक खड़ा था। कार उसके सामने जा कर रुकी तो उसने आगे बढ़कर अदब से उसका पिछला दरवाजा खोला।

"वैलकम, सर!"—नकली मुस्कराहट की छटा बिखेरता वो बोला—"नेताजी आफिस में आप ही का इन्तजार कर रहे हैं।"

इन्स्पेक्टर और डीसीपी कार से बाहर निकले। काले सूट वाला घूमा और उन्हें रास्ता दिखाता उनके आगे चलने लगा। यूं ही उसने उन्हें मेंशन के भीतर एक विशाल, सुसज्जित आफिस में पहुंचाया जहां एक विशाल आफिस टेबल के पीछे चमड़ा मंढ़ी एग्जीक्यूटिव चेयर पर नेता जी बहरामजी कान्ट्रैक्टर विराजमान था।

नेताजी कोई साठ साल का, लम्बा ऊंचा, क्लीनशेव्ड, चाक चौबन्द तन्दुरुस्ती वाला रौबदार आदमी था जो कि अपनी सूटबूट की विलायती सज धज में नेता कम और कॉरपोरेट बिग बॉस ज्यादा लगता था। समगलर, कालाबाजारिया जैसा कोई शेडी कैरेक्टर शायद कभी लगता हो लेकिन अपनी लम्बी सियासी पारी के बाद अब नहीं लगता था। अलबत्ता उसकी आंखों में स्थायी रूप से समाहित लाल डोरे उसके घूंट का रसिया होने की, पार्टीबाज होने की चुगली करते थे।

उसने गर्दन के खम से इन्स्पेक्टर का अभिवादन कबूल किया, डीसीपी से हाथ मिलाया और उसे विराजने का न्योता दिया।

डीसीपी उसके सामने एक विजिटर्स चेयर पर बैठ गया। इन्स्पेक्टर अपने बॉस की कुर्सी से एक कदम पीछे सावधान की मुद्रा में खड़ा हो गया।

काले सूटवाला परे दरवाजे पर जा खड़ा हुआ।

"क्या पियेंगे?"—नेताजी बोला।

"कुछ नहीं।"—डीसीपी सहज, सन्तुलित स्वर में बोला—"बट थैंक्यू, आल दि सेम। मैं अपनी ड्यूटी करूंगा और चलूंगा।"

"ड्यूटी!"

"जी हां। फोन पर बोला था।"

"हां, बोला तो था!"

"सख्त, बद्‌मजा ड्यूटी।"

"क्या चाहते हैं?"

"आप से चन्द सवाल पूछना चाहते हैं। उम्मीद है आपको ऐतराज न होगा।"

"पूछो।"

"कल हमने समगलिंग का एक केस पकड़ा है। हजूरीलाल मैनी नाम का एक शख्स चोरी की एक वैगन-आर के साथ पकड़ा गया है जिसमें एक सीक्रेट चैम्बर था जिसे पुलिस बहुत मुश्किल से तलाश कर पायी थी। उस चैम्बर में कीमती स्विस घड़ियां भरी हुई थीं। हजूरीलाल से सख्ती से पूछताछ की गयी थी तो उसने बोला था कि वो तो खाली ड्राइवर था जो कि गाड़ी को एक जगह से दूसरी जगह पहुंचाता था।"

"हो सकता है।"

"जी हां। हम जानते हैं समगलर्स के कैरियर ऐसे भी होते हैं जिन्हें माल की खबर या शिनाख्त नहीं होती लेकिन उसे कैरी करते हैं बराबर। जैसे हजूरीलाल खण्डाला से मुम्बई वो कीमती स्विस घड़ियां ढो रहा था।"

"बिना जाने कि वैगन-आर में घड़ियां छुपी थीं!"

"वो ऐसा बोला था लेकिन हमें उसकी बात पर यकीन नहीं आया था। उससे सख्ती से पूछताछ की गयी थी ..."

"पुलिस वाली फेमस सख्ती से!"

"यही समझ लीजिये।"

"आगे?"

"तो उसने कबूल किया था कि वो समगलर का कैरियर था; बड़े, बड़ी हैसियत, बड़े नामवाले समगलर का कैरियर था।"

"नाम बोला समगलर का?"

"जी हां। आखिर बोला।"

"क्या?"

"बहरामजी कान्ट्रैक्टर।"

नेता जी तत्काल कुर्सी पर सीधा हुआ। तत्काल उसके चेहरे ने रंग बदला।

"वाट नानसेंस!"—वो गुस्से से बोला।

"उसने पिकअप प्वायन्ट खण्डाला का आपका बंगला बताया और डिलीवरी प्वायन्ट कोलाबा में सी-राक एस्टेट बताया।"

"ये क्या बकवास है?"

"हमें चक्कर देने के लिये पहले उसने एक जुदा स्टोरी बयान की थी लेकिन सख्त क्रासक्वेश्चनिंग से जल्दी ही साबित हो गया था कि वो कहानी फर्जी थी, हमें भटकाने के लिये गढ़ी गयी थी और फिर असली कहानी उसे बयान करनी पड़ी थी।"

"असली कहानी ! ये कि वो बड़े समगलर का कैरियर था और समगलिंग का जो माल वो ढोता था, वो बहरामजी कान्ट्रैक्टर का था ?"

"जी हां।"

"इस सफेद झूठ पर आप लोगों ने उसका मुंह न पकड़ा ?"

"वो झूठ बोलने की पोजीशन में नहीं था।"

"क्यों नहीं था ? डण्डा परेड का डोज ज्यादा हो गया था ? पुलिसिया कहर का प्याला छलक गया था ?"

"ऐसी कोई बात नहीं थी।"

"तो कैसी बात थी ? कैसे आपने उसकी बात पर यकीन कर लिया ? आप मेरी मौजूदा पोजीशन नहीं जानते, विधानसभा में मेरी हैसियत नहीं जानते, क्या नहीं जानते जो आपने एक वाहियात आदमी की जुबान को ऐतबार में लाना जरूरी समझा ?"

"वो झूठ क्यों बोलेगा ?"

"उसके झूठ बोलने की सौ वजह हो सकती हैं।"

"कोई एक वजह बताइये ?"

"मैं क्यों बताऊं ? केस की तफ्तीश आप कर रहे हो, आप बताओ।"

"यू सैड इट, सर ! तफ्तीश ही कर रहे हैं। इसीलिये यहां हैं। एक गम्भीर केस से आपका नाम जुड़ा है, हम इस बात को आपके द्वारे आकर आपको खबर कर रहें हैं, ये तफ्तीश का ही हिस्सा है। अपने नाम को क्लियर करने की जिम्मेदारी आप पर आयद होती है, पुलिस पर नहीं। पुलिस किसी इंडीविजुअल के लिये काम नहीं करती, पब्लिक के लिये काम करती है। इस बात में कोई खामी आपको दिखाई देती है तो बोलिये।"

नेताजी ने तत्काल उत्तर न दिया। उसने एक दो बार कुर्सी पर पहलू बदला, फिर कदरन सुसंयत स्वर में बोला—"मेरे सौ दुश्मन हैं, जो मुझे नीचा दिखाने के लिये किसी भी हद तक जा सकते हैं। पॉलिटिक्स में ऐसी हरकतें, ऐसी टांग घसीटी, ऐसी दूसरे की छवि धूमिल करने की कोशिशें आम होती हैं।"

"किसी ऐसे एक दुश्मन का नाम लीजिये।"

"मैं ऐसा नहीं कर सकता। बिना बुनियाद के ऐसा करना एक गलत, गैरजिम्मेदाराना हरकत होगी।"

"जब आप कहते हैं कि कोई आपकी छवि धूमिल करने की, आपको नीचा दिखाने की कोशिश कर रहा है तो आप अपना शक तो जाहिर कर सकते हैं कि ऐसा शख्स कौन हो सकता है जो आपका बुरा चाहता है, आपके लिये मुसीबत खड़ी करना चाहता है!"

"नहीं।"

"वजह?"

"पहले मेरे को यकीन आना चाहिये कि जो आप कह रहे हैं, वो हकीकत है।"

"मैं हकीकत ही तो बयान करने आया हूं! मैं, डिस्ट्रिक्ट का डीसीपी, स्पैशल डेलीगेट आफ मुम्बई पुलिस कमिश्नर आपको हकीकत से ही तो वाकिफ कराने के लिये आपके सामने बैठा हूं!"

"ये काफी नहीं।"

"तो क्या काफी है?"

"उस कुत्ते को मेरे सामने पेश करो जो मेरे पर भौंक रहा है।"

"सर, प्लीज, माइन्ड युअर लैंग्वेज!"

"मैं उसका ... क्या नाम बताया?"

"हजूरीलाल। हजूरीलाल मैनी।"

"मैं उसका बयान उसकी जुबानी सुनना चाहता हूं। उसने जो कहा है मेरे सामने खड़ा हो के, मेरे मुंह पर फिर कहे। कहां है वो?"

"वो तो बहुत दूर है लेकिन जो आप चाहते हैं, उसका इन्तजाम यहीं किया जा सकता है।"

"कैसे?"

"हमारे पास उसके बयान की रिकार्डिंग है। जो आपको सुनाई जा सकती है।"

"सुनाओ!"

इन्स्पेक्टर महाले ने उस काम को अंजाम दिया।

नेताजी ने बड़े गौर से, बड़े धीरज से रिकार्डिंग सुनी।

रिकार्डिंग का समापन हुआ तो नेताजी विचलित दिखाई देने लगा।

"ओ, गॉड!"—वो असहाय भाव से बोला—"इतनी बड़ी साजिश!"

"आप आवाज पहचानते हैं?"—डीसीपी बोला।

"नहीं।"

"बयान में हजूरीलाल ने कई नाम लिये हैं। आप उन नामों से वाकिफ हैं? कोई खालिद आपकी मुलाजमत में है?"

"हां, है।"

"मंज़ूर?"

"वो भी है।"

"मजहर?"

"वो भी है, भई। लेकिन मेरे मुलाजिमों के नाम जान लेना किसी के लिये क्या बड़ी बात है!"

"रिकार्डिंग में किसी जहांगीर कान्ट्रैक्टर का भी जिक्र है जो कि आपका भांजा बताया गया है।"

"ठीक बताया गया है। वो है मेरा भांजा जहांगीर, जो कि दरवाजे पर खड़ा है। पूछो उससे जो पूछना चाहते हो!"

"अभी नहीं। अभी आपसे पूछताछ मुकम्मल नहीं हुई।"

"ऐसे मुकम्मल होगी भी नहीं। उस आदमी को यहां मेरे सामने पेश करो जिसने मेरे खिलाफ इतना जहर उगला।"

"ये नहीं हो सकता।"

"क्यों नहीं हो सकता।"—नेताजी के स्वर में फिर प्रबल अधिकार का पुट आया—"जानते नहीं हो ये डिमांड कौन कर रहा है!"

"जानते हैं लेकिन किसी और वजह से ये नहीं हो सकता।"

"और क्या वजह?"

"उस पर जाबर का जबर चल गया।"

"मतलब?"

"रात थाने में उसका कत्ल हो गया।"

"क्या!"

"आपने रिकार्डिंग में सुना ही होगा कि उसने साफ बोला था कि उसने जिसका समगलिंग का माल ढोया था, वो बहुत बड़ा आदमी था, बहुत ताकतवर आदमी था"—डीसीपी ने क्षण भर को अपलक नेताजी की ओर देखा—"उसने उसका नाम लिया तो उसकी मौत निश्चित थी, उसे चुटकियों में चींटी की तरह मसल दिया जायेगा, उसे थाने में ही खत्म कर दिया जायेगा। उसका अन्देशा सही तो निकला ही, ये भी गौरतलब बात है कि कितनी जल्दी कितनी रफ्तार से उसका मुंह हमेशा के लिए बन्द किया गया।"

"थाने में ?"

"जी हां ! जोकि हमारे लिये शर्म की बात है। इससे भी साबित होता है कि जिसका वो समगलिंग का माल ढोता था, वो कितना साधन सम्पन्न आदमी था। हमें कोई हैरानी नहीं होगी अगरचे कि आजकल में हमें उस आदमी की लाश भी मिले जिसने कि उस बड़े समगलर की मुखबिरी की थी ?"

"बड़ा समगलर मैं !"

"उसने साफ आपका नाम लिया।"

"रिकार्डिंग में ?"

"जी हां।"

"पुलिस वाले हो, डीसीपी हो, क्या नहीं जानते हो कि जिस का बयान है, उसे पेश न किया जा सके तो रिकार्डिंग की कोई वैल्यू नहीं होती !"

"आप इस रिकार्डिंग के जेनुइन होने पर शक जाहिर कर रहे हैं ?"

"क्यों न करूं ? पुलिस क्या पहली बार मेरे पीछे पड़ी है ? अभी मैंने सौ दुश्मनों का जिक्र किया था, तुम्हारा क्या खयाल है, तब पुलिस उस गिनती में शामिल नहीं थी ?"

"आप पुलिस को अपना दुश्मन समझते हैं ?"

"और क्या दोस्त समझूं ? दोस्त ऐसे पेश आता है जैसे कि तुम आ रहे हो ?"

"तफ्तीश करना हमारा फर्ज है।"

"और उसका खामियाजा भुगतना तुम्हारी नियति है।"

"जी !"

"पालिटिक्स में आज की मेरी हैसियत को न भूलो, मिस्टर डीसीपी। कल को मैं चीफ मिनिस्टर बन सकता हूं—मिनिस्टर तो यकीनन बन सकता है—फिर जानते हो क्या होगा ? फिर तुम्हारा कमिश्नर लाइन में खड़ा होकर मुझे सैल्यूट मारता होगा। और तुम्हें—एक मामूली डीसीपी को—तो सैल्यूट मारने की भी सहूलियत और इज्जत हासिल नहीं होगी।"

डीसीपी तिलमिलाया।

"सर, मैं इसे धमकी समझूं ?"—फिर बोला—"वार्निंग समझूं कि आपके खिलाफ तफतीश करने का नतीजा गम्भीर होगा ?"

"करो तफ्तीश। लेकिन कहीं और जा कर करो। क्योंकि यहां से तुम्हें कुछ हासिल नहीं होने वाला। जा कर मेरी एफआईआर दर्ज करो, बहरामजी कान्ट्रैक्टर, प्रेसीडेंट मराठा मंच, चालीस एमएलए, तीन एमपी की ताकत वाले

नेता की एफआईआर दर्ज करो कि कोई उसकी छवि खराब करने के लिये उसके खिलाफ बाकायदा साजिश रच रहा है, उस पर झूठे इलजाम थोप रहा है कि इतनी हैसियत वाला, इतनी अहमियत और रसूख वाला नेता होने के बावजूद वो घड़ियों का समगलर भी है ..."

"नॉरकॉटिक्स का भी। गोल्ड और सिल्वर का भी।"

"फिर तो और भी सीरियस एफआईआर दर्ज करो, अपनी तत्परता, तुर्ती फुर्ती दिखाओ और मेरे उस दुश्मन को, जो मेरे पर कीचड़ उछाल रहा है गिरफ्तार करके मेरे सामने लाओ और शाबाशी हासिल करो।"

डीसीपी ने बैचेनी से पहलू बदला। वो उस शख्स की दीदादिलेरी पर हैरान था। कैसे वो डिफेंसिव होने की जगह ऑफेंसिव हो रहा था! कैसे उसने बाजी पलट के रख दी थी!

"ये बात जगविदित है"—फिर नये सिरे से हिम्मत बटोर कर वो बोला—"कि पॉलिटिक्स में आने से पहले आप समगलर थे, कालाबाजारिया थे।"

"और तब मेरा मुकाम जेल में था?"

"नहीं।"

"क्यों?"

"क्योंकि आपके खिलाफ कभी कुछ साबित नहीं हो पाया था, कभी कोई केस नहीं बन पाया था।"

"जो कि मेरी गलती थी!"

"नहीं, लेकिन ..."

"तो जरूर मैंने मुम्बई पुलिस पर तोप तानी हुई थी जिसकी वजह से उनकी मेरे खिलाफ कुछ साबित करने की, कोई केस बनाने की हिम्मत नहीं होती थी!"

"आप जानते हैं ऐसा क्यों नहीं होता था?"

"जानता हूं, भई, जानता हूं। वो वजह भी जानता हूं जो तुम सरकाओगे—गवाह मुकर जाते थे, रास्ते से हटा दिये जाते थे, वगैरह—और वो वजह भी जानता हूं जो कि असल में थी।"

"असल में थी! क्या थी?"

"अब मुंह न खुलवाओ मेरा। वर्ना पहले से ही कालिख पुता पुलिस का मुंह और काला हो जायेगा।"

"वो कैसे?"

"यानी कहलवा के ही रहोगे! गुलदस्ता थामते हैं न नीचे से ऊपर तक के सब पुलिस वाले?"

"सब नहीं।"

"रिश्वत को गुलदस्ता बोलते हैं, जैसे ऐसा बोलने से रिश्वत लेना इज्जतदार काम बन जायेगा।"

"हम नहीं बोलते।"

"तो देने वाले बोलते होंगे, भई! बात तो वहीं की वहीं रही!"

"अब इस मीटिंग का नतीजा क्या निकला? आपकी तरफ जो इलजाम लगाती उंगली उठी है, आप उसे नजरअन्दाज कर रहे हैं?"

"हमारा यही करना बनता है। वो हमारे खिलाफ एक नाप जोख कर तैयार की गयी साजिश है जो अभी और रंग ला सकती है।"

"अभी और रंग ला सकती है?"

"हमें ऐसा अन्देशा है। जल्दी ही फिर हजूरीलाल जैसा ही कोई कुत्ता भौंकेगा कि बहरामजी कान्ट्रैक्टर फिर समगलिंग के धन्धे में है—*फिर* बोला मैंने, जब कि ये ही स्थापित नहीं कि पहले मैं इस धन्धे में था—और तुम लोग फिर वैसे ही एक्ट करोगे जैसे इस वक्त कर रहे हो। साजिश को भांपने की जगह फिर बहरामजी पर चढ़ दौड़ोगे। इस बार डीसीपी आया, अगली बार जायन्ट कमिश्नर आ जायेगा, और अगली बार कमिश्नर मुझे समन भेज देगा। मिस्टर डीसीपी, यहां बैठ कर वक्त बर्बाद करने की नादानी मत करो। जाओ, जाकर चोर की मां को पकड़ो। मालूम करो कौन मेरा दुश्मन बना बैठा है जो मेरे खिलाफ साजिश रच रहा है! तुमने हजूरीलाल को मर जाने दिया, ये अपना नुकसान न किया, मेरा नुकसान किया।"

"जी!"

"जिन्दा रहता, पुलिस कोशिश करती, दिल से, ईमानदारी से, शिद्दत से कोशिश करती तो देर सवेर वो जरूर बकता कि वो किसका भड़वा था, किसके सिखाये मेरे खिलाफ बयान देने को तैयार हुआ था!"

"सर, झूठा बयान, खुद उसकी क्या गत बना सकता था, ये क्या वो नहीं जानता था? वो समगलिंग के माल के साथ पकड़ा गया था, उसने नाकाबन्दी से फरार होने की कोशिश की थी, वो चेज के बाद पकड़ा गया था, गोलीबारी तक हुई थी। फिर उसने इकबालिया बयान दिया था। उसका जेल जाना लाजमी था। कम से कम तीन साल के लिये तो नपता ही नपता। क्यों कोई झूठा बयान दे कर इरादतन अपनी ऐसी दुरगत करायेगा?"

"चान्दी का जूता खा कर करायेगा। कैसे गवाहों की खरीद फरोख्त होती है, क्या पुलिस इस बात से नावाकिफ है! ये तो समगलिंग का बड़े छोटे लैवल का केस है, गवाह तो कत्ल किया होना कबूल करने के लिये खरीदा जा सकता है। उस खरीदार को ढूंढो, मिस्टर डीसीपी, तुम्हारा केस अपने आप हल हो जायेगा।"

"आप बड़े यकीन के साथ कह रहे हैं कि ऐसा कोई खरीदार है!"

"सच्चा आदमी जो कहता है, यकीन के साथ कहता है।"

"सच्चा आदमी! जो कि आप है!"

"यकीनन!"

"मैं आपके कंफीडेंस की, बल्कि ओवरकंफीडेंस की, दाद देता हूं।"

"जाओ, पकड़ो जा कर इस खरीदार को। तुम नहीं पकड़ोगे तो हम पकड़ेंगे।"

"आप पकड़ेंगे!"

"किसी ने बहरामजी पर कीचड़ उछाला, उसका दामन दागदार किया, उसे क्या हम यूं ही छोड़ देंगे!"

"खोज लेंगे तो क्या करेंगे? खुद सजा देंगे?"

"ये तो आने वाला वक्त बतायेगा। पुलिस के हवाले कर देंगे। अब राजी?"

"मैं एक बात पर्सनल लैवल पर कहना चाहता हूं। उससे केस को हल करने में मदद मिल सकती है, इसलिये कहना चाहता हूं।"

"कहो, खुशी से कहो।"

"आप भड़क तो नहीं जायेंगे?"

"नहीं, भई। तुम मेहमान हो हमारे, मेहमान पर भड़कना बेशऊरी की बात होता है, इतना बहरामजी जानता है।"

"शहर में ये अफवाह भी गर्म है कि क्यों आप अपने पुराने धन्धे में वापिस लौट रहे हैं।"

"क्यों भला?"

"आपकी पार्टी ने गोवा विधानसभा के इलैक्शनों में भारी शिकस्त खायी है, आपकी पार्टी वहां एक भी सीट नहीं निकाल पायी है, यानी महाराष्ट्र के बाहर खाता भी नहीं खोल पायी है। उस इलैक्शन में आपका करोड़ों रुपया डूबा है जिसकी आप भरपाई करना चाहते हैं।"

"समगलिंग से?"

"ऐसी ही खुसर पुसर है।"

"पालिटिक्स में एक बड़ा मुकाम पा लेने के बाद अब मैं समगलर कहलाना पसन्द करूंगा?"

"लेकिन अफवाह ..."

"जब जानते हो अफवाह है तो क्यों कान देते हो?"

डीसीपी खामोश हो गया।

"और जहां तक गोवा इलैक्शन के खर्चे की बात है, ये हमारे और इलैक्शन कमीशन के बीच का ईशू है। खर्चे के मामले में हम गोवा में आपे से बाहर हुए होते तो क्या ये हकीकत इलैक्शन कमीशन से छुपी रहती?"

"छुपी ही रहती है। सब जानते है इलैक्शन में काला धन पानी की तरह बहता है।"

"और हार के बाद ये पैसा बहाने वाले सब समगलर बन जाते हैं।"

"आप बात को टाल रहे हैं। काला धन काले धन्धों से ही आता है।"

"ये लम्बी बहस का मसला है, डीसीपी साहब, जिसके लिये ये मुनासिब वक्त नहीं। इस वक्त हम जिस हमाम में हैं, उसमें सब नंगे हैं, फिर एक बहरामजी को सिंगल आउट करने का क्या मतलब? कौन नहीं जानता कि इलैक्शन बिना पैसा नहीं लड़ा जा सकता! जो हर कोई जानता है वो ये है कि गोवा इलैक्शन्स में मराठा मंच ने कोई नियमों से बाहर काम नहीं किया, किया होता तो हमें इलैक्शन कमीशन से कई नोटिस इशू हुए होते जब कि, तुम जा कर पता कर सकते हो, हमें एक भी नोटिस इशू नहीं हुआ था। जब सरकारी तर्जुमानी से सब ठीक ठाक हुआ, सब इन आर्डर था तो अब, इलैक्शन से चार महीने बाद, तुम क्यों उसमें नुक्स निकाल रहे हो?"

"मैंने एक हाईपोथेटिकल बात कही थी।"

"फैक्चुअल बात कहो। और फैक्चुअल बात ये है कि हमारे मुल्क में पॉलिटिक्स देश सेवा नहीं, कारोबार है। और कारोबार में नफा नुकसान होता ही है। इस बार इलैक्शन में हमारा नुकसान हुआ तो किसी अगले में नफा हो जायेगा। क्या प्राब्लम है!"

"तो आप कबूल करते हैं कि इलैक्शन आपके लिये कारोबार है?"

वो हँसा।

"लगता है"—फिर बोला—"इस वक्त मेरे से एक पुलिस आफिसर सवाल नहीं कर रहा, एक प्रैस रिपोर्टर इन्टरव्यू ले रहा है।"

डीसीपी जबरन हँसा।

"अब क्योंकि इन्टरएक्शन पर्सनल लैवल पर है इसलिये कहो तो कोई चाय पानी मंगवायें!"

"नो, सर।"—डीसीपी उठ खड़ा हुआ—"हमें टाइम देने का शुक्रिया। हम अब इजाजत चाहेंगे।"

नेताजी का सिर सहमति में हिला, इस बार उसने उठ कर हाथ मिलाने की भी कोशिश न की, उसने दरवाजे पर खड़े अपने भांजे को इशारा किया।

जहांगीर ने अदब से दरवाजा खोल दिया।

मामू से क्यू लेकर उसने भी मेहमानों के साथ जाने की कोशिश न की, उसके इशारे पर एक सर्वेन्ट उनके आगे आगे बाहर को चलने लगा।

वो वापिस बहरामजी की ओर घूमा तो उसने पाया उसके चेहरे पर गहन चिन्ता के भाव थे।

"सोलोमन को बुला।"—फिर वो गम्भीरता से बोला।

जहांगीर तत्काल मोबाइल पर फोन लगाने लगा।

सावन झंकार थाने पहुंचा।

कारमला उसके साथ थी।

कारमला का उसके साथ कोई काम नहीं था। उसके उखड़े मूड को देख कर वो खामखाह उसके साथ चली आयी थी और सावन को उसे टोकते नहीं बना था।

थाने में भारी अफरातफरी का माहौल था। वहां प्रैस रिपोर्टरों की मुतवातर आवाजाही थी और इक्का दुक्का किसी टीवी चैनल का कोई कैमरामैन भी दिखाई दे रहा था।

सावन अनिश्चित सा थाने के सामने खड़ा रहा।

"क्यों आये?"—कारमला तनिक खीजे स्वर में बोली।

"पता नहीं।"—सावन ने अनमने भाव से जवाब दिया।

"ये कोई जवाब हुआ?"—कारमला भुनभुनाई।

"वो उधर सड़क पार एक रेस्टोरेंट हैं, वहां चलते हैं।"

"काहे वास्ते?"

"अरे, चाय पीते हैं न!"

"इधर चाय पीने आया?"

"नहीं, चाय पीने तो नहीं आया। आया तो किसी और ही उम्मीद से..."

"कि इधर से भांपने को मिलेगा कि हजूरी कैसे मरा?"

"बोले तो हां।"

"तो ये बोलो न टेम वेस्ट करने का। टेम वेस्ट करने का वास्ते डॉक से छुट्टी किया।"

"बोला। आ, चल।"

दोनों भीड़भरे रेस्टोरेंट में पहुंचे जहां कि एक टेबल पर तीन चार पुलिसिये भी बैठे चाय पी रहे थे। वहां भी हजूरी की मौत की ही चर्चा गर्म थी।

जितने मुंह, उतनी बातें।

तभी पुलिसियों वाली टेबल के करीब एक टेबल खाली हुई। दोनों उस पर जाकर बैठ गये।

वेटर ने उन्हें चाय सर्व की।

दोनों खामोशी से चाय चुसकने लगे और अफवाहों के गर्म बाजार पर कान देने लगे।

"बोले तो"—एक उम्रदराज हवलदार कह रहा था—"अपना मोडक फोकस में है।"

"हां।"—एक सिपाही बोला—"शायद कल कोई छापे वाला फोटू भी निकाले।"

"सुर्खी के साथ।"—दूसरा सिपाही बोला—"हवलदार मोडक। थाने की वारदात का खास गवाह।"

"चुप करो, सालो।"—हवलदार मोडक झल्लाया—"यहां जान सांसत में है। थानेदार मेरी खाल खींचने पर तुला है और तुम्हें मजाक सूझ रहे हैं।"

तीनों पुलिसिये हँसे।

"एक बात बता दे, मोडक।"—उम्रदराज हवलदार बोला।—"आपसदारी की बात है, इसलिये बता ही दे।"

"अरे, क्या बात?"

"वो वकील, जो अब सारे थाने को खबर है कि नकली था, वही कैदी को कोई गोली वोली सरका के गया न!"

"नहीं।"

"अरे, ये तो अफसर को देने वाला बयान हुआ न! हमें तो असलियत बता।"

"नहीं।"

"क्या नहीं? असलियत नहीं बतायेगा?"

"मेरे सामने कोई गोली सरकाई गयी थी, इस बात को नहीं बोला मैं। मैंने ऐसा कुछ नहीं देखा था।"

"क्योंकि न देखने का इशारा मिला था।"

"क्या बोला?"

"नकली वकील ने गुलदस्ता सरकाया न इसी वास्ते!"

"क्या! खबरदार!"

"नहीं सरकाया?"

"अरे, मेरे बाप, धीरे तो बोल।"

"नहीं सरकाया?"

"नहीं सरकाया। कसम उठवा लो।"

"तेरा रात की वारदात से कोई वास्ता नहीं, मोडक?"

"कोई वास्ता नहीं।"

"एसएचओ को यकीन आ गया?"

"यही तो रोना है। नहीं आया।"

"वान्दा नहीं। आखिर तो अपने स्टाफ का लिहाज करेगा।"

"क्या पता न करे।"—एक सिपाही बोला।

"करेगा। देखना। महाले साहब सीक्रेट में इससे जितना मर्जी भाव खाये, पब्लिक में, मीडिया में बोले तो इसका लिहाज करके बोलेगा।"

"फिर तो बढ़िया।"

"अब उठो। बहुत टेम हो गया इधर। थाने में पूछ हो रही होगी।"

उम्रदराज हवलदार उठा तो दोनों सिपाही भी उठ खड़े हुए।

उम्रदराज हवलदार ने मोडक की तरफ देखा।

"उठ, भई!"—फिर बोला।

"तुम लोग चलो।"—मोडक अनमने भाव से बोला।—"मैं आता हूं।"

"बोले तो?"

"मेरे को अभी एक कप चाय और पीने का।"

"कमाल है! अच्छा, भई, मर्जी तेरी।"

मोडक को पीछे अकेला बैठा छोड़ कर तीन पुलिसिये वहां से रुखसत हो गये।

मोडक ने चाय मंगाने की कोशिश न की। उसने एक सिग्रेट सुलगा लिया और विचारपूर्ण मुद्रा बनाये उसके छोटे छोटे कश लगाने लगा।

वो वर्दी में था—तीन फीती वाला हवलदार था इसलिये रश के बावजूद किसी ने उसकी टेबल पर आकर बैठने की कोशिश न की।

सावन और कारमला की निगाहें मिलीं, दोनों ने सहमति में सिर हिलाये और उठ खड़े हुए।

"तू बात करना।"—सावन दबे स्वर में बोला।

कारमला हड़बड़ाई, उसकी भवें उठीं।

"तू छोकरी है। बढ़िया बनी हुई। भाव देगा तेरे को।"

"लेकिन मैं! मैं क्या बात करूंगी?"

"सोच।"

कारमला के चेहरे पर से अनिश्चय के भाव न गये।

"मैं भी तरह दूंगा न तेरे को!"—सावन व्यग्र भाव से बोला—"बरोबर?"

कारमला ने हिचकिचाते हुए सहमति में सिर हिलाया।

दोनों हवलदार मोडक की टेबल पर पहुंचे और उसके आजू बाजू बैठ गये।

मोडक सम्भल कर बैठा, उसने सशंक भाव से बारी बारी दोनों की तरफ देखा, कारमला को फिर देखा, फिर कारमला पर जैसे उसकी निगाह चिपक कर रह गयी।

कारमला मशीनी अंदाज से मुस्कराई।

"क्या है?"—मोडक ने नकली रौब झाड़ा—"क्या मांगता है?"

"ये कार ... कमला मैनी है।"—सावन जल्दी से बोला—"मैनी बोला मैं। कुछ समझे?"

"मैनी।"—मोडक बोला—"कहीं हजूरीलाल मैनी की तो नहीं लगती कुछ?"

"बीवी है। अब उसकी विधवा है बेचारी।"

कारमला ने फरमायशी आह भरी।

"बीवी!"—मोडक ने और गौर से कारमला का मुआयना किया, मुआयना क्या किया, जेहन में उसके नंगे जिस्म का तसव्वुर किया—"ये तो बहुत छोटी लगती है! मरने वाला, हजूरी, तो काफी उम्र का था।"

"पैंतालीस का। इससे तेईस साल बड़ा। ये बहुत गरीब घर से है। मां बाप ताजिन्दगी इसकी शादी के लिये पैसा इकट्ठा नहीं कर सकते थे। इसलिये बड़ी उम्र के हजूरी से शादी की।"

"तीन कपड़ों में।" — कारमला दबे स्वर में बोली — "जैसे बकरी आगे थमा दी बाबुल ने। मैं उफ न कर सकी।"

"ओह!" — मोडक की निगाह केवल एक क्षण को कारमला पर से हटी — "और तुम कौन हो?"

"मैं!" — सावन बोला — "मैं हजूरी का फिरेंड हूं... था।"

"तुम भी उसी धन्धे में हो?"

"किस धन्धे में?"

"जिसमें मरने वाला था?"

"बोले तो!"

"वो समगलिंग के माल के साथ पकड़ा गया था। किसी बड़े समगलर का कैरियर था।"

"अरे, नहीं, बाप। वो तो खाली डिरेवर था। किसी साजिश का शिकार हो गया बेचारा। किसी मुगालते में पकड़ा गया। जिन्दा रहता तो यकीनन अपनी बेगुनाही साबित करके दिखाता।"

"क्या कहने!"

"देखते तुम। देखते सब।"

"हूं। तुम क्या करते हो? तुम भी ड्राइवरी के धन्धे में हो?"

"नहीं। मैं डॉक वर्कर हूं।"

"कहां।"

"इन्दिरा डॉक पर।"

"हूं। अभी क्या मांगता है?"

"हवलदार साहब, तुम सामने थाने से हो। कोई हैल्प हो जाती तो ..."

सावन जानबूझ कर खामोश हो गया, उसने कारमला की ओर देखा।

मोडक ने भी।

कारमला ने अवसादपूर्ण भाव से सहमति में सिर हिलाया।

"हम लोग थाने गये थे।" — सावन बोला — "किसी ने हमें लाश के पास भी न फटकने दिया।"

"अरे, लाश उधर थोड़े ही है!" — अपना ज्ञान बघारता मोडक बोला।

"तो ... किधर है?"

"हस्पताल की मोर्ग में। मोर्ग समझते हो? मोर्चरी। मुर्दाघर। जिधर चीर फाड़ होगा और डाक्टर लोग मौत की वजह का पता लगायेंगे।"

"वो तो छापे में छपी है। बोले तो जहर।"

"अरे, तसदीक भी तो होगी कि नहीं होगी! जोकि चीड़फाड़ वाला डाक्टर करेगा। क्या!"

"ओह!"

"फिर कल लाश की सुपुर्दगी की कार्यवाही होगी। तुम लोग कल आना।"—उसने अर्थपूर्ण भाव से कारमला कि आंखों में आंखें डालीं—"भले ही तुम अकेली आना। मैं सब हैल्प करेगा।"

"शुक्रिया।"—कारमला हिरणी सी आंखें निकालती, आवाज में कृतज्ञता घोलती बोली—"शुक्रिया, दारोगा जी।"

"अरे, दारोगा बहुत बड़ा होता है, मैं खाली हवलदार है।"

"हवलदार भी कोई छोटा नहीं होता। खास तौर से जब आप जैसा रौब दाब वाला हो। आप जैसा सजीला हो।"

मोडक निहाल हो गया, वो अनजाने में मूंछ को ताव देने लगा।

"आप चाहें तो अभी ही हमारी बहुत मदद कर सकते हैं।"

"हां, हां। क्यों नहीं?"—मेज से नीचे लटका अपना बायां हाथ मोड़क ने उसकी जांघ पर सरकाया—"क्यों नहीं? क्या मदद चाहती हो? बोलो?"

"उनके पास जहर कहां से आया?"

मोडक खामोश हो गया।

कारमला ने जांघ पर पड़े उसके हाथ पर अपना हाथ रख कर दबाया।

मोडक पर तत्काल उसका असर हुआ।

"क्यों जानना चाहती हो?"—वो मीठे स्वर में बोला।

"यूं ही! मेरा मर्द था। मर गया। मालूम तो पड़ना चाहिये न कि क्यों मर गया! सुईसाइड करने वाली किस्म का भीड़ू तो वो नहीं था!"

"हूं।"

"तो क्यों मर गया?"

"राज की बात है।"

"आपको तो मालूम होगी!"

"है तो सही!"

"फिर क्या बात है? हमें भी बताइये।"—कारमला ने फिर हाथ दबाया—"प्लीज!"

"प्लीज कहती हो तो... तो कल आ रही हो?"

"आना ही पड़ेगा।"

"अकेली?"

"आप कहते हैं तो ?"

"मैं कहता हूं। तुम्हें इधर कोई पिराब्लम नहीं होगी, कोई पंगा फेस नहीं करना पड़ेगा। हवलदार मोडक है न इधर ! क्या !"

"ठीक।"

"क्या ठीक ?"

"हवलदार मोडक हैं न इधर जो कि मेरी हर मुमकिन मदद करेंगे।"

"बिल्कुल। जब बोल दिया तो बोल दिया।"

"तो फिर बताइये।"

"राज की बात है।"

"आपने पहले भी बोला। पर कुछ बताइये भी तो सही !"

कुछ बक भी तो सही, हरामजादे ठरकी।

"बोल दूं ?"

"हां। प्लीज।"

"प्लीज कहती है तो ... कान इधर कर।"

कमीना नाहक सस्पेंस फैला रहा था। भाव खा रहा था।

वो उसकी तरफ तानिक झुकी।

"हजूरी का"—मोडक ने भी गर्दन आगे निकाली—"तेरे मरद का मर्डर हुआ है।"

"मर्डर !"

"नहीं समझी ! कत्ल ! हत्या ! खल्लास !"

"देवा रे !"—कारमला ने फरमायशी आर्तनाद किया—"देवा रे !"

"फ्लैट हो गयी न !"

"थाने में ... थाने में कत्ल !"

"है न हैरानी की बात ! एसएचओ समेत सारा थाना हैरान है। खुद एसीपी हैरान है।"

"किसने की ये जुर्रत ?"

"किसी को ठीक से कोई अन्दाजा नहीं। फिर भी है तो हवलदार मोडक को है जो कि वहां था।"

"कहां था ?"

"अरे, जहां हजूरी की वकील से मीटिंग हुई थी।"

"कौन वकील ?"

"तेरे मरद का वकील। नाम तुषार पाटिल बोला वो अपना।"

"ओह!"

"दस मिनट रहा वो कैदी के साथ। हालांकि इजाजत पांच मिनट की थी। अकेला। बस कैदी और उसके सामने वो। या फिर हवलदार मोडक, जो कि दोनों पर निगाह रखे था।"

"फिर तो आपने सब देखा होगा।"—सावन धीरे से बोला।

मोडक ने यूं सकपका कर उसकी तरफ देखा जैसे उसे याद ही न रहा हो कि वो भी वहां मौजूद था।

"क्यों, भई?"—वो बोला—"मेरी निगाह में नुक्स है कोई?"

"नहीं। काहे को होगा।"

"तो क्यों नहीं देखा होगा सब?"

"देखा होगा। जरूर देखा होगा।"

"अभी आयी बात समझ में।"

"तो आपने उस वकील को, जिसका नाम आपने तुषार पाटिल बोला, हजूरी को गोली सरकाते देखा था?"

"गोली! कौन सी गोली?"

"जहर की।"

"जहर का नाम किसने लिया?"

"नहीं लिया। लेकिन मर्डर का नाम लिया न? जब मर्डर बोला तो और कैसे..."

"क्यों, भई? चोर बहका रहा है? मेरे को ज़ुबान दे रहा है?"

"अरे, जनाब, मेरी ऐसी मजाल कहां?"

"हो तो रही है मजाल!"

"जनाब, आप तो..."

"क्या! क्या! क्या मैं तो?"

सावन ने जवाब न दिया, उसने असहाय भाव से कन्धे उचकाये।

ऐन मौके पर पार्टी उखड़ी जा रही थी।

"साला जानता नहीं किससे बात करता है! हवलदार होता हूं मैं मुम्बई पुलिस में। हवलदार शान्ताराम मोडक। मालूम!"

"मालूम।"

"बात करता है साला! साला अन्दर कर देगा तो फैमिली वाला ढूंढ़ता फिरेगा।"

सावन ने पनाह मांगती निगाह से कारमला की तरफ देखा।

"मोडक जी"—कारमला लहजे में मिश्री घोलती बोली—"मेरे से बात कीजिये न?"

"अरे, तेरे से ही बात कर रहा था।"—मोडक ने फिर उसकी तरफ तवज्जो दी, उसका लहजा नर्म पड़ा—"पता नहीं कब बीच में कांय कांय होने लगी साली।"

"अब नहीं होगी।"

"अब कहां होगी! अब तो... अब तो कोयल कूक रही है।"

कम्बख्त को याद ही नहीं था कि ताजा हुई विधवा से बात कर रहा था।

"आप उस वकील की बात कर रहे थे।"—वो बोली।

"हां। क्या बात कर रहा था?"

"आप बताइये न!"

"मैं बताऊं? अच्छा, अच्छा। देखो। सुनो। वो क्या है कि... कि... तुम कल आ रही हो न!"

दि सन आफ ए बिच!

"वो तो मैं आ रही हूं लेकिन आप अपनी बात तो मुकम्मल कीजिये!"

"दस बजे आना। अकेले। और थाने न जाना..."

"थाने न जाऊं? तो कहां जाऊं?"

"यहां। सीधे यहां आना। अकेले। मैं तुम्हें यहां मिलूंगा और फिर आगे जहां ले जाना होगा ले जाऊंगा। तुम्हें कतई कोई तकलीफ नहीं होगी।"

"शुक्रिया। मुझे आप से ऐसी ही उम्मीद है।"

"तुम्हारी उम्मीद पूरी होगी।"

"शुक्रिया। अब वो बात..."

"हां। देखो, थाने में खाली ऐसा सोचा जा रहा है कि जो हुआ उस वकील की वजह से हुआ जो कि अब पुलिस को ढूंढ़े नहीं मिल रहा लेकिन मैं—हवलदार शान्ताराम मोडक—यकीनी तौर से कह सकता हूं कि जहर के मामले में अगर कुछ किया था तो उस वकील ने ही किया था..."

"जिसकी बाबत आपने कहा कि ढूंढ़े नहीं मिल रहा?"

"हां।"

"आप उसका हुलिया बयान कर सकते हैं?"

"बरोबर।"

"कीजिये। प्लीज।"

बड़बोले हवलदार ने कुछ क्षण सोचा, फिर बोला—"वो रौबदार शख्सियत वाला था, उम्र में कोई चालीस साल का था, दुबला पतला था..."

मोडक हुलिया बयान करता रहा और सावन का दिल डूबता रहा।

वो साफ साफ हनीफ लोधी का हुलिया बयान कर रहा था।

सोलोमन कान्ट्रैक्टर नेताजी का चचेरा भाई था और एस्टेट का सिक्योरिटी आफिसर था। उम्र में वो नेताजी से दस साल छोटा था।

"बैठ।"—नेता जी बोला।

सोलोमन एक विजिटर्स चेयर पर ढेर हुआ।

"तू भी इधर आके बैठ, भई।"—नेताजी भांजे से सम्बोधित हुआ।

जहांगीर आ कर सोलोमन के पहलू में बैठा।

"सोराब को भी बुला लें?"—सोलोमन बोला।

"हरगिज नहीं।"—नेताजी तत्काल बोला—"ढ़ीकरे को इन मामलों से दूर ही रखा जाना है।"

"ठीक!"

"वो यहां चन्द दिनों का मेहमान है, उसका इन मसलों में दखल किसलिये?"

"कोई वजह नहीं। सॉरी!"

नेताजी ने अनमने भाव से सिर हिला कर सॉरी कबूल की, फिर वो भांजे की तरफ घूमा।

"तूने सब सुना था।"—वो बोला।

"जी हां।"—जहांगीर अदब से बोला।

"गौर से?"

"जी हां।"

"दोहरा सकता है? बिना कोई बात भूले? बिना कोई बात छोड़े?"

"जी हां।"

"गुड। दोहरा। ताकि सोलोमन को मालूम पड़े कि अभी यहां क्या हुआ! डीसीपी क्या बम फोड़ के गया!"

तत्काल सोलोमन सचेत हुआ और सम्भलकर कुर्सी पर बैठा।

"अल्फाज का बम! अभी सुन, ढ़ीकरा क्या कहता है!"

सोलोमन ने सहमति में सिर हिलाया और जहांगीर की तरफ तवज्जो दी।

जहांगीर में बड़ी जिम्मेदारी से तमाम वाकये को ज़ुबान दी।

आखिर वो खामोश हुआ।

"अब बोल" — नेताजी बोला — "क्या कहता है?"

"कोई बड़ी साजिश" — सोलोमन संजीदगी से बोला — "जो आपके खिलाफ हो रही है।"

"जिसकी अभी ये शुरुआत है। जिसे रोका न गया तो आगे बहुत तूल पकड़ेगी।"

"ऐसा तो नहीं होना चाहिये!"

"किसी ने बड़ी नपी तुली स्कीम के हवाले बहरामजी का नाम उछाला।"

"ये और भी हैरानी की बात है।"

"पल्ले से बड़ा रोकड़ा खर्च किया, एक आदमी कुर्बान किया। सोलोमन, इसे छोटा मोटा वाकया नहीं करार दिया जा सकता।"

"बिल्कुल नहीं करार दिया जा सकता। जाहिरा तौर पर आप इस धन्धे में नहीं हैं।"

"लेकिन फिर भी हम हैं।"

"सब कुछ प्राक्सी के तौर पर चल रहा है। आई मीन किसी दूसरे के नाम से चल रहा है। हमारे जो समगलिंग आपरेशंस गोवा डिबेकल के बाद से चल रहे हैं, उनको चलाने वाले आप नहीं, बेजान मोरावाला है जो कि आपका वफादार है।"

"उसकी वफादारी में फर्क आ सकता है?"

"हरगिज नहीं। दुनिया इधर से उधर हो जाये। बेजान मोरावाला आप से बाहर नहीं जा सकता। उस पर शक करना गुनाह है, उसके साथ ज़ुल्म है।"

"मुझे तेरी बात से इत्तफाक है लेकिन ये बात भी तो अपनी जगह कायम है कि जो साजिश सामने आयी है, उसमें नाम मेरा उछाला गया है। ये बात मुझे ये सोचने पर मजबूर करती है कि किसी न किसी तरीके से ये बात लीक हो गयी है ... "

"नहीं हो सकती।"

" ... लीक हो गयी है कि बेजान मोरावाला बजातेखुद कुछ नहीं है, महज मेरा फ्रंट है।"

"लेकिन ऐसा कैसे हो सकता है?"

"वो ज़ुदा मसला है। इस वक्त जिक्र उस बात का है जो होती जान पड़ रही है। बहुत चालाकी से तमाम साजिश रची गयी है। पल्ले का माल

पकड़वाया गया, एक आदमी पकड़वाया गया और फिर मेरे पर तोहमत मजबूत करने के लिये लॉक अप में उसका कत्ल करवा दिया गया। अब डीसीपी मेरे पर इलजाम लगा के गया कि वो सब मेरे इशारे पर हुआ ताकि वो शख्स—हजूरीलाल नाम है—मेरे खिलाफ बयान न दे सके। अब तुम दोनों सोचो कि आइन्दा दिनों में ऐसे दो तीन वाकये और हो गये तो कौन यकीन करेगा कि बहरामजी, खुद बहरामजी, अपने पुराने धन्धे में वापिस नहीं लौट आया था?"

"और वाकये होंगे?"

"आसार तो ऐसे ही दिखाई दे रहे हैं! मैंने बोला न कि ये अभी शुरुआत है। ये तो अभी मेरी बर्बादी की तामीर का नींव का पत्थर रखा गया है।"

"क्या बात करते हैं?"

"सही बात करता हूं। सोलोमन, हकीकत से आंख नहीं मूंदी जा सकती। जो हो रहा है, एक नपी तुली साजिश के तहत हो रहा है जिस पर फौरन अंकुश न लगाया गया तो जो बहुत देर तक चलेगी, बहुत दूर तक जायेगी। फिर जो नतीजा होगा वो दोहरी मार मारेगा। बहरामजी सियासत से भी जायेगा और... दूसरे धन्धे से भी।"

"ऐसा तो नहीं होना चाहिये!"

"हरगिज नहीं होना चाहिये।"—जहांगीर बोला।

"रोका कैसे जाये?"—नेताजी बोला।

सोलोमन सोचने लगा।

"लम्बी सोच वाली बात नहीं है, सोलोमन। एक ही तरीका है।"

सोलोमन की भवें उठीं।

"हमें मालूम होना चाहिये कि इस साजिश का आर्कीटैक्ट कौन है! और मालूम कर लेना कोई नामुमकिन काम नहीं है। ये करतूत किसी ऐसी शख्स की हो हो सकती है जिसे समगलिंग में वापिस हमारा कदम—डायरेक्ट या बाई प्राक्सी—नुकसान पहुंचा सकता है, पहुंचा रहा है। ऐसे कोई सौ पचास लोग नहीं होंगे मुम्बई में। सोचो, कौन हो सकता है हमारे खिलाफ? किसको हमारा समगलिंग में वापिस कदम नागवार गुजर रहा है? सोचो।"

दोनों सोचने लगे।

"महबूब फिरंगी!"—फिर सोलोमन बोला।

"कौन?"—नेताजी सकपकाया।

"महबूब फिरंगी!"

"नहीं, वो नहीं। वो मेरे साथ काम कर चुका है। मेरे सियासत में आने से पहले के दौर में मेरे अन्डर में काम कर चुका है। वो मेरे खिलाफ कदम नहीं उठा सकता। आज भी मेरे से बाहर नहीं जा सकता।

"क्या पता लगता है!"

"लगता है, भई! क्यों नहीं लगता!"

"मैं फिर कहता हूं, बिग ब्रदर, क्या पता लगता है! ये ऐसा धन्धा है जिसमें ख्वाहिशों के आपे से बाहर होने में देर नहीं लगती। जिसमें ख्वाहिश करने वाले के भी आपे से बाहर होने में देर नहीं लगती।"

"ठीक! ठीक! लेकिन मेरा मन नहीं मानता, मेरी अक्ल नहीं मानती कि मेरा कल का लेफ्टीनेंट महबूब फिरंगी आज मेरे खिलाफ जा सकता है।"

"लेकिन..."

"तू कोई और नाम सोच।"

सोलोमन के माथे पर बल पड़े।

"नगरकर!"—एकाएक जहांगीर बोला।

"क्या बोला?"—नेताजी बोला।

"सदाराव नगरकर। पब्लिक पार्टी का सदर! आपका प्रबल विरोधी। पॉलीटिक्स में जिसकी तरक्की को ग्रहण आपकी, मराठा मंच की, तरक्की से लगा है। वो आपका डाउनफाल देखने का तमन्नाई हो सकता है क्योंकि आपके पतन में ही उसका उत्थान है।"

"लेकिन वो नेता है। ये—जो कुछ मेरा खिलाफ हुआ है—उसका फील्ड नहीं।"

"जिसका फील्ड है, उसके साथ टाइ अप में क्या प्राब्लम है?"

"नहीं, नहीं। नगरकर इतना बड़ा कदम नहीं उठा सकता, ऐसी साजिश नहीं आर्गेनाइज कर सकता। कर सकता होता तो ये काम वो कब का कर चुका होता। इतना टाइम उसने इन्तजार न किया होता।"

"इन्तजार करना पड़ा न, अंकल, क्योंकि पहले टाइम माकूल नहीं था।"

"क्या मतलब?"

"गुस्ताखी माफ, अंकल, मतलब आपको मालूम है। पहले ऐसा कब हुआ था कि इलैक्शंस में आपको ऐसी करारी शिकस्त खानी पड़ी हो, जैसी कि आपने गोवा में खाई, और करोड़ों रुपया डुबोया हो। यही, अंकल, इस अफवाह की बुनियाद है कि आपके कदम फिर समगलिंग में हैं। अब बोलिये कि ये सिचुएशन आपके पालीटिकल राइवल, सियासी दुश्मन के फायदे की

है या नहीं है! यूं आपका नाम बदनाम होता है तो वो इस बदनामी को हवा दे सकता है, चौतरफा फैला सकता है और उस से फायदा उठा सकता है, लांग रन में भारी फायदा उठा सकता है।"

"मैं तेरी बात पर गौर करूंगा, ढ़ीकरे, लेकिन इस वक्त मेरा ऐतबार किसी ऐसे अन्डरवर्ल्ड खलीफा पर है जो यकीन किये बैठा है कि बहरामजी के फिर समगलिंग के फील्ड में कदम हैं और ये बात उसके खुद के समगलिंग के धन्धे को भारी नुकसान पहुंचाने वाली साबित हो सकती है। उसको ये भी अन्दाजा हो गया हो सकता है कि इस बार बहरामजी अपना खेल किसी की ओट से खेल रहा है। उसकी मंशा बहरामजी को फोकस में लाने की है, इसीलिये उसने वो चाल चली है जिसका जिक्र डीसीपी करके गया और मुझे यकीन है कि इस लाइन पर अभी वो और काम करेगा और आखिर मेरे लिये दुश्वारी का बायस बन के रहेगा। किसी ऐसे अन्डरवर्ल्ड भाई की बाबत सोचो जिसका धन्धा बहरामजी से क्लैश करता है, या वो समझता है कि क्लैश करता है।"

सोलोमन गम्भीरता से सोचने लगा।

जहांगीर अभी उम्र और तजुर्बे दोनों में छोटा था इसलिये उस सोच में उसका दखल नहीं था।

"दो नाम जेहन में आते तो हैं, बिग ब्रदर"—आखिर सोलोमन बोला—"लेकिन इस नाजुक मामले में यकीनी तौर पर कुछ कहना मुहाल है। पड़ताल करनी होगी..."

"अरे, नाम तो ले।"—नेताजी उतावले स्वर में बोला।

"अमर नायक और सलमान गाजी।"

"मैं दोनों के नाम से वाकिफ हूं लेकिन वो छोटे खिलाड़ी हैं।"

"थे। आप पिछले चार साल से पॉलिटिक्स में ज्यादा बिजी हैं, आपको खबर न लग पाना कोई बड़ी बात नहीं कि कौन, कब छोटे से बड़ा खिलाड़ी बन गया!"

"ऐसा?"

"हां।"

"हूं। तो पड़ताल करनी होगी?"

"हां।"

"जो कोई बाहर से आ के करेगा?"

"काहे को! हम ही करेंगे। हमारी आइन्दा मसरूफियत की घड़ी गुजर जाये, फिर मैं करवाता हूं वार फुटिंग पर इस लाइन पर काम।"

"हैंडल कर लेगा?"

"हां।"

"जल्दी का काम है। वर्ना और वार हो जायेगा।"

"जल्दी ही होगा।"

"इस घड़ी इकबाल रजा—गॉड उसे जन्नत में जगह दे—मुझे बहुत याद आ रहा है। ऐसे कामों में वो बहुत माहिर था। पाताल की खबर हो, चुटकियों में खोद के निकाल लाता था। बहुत याद आ रहा है इस घड़ी वो मुझे। कैसे उसने लोकल लॉक मास्टर्स में से जीतसिंह को सिंगल आउट किया था!"

"खालिद भी उसी का शागिर्द है, उसी की लाइन पर काम करेगा, वैसा ही चौकस काम कर के दिखायेगा। फिर मंजूर है, मजहर है, सायरस है, फिरोज है। मैं सबको इस एक ही काम पर लगाता हूं न आइन्दा मसरूफियत से फारिग हो कर। जहांगीर है उनके काम को सुपरवाइज करने के लिये..."

जहांगीर का सिर स्वयंमेव ही सहमति में हिला।

"मैं खुद हूं। डोंट यू वरी, बिग ब्रदर। सब जानकारी निकालेंगे। जल्दी निकालेंगे। आपके गुनहगार को एक्सपोज करेंगे और उसे ऐसी सजा देंगे कि बाकियों को इबरत हासिल होगी। इस हद तक कि फिर किसी की आपके खिलाफ कदम उठाने की मजाल नहीं होगी।"

"गुड। आगे के इन्तजामात सब चौकस हैं?"

"जी हां। सब काबू में है। जो नहीं है वो हो जायेगा। आखिर अभी ढ़ाई दिन पड़े हैं। आप इस बाबत बिल्कुल निश्चिन्त रहें। सब कुछ ऐन वैसा ही होगा जैसा कि आप चाहते हैं।"

"गुड!"

शाम छः बजे हजूरीलाल मैनी की पोस्टमार्टम रिपोर्ट थाने पहुंची।

सब-इन्स्पेक्टर गर्गे रिपोर्ट को खुद आगे अपने आला अफसर के पास लेकर गया। एसएचओ महाले ने संजीदगी से रिपोर्ट का मुआयना किया।

"तुमने रिपोर्ट पढ़ी?"—फिर बोला।

"यस, सर।"—सब-इन्स्पेक्टर बोला।

"ये तसदीक करती है कि हजूरीलाल की मौत आरसेनिक नाम के तीखे, खतरनाक जहर से हुई थी जो कि पलक झपकते जान ले लेता है।"

"जी हां। कहावत के तौर पर मशहूर है कि आज तक कोई संखिया का टेस्ट नहीं बता सका।"

"इतनी जल्दी जान लेता है ये जहर ?"

"जी हां। ऐसा ही सुना है मैंने।"

"हूं। इसमें ये भी दर्ज है कि मरने वाला आदी चरसिया था।"

"फिर तो जाहिर है, सर, कि चरस के सब्स्टीच्यूट के तौर पर ही वो जहर उसे ये कहके सरकाया गया कि वो कोई नशा करने वाली शै था।"

"और ये काम उस नकली वकील ने किया जो अब ढूंढ़े नहीं मिल रहा !"

"सर, है तो ऐसा ही !"

"गर्गे, फिर तो ये कत्ल का केस हुआ ?"

"जी ?"

"और कातिल वो नकली वकील। पकड़ा जायेगा तो फांसी पर लटकेगा साला हरामी।"

"वो जरूर पकड़ा जायेगा।"

"होप फुल थिंकिंग है, जिसके कि हम आदी हैं। बहरहाल एफआईआर को अब दफा तीन सौ दो के तहत दर्ज करना होगा।"

"अभी ?"

"क्या बोला ?"

"आई मीन ... फौरन ! इमीजियेट करके ?"

एसएचओ ने उस बात पर विचार किया।

"मैं"—फिर निर्णायक भाव से बोला—"पहले एसीपी से मशवरा करूंगा।"

"ठीक।"

रात आठ बजे के करीब जीतसिंह जम्बूवाडी और आगे एडवर्ड सिनेमा के करीब वाले, गाइलो ने फेवरेट बेवड़े अड्डे पर पहुंचा।

गाइलो वहां नहीं था।

उस घड़ी वहां वो रश नहीं था जो कि लेट आवर्स में—खासतौर से दस बजे के बाद—होता था। तब वहां अभी आधी टेबल खाली थीं।

जीतसिंह परले कोने की एक खाली टेबल की तरफ बढ़ा।

"हल्लो !"

जीतसिंह सकपकाया, ठिठका, आवाज की दिशा में घूमा।

जॉनी उसके सामने खड़ा था।

दोनों की निगाह मिली तो वो मुस्कराया।

जीतसिंह भी जबरन मुस्कराया।

"गाइलो का डियर फ्रेंड!"—जॉनी बोला—"नाम साला मगज से निकल गया।"

"बेग। रौशन बेग।"

"हां, रौशन बेग। अभी मेरे भी मगज में आया। गाइलो को ढूंढता है?"

"हां।"—जीतसिंह हिचकिचाता हुआ बोला—"किधर है?"

"किधर भी नहीं है। अभी आया ही नहीं डियर फ्रेंड। ये टेम आ गया होता है पण आज नहीं आया।"

"ओह!"

"आयेगा जरूर। आता ही होगा।"

"ठीक।...ओके, जॉनी।"

"ओके, ब्रदर।"

जीतसिंह घूम कर आगे बढ़ा। उसको अन्देशा था कि जॉनी उसके पीछे पीछे चला आयेगा लेकिन गनीमत हुई कि ऐसा न हुआ।

वो एक कोने की टेबल पर जाकर बैठ गया। उसने एक सिग्रेट सुलगा लिया और प्रतीक्षा करने लगा।

एक वेटर उसके करीब पहुंचा।

"फ्रेंड का वेट करता है।"—जीतसिंह बोला—"आता है तो आर्डर बोलता है।"

वेटर ने सहमति में सिर हिलाया और रुखसत हो गया।

साढ़े आठ बज गये।

जीतसिंह ने उसका मोबाइल ट्राई किया तो जवाब न मिला।

सिग्रेट फूंकता वो परेशान होने लगा।

लेकिन नौ बजने को थे जबकि उसकी परेशानी दूर हुई।

गाइलो के वहां कदम पड़े।

जीतसिंह ने उठ कर उसकी तरफ निरन्तर हाथ हिलाया तो उसकी तवज्जो जीतसिंह की तरफ गयी। तत्काल गाइलो के चेहरे पर रौनक आयी और वो लपकता हुआ उसके करीब पहुंचा।

जीतसिंह वापिस अपनी कुर्सी पर बैठा तो गाइलो उसके सामने बैठने की जगह कुर्सी करीब घसीट कर उसकी बगल में आ कर बैठा।

"सॉरी!"—गाइलो बोला—"साला लेट हो गया।"

"ज्यास्ती लेट हो गया।"—जीतसिंह ने शिकायत की—"नौ बजा दिये।"

"सॉरी! सॉरी! वो साला लांग हॉल का पैसेंजर मिल गया न। लौटने में इस वास्ते टेम लग गया।"

"मोबाइल पर काल क्यों न लगी?"

"क्यों न लगी?"

"अरे, मैं तेरे पूछता है!"

उसने जेब से अपना कीमती फोन निकाला।

"ब्लडी हैल!"—फिर बोला—" 'साइलेंट' मोड पर चला गया?"

"अपने आप?"

"वाट ऐल्स!"—उसे वापिस 'जनरल' मोड पर करता गाइलो बोला—"साला मैं तो न किया!"

"खुद हो गया?"

"बोले तो हां।"

"फिर क्या फायदा हुआ महंगा फोन लेने का! ऐपल आई-फोन सिक्स पर साठ हजार खर्चने का!"

"अरे, शान बनती है! स्टेटस बनता है।"

"टैक्सी ड्राइवर पायलेट बन जाता है?"

वो हँसा, फिर बोला—"अभी मैं डिरिंक आर्डर करता है।"

"अभी नहीं। अभी नहीं। बाद में। पहले वो काम हो ले जिसके लिये मैं इधर है।"

"ओके। फिरेंड बोलता है बाद में तो बाद में।"

"अभी बोल क्या खबर है? क्या किया परदेसी ने?"

"ऐन फिट काम किया, जीते।"

"गुड! क्या किया?"

"उस हवलदार को, एलजे क्रास रोड चौकी वाले हवलदार को, शिवराम धोवाले को, अपने डेविड परदेसी ने ऐवरी मिनट ऐन पर्फेक्ट करके निगाह से बीन के रखा।"

"नतीजा क्या निकला?"

"बोलता है न!"

"सॉरी!"

"नैवर माइन्ड। अभी सुन। वो हवलदार, शिवराम धोवाले, शाम पांच बजे ड्यूटी से छुट्टी करके अपनी चौकी से बाहर निकला।"

"ये कैसे मालूम कि ड्यूटी से छुट्टी करके निकला?"

"वर्दी में नहीं था न! बोले तो सिविलियन ड्रैस में था।"

"ओह!"

"एक बस में सवार हो कर वो खार पहुंचा जहां आगे उसका निशाना दांडेकर मार्केट का एक काफी हाउस था। वहां जाकर वो एक टेबल पर बैठ गया और अपना वास्ते काफी का आर्डर किया।"

"परदेसी उसके पीछे काफी हाउस में गया?"

"नक्को। बोला कि उस काफी हाउस का फ्रंट बहुत वाइड था और ओपन था। इस वास्ते अन्दर जाये बिना, कार में बैठे बैठे भी वो अपना काम कर सकता था।"

"ठीक।"

"टैन मिनट्स वो हवलदार अपना काफी चुसकता उधर बैठा। फिर एक टैक्सी उधर पहुंचा जिसमें से एक कोई चालीस साल का, गोरा चिट्टा, क्लीनशेव्ड भीड़ू निकला जो कि डीसेंट भीड़ू लोगों जैसा सलीके का ब्लैक जींस और फुल स्लीव्ज का ब्लू शर्ट पहने था। भीतर वो सीधा उस टेबल पर पहुंचा जिस पर अपना हवलदार धोवाले बैठेला था। जीते, हार्डली फाइव मिनट्स वो भीड़ू उधर टिका और फिर एकाएक उठा और हवलदार को पीछे बैठा छोड़कर बाहर निकला, टैक्सी में सवार हुआ और उधर से निकल लिया।"

"परदेसी ने क्या किया?"

"फैंसी, जूम वाले कैमरे से उस भीड़ू का फोटू निकाला न!"

"कार मैं बैठे बैठे?"

"बरोबर। पर्फेक्ट रिजल्ट आया।"

"कब का फोटो निकाला?"

"तब का जब कि वो भीतर हवलदार के पास जाकर बैठा। पण ऐन फिट कर के तब का जब कि वो टेबल से उठ कर उधर से बाहर जाता था। काफी हाउस से बाहर निकलते उस भीड़ू का परदेसी ने लांग शॉट भी लिया और क्लोजअप भी निकाला। मैं दोनों दिखाता है।"

गाइलो ने दो पांच गुणा सात इंच के प्रिंट जीतसिंह की गोद में डाले।

जीतसिंह ने गौर से दोनों का मुआयना किया।

"ये भीड़ू"—गाइलो आशापूर्ण स्वर में बोला—"तेरे वाला हैट-गागल्स भीड़ू हो सकता है?"

"कहना मुहाल है।"—जीतसिंह संजीदगी से बोला—"अलबत्ता कद काठ मिलता है, चमड़ी की रंगत मिलती है। दोनों बातें कामन हैं, हजारों बल्कि लाखों ऐसे भीड़ू हो सकते हैं इस शहर में, इस बिना पर नहीं कहा जा सकता कि ये वो है जिसकी हमें तलाश है। बल्कि कहा ही नहीं जा सकता।"

"काहे कू? वो हवलदार उससे उधर सीक्रेट मीटिंग किया न!"

"क्या सीक्रेट है उस मीटिंग में? हवलदार ड्यूटी से ऑफ हुआ, जा कर बार में किसी से मिला, क्या सीक्रेट है इसमें?"

"खार में जाकर मिला। माहिम में ही क्यों न मिला?"

"क्योंकि मुलाकाती खार में अवेलेबल था।"

"बंडल! वो टैक्सी में आया। और टैक्सी में गया तो खार में ही कहीं न गया। अंधेरी गया।"

"अच्छा!"

"बट दैट्स अनदर स्टोरी। बाद में बोलेंगा। पहले बोल, तू उस खार के काफी हाउस वाली मीटिंग को सीक्रेट मानता है या नहीं?"

"गाइलो, अगर हम उस मीटिंग को सीक्रेट मान भी लें तो ये किधर जरूरी है कि मीटिंग उस हैट-गागल्स वाले भीड़ू से हुई जिसकी हमें तलाश है। हवलदार का कोई बखेड़ा हो सकता है—आखिर पुलिस वाला है—वो किसी और से सीक्रेट, सैमी-सीक्रेट मीटिंग करता हो सकता है। नहीं?"

"बोले तो ये भी एक पासिबलिटी है पण ... तू ये फोटू देख।"

गाइलो ने एक और कैमरा फोटोग्राफ जीतसिंह की गोद में डाला।

"इस फोटू में"—गाइलो बोला—"वो भीड़ू, मुलाकाती भीड़ू, हवलदार को कुछ थमा रहा है।"

"लिफाफा जान पड़ता है।"

"लिफाफा ही है। मोटा लिफाफा।"

"तो?"

"अभी मैं बोले तो फीस। पुलिस वाले भीड़ू लोगों ने तेरे को सैट करने को उसका वास्ते जो काम किया, उसकी उजरत। नो?"

"हो सकता है।"

"सो देयर।"

"नहीं भी हो सकता।"

"अरे, एक बात पर रह न!"

"चलो, वक्ती तौर पर मैं मान लेता हूं वो हमारे वाला भीड़ू था जो उस काफी हाउस में पुलिस वालों की कोआपरेशन की फीस भरता था। ये कैसे मालूम कि खार से अन्धेरी पहुंचा? वो बोल जिसे तू अनदर स्टोरी बोला!"

"अपना परदेसी फालो किया न?"

"ओह!"

"उसके जा कर अपनी टैक्सी में बैठने तक परदेसी अपनी फोटोग्राफी से फारिग हो चुका था, इस वास्ते वो टैक्सी को फालो किया।"

"हवलदार को पीछे काफी हाउस में बैठा छोड़ कर?"

"हां।"

"जहां कोई और उससे मिलने आ सकता था! और असल में वो हमारा भीड़ू हो सकता था!"

"हो सकता था।"—गाइलो के स्वर में तनिक झुंझलाहट का पुट आया—"पण अभी क्या बोलेगा, उसको टैक्सी वाला भीड़ू बैटर प्रॉस्पैक्ट लगा।"

"खैर, आगे? अन्धेरी में उसका मुकाम कहां था?"

"नहीं मालूम हो सका।"

"क्या?"

"वो उधर हाथ से निकल गया।"

"कैसे?"

"उधर वरसोवा रोड पर अजन्ता करके एक होटल। वो होटल के ड्राइव वे में दाखिल होकर उसके मेन डोर के सामने टैक्सी से उतरा और भीतर चला गया। टैक्सी बाहर वेट करता था, इस वास्ते अपना परदेसी ने सोचा कि वो लौट के जाता था। फिर भी वो उसके पीछू भीतर गया तो उसने उसे लॉबी में रियर में किधर आता देखा। लॉबी क्रॉस कर के अपना परदेसी उसके पीछू लगा। वो भीड़ू पीछू के एक रास्ते से होटल से बाहर निकल गया और उधर बैक यार्ड में खड़ी कई कारों में से एक रिट्ज कार में बैठ गया और उसे ड्राइव करता वहां से ये गया वो गया। परदेसी बोलता है कि सब ऐसा सडनली हुआ, ऐसा स्पीड से हुआ कि वो रिट्ज का नम्बर तक न देख सका। वापिस फ्रंट में पहुंचा तो साला टैक्सी भी उधर नहीं था।"

"ओह!"

"टोनी के साथ सान्त्रो में सवार हो कर साला बुलेट का माफिक वो होटल की पीछू का रोड पर पहुंचा तो उधर रिट्ज का दूर दूर तक पता नहीं था।"

"मतलब क्या हुआ इसका?"

"तू बोल। उसके मगज में आ गया कि कोई उसे फालो करता था?"

"हो सकता है। या वो आदतन खबरदार रहने वाला शख्स था। इस वास्ते पहले से इन्तजाम करके रखा कि कोई उसके पीछे लगा हो तो लगा न रह सके।"

"इस वास्ते उसका कार होटल की पार्किंग में और वो खार तक टैक्सी पर?"

"हां? क्या प्राब्लम है?"

"कोई नहीं। पण उसकी कार उस होटल की पार्किंग में क्यों?"

"हो सकता है उसका मुकाम वो होटल ही हो! वो उधर ही रहता हो या वक्ती तौर पर उधर ठहरा हुआ हो!"

"ऐसा?"

"हां।"

"हम पता लगा सकते हैं।"

"कैसे? उसका नाम तो हम जानते नहीं!"

"वो बोला न, आकाश चावरिया!"

"साथ में ये भी तो बोला कि वो उसका वर्किंग नेम था। फर्जी नाम था जो कि उसके हैट गागल्स वगैरह वाले किरदार का था!"

"अरे, हां। ये तो मैं भूल ही गया था। पण, जीते, हो सकता है उधर भी वो फर्जी नाम ही यूज़ करता हो! हो सकता है उधर कोई आकाश चावरिया स्टे कर रहेला हो!"

"हो सकता है। गाइलो, ये कनफर्मेशन आसान है।"

"ऐसा?"

"अभी हम उस होटल को काल लगाते हैं और बोलते हैं वहां के रेजीडेंट—रूम नम्बर नहीं मालूम—आकाश चावरिया से बात कराई जाये। आकाश चावरिया उधर होगा तो बात करा दी जायेगी वर्ना बोला जायेगा कि इस नाम का कोई भीड़ू उधर नहीं ठहरा हुआ था।"

"बढ़िया। काल लगा।"

"तू लगाना, मैं डायरेक्ट्री इन्क्वायरी से उस होटल का नम्बर मालूम करता हूं।"

जीतसिंह ने नम्बर मालूम किया। गाइलो ने काल लगाई।

"नहीं है।"—आखिर वो बोला—"इस नाम का कोई भीड़ू उधर नहीं ठहरा हुआ।"

"यानी हमारा भीड़ू ठहरा हुआ है उधर तो अपने असली नाम से ठहरा हुआ है!"

"हम उसकी फिर भी पड़ताल कर सकते हैं।"

"कैसे?"

"अरे, भई"—गाइलो ने जीतसिंह के हाथ में थमी तसवीरों की तरफ इशारा किया—"उसका फोटू है न हमारे पास! हम फोटू दिखा कर..."

जीतसिंह पहले ही इनकार में सिर हिलाने लगा।

"नहीं?"—गाइलो बोला।

"नहीं। हम होटल में ऐसे उसकी बाबत पूछताछ करेंगे तो वो वहां ठहरा हुआ होगा तो खबर उस तक पहुंचे बिना नहीं रहेगी। नतीजा ये होगा कि हम अभी पूछताछ ही कर रहे होंगे कि वो होटल छोड़ भी चुका होगा।"

"ओह! तो कैसे?"

"होटल की निगरानी से काम बन सकता है। वो वहां ठहरा हुआ है तो लौट कर वहीं आयेगा। परदेसी अगर उधर..."

"उसे तो मैंने फोटू वाला काम होते ही डिसमिस कर दिया!"

"ओह!"

"पण वान्दा नहीं। मैं फिर थामता है उसको और बोलता है अभी और क्या करने का!"

आइन्दा पांच मिनट गाइलो मोबाइल से उलझा रहा।

आखिर उसने फोन से किनारा किया।

"वो टैन मिनट्स में"—और बोला—"वापिस अन्धेरी में अजन्ता होटल पर होगा और उस भीड़ू का वास्ते उसको निगाह से बीन के रखेगा। वो बोलता है कि रिट्ज का उसने नम्बर भले ही नहीं देखा था। लेकिन उम्मीद करता है कि उसे देखेगा तो पहचान लेगा बरोबर। इस वास्ते वो पार्किंग पर भी वाच रखेगा। टोनी का हैल्प लेगा इस वास्ते।"

"बढ़िया।"

"इन फोटुओं का एक सैट उसके पास भी है—एक सैट खुद रखा, दो मेरे को दिया—बोलता है फोटुओं के जरिये भी वो कोई खुफिया पूछताछ करने की कोशिश करेगा।"

"कैसे?"

"होटल के सर्विस स्टाफ में से सीक्रेटली किसी को सैट करेगा।"

"अच्छा!"—जीतसिंह के स्वर में संशय का पुट था।

"डोंट यू वरी, माई डियर। अपना परदेसी जो करेगा, ऐन सेफ एण्ड सैटिस्फैक्ट्री करेगा।"

"वो तो वो करेगा लेकिन जब सब कुछ कर चुकेगा तो पता लगेगा कि वो वो भीड़ू है ही नहीं।"

"ये अन्देशा तो है बरोबर। पण इसका भी एक सालूशन मेरे मगज में आता है।"

"क्या?"

"जीते, याद कर उस भीड़ू ने तेरे को कैसे आइडेन्टिफाई किया?"

"कैसे?"

"तेरे को मालूम कैसे! तू खुद ही तो बोल के रखा मेरे को कि उसने टेलीस्कोपिक साइट वाले कैमरे से खुफिया तौर पर तेरा ये टेम के फेस का फोटू निकाला और फोटू आगे एक ग्राफिक आर्टिस्ट को ये बोल के सौंपा कि वो कम्प्यूटर से स्कैन कर के उस पर से दाढ़ी मूंछ हटा दे। ऐसे रौशन बेग गायब हो गया और जीतसिंह उसके सामने आ गया। नहीं?"

"हां।"

"तो बोले तो जो काम वो भीड़ू किया वो हम क्यों नहीं कर सकते?"

"मतलब?"

"अरे, वो किसी ग्राफिक आर्टिस्ट का सर्विस अवेल कर सकता है तो क्या हम नहीं कर सकते?"

"कर सकते हैं? क्या वान्दा है?"

"ऐग्जैक्टली! क्या वान्दा है? खाली हमारे को उसकी प्रोसेस को रिवर्स करना होगा। वो तेरा फोटू से दाढ़ी मूंछ निकलवाया, हमको उसका फोटू में दाढ़ी मूंछ—फ्रेंच कट दाढ़ी मूंछ, हैट, गागल्स, दि वर्क्स—ऐड करना होगा। जो फाइनल रिजल्ट सामने आयेगा, उस को तू देखना और फिर बोलना कि रिजल्ट में वो भीड़ू दिखाई देता है या नहीं जो कि तेरे को सैट किया, बतौर जीतसिंह पहचाना! अभी बोल क्या!"

"गाइलो"—जीतसिंह के स्वर में प्रशंसा का पुट आया—"तूने तो कमाल कर दिया! तू तो साला बहुत मगज वाला है!"

"अभी है न!"—गाइलो शान से बोला—"फिरेंड इन ट्रबल, फिरेंड का काम तो मगज भी साला एक्स्ट्रा वर्क किया, एक्सप्रैस करके वर्क किया।"

"बढ़िया!"

"इसी बात पर"—गाइलो के स्वर में आशा का पुट आया—"चियर्स बोलें?"

"अभी नहीं। अभी जो नवां काम सामने आया, उसका भी तो कुछ करने का!"

"उसका आज कुछ नहीं हो सकता। जो होगा कल होगा। कल सुबह तलाश करेंगे हम अपने मतलब का, अपने काम का ग्राफिक आर्टिस्ट।"

"ठीक! ठीक! पण अभी तेरी रिपोर्ट फिनिश तो नहीं है न! अभी कुछ और भी तो होगा तेरे पास मेरे को बोलने के वास्ते!"

"वो तो है बरोबर!"

"तो पहले वो बोल के चुक।"

"फिर चियर्स!"

"हां।"

"गॉड ब्लैस यू।"

"अब बोल, और क्या जाना?"

गाइलो के जवाब दे पाने से पहले ही जीतसिंह का मोबाइल बज उठा!

उसने फोन निकाल कर स्क्रीन पर निगाह डाली तो उस पर एक अपरिचित नम्बर अंकित पाया।

आठ डिजिट का। यानी लैंड लाइन का।

उसके मानस पटल पर हैट-गागल्स का अक्स उभरा।

उसने काल रिसीव की।

"क्या खबर है?"—हैट-गागल्स की आवाज आयी—"टूल किट मिल गयी?"

"अभी नहीं।"—जीतसिंह बोला।

"क्या! अभी नहीं! अरे, भई, ऐसे कैसे बीतेगी? इतना कम टाइम बाकी रह गया है..."

"नहीं कम टाइम रह गया। बहुत है अभी।"

"लेकिन किट टाइम के टाइम मिली तो?"

"ऐसा नहीं होगा।"

"अरे, जब ब्लैक का रेट दिया..."

"कल सुबह दस बजे मिलेगी न डेफीनिट कर के !"

"न मिली तो ?"

"तो मैं सप्लायर को एडवांस में जमा कराया रोकड़ा वापिस मांग लाऊंगा।"

"पागल हुआ है ?"

"तो आना और मेरे को थाम कर बहरामजी के हवाले कर देना। या खुद ही लुढ़का देना।"

"अरे, क्या वाहीतवाही बक रहा है ! मैं महज ये कहने की कोशिश कर रहा हूं कि मेरे को फिक्र है ..."

"नाहक फिकर है। कल सुबह दस बजे किट मेरे कब्जे में होगी।"

"तो ऐसा बोल न !"

"बोलने का मौका दो तो बोलूं न !"

"सॉरी। अगर इस बात की गारन्टी है ..."

"है।"

" ... तो कल का आगे का प्रोग्राम हम अभी फिक्स कर लेते हैं !"

"करो।"

"ग्यारह बजे चलेगा ?"

"अगर साउथ मुम्बई में मिलने का तो चलेगा। बोलेगा बेलापुर आने का, पनवेल आने का तो ..."

"कहां बहक रहा है ! कल सुबह ठीक ग्यारह बजे मेरे को अपने रेगुलर टैक्सी स्टैण्ड पर मिलना।"

"उधरीच मीटिंग करेगा, बाप ?"

"देखना, क्या करूंगा ! कल सुबह ग्यारह बजे ठीक। टैक्सी स्टैन्ड, अलैग्जेन्ड्रा सिनेमा।"

लाइन कट गयी।

जीतसिंह ने भी मोबाइल जेब के हवाले किया।

"वही था ?"—गाइलो उत्सुक भाव से बोला—"हैट-गागल्स ?

"हां। भीड़ू फिर किसी नवीं लैंडलाइन से बोलता था जो कि इस बार भी शर्तिया किसी पीसीओ की होगी !"

"ओह ! क्या बोला ?"

जीतसिंह ने बताया।

"बढ़िया !"—गाइलो बोला—"तो कल परदेसी फुल तैयारी के साथ तेरे को वाच करेगा।"

"होटल की वाच छोड़ देगा ?"

"उधर कुछ पकड़ में न आया तो छोड़ ही देगा। पकड़ में आया तो वो हमारे भीड़ू के पीछू लगा तेरे टैक्सी स्टैण्ड पर ही तो पहुंचेगा !"

"न पहुंचा ? अन्धेरी में होटल पर ही अटका रहा तो ?"

"तो मैं है न !"

"ओह !"

"साला तब एक स्टैण्डबाई कैमरे का इन्तजाम करना पड़ जायेगा। पण वान्दा नहीं। वान्दा नहीं, जीते ! मैं सब सैट करेगा।"

"बढ़िया। अब वहां लौट जहां हम काल आने से पहले थे।"

"कहां थे ?"

"तेरे को अपनी रिपोर्ट फिनिश करने का था। बोलने का था कि और क्या जाना !"

हां। वो ! तो बोले तो अभी ये जाना कि तेरा वो भीड़ू—हैट-गागल्स, जो अभी तेरे से फोन पर बात करता था—सीक्रेट कर के तेरे जैसे हुनर वाले और किस किस भीड़ू से मिला।"

"जाना ?"

"बरोबर ! पण जो जाना, वो तेरे किसी काम नहीं आने वाला। वो भीड़ू जिससे भी मिला, अपने हैट-ग़ागल्स-फ्रेंच कट दाढ़ी मूंछ वाले मेक अप में मिला।"

"ओह !"

"ऐसे तीन तेरे जैसे ताला चाबी मास्टर्स की मेरे को खबर लगी जिसमें से एक तो चन्दू मराठे ही है। दूसरा देवेन भारती कर के एक भीड़ू है जिसका रेजीडेंस और वर्क प्लेस खड़ा पारसा में है। तीसरा नजर अब्बास है जो कि कुलसा गली से आपरेट करता है। जीते, इन तीनों का कहना है कि सबसे पहले उसने उनसे यही सवाल किया कि क्या उन्हें यकीन था कि जीतसिंह लॉक मास्टर अब इस दुनिया में नहीं था।"

"ओह ! नतीजा क्या निकला ?"

"जो मालूम पड़ा, वो ये है कि देवेन भारती और चन्दू मराठे तो उस भीड़ू को बिल्कुल असैप्ट न हुए, नजर अब्बास पर उसका किसी हद तक ऐतबार बैठा था और वो उसको बोल के भी गया था कि वो उससे फिर मिलेगा ... "

"उसको तो अपना नाम बताया होगा ?"

"हां। आकाश चावरिया।"

"वर्किंग नेम !"

"वही।"

"तो फिर मिला नजर अब्बास से ?"

"नक्को। बोले तो तब तक तू—अलैग्जेन्ड्रा सिनेमा के टैक्सी स्टैण्ड का इस्पेशल टैक्सी डिरेवर—उसके नोटिस में आ गया और फिर आगे तू जानता ही है कि जो हुआ, उसकी वजह से उस को नजर अब्बास की जरूरत ही न रही।"

"ठीक ! और ?"

"और संडे नाइट का वन थाउजेंड प्लस गैस्ट्स का पार्टी। जीते, बोले तो ये अन्डरगिराउन्ड में डिसकशन का सब्जेक्ट नहीं। इस वास्ते मेरे को कोई हिन्ट नहीं मिल सका कि ऐसा पार्टी किधर है। दूसरे, साला मुम्बई इज ए बिग सिटी। वो पार्टी कहीं नार्थ एण्ड में होगा या नवीं मुम्बई में, वाशी में होगा तो कैसे कुछ मालूम पड़ेगा ! और वो भी साला बिफोर संडे ! ये वन वीक में होने वाला काम नहीं, साला वन डे में कैसे होयेंगा !"

"ठीक ! और ?"

"और मैं बहरामजी कान्ट्रैक्टर की बाबत अन्डरवर्ल्ड में बहुत एक्सटेंसिव पूछताछ किया। जीते, तकरीबन भीडू लोग यहीच बोला कि अब वो अपने पुराने धन्धे में नहीं है।"

"ओह !"

"पण कुछ ज्यास्ती श्याना भीडू लोग बोला कि गोवा इलैक्शन में उसकी पार्टी की डिजास्टरस हार से उसको रोकड़े के मामले में बहुत बड़ा सैट बैक मिला है इसलिये हो सकता है उस सैट बैक को कवर करने का वास्ते, मेकअप करने का वास्ते वो खामोशी से, बोले तो सीक्रेटली, अपने पुराने धन्धे में फिर उतर आया हो। पण जीते, मेरा ऐतबार इसी बात पर आता है, मेरे मगज से यही निकलता है कि वो इस धन्धे में नहीं है, इतना बड़ा नेता बन जाने के बाद नहीं हो सकता।"

"फिर तो उसकी जगह लेने वाला या ले चुका, जरूर कोई होगा !"

"बोले तो तू इस बात को दूसरे तरीके से समझ। आज की तारीख का इस शहर का, इस रिजन का बड़ा समगलर, इस ट्रेड का बड़ा डॉन एक ही है और उसके नाम से तू वाकिफ है।"

"कौन!"

"महबूब फिरंगी। हमारी जौहरी बाजार के वाल्ट वाली एडवेंचर के दौरान जिस के कहर का शिकार होने से, यकीनन जान से जाने से, तू बाल बाल बचा था।"

"हां। पण ठुका फिर भी ढेर था।"

"शाबाशी भी ढेर मिला था।"

"सब किस्मत का खेल है। बहरहाल अन्त भला सो भला।"

"वो तो है बरोबर।"

"बहरहाल महबूब फिरंगी आज की तारीख में समगलिंग का टॉप बॉस है?"

"हां। लेकिन बहरामजी से उसका कोई टकराव नहीं। बहरामजी जब नेता नहीं था, अपने पुराने धन्धों में था, तब महबूब फिरंगी उसके अन्डर में चलता था और उसका सबसे ज्यादा भरोसे का आदमी था। इसलिये ये नहीं कहा जा सकता कि बहरामजी के उस धन्धे से हाथ खींचने पर उसने बहरामजी की जगह हथियाई। जीते, ऐसा अन्डरवर्ल्ड की खुसर पुसर में किसी और की बाबत कहा जा रहा है?"

"किसकी बाबत?"

"नाम अमर नायक है। बड़ा समगलर है। इस फील्ड में बड़ी हैसियत रखता है। मुम्बई डॉक से बिना कस्टम ड्यूटी पे किये माल छुड़वाने में स्पैशलिस्ट माना जाता है। उसका वैसा ही रेसीप्रोकल अरेंजमेंट दमन में है जिसकी वजह से उधर का एक इन्टरनेशनल समगलर उसका एक तरह से बिजनेस पार्टनर बन गया है और इस बात ने इधर उसकी ताकत बहुत बढ़ाई है लेकिन इतनी फिर भी नहीं बढ़ाई कि दबदबे के मामले में कल के टॉप समगलर बहरामजी कान्ट्रैक्टर को पीछे छोड़ सके। अन्डरवर्ल्ड में ये बात आम चर्चा में है कि उसे दिली खुशी होगी, उसकी मुंह मांगी मुराद पूरी हो जायेगी अगरचे कि बहरामजी पर बिजली टूट पड़े, उसे टर्मिनल कैंसर हो जाये, उसका प्लेन क्रैश कर जाये..."

"यानी कि कुछ भी हो जाये जो उसका नामोनिशान मिटा दे!"

"हां।"

"ऐसा शख्स खुद ऐसी कोशिश नहीं करता?"

"अन्डरवर्ल्ड के जानकार भीड़ू कहते है उसकी मजाल नहीं हो सकती।"

"बहरामजी से खौफ खाता है?"

"रौब खाता है। समगलिंग की दुनिया में बहरामजी का सालों ऐसा ही दबदबा रहा है।"

"ऐसा कि उसके प्रतिद्वन्द्वी उसकी मौत की कामना ही कर सकते हैं, मौत का सामान नहीं कर सकते !"

"सामान बोले तो ?"

"मौत बुला नहीं सकते !"

"जीते, ये क्या कोई आसान काम है ! वो इतना वैलप्रोटेक्टिड भीड़ू है। डबल सिक्योरिटी हासिल है उसे। बतौर गैंगस्टर खुद की और बतौर इम्पोर्टेंट करके नेता सरकार की। उसकी मौत बुलाना क्या कोई आसान काम होगा ?"

जीतसिंह का सिर स्वयंमेव इंकार में हिला।

"मेरे को गारन्टी कि ऐसे इरादे वाला कोई भीड़ू उसके पास भी नहीं फटक सकता।"

"ठीक। तो ये अमर नायक उसकी मौत की कामना तो करता है लेकिन इस बाबत खुद कोई कदम नहीं उठा सकता ?"

"बरोबर !"

"ऐसा कोई और सूरमा ?"

"दो और का पता चला है।"

"दो ! दो और ?"

"हां।"

"वो कौन हुए ?"

"एक कोई बल्लू कनौजिया है और दूसरा सलमान गाजी है। दोनों बड़े, ताकतवर समगलर बताये जाते हैं।"

"बहरामजी बनने के ख्वाहिशमन्द ?"

"अगर बहरामजी के कदम वापिस धन्धे में हैं तो उसको आउट, बोलने आउट दिखाने के बरोबर ख्वाहिशमन्द।"

"लेकिन इस सिलसिले में हिम्मत हौसले में कमजोर ?"

"हो सकता है। फिर भी छुप कर वार करने की जुगत बरोबर करते होंगे। सब इस बात पर डिपेंड करता है कि बहरामजी पूरे जोर शोर से वापिस समगलिंग के धन्धे में है या नहीं !"

"तो हमारा हैट-गागल्स वाला भीड़ू, आकाश चावरिया कर के वर्किंग नाम वाला भीड़ू इन तीन बड़े मवालियों में से किसी के अन्डर में चलने वाला भीड़ू हो सकता है ?"

"चारों के। महबूब फिरंगी को भी जोड़।"

"पण तू कहता है उसका बहरामजी से कोई टकराव नहीं।"

"क्या पता चलता है, जीते! वो बोलते नहीं है कि किसी का अपना बन के, उसका ट्रस्ट जीत के उस पर वार करना आसान होता है।"

"होता तो है! अभी जो नये नाम तूने लिये है, उनका आपस में टकराव नहीं होता?"

"मालूम नहीं। क्या पता होता हो! मैंने इस बाबत अन्डरवर्ल्ड में कोई पूछताछ नहीं की थी। हो सकता है होता हो, हो सकता है न होता हो। अभी तू बोले तो पूछताछ करूं?"

"जरूरत नहीं। अभी किसी तरह से मालूम पड़ जाये कि ये फैल्ट-हैट गागल्स भीड़ू कौन है, फिर सबसे पहले ये मालूम करेंगे कि जिन समगलिंग के बिग बासिज का तूने नाम लिया, वो उनमें से किसी के अन्डर में चलता है।"

"मालूम पड़ जायेगा तो तू उसकी शरण में जायेगा?"

"कोशिश तो करूंगा। अगर मैंने इस शहर में सलामत रहना है तो कोई तो सूरत मुझे निकालनी ही होगी बहरामजी के कहर से बचे रहने की! गाइलो, मैं ताजिन्दगी रौशन बेग बना नहीं रह सकता। सच पूछे तो ऐसा मुमकिन ही नहीं है। वो हैट-गागल्स मेरे को मुसलमानी दिखाने को बोला, कल को कोई थामेगा तो कुरान सुनाने को बोलेगा, नमाज पढ़ने को बोलेगा। कैसे बीतेगी! लम्बा चलने वाला ये सिलसिला हैइच नहीं। कुछ तो मेरे को करना ही पड़ेगा।"

"पक्का भाई बन जायेगा।"

"पता नहीं क्या होगा! पहले वो नौबत तो आये!"

"जीते, मैं फिर बोलता है तेरे को, कैसे भी रख, इस्ट्रेट लाइफ पर फोकस रख। गॉड आलमाइटी तेरा हैल्प करेगा।"

"करेगा तो बुरे हाल में भी करेगा। मैं हूं न उसकी हैल्प का बराबर तलबगार!"

"तो अब ..."

"ड्रिंक मंगाते हैं। ठीक?"

"ठीक।"

गाइलो ने तत्काल वेटर को इशारा किया।

नॉरकॉटिक्स कन्ट्रोल ब्यूरो का बड़ा आफिस मुम्बई के साउथ एण्ड पर बैलार्ड एस्टेट में एक्सचेंज बिल्डिंग की तीसरी मंजिल पर था। वो आफिस पुलिस स्टेशन की तरह चौबीस घन्टे खुला रहता था।

आधी रात को ड्यूटी आफिसर ने एक काल रिसीव की।

"मेरे को डिप्टी इन्टैलीजेंस ऑफिसर कदम से बात करने का।"—आवाज आयी।

"कदम साहब अवेलेबल नहीं हैं।"—ड्यूटी आफिसर बोला—"मैं ड्यूटी ऑफिसर हूं, मेरे से बात करो।"

"कदम साहब नहीं है तो मेरे को असिस्टेंट डायरेक्टर पाटिल साहब से बात करने का।"

"कौन बोलता है? इतने नाम कैसे जानता है?"

"कल दोपहरबाद भी काल किया था न मैं! जब वैगन-आर एमएच19 एआर 3138 की बाबत टिप सरकाया था और जो ठाणे क्रीक के पुल पर पकड़ी भी गयी थी।"

"तुम्हें कैसे मालूम?"

"मालूम न बरोबर! तुम बोलो मैं गलत बोला। साला कोई लोचा पड़ा तो यहीच कि जो माल पकड़ा गया वो मेरे बोले मुताबिक हेरोइन न निकली, स्विस घड़ियां निकलीं।"

"तुम्हें ये भी मालूम है!"

"तब मेरी पहले कदम साहब से और फिर पाटिल साहब से बात करवाई गयी थी। ये टेम भी मेरे को कदम साहब से या पाटिल साहब से बात करना मांगता है।"

"फिर कोई टिप है?"

"है न! पहले से कहीं ज्यास्ती हॉट टिप है। अभी मांगता है या मैं नक्की करे?"

"नहीं, नहीं। मांगता है। मांगता है बरोबर।"

"बढ़िया।"

"तुम हो कौन?"

"साहब लोगों को बोला था न!"

"मेरे को भी बोलो।"

"पीएसएम।"

"पीएसएम बोले तो?"

"पब्लिक स्पिरिटिड मैन।"

"अरे, कोई नाम भी तो होगा!"

"यहीच नाम है। साहब लोगों को मालूम।"

"लेकिन ... "

"मैं अपना मुल्क का वास्ते, नौजवान नस्ल का वास्ते ड्यूटी करता है। तुम साला कुछ नहीं करता?"

"तमीज से बात करो।"

"ठीक है। सीखता है तमीज। सीख के आता है तमीज और फिर गुड न्यूज देता है कि मेरे को तमीज से बात करना आ गया। तब तक जो हॉट टिप मेरे पास है, वो साला कोल्ड स्टोरेज में होगा। कट करता है।"

"अरे, नहीं नहीं।"

"क्या नहीं नहीं?"

"तुम होल्ड रखो, मैं साहब लोगों से दूसरी लाइन पर कान्टैक्ट करने की कोशिश करता हूं ... "

"नहीं मांगता। तुम साला मेरे को होल्ड करवा के ये काल ट्रेस करवायेंगा।"

"अरे, नहीं।"

"मेरे को मालूम।"

"अरे, भई, जब तुम मानते हो कि पब्लिक स्पिरिटिड मैन हो तो क्यों अपनी आइडेन्टिटी छुपा के ... "

"बाप, ड्यूटी आफिसर है न?"

"हां।"

"नाइट में, बोले तो इमरजेन्सी में ड्यूटी करने वाला?"

"हां, भई।"

"इमरजेन्सी ड्यूटी ऐसी होती है? ऐसे तो टेम वेस्ट होता है। मांगता है?"

"नहीं। मैं इमीजियेट कर के कदम साहब को या पाटिल साहब को लोकेट करता हूं ... "

"नहीं मांगता।"

"नहीं मांगता। लेकिन ... "

"पहले ही बहुत टेम वेस्ट कियेला है तुम। अभी हॉट टिप तुम्हेंरे को ही बोलता है मजबूरी में। आगे इमीजियेट कर के साहब लोगों को सरकाना। क्या?"

"ठीक है।"

"नाम बोले तो!"

"जाधव। नवनीत जाधव।"

"अभी विद फुल अटेंशन सुनने का ड्यूटी आफिसर नवनीत जाधव। दहिशर मालूम?"

"मालूम।"

"अरेबियन सी के उसी सी कोस्ट पर आगे सतपती मालूम?"

"मालूम।"

"बढ़िया। अभी बोले तो दहिशर और सतपती के बीच एक उजाड़ कॉटेज जो कि कभी 'कम्पनी' के भाई लोगों का सीक्रेट कर के ठिकाना होता था। जहां से वो समुद्र के रास्ते दुबई, कराची की समगलिंग कन्ट्रोल करते थे ऐन सीक्रेट कर के। पण 'कम्पनी' का कोई बहुत डेंजर दुश्मन था जिसने वो सब सिस्टम डिस्टर्ब कर दिया और कॉटेज को भी फूंक दिया। वो उजड़ा कॉटेज अभी भी उधर स्टैण्ड करता है।"

"उसका जिक्र क्यों?"

"उसके करीब समुद्र में एक टैम्परेरी कर के जेटी है। जेटी समझता है न, बाप?"

"हां। पायर।"

"बरोबर। पण छोटा सा। खाली मोटरबोट लगने के काबिल। ठीक?"

"हां।"

"रात तीन बजे उधर एक मोटरबोट आ के लगेगी। पहचान ये है कि नीले रंग की है और उसके दोनों बाजू 'वाटर क्वीन' लिखा है। बाप, उस बोट से जो टेम मैं बोला, वो टेम नॉरकॉटिक्स का बड़ा लॉट उतरेगा।"

"नॉरकॉटिक्स! यानी हेरोइन! जैसा पिछली बार बोला?"

"नहीं, हेरोइन नहीं। ये टेम फैंसी माल आ रहा है। फैंसी और माडर्न।"

"वो क्या?"

"फौक्सी, एस्टेसी, एलएसडी, जीबीएच, सीके वन, और लेटेस्ट आइटम म्याऊं म्याऊं।"

"कमाल है! तुम्हें इतनी जानकारी है! केस की भी और फैंसी ड्रग्स की भी!"

"अभी है न! तभी तो काल लगाता है पब्लिक स्पिरिट में।"

"माल कितना? कोई अन्दाजा है?"

"क्वांटिटी नहीं मालूम। पण ये पक्की है कि ढेर है। बोले तो बहुत बड़ा लॉट है।"

"किसका?"

"बोट वाला बोलेगा न! जो भीड़ू लोग माल के साथ पकड़ा जायेगा, वो बोलेगा न!"

"पण..."

"पकड़ा जायेगा न! अभी तीन घन्टा का टेम है। कोई हाथ पांव हिलायेगा सरकारी भीड़ू या नहीं!"

"अगर टिप जेनुइन है..."

"कल वाली कैसी थी?"

"...तो कोई बच नहीं पायेगा।"

"बढ़िया। मेरे को खुशी हुआ। कट करता है।"

"अरे सुनो। सुनो।"

"क्या सुनूं?"

"नाम बताओ अपना। पता बोलो।"

"काहे वास्ते?"

"अरे, ऐसी टिप्स पर टिप सरकाने वाले को इनाम मिलता है। एनसीबी, पुलिस, कोस्टगार्ड्स वगैरह बरामद माल की कीमत का दस फीसदी इनफार्मर को इनाम देते हैं खुशी से। विद थैंक्स।"

"नहीं मांगता। मैं पीएसएम है, पब्लिक स्पिरिट में ड्यूटी करता है, इनाम का वास्ते नहीं। जय हिन्द।"

लाइन कट गयी।

हनीफ लोधी ने रिसीवर वापिस क्रेडल पर रखा और एक कान से दूसरे कान तक मुस्कराते हुए शाह की तरफ देखा।

"अगर"—असद हयात बोला—"काल ट्रेस कर ली गयी?"

"बाप, बोले तो आजकल तुम्हेरा तो काम ही फिकर करना हो गया है।"

"जवाब दे।"

"आधी रात को ऐसा नहीं हो सकता। रात की इस घड़ी इस बाबत फोन के महकमे में हिलडुल कराने में टाइम लगता है। रात के टाइम ये आनन फानन में हो जाने वाला काम नहीं। इस वास्ते फिक्र नक्को।"

"ऐसा?"

"बरोबर ऐसा।"

"उधर कोई रिकार्डिंग..."

"नहीं होती, बाप। पहले भी बोला। मिडनाइट में तो बिल्कुल नहीं होती। पहले मालूम किया, पक्की किया, फिर ही तो एनसीबी को काल के वास्ते चुना, सीधे पुलिस को काल न लगाया। पुलिस में रिकार्डिंग होती है, गुमनाम काल हो तो स्पैशल कर के होती है, जो कि बाद में वायस मैचिंग के भी काम आती है।"

"वायस मैचिंग?"

"शक्ल की तरह वायस से—आवाज से, लहजे से, अन्दाजेबयां से—भी शिनाख्त होती है न! पुलिस बहुत एफीशियेंट, बहुत टैक्नीकल हो गयी है, बाप।"

"ओह!"

"एनसीबी में काल लगाओ तो रिकार्डिंग का कोई खतरा नहीं, मैं एडवांस में कनफर्म कर के रखा। इसी वास्ते तो पिछली बार गुमनाम टिप के लिये काल लगाने को हजूरी को न बोला और इस बार बरकत को या चोक्सी को न बोला। मैं खुद काल लगाया एनसीबी को जो आगे पुलिस को खड़कायेंगे, कोस्टगार्ड्स को चौकस करेंगे और हो सकता है इन्टरनल सिक्योरिटी को भी खबरदार करें क्योंकि इस बार हमारा इशारा समुद्री रास्ते से इन्टरनेशनल समगलिंग की ओर था।"

"इतने इन्तजाम?"

"इस बार केस बड़ा है—भले ही उसका हासिल बड़ा न निकले।"

"बोले तो?"

"समझो, बाप। मामला ड्रग्स का होता तो अस्सी लाख की क्या औकात थी जो कि हजूरी के पास से पकड़ी गयी घड़ियों की कीमत थी! इतने की हेरोइन तो मुट्ठी में आ जाती है। घड़ियों की जगह सच में ड्रग्स पकड़वाये होते तो रकम आठ-दस करोड़ भी कम होती।"

"ठीक।"

"इस बार भी एसीच है। तभी डेढ़ करोड़ में काम चल गया। नहीं?"

"हां।"

"हमने गुमनाम काल एनसीबी को लगाने का फैसला किया था, इसलिये नॉरकॉटिक्स का जिक्र जरूरी था, वैगन-आर से नॉरकॉटिक्स न बरामद हुए, स्विस घड़ियां बरामद हुईं तो हमारी टिप में लोचा, गुमनाम टिप के मामले में जो कि कोई बड़ी बात नहीं होती। पण ड्रग्स के जिक्र से केस नेता जी के कद से मैच करता जान पड़ता है जो कि जरूरी है। इसी वास्ते इस बार भी काल में ड्रग्स का ही हवाला दिया। माल कुछ और निकला तो बैड लक से इस बार भी हमारी टिप में लोचा। पण टिप सौ टांक खरी। दोनों टाइम।"

"माल फिर पुलिस के कब्जे में?"

"वो तो जरूरी है। उसके बिना केस कैसे बनेगा? मजबूत कैसे होगा? हजूरी वाले केस से उसकी कड़ी कैसे जुड़ेगी?"

"डेढ़ करोड़ का माल। पहले अस्सी लाख का। अभी आगे और भी बड़ा हल्ला! बड़ा बाप का बड़ा रोकड़ा टूट रहा है।"

"बड़े काम के खामियाजे बड़े ही होते हैं।"

"शायद तू ठीक कह रहा है। लेकिन..."

"क्या लेकिन? चुप क्यों हो गये?"

"मुझे तेरी फिक्र है।"

"खामखाह!"

"तू मेरे बहुत काम का आदमी है। मेरा खास है। मैं तेरा नुकसान नहीं झेल पाऊंगा।"

"अरे, बाप, काहे वास्ते होगा नुकसान!"

"तू बहुत दिलेरी दिख रहा है। मुझे अन्देशा है कि कहीं तेरी दिलेरी ही तेरी जान का जंजाल न बन जाये।"

शाह ने वो बात इतनी संजीदगी से कही कि हनीफ भी संजीदा हुए बिना न रह सका।

"तूने वायस मैचिंग की बाबत बता कर मेरे को फिक्रमन्द कर दिया। तू बोलता है काल के दूसरे सिरे पर रिकार्डिंग का कोई खतरा नहीं लेकिन फिर भी क्या पता लगता है!"

"लगता है। मैंने कनफर्म किया न!"

"मैं फिर कहता हूं—क्या पता लगता है! तू अभी और सुन!"

"और भी?"

"वकील बन के थाने पहुंच गया। सरेआम पुलिस वालों में अपना थोबड़ा एक्सपोज किया..."

"अरे, बाप, तुम्हें मालूम है वो जरूरी था। वो काम मेरे सिवाय कोई दूसरा नहीं कर सकता था।"

"बरोबर। लेकिन अगर शिनाख्त में आ गया तो?"

"बाप, दो करोड़ से ज्यादा की आबादी है मुम्बई की। कैसे होगा?"

"तो कत्ल का केस बनेगा तेरे पर। दफा तीन सौ दो में नपेगा।"

"कुछ नहीं होने वाला। अव्वल तो वो लोग सात जन्म मेरे को ढूंढ नहीं पायेंगे, फिर भी कोई करिश्मा कर दिखायेंगे तो हरगिज भी मेरे को तुषार पाटिल नहीं साबित कर पायेंगे। मेरे पास जरिया है आसानी से साबित कर दिखाने का कि कल रात नौ बजे मैं उस थाने से बीस मील दूर कहीं और था। इसलिये, बाप, इस बाबत कैसी भी किसी फिक्र को बिल्कुल, बिल्कुल नक्की करो।"

"ठीक है, तू बोलता है तो..."

"मैं बोलता हूं।"

"अब तू ये बता, आगे जो होने वाला है, उसकी खबर इधर कैसे पहुंचेगी?"

"पहुंचेगी। बरोबर पहुंचेगी। फौरन पहुंचेगी। मैंने सब सैट कर के रखा है। टाइम शिड्यूल में कोई लोचा न पड़ा तो एक घन्टे के अन्दर इधर मुकम्मल खबर पहुंच जायेगी कि क्या हुआ!"

"यानी चार बजे तक मैं नींद से महरूम।"

"अरे, लम्बी तान के सोवो, बाप, मैं मार्निंग में बोलेगा कि..."

"नहीं, चार बजे ही बोलना। जगाना तभी मेरे को। आगे बड़ा बाप खबर के लिये वेट करता होगा। अव्वल तो मैं सो नहीं पाऊंगा, सो गया तो चार बजे जगाना।"

"बरोबर।"

"गुड न्यूज के साथ, हनीफ, गुड न्यूज के साथ। क्या गुड न्यूज?"

"नेता जी के ताबूत में एक और कील।"

"बिल्कुल! यहीच गुड न्यूज मांगता है मैं। सोता जागता वेट करता है। अभी नक्की कर।"

हनीफ ने शाह का अभिवादन किया और वहां से रुखसत हो गया।

शनिवार : दस अक्टूबर

पुलिस ने नॉरकॉटिक्स कन्ट्रोल ब्यूरो द्वारा अग्रणीत नयी टिप पर पूरी मुस्तैदी से, बिना वक्त जाया किये काम किया। टिप की बाबत पुलिस के उच्चाधिकारियों में इमरजेंसी मीटिंग हुई तो उसमें ये अहम फैसला हुआ कि क्योंकि उस नयी टिप का पिछली वैसी टिप से—हजूरीलाल सम्बन्धी टिप से—रिश्ता जान पड़ता था इसलिये एक्शन की कमान इस बार भी पिछली पुलिस टीम को ही सौंपी जाती, भले ही केस उस टीम के थाने का नहीं था। अलबत्ता सम्बन्धित थाने वाले भी उस टीम से पूरा पूरा सहयोग करें। परिणामस्वरूप निर्धारित समय पर निर्देशित स्थान पर इन्स्पेक्टर राजेश महाले और सब इन्स्पेक्टर गर्गे अपने थाने के दस जवानों के साथ सम्भावित घटनास्थल पर मौजूद थे और उतने ही सशस्त्र जवान लोकल थाने से वहां पहुंचे हुए थे।

दहिशर और सतपती के घटनास्थल को, वहां के उजड़े हुए काटेज को और टैम्परेरी जेटी को दो बजे से पहले ही पिनप्वायन्ट कर लिया गया था और निहायत खुफिया तरीके से उस सारे इलाके को घेर लिया गया हुआ था।

वहां बैट्री से चलने वाली दो शक्तिशाली सर्चलाइट्स का भी इन्तजाम था जिनमें से एक का फोकस जेटी था और दूसरा उससे आगे का समुद्री इलाका था।

उस घड़ी वातावरण में मुकम्मल सन्नाटा व्याप्त था, समुद्र शान्त था और आसमान में दिखते आधे चान्द की वजह से वहां नीमअन्धेरा था जिसमें आंखें फाड़ फाड़ कर ही कुछ देखा जा सकता था। लेकिन अधिकारियों के पास नाइट विजन वाली दूरबीन थीं जिनकी मदद से वो समुद्र की दूर-दूर तक निगाहबीनी कर रहे थे।

ज्यों ज्यों वक्त करीब आता जा रहा था, सस्पैंस गहराता जा रहा था।

तीन बजने में अभी पांच मिनट बाकी थे जबकि समुद्र की छाती पर दूर कहीं एक जुगनू सा चमका।

तत्काल जगह जगह ओट लेकर छुपे हुए जवान चौकन्ने हुए, सबकी बन्दूकें जेटी की तरफ तन गयीं और वो सांस रोके खामोश माहौल में कोई हलचल पैदा होने की प्रतीक्षा करने लगे।

जुगनू फिर चमका, फिर चमका।

फिर जिन जवानों के कान तीखे थे, उनकी पकड़ में इंजन की मद्धम सी चग चग की आवाज भी आने लगी।

वातावरण ब्लेड की धार सा पैना हो उठा।

फिर अन्धेरे में एक मोटरबोट आकार लेने लगी जिसकी हैडलाइट ऑफ थी लेकिन जिस पर सवार कोई सिग्रेट पीने का लोभ संवरण नहीं कर पा रहा था, वो जब कश खींचता था तो सिग्रेट का सुलगा हुआ सिरा एकाएक चमक उठता था।

मोटरबोट करीब, करीबतर होने लगी। अब उसके इंजन का गम्भीर गर्जन भी मुखर होने लगा।

फिर इंजन बन्द हो गया और अपनी हासिल हो चुकी रफ्तार के आसरे मोटरबोट जेटी से आकर लगी।

एकाएक सर्चलाइट रौशन हुई।

"खबरदार!"—सब इन्स्पेक्टर गर्गे हैण्डहैल्ड लाउडस्पीकर पर अधिकारपूर्ण स्वर में चिल्लाया—"तुम घिरे हुए हो और बेशुमार बन्दूकों की जद पर हो। चुपचाप सरन्डर कर दो..."

तभी दूसरी सर्चलाइट भी जली।

"...वर्ना गोलियों से भून दिये जाओगे।"

दूसरी तरफ से कोई प्रतिक्रिया सामने न आयी।

"सब जने हाथ ऊपर उठाये जेटी पर पहुंचो वर्ना..."

एकाएक बोट पर हलचल दिखाई दी, दो काले सायों ने गोताखोरों की तरह बोट के डैक से पानी में जम्प लगा दी।

"फायर!"

निरन्तर फायरिंग होने लगी। वातावरण गोलियों की आवाज से गूंजने लगा। बेशुमार गोलियां बोट के उस पहलू के करीब समुद्र की सतह से टकराईं जिधर दो सायों ने पानी में पनाह पायी थी।

दोनों सर्चलाइट्स की रोशनी उधर ही समुद्र की सतह पर नाच रही थी और उसे किसी हलचल के लिये छान रही थी।

कोई नतीजा सामने न आया।

तब तक पुलिस के कुछ जवान जेटी पर उसके साथ लगी मोटरबोट के पहलू में पहुंच चुके थे। सबने देखा कि बोट के डैक पर सिर्फ एक आदमी मौजूद था जो कि समर्पण की मुद्रा में सिर से ऊपर हाथ उठाये खड़ा था।

"मारना नहीं, साहब"—वो आतंकित भाव से चिल्लाया—"मारना नहीं।"

किसी ने उसकी फरियाद की ओर ध्यान न दिया। पलक झपकते वो कई हाथों की पकड़ में जकड़ा छटपटा रहा था।

"साहब, मैं खाली बोटमैन है। साहब, मैं तो खाली पैसेंजर ढोता था..."

आनन फानन उसे जेटी से परे खुश्की पर ले जाया गया और उसे हथकड़ी पहनाई गयी।

एक सर्च लाइट का फोकस अब मोटरबोट बन गयी, दूसरी समुद्र को खंगालती रही लेकिन पानी में कूदे दोनों साये जरूर गोताखोरों से भी ज्यादा दक्ष तैराक थे जिनका, पानी की सतह पर या नीचे, दूर दूर तक कहीं पता नहीं था।

"गलत हुआ।"—इन्स्पेक्टर महाले भुनभुनाया—"हमारे साथ तैराक भी होने चाहियें थे।"

"होने को तो मोटरबोट भी होनी चाहिये थी।"—सब-इन्स्पेक्टर दबे स्वर में बोला—"लेकिन टाइम बहुत शार्ट था, इतने में वो सब इन्तजाम नहीं किये जा सकते थे?"

"डीसीपी सुनेगा तो क्या करेगा!"

सब इन्स्पेक्टर से जवाब देते न बना।

"मोटरबोट तो वही है।"—फिर बोला—"वाटर क्वीन! रंग नीला!"

इन्स्पेक्टर ने सहमति में सिर हिलाया।

"सर, दिल छोटा करने की जरूरत नहीं है। हमने करैक्ट केस पकड़ा है और बराबर पकड़ा है। एक आदमी भी हमारी गिरफ्त में है। अब वही उन दोनों आदमियों को पकड़वायेगा जो भाग निकलने में कामयाब हो गये।"

"देखेंगे।"—इन्स्पेक्टर का लहजा अभी भी उखड़ा हुआ था। "अब बोट की तलाशी का इन्तजाम तो करो।"

"अभी, सर, अभी।"

बोट की तलाशी ली गयी।

बारीक तलाशी की जरूरत ही न पड़ी। पिछले, वैगन-आर वाले, केस की तरह बोट में कोई सीक्रेट चैम्बर नहीं था। लकड़ी की एक पेटी उसके केबिन से बरामद हुई जो कि लावारिस सी वहां पड़ी जान पड़ती थी।

पेटी को खोला गया।

टिप के मुताबिक उसमें से आधुनिक ड्रग्स—फॉक्सी, एस्टेसी, जीबीएच वगैरह—न बरामद हुए, दो सौ हाई एण्ड मोबाइल फोन बरामद हुए।

"कितनी कीमत होगी?"—इन्स्पेक्टर बोला।

"लोकल रिटेल मार्केट में ढाई तीन करोड़ से कम नहीं।"—सब-इन्स्पेक्टर बोला।

"ओह!"

फिर मोटरबोट की जब्ती का इन्तजाम किया गया और बन्दी को स्थानीय चौकी ले जाया गया।

"नाम बोल।"—खा जाने वाली निगाह से उसे देखता इन्स्पेक्टर महाले बोला।

"खो-खोटे।"—बन्दी कांपता सा बोला।

"पूरा नाम बोल।"

"जीवाजीराव खोटे।"

"खोटे काम करता है? नाम को सार्थक करता है? समगलिंग करता है?"

"नहीं, साहब।"

"क्या नहीं, साहब! साला रंगे हाथों पकड़ा गया, बोलता है नहीं साहब!"

"साहब, मैं बोटमैन। खाली बोट चलाता है।"

"काम क्या करता है?"

"काम ही बोला, साहब। बोट चलाता है। भाड़े पर। यहीच काम। कई सालों से यहीच काम।"

"साथ में साइड बिजनेस समगलिंग?"

"नहीं साहब।"

"या यही मेन बिजनेस! बाकी सब दिखावा?"

"बिल्कुल नहीं, साहब। मैं बोटमैन है खाली। भाड़े पर बोट देता है।"

"एक ही बात बार बार न बक, वर्ना, साले, बोलने लायक ही नहीं छोडूंगा।"

बन्दी सहम कर चुप हो गया।

"तेरी बोट से समगलिंग का माल बरामद हुआ!"

"साहब, ऐसा कैसे होयेंगा!"

"हुआ न बराबर!"

"हुआ तो ... तो, साहब, मेरे को ऐसे किसी माल की खबर नहीं।"

"क्यों? अन्धा है? लकड़ी की पेटी की खबर नहीं तेरे को जो बोट में थी?"

"पेटी की खबर थी, साहब। पण पेटी में क्या था, इसकी खबर नहीं थी।"

"क्यों? तेरे जोड़ीदार कुछ न बोले?"

"मेरे जोड़ीदार!"

"जो भाग गये?"

"वो मेरे जोड़ीदार नहीं थे, साहब, कस्टमर थे। वो भीड़ू लोग मेरा बोट भाड़े पर लिया बस।"

"रहता किधर है?"

"दहिशर। उधर एक झोंपड़पट्टा है। किसी को भी बोलो बोटमैन खोटे मांगता है। पहुंचायेगा बरोबर।"

"दहिशर से इतनी दूर, इतनी रात गये क्या करता था?"

"साहब जिस जगह काम मिलेगा, जिस टेम काम मिलेगा, करने का न!"

"दिन रात का कोई लिहाज नहीं?"

"है तो बरोबर, साहब, पण ... "

"क्या पण?"

"वो भीड़ू लोग बहुत बड़ा नाम सरकाया। इस वास्ते हां बोलना पड़ा।"

"कौन सा बड़ा नाम?"

"साहब, इधर बोलना ठीक होगा?"

"होगा। जल्दी बक।"

"ने-नेता जी।"

"कौन नेता जी? नाम बोल नाम! या वो लोग खाली यही बोले! नेता जी! नाम बोले ही नहीं!"

"नाम तो बोले!"

"क्या? अब हील हुज्जत न कर। बक के दे।"

"बहरामजी कान्ट्रैक्टर।"

इन्स्पेक्टर की अपने मातहत सब-इन्स्पेक्टर से निगाह मिली।

"तूने ठीक से सुना नाम?"—गर्गे सख्ती से बोला—"बहरामजी कान्ट्रैक्टर?"

"हां, साहब!"

"अब काम बोल। क्या काम? ठीक से बोल। साफ बोल। एक ही बार में बोल।"

"साहब, मेरे को उन भीड़ू लोगों को समन्दर में ले के जाना था। बोले तो तीन चार किलोमीटर अन्दर। जिधर लोकल लिमिट खत्म हो जाती है और इन्टरनेशनल करके समन्दर आ जाता है। मैं बोट को उधर ले के गया तो उधर एक बहुत बड़ा जहाज खड़ेला था। उधर वो भीड़ू लोग ऊपर डैक की रेलिंग पर मौजूद किन्हीं भीड़ू लोगों से बात किया, फिर जहाज पर से वो लकड़ी की पेटी लटकाई गयी जो कि... जो कि मेरी बोट में थी। फिर मेरे को बोट वापिस ले चलने का हुक्म हुआ। मैं बोट वापिस लेकर आया तो... तो..."

वो खामोश हो गया और बेचैनी से पहलू बदलने लगा।

"साले, इतने से तेरे को न सूझा कि कोई गलत काम होता था, नाजायज काम होता था?"

"साहब, सूझा तो सही पण..."

"क्या पण?"

"वो टेम कुछ बोलने का नहीं था। जो हुआ एकाएक हुआ न!"

"क्यों एकाएक हुआ। बोलता है सालों से बोटमैन है तो तेरे को मालूम नहीं किनारे से हाई सीज़ तक बोट ले के जाना गैरकानूनी होता है! जब तू कहता है तेरे को एडवांस में बोला गया किधर जाना था तो क्यों गया?"

उसके मुंह से बोल न फूटा।

सब-इन्स्पेक्टर ने एक झन्नाटेदार थप्पड़ उसके चेहरे पर रसीद किया।

उसके आंसू छलछला आये।

"जवाब दे"—सब-इन्स्पेक्टर कड़क कर बोला—"वर्ना इधर ही ढेर कर दूंगा।"

"साहब, मैं... मैं लालच में आ गया।"

"कैसा लालच?"

"बड़े भाड़े का लालच।"

"कितना मिला?"

"च-चार हजार।"

"एडवांस में मिला?"

"हां, साहब।"

"निकाल के मेज पर रख।"

"वो ... वो ... घर पर मिला न! बीवी को थमाया।"

गर्गे ने इन्स्पेक्टर की तरफ देखा।

"थे कौन वो दोनों?"—इन्स्पेक्टर ने पूछा।

"साहब, कस्टमर थे।"

"अबे, मैं नाम पूछता है! नाम बोल।"

"नाम तो वो बोले नहीं!"

"तूने पूछा, तो भी न बोले?"

"मैं पूछा ही नहीं, साहब। मेरे को कस्टमर का नाम जान के क्या लेने का था! खाली दो घन्टे का तो साथ था!"

"साथ दो घन्टे का था लेकिन तू उनका पुराना वाकिफ था।"

"नहीं साहब।"

"इसी वास्ते एक गैरकानूनी काम में, समगलिंग में, तू उनके साथ शरीक हुआ।"

"नहीं, साहब। साहब, मैं सच्ची बोलता है मेरे को नहीं मालूम था उधर समन्दर में जहाज के बाजू में क्या होता था। मेरे को नहीं मालूम था लकड़ी की पेटी में क्या था!"

"हिन्दोस्तानी समुद्री हद से बाहर तो बोट ले के गया? वो भी बड़ा जुर्म है। लम्बा नपेगा।"

"साहब, मैं गरीब आदमी। मैं लालच में आ गया। ये टेम बक्श दो, मैं साला ये काम ही नक्की करेगा।"

"बकवास न कर। तू समगलिंग में शरीक था..."

"नहीं साहब। मैं बेकसूर हूं।"

"तू ने अपनी बोट में समगलिंग का माल ढोया।"

"खाली एक पेटी ढोया। कस्टमर का पेटी। मेरे को नहीं मालूम उसमें क्या था! कैसे होता?"

"उन भीड़ू लोगों से होता जो भाग गये। साले, ये हो ही नहीं सकता कि उन्होंने तेरे को न बताया हो कि असल में तेरे को क्या काम करना था! असल में तेरे को समगलिंग का माल ढोना था।"

"नहीं, साहब।"

"तू कहता है उजरत में तेरे को चार हजार रुपये मिले..."

"साहब, ये भी ज्यास्ती। दिन का टेम होता तो सात-आठ सौ मिलते। बड़ी हद हजार मिलते।"

"...बक मत। तू कहता है चार हजार मिले। असल में दुगने मिले हो सकते हैं, तिगुने मिले हो सकते हैं। साले, हिस्सेदारी मिली हो सकती है।"

"साहब! साहब!"

"तू नहीं बच सकता। तेरे बचाव का एक ही तरीका है।"

"कौन सा, साहब?"

"उन दोनों को पकड़वा जो भागने में कामयाब हो गये। फिर हम तुझे उनके खिलाफ वादामाफ गवाह बना लेंगे।"

"साहब, मैं नहीं पकड़वा सकता। जब मैं जानता ही नहीं वो कौन थे तो..."

"अंजान लोगों ने तेरे सामने इतना बड़ा नाम उछाला। बड़े नेता बहरामजी कान्ट्रैक्टर का नाम लिया। बोला वो काम बहरामजी कान्ट्रैक्टर का था!"

"साहब, बोला न!"

"बोला तो तू क्या समझा? नेताजी समगलर?"

"वो...वो...वो क्या है कि..."

"ठीक है, बोला। नेता जी के सामने खड़ा हो कर यही बात दोहरायेगा?"

वो गड़बड़ाया।

"ऐसा करना कबूल कर। इतने से भी तेरी खलासी हो सकती है।"

वो परे देखने लगा।

"जेटी पर"—सब-इन्स्पेक्टर गर्गे बोला—"पुलिस की मौजूदगी की खबर लगते ही जैसे उन दोनों ने पानी में छलांग लगा दी और भाग गये, वैसे तू क्यों नहीं भागा?"

"साहब"—वो गिड़गिड़ाया—"मैं अपना बोट छोड़ कर कैसे भाग सकता था?"

"साले, बोट प्यारी थी या जान प्यारी थी?"

"साहब, तब मेरे को किधर मालूम था कि मेरे को भी मुजरिम समझ लिया जायेगा? मैं तो खाली बोटमैन। मैं तो खाली पैसेंजर ढोया, भाड़ा कमाया।"

"बकवास न कर।"

"साहब, मैं नहीं भाग सकता था। एक तो अपना बोट छोड़ कर नहीं भाग सकता था, दूसरे मेरे को मालूम कि ऐसे भागना और जुर्म का इकबाल करना एकीच बात।"

"काफी श्याना है।"

"साहब, मैं बोट छोड़कर..."

"अबे, बोट के बच्चे, उन दो जनों की तरह तू भी मौके से फरार हो जाता तो तेरी शिनाख्त ही न हो पाती।"

"साहब, बोट से शिनाख्त..."

"तू बोल सकता था कि बोट चोरी चली गयी थी। कहीं समुद्र तट पर ही खड़ी करता होगा न! झोपड़पट्टे में तो नहीं ले जाता होगा? क्या प्राब्लम थी बोट चोरी चले जाने में?"

उससे जवाब देते न बना।

"असलियत ये है, खोटे, कि तेरा पीछे रहना जरूरी था..."

"साहब!"

"वर्ना समगलिंग की कहानी कौन करता! वर्ना समगलिंग के इस वाकये के साथ, समगलिंग के माल की पकड़ाई के साथ बहरामजी कान्ट्रैक्टर का नाम कौन जोड़ता?"

वो खामोश रहा।

"जवाब दे, साले!"

"साहब, मेरे को नहीं मालूम आप क्या कह रहे हैं?"—इस बार वो बोला तो उसके स्वर में दिलेरी का पुट था।—"मेरे साथ जो बीता, वो मैं बोला। मैं जो देखा सुना, वो बोला..."

"क्या सुना?"—इन्स्पेक्टर वार्तालाप में दखलअन्दाज हुआ—"क्या बोला? कि समगलिंग का ये आपरेशन बहरामजी कान्ट्रैक्टर का था?"

"साहब, वो लोग लिया न नाम बहरामजी कान्ट्रैक्टर का! वो दोनों आपस में बात करता था, तब मैंने दो बार उनकी जुबानी ये नाम सुना। मैं नहीं जानता वो कौन थे लेकिन उनकी बातों से इशारा बराबर मिलता था कि बहरामजी के आदमी थे। एक भीड़ू तो ये भी बोला कि पहले तो ये टेम फंसने का कोई खतरा नहीं था, फंस भी गये तो बड़ा बाप बहरामजी छुड़ा लेगा।"

"अब ये नया ही राग अलाप रहा है।"—सब-इन्स्पेक्टर बोला—"अपनी स्टोरी में नया ही फुंदना लगा रहा है।"

इन्स्पेक्टर का सिर स्वयमेव सहमति में हिला।

"तो"—फिर वो बन्दी से सम्बोधित हुआ—"वो बहरामजी के आदमी थे?"

"साहब, उनकी बातों से मेरे को यहीच इशारा मिला।"

"बहरामजी से उनका सीधा वास्ता था?"

"मेरे को कैसे मालूम होयेंगा, साहब!"

"साले, चार किलोमीटर उनके साथ समन्दर में गया, क्या उड़ के गया?"

"नहीं साहब। वो तो मोटरबोट में..."

"जो कि उड़ती है?"

"नहीं, साहब। कैसे होयेंगा?"

"आपस में बतियाने को दोनों चार किलोमीटर तेरे साथ थे, उतने अरसे में वो और कुछ न बोले? तूने और कुछ न सुना? खाली एक नाम सुना बस?"

वो सकपकाया।

"मगज से काम ले। दिमाग पर जोर दे। याद कर और क्या बातें हुई थीं! और क्या सुना था तूने?"

वो सोचने लगा।

"हफ्ता दस दिन में सोच लेगा?"

"साहब, अभी बोले तो...तो कुछ याद तो आता है!"

"क्या?"

"वो लोग एक नाम और भी लेता था।"

"क्या नाम?"

"खालिद। साहब, अभी मेरे को याद आता है कि खालिद करके कोई भीड़ू था जो उन दोनों में और नेता जी में बीच की कड़ी था।"

"यानी ये खालिद कर के भीड़ू नेता जी का खास था, उनका करीबी था, खास भरोसे का आदमी था और नेताजी के काम के लिये वो उन दोनों को हैंडल करता था।"

"बरोबर बोला, बाप।"

"तीनों को।"—सब-इन्स्पेक्टर बोला।

"क्या बोला, बाप?"

"साले, तू खुद को उनसे अलग नहीं रख सकता। जब इतना कुछ जानता है तो तेरा उनका साथी होना लाजमी है।"

"नहीं, साहब। नहीं, साहब। मैं तो खाली बोटमैन..."

"साले, पहले तो तेरे को कुछ याद नहीं आ रहा था, अभी कैसे इतना कुछ याद आ रहा है?"

"साहब, मगज पर जोर दिया न!"

"ठीक, ठीक।"—इन्स्पेक्टर बोला—"अभी मगज पर और जोर दे। और याद कर।"

"साहब, और तो..."

इन्स्पेक्टर ने कहरभरी निगाह उस पर डाली।

बन्दी सहम गया, उसने जोर से थूक निगली।

"हाथ पांव सलामत चाहता है तो सोच! सोच!"

"अभी। अभी, साहब, अभी। सोचता है। सोचता है।"

उसके माथे पर यूं बल पड़े, चेहरा यूं विकृत हुआ जैसे सोचने में बहुत मेहनत लग रही हो।

"साहब"—आखिर वो बोला—"मैं खाली एक नाम और सुना जहांगीर करके, बस और कुछ नहीं सुना मैं। अभी ठोकना है तो ठोको, पण गरीब मार होगी वो..."

"जहांगीर क्या?"—इन्स्पेक्टर बोला—"पूरा नाम बोल।"

"साहब, मैं बस एकीच लफ्ज सुना। जहांगीर।"

"उसका जिक्र कैसे उठा था?"

"मालूम नहीं। जब और कुछ सुना ही नहीं तो कैसे मालूम होयेंगा!"

"यहां और सिर खपाने का कोई फायदा नहीं, सर।"—सब-इन्स्पेक्टर बोला—"थाने में देखेंगे। थाने में इस के सारे राग सुनेंगे।"

"हूं।"—इन्स्पेक्टर बोला, फिर उसने आदेश दिया—"ले के जाओ।"

एक हवलदार ने आगे बढ़ कर बन्दी को काबू में किया और उसे अपने साथ ले चला।

"क्या खयाल है?"—पीछे इन्स्पेक्टर बोला—"इस केस का परसों वाले केस से कोई रिश्ता हो सकता है?"

"हो तो सकता है, सर!"—सब-इन्स्पेक्टर बोला—"पैटर्न तो सेम है। हजूरीलाल भी एक ही बार में कुछ बक के नहीं दिया था, सब कुछ बकने से पहले बहुत हील हुज्जत की थी—इतनी कि ठुकना तक कबूल कर लिया था। इसने—खोटे ने—भी थोड़ी कमी बेशी के साथ अभी यही किया था।"

"हूं।"

"सर, उस केस में भी मेरे को लगा था कि हजूरीलाल चाहता तो फरार हो सकता था, इसमें भी ऐसा ही लगता था..."

"ठीक, ठीक। लेकिन वो तुम्हारा वहम हो सकता है, तुम्हारी जाती सोच का नतीजा हो सकता है या महज इत्तफाक हो सकता है कि एक निगाह में ऐसा कुछ तुम्हें लगा। गर्गे, दोनों केसों में रिश्तेवाला मेरा सवाल और वजह से था।"

"और वजह?"

"हां। मेरा सवाल ये था कि क्या ये नया केस नेताजी के लिये कोई मुश्किल खड़ी करेगा? क्या नेताजी ये जिद करता रह सकेगा कि समगलिंग के जिन ओपन एण्ड शट केसों से उसका नाम जुड़ रहा है, उनसे उसका कोई वास्ता नहीं?"

"ये बात तो, सर, आते आते ही सामने आयेगी। जब तक अखबारों में ये खबर नहीं छपती—जो कि कल ही छप पायेगी—तब तक नेता जी इससे नावाकफियत जाहिर कर सकता है लेकिन जो हुआ है, उसमें नेताजी का दखल है..."

"मेरे खयाल से तो बराबर है।"

"...तो अब तक तो इस आपरेशन की नाकामी की खबर उस तक पहुंच भी चुकी होगी।"

"उन दो जनों के जरिये जो कि भागने में कामयाब हो गये?"

"बिल्कुल! माल पकड़ा गया, वो पकड़े जाने से बाल बाल बचे—बल्कि शूट कर दिये जाने से बाल बाल बचे—तो जा कर किसी को तो खबर करेंगे कि पीछे क्या हुआ!"

"खालिद को? जो कि नेताजी का खास है?"

"या जहांगीर को! जो कि जहांगीर कान्ट्रैक्टर के अलावा और कौन होगा!"

"जो कि नेताजी का भांजा है, एस्टेट पर ही रहता है। जिसका नाम पिछले केस में भी उठ चुका है।"

"वही।"

"खालिद का भी। नेता जी ने डीसीपी साहब से मीटिंग के दौरान कबूल किया था कि वो उसकी मुलाजमत में था।"

"सो देयर।"

"हूं।"—इन्स्पेक्टर ने लम्बी संजीदा हुंकार भरी—"गर्गे, मेरे खयाल से डीसीपी दलवी साहब की नेताजी से जल्दी ही एक मीटिंग और होगी।"

"आपका खयाल दुरुस्त है, सर।"

"सारी रात खोटी हो गयी ! यहां से कैदी के साथ अपने थाने को रवानगी का प्रबन्ध करो।"

"यस, सर।"

हजूरीलाल की थाने में मौत ने उसकी बाबत पिछले रोज छपी खबर को फ्रंट पेज की सुर्खी बना दिया। उस रोज के हर अखबर में वो खबर बहुत अहमियत के साथ छापी गयी। अधिकतर सुर्खियां इस सुर्खी से मिलती जुलती थीं :

पुलिस लॉक अप में कैदी की रहस्यमयी मौत

उस सन्दर्भ में सम्बन्धित थाने के एसएचओ—इन्स्पेक्टर राजेश महाले—का बयान दर्ज हुआ था जो कहता था कि मुलजिम ने अपने आइन्दा अंजाम से त्रस्त हो कर खुदकुशी कर ली थी। वो आरसैनिक नामक जहर खा कर मरा था और इस बात की तफ्तीश जारी थी कि थाने के लॉक अप में उसे जहर क्यों कर हासिल हुआ।

हजूरीलाल के पिछली शाम के मुलाकाती तुषार पाटिल का एसएचओ के बयान में कतई कोई जिक्र नहीं था।

'एक्सप्रैस' ने अपनी न्यूज कवरेज में फिर ये इशारा किया था कि लॉक अप में कैदी का कत्ल हुआ था क्योंकि वो एक बाहुबली नेता के खिलाफ मुंह खोल सकता था इसलिये वक्त रहते उसका मुंह बन्द किया जाना निहायत जरूरी थी। लिहाजा केस की तफ्तीश कत्ल के केस के तौर पर—न कि खुदकुशी के केस के तौर पर—की जानी चाहिये थी।

उस वाकये के साथ बहरामजी कान्ट्रैक्टर का नाम जोड़ने की हिम्मत 'एक्सप्रैस' की फिर भी नहीं हुई थी। अलबत्ता 'एक्सप्रैस' ने मांग खड़ी की थी कि मुलजिम, अब दिवंगत, हजूरीलाल ने समगलिंग के माल के साथ हिरासत में लिये जाने के बाद जो बयान दिया था, पुलिस उसे अक्षरश: प्रैस को मुहैया कराये।

असद हयात उर्फ शाह को नये आपरेशन से सम्बन्धित खबर मुंह अन्धेरे ही मिल सकती थी लेकिन हनीफ लोधी ने अपने बॉस की नींद में खलल डालना मुनासिब न समझा इसलिये वो आठ बजे शाह से तब मिला जब कि वो ब्रेकफास्ट से फारिग होकर हटा था।

"बाप"—वो दमकता सा बोला—"दहिशर वाले आपरेशन की गुड न्यूज है।"

"अच्छा!"—शाह उत्सुक भाव से बोला।

"हां। हमारा वो काम पूरी कामयाबी से नाकाम रहा है।"

"हमारे आदमी?"

"वैसे ही चले जैसे उन्होंने चलना था। माल पकड़ा गया है, बोटमैन खोटे पकड़ा गया है और बरकत और चौक्सी निकल आये हैं।"

"बढ़िया।"

"बाप, एक बात नहीं बढ़िया।"

"क्या?"

"छोटी सी बात है। बरकत को गोली लगी है।"

"ये छोटी सी बात है!"

"हां। गोली दायें कन्धे में लगी है लेकिन हड्डी सलामत है। मांस में से गुजर गयी। उसकी हिम्मत थी जो फिर भी तैर के निकल आया।"

"बड़ा बाप उसे खास शाबाशी देगा।"

"मालूम। पण अभी उसका जख्म ठीक हो जाने के टेम के लिये अन्डरग्राउन्ड हो जाना जरूरी वर्ना सवाल होंगे।"

"नहीं होने चाहियें। उसे पूरे वक्फे का खर्चा पानी सौंप और मुम्बई से बाहर भेज।"

"ठीक।"

"अभी खोटे का क्या होगा?"

"बाप, वो अपनी दुहाई पर कायम रहेगा, कि वो खाली बोटमैन था जो अपना बोट ऐसे भीड़ू लोगों को भाड़े पर उठाया जिन की बाबत वो नहीं जानता था कि समगलर थे, तो कुछ नहीं होगा। कोई लोचा पड़ा तो ... देखेंगे।"

"तेरे को उसकी बाबत खबर लगती रहेगी?"

"बरोबर। थाने में है न अपने से सैट एक हवलदार। पहले भी बोला।"

"हां, बोला तो। अब आगे क्या करने का?"

"बड़ा बाप बोलेगा न!"

"बोला।"

"अच्छा, बोला!"

"हां। बोला, थोड़ा टेम खामोश बैठने का। बोला, अभी तक जो हुआ, उसकी हलचल सामने आ जाये, समझ में आ जाये, तभी कोई अगला कदम

उठाना ठीक होगा। तभी किसी नये आपरेशन की शक्ल सूरत फाइनल करना बेहतर होगा।"

"सौ टांक ठीक बोला, बड़ा बाप। पण दो स्टैप तो अभी जरूर लेने का क्योंकि मैंने उनकी पूरी सैटिंग पहले ही की हुई है।"

"ऐसा?"

"हां। उसके बाद, जैसा बड़ा बाप बोला, थोड़ा टेम खामोश बैठने में बोले तो वान्दा नहीं।"

"ठीक है। तेरी बात कबूल। मैं बड़ा बाप को इस बाबत समझा लूंगा। अभी तू निकल ले।"

हनीफ ने आदाब किया और वहां से रुखसत हुआ।

गाइलो ने कमाल किया कि उसने सुबह आठ बजे ही एक ग्राफिक आर्टिस्ट को जम्बूवाडी में ही तलाश कर लिया। उसका नाम अमित महाजन था और वो अपना बिजनेस अपने घर से ही कन्डक्ट करता था।

गाइलो ने उसे परदेसी की खींची क्लीनशेव्ड भीड़ू की तस्वीर सौंपी और समझाया कि उसने तसवीर को क्या ट्रीटमेंट देना था।

आर्टिस्ट ने दो घन्टे में वो काम मुकम्मल कर दिखाने का वादा किया।

फीस?

हजार रुपये।

जो कि जीतसिंह ने अदा की।

नौ बजे परदेसी जम्बूवाडी पहुंच गया।

इस खबर के साथ कि होटल अजन्ता की निगरानी में कुछ नहीं रखा था होटल के एक वेटर को सैट कर के उसने पूरी तरह से तसल्ली कर ली थी कि तसवीर वाला, रिट्ज कारवाला, क्लीनशेव्ड भीड़ू उस होटल में नहीं ठहरा हुआ था।

और न ही उसकी रिट्ज कार फिर होटल में दिखाई दी थी।

लिहाजा परदेसी अब अपने कैमरे के साथ जीतसिंह और हैट-गागल्स की ग्यारह बजे वाली मीटिंग मानीटर करने के लिये उपलब्ध था।

दस बजे तक जीतसिंह को टूल किट डिलीवर हो गयी।

टूल किट एक सात गुणा दस इंच का जिप लगा चमड़े का काले रंग का बैग था जो जिप खोलने पर बड़े साइज की किताब की तरह दो हिस्सों में खुल जाता था। दोनों हिस्सों में कई औजार थे और हर औजार अपने खांचे में फिट

था। बन्द होने पर उसकी मोटाई मुश्किल से डेढ़ इंच थी और वो वैसे जनाना बैग से बस थोड़ा ही बड़ा लगता था।

साढ़े दस बजे गाइलो ग्राफिक आर्टिस्ट के पास से निर्देशानुसार उसके द्वारा स्कैन की फोटो ले आया।

सबने—जीतसिंह, गाइलो, परदेसी, टोनी—फोटो का मुआयना किया जिसमें फोटो वाले क्लीनशेव्ड आदमी के सिर पर अब काला फैल्ट हैट था, आंखों पर बड़े बड़े शीशों वाले काले गागल्स थे और चेहरे पर फ्रेंच कट दाढ़ी मूंछ थीं।

"क्या?"—गाइलो आशापूर्ण स्वर में बोला।

"लगता है मेरे वाला भीड़ू"—जीतसिंह सन्दिग्ध भाव से बोला—"पण..."

"क्या पण?"

"बोले तो ये कोई पक्की पहचान नहीं।"

"काहे को?"

"इसमें शिनाख्त उन आइटम से बन रही है जो कि ग्राफिक आर्टिस्ट ने तसवीर में जोड़ी हैं। अब तसवीर में वो आइटम प्रधान हैं, न कि वो क्लीनशेव्ड सूरत जो कि तसवीर में पहले दर्ज थी।"

"तो? क्या कहना मांगता है?"

"ये कि हम शिनाख्त आइटम्स की कर रहे हैं, न कि सूरत की।"

"मतलब क्या हुआ इसका?"

"ये तसवीर इस घड़ी मेरे वाले भीड़ू जैसी, उस आकाश चावरिया कर के भीड़ू जैसी लगती है लेकिन गारन्टी कोई नहीं कि हम उसी भीड़ू का थोबड़ा इस घड़ी देख रहे हैं। ये सब आइटम किसी दूसरे भीड़ू की तसवीर में—जैसे मेरी, परदेसी की, किसी की भी—ग्राफिक आर्टिस्ट ये आइटम्स जोड़े तो जो नवीं तसवीर सामने आयेगी, मेरे को पक्की कि वो भी ऐसीच लगेगी।"

"क्या बात करता है?"

"मैं ठीक कह रहा हूं।"

"अभी बोले तो वन थाउजेंट रूपीज वेस्ट में गया।"

"बिल्कुल नहीं। इतना तो फैसला हुआ न कि चावरिया, जो मेरे को फिट किया, अपना वो क्लीनशेव्ड, भीड़ू हो भी सकता है और नहीं भी हो सकता।"

"अरे, जीते, काहे मगज का कचरा करता है!"

"मेरे को जो लगा, वो मैं बोल दिया।"

"ये 'हो भी सकता है, नहीं भी हो सकता है' साला सैटल कैसे होयेंगा? टॉस करें? कायन उछालें? हैड आया तो वही भीड़ू, टेल आया तो कोई और?"

जीतसिंह हँसा।

"साला गारन्टी कैसे होयेंगा कि तेरा चावारिया ही मेकअप में वो क्लीनशेव्ड भीड़ू जो हवलदार धोवाले को खार में मिला।"

"एक तरीका है।"

"क्या?"

"अब अपना परदेसी खाली है और हमारे साथ है। ग्यारह बजे वो भीड़ू जब मेरे को टैक्सी स्टैण्ड पर मिलेगा तो जाहिर है कि इसी हैट-गागल्स वगैरह वाले मेकअप में होगा। तब जैसे परदेसी ने कल खार में उस क्लीनशेव्ड भीड़ू का अपने टैलीलैंस वाले कैमरे से क्लोज अप फोटो निकाला वैसे आज अगर ये टैक्सी स्टैंड पर हैट-गागल्स का क्लोज अप फोटो निकाल सके तो ..."

"क्या वान्दा है?"—गाइलो उतावले स्वर में बोला—"पण तब होगा क्या?"

"तब हम ग्राफिक आर्टिस्ट की नवीं फीस भरेंगे और उसको बोलेंगे कि जैसे उसने पहली तसवीर में हेट-गागल्स दाढ़ी-मूंछ जोड़ा वैसे दूसरी तसवीर में से वो सब निकाले ..."

"जैसे उस हैट-गागल्स भीड़ू ने तेरी तसवीर के साथ किया?"

"हां। तब अगर उन आइटम के नीचे से क्लीनशेव्ड भीड़ू का थोबड़ा निकला तो ... तो, गाइलो, तो वो गारन्टी होगी जो तेरे को मांगता है, जो तेरे मगज में है।"

"ओह!"

कुछ क्षण खामोशी रही।

"बोले तो हो गयी गारन्टी।"—फिर गाइलो बोला—"फिर क्या होगा?"

"फिर हमारे दुश्मन की शिनाख्त हमारे कब्जे में होगी। फिर हम पता लगाने की कोशिश करेंगे कि वो भीड़ू कौन है और किसके अन्डर में चलता है!"

"फिर?"

"फिर जैसा माहौल होगा, वैसा कदम उठायेंगे।"

"क्या कदम? जो तू पहले बोल के रखा?"

"हां।"

"तू मरेंगा। तू आउट ऑफ दि फ्राईंग पैन इन टु दि फायर होयेंगा।"

जीतसिंह हँसा।

"आसमान से गिरा"—परदेसी बोला—"खजूर में अटका।"

"बोले तो?"—गाइलो बोला।

"जो तू बोला फायर फ्राईंग पैन करके"—जीतसिंह बोला—"हिन्दोस्तानी में उसको ऐसा बोलते हैं।"

"ओह!"

"टाइम हो चला है। अब मेरे को टैक्सी स्टैण्ड पर पहुंचना चाहिये।"

"बोले तो बरोबर। तो परदेसी मेरे साथ मेरा टैक्सी में। हो सकता है कल उस भीड़ू को इसकी सान्त्रो पर कोई शक हुआ हो जो उसे अपने पीछू दिखाई देती थी इसलिये टोनी को हम रिलीव करते हैं।"

जीतसिंह ने सहमति में सिर हिलाया और जेब से एक हजार का नोट निकाल कर टोनी की तरफ बढ़ाया।

"नहीं मांगता।"—टोनी बोला—"मैं जो किया, फिरेंड का वास्ते किया।"

"बरोबर! बरोबर! मैं थैंक्यू बोलता है न! पण पैट्रोल का खर्चा किया न! इस वास्ते। ये पैट्रोल का खर्चा।"

"ओह?"

टोनी ने नोट ले लिया।

निर्धारित टाइम से दस मिनट पहले जीतसिंह अपनी टैक्सी के साथ अलैग्जेन्ड्रा सिनेमा के टैक्सी स्टैण्ड पर था।

स्टैण्ड पर उस घड़ी पांच टैक्सी और मौजूद थीं जिनमें से एक गाइलो की थी। उसको हैट-गागल्स दिखाई देता तो उसने टैक्सी से उतर कर उसका शीशा साफ करने लगना था जो कि गाइलो के लिये अलर्ट हो जाने का सिग्नल होता।

उसने एक सिग्रेट सुलगा लिया और प्रतीक्षा करने लगा।

हालांकि इस बात की कोई गारन्टी नहीं थी कि हैट-गागल्स वहां पर रिट्स पर पहुंचता लेकिन फिर भी कोई रिट्ज सड़क पर दिखाई देती थी तो वो अनायास ही सावधान हो जाता था।

ग्यारह बज गये।

उसने सिग्रेट फेंक दिया और सावधान होकर बैठ गया।

दस मिनट ऊपर हो गये।

क्या माजरा था?

उसने नया सिग्रेट सुलगा लिया और उतावला सा उसके छोटे छोटे कश लगाने लगा। सिग्रेट दो तिहाई खत्म हो गया तो एकाएक उसके मोबाइल की घन्टी बजी। तत्काल उसने काल रिसीव की।

"जीतसिंह?"

"मैं बेग।"

"बेग ही सही। मैं बोलता हूं। मालूम कौन?"

"मालूम। बाप किधर है? टेम से पन्द्रह मिनट ऊपर..."

"चर्चगेट पहुंच।"

"क्या!"

"उधर से निकल और चर्चगेट स्टेशन पहुंच।"

"पण इधर..."

"प्राब्लम है। मिलेगा तो बोलूंगा। अभी चर्च गेट स्टेशन पहुंच और उधर माहिम के लिये फास्ट लोकल पकड़।"

"कब की? टाइम बोलने का।"

"टाइम इम्पोर्टेंट नहीं। स्टेशन पर पहुंचने पर जो भी पहली फास्ट लोकल मिले, उस पर सवार हो जाना और माहिम उतरना।"

"तुम उधर मिलेगा?"

जवाब न मिला।

लाइन कट चुकी थी।

उसने सिग्रेट फेंका और मोबाइल पर नये हालात की खबर गाइलो को की। फिर टैक्सी को पार्किंग से निकाल कर रोड पर डाला।

वो चर्च गेट पहुंचा।

और निर्देशानुसार माहिम का टिकट लेकर पहली उपलब्ध फास्ट लोकल में सवार हुआ।

गाइलो की टैक्सी उससे पहले पता नहीं माहिम पहुंच पाती या नहीं।

ये भी मुमकिन था कि उसने परदेसी को उसके पीछे लोकल के सफर पर लगाया हो।

उसने आसपास निगाह डाली।

परदेसी उसे कहीं नजर न आया।

किसी और डिब्बे में हो सकता था।

नहीं भी हो सकता था।

ट्रेन लोअर परेल स्टेशन से निकली तो मोबाइल की घन्टी फिर बजी। उसने काल रिसीव की।

"दादर उतर जाना।"

"लेकिन माहिम..."

जीतसिंह के चेहरे पर वितृष्णा के भाव आये।

लाइन कट चुकी थी।

ट्रेन दादर जा कर रुकी तो वो उसमें से उतरा।

ट्रेन चली गयी।

वो पहलू बदलता प्लेटफार्म पर खड़ा रहा।

मोबाइल की घन्टी फिर बजी।

"सैन्ट्रल रेलवे वाली लाइन पर जा"—काल रिसीव करने पर आवाज आयी—"और घाटकोपर के लिये फास्ट लोकल पकड़।"

लाइन कट गयी।

"साला हरामी!"—जीतसिंह भुनभुनाया—"क्या मांगता था! क्यों चक्कर देता था! क्या उसको शुरू में ही मालूम पड़ गया था कि कोई उसकी ताक में था!"

उसने नये गन्तव्य स्थल की बाबत गाइलो को खबरदार किया और दादर स्टेशन के सैन्ट्रल रेलवे वाले हिस्से में पहुंचा। बुकिंग पर जा कर उसने घाटकोपर का टिकट खरीदा और वापिस फास्ट लाइन के प्लेटफार्म पर पहुंचा। ट्रेन आयी तो वो उसमें सवार हो गया। डिब्बे में इतनी भीड़ थी कि वो गेट से आगे न बढ़ सका।

ट्रेन माटुंगा पहुंची।

पैसेंजर उतरने चढ़ने लगे।

ट्रेन अपने स्थान से हिली तो एकाएक किसी ने उसकी बांह पकड़ी और उसे ट्रेन से बाहर प्लेटफार्म पर धकेल दिया।

जीतसिंह औंधे मुंह गिरते गिरते बचा।

ट्रेन ने रफ्तार पकड़ ली। चुटकियों में वो प्लेटफार्म पार कर गयी।

हैट-गागल्स को कोसते हुए उसने खुद को सन्तुलित किया और वापिस घूमा।

तत्काल वो थमक कर खड़ा हुआ।

सामने हैट-गागल्स खड़ा था।

जीतसिंह हैरान रह गया। कैसे वो प्रेत की तरह उसके पीछे पहुंचा था! उसे यही कैसे मालूम था कि किसी ने माटुंगा स्टेशन पर उसे रफ्तार पकड़ने को तैयार लोकल से बाहर धकेल देना था!

"हल्लो!"—वो मुस्कराया।

"ये क्या लीला है, बाप?"—जीतसिंह भुनभुनाया—"कोई काम नार्मल कर के, स्ट्रेट कर के नहीं कर सकता तुम! एक साला मीटिंग के लिये इतना चक्कर काहे को?"

वो हँसा।

"आ चल।"—फिर बोला।

"किधर?"

"मालूम पड़ेगा न! चल।"

जीतसिंह उसके साथ हो लिया।

स्टेशन के परिसर में ही वो उसे एक कमरे में लेकर आया जो कि स्टोर जान पड़ता था। वहां एक दीवार के करीब एक कबाड़ सी मेज थी जिसके आमने सामने दो वैसी ही कुर्सियां पड़ी थीं। वो जा कर एक कुर्सी पर बैठ गया और उसने जीतसिंह को दूसरी कुर्सी पर बैठने का इशारा किया।

जीतसिंह कुर्सी पर बैठा तो वो चरमराई, शान्त हुई।

उसके सामने दूसरी कुर्सी पर वो बैठा। तब उसकी कुर्सी न सिर्फ चरमराई बल्कि यूं हिली कि खुद को सम्भालने के लिये उसे जल्दी से बायें हाथ से मेज का कोना थामना पड़ा।

तत्काल उसके मुंह से सिसकारी निकली और उसने अपना हाथ मेज पर से वापिस खींचा।

"क्या हुआ?"—जीतसिंह सकपकाया सा बोला।

"कीला!"—वो भुनभुनाया—"इधर मेज के कोने से एक कीला बाहर है। मेरा हाथ उस पर जा कर पड़ा। कीला साला हाथ छील गया।"

उसने बायां हाथ दिखाया।

जीतसिंह ने देखा बायें हाथ पर अंगूठे के करीब कोई एक इंच लम्बी खरोंच थीं जिसमें से खून छलक आया था।

"बाप, कोई फर्स्ट एड..."

"आता हूं।"—वो एकाएक उठा और लम्बे डग भरता कमरे से बाहर निकल गया।

पीछे जीतसिंह प्रतीक्षा करता रहा।

पांच मिनट बाद वो वापिस लौटा तो उसके बायें हाथ पर, खरोंच वाली जगह पर, बैंड एड चिपकी दिखाई दे रही थी।

इस बार एहतियात से वो वापिस कुर्सी पर बैठा।

"ये क्या जगह है?"—जीतसिंह उत्सुक भाव से बोला।

"स्टेशन का एक कमरा है, भई।"—वो बोला—"कबाड़ धकेलने के काम आता है। अभी हमारे काम आयेगा।"

"मीटिंग बोले तो इधर?"

"हां।"

"कोई आये जायेगा इधर?"

"नहीं। जब तक हम यहां हैं, यहां कोई नहीं आयेगा।"

"पक्की बात?"

"हां।"

"बहुत जुगाड़ू है, बाप। पहले पुलिस चौकी में सैटिंग, अब इधर स्टेशन पर। बाप, कौन है तुम?"

"मैं! मैं आकाश चावरिया हूं।"

"वो तो तुम वर्किंग नेम बोला न! असल में कौन है?"

"क्या करेगा जान कर? कल हमारा काम कामयाबी से निपट जाये तो उसके बाद तू कौन मैं कौन!"

"मैं काम का भीड़ू है, फिर काम आ सकता है।"

"फिर की फिर देखेंगे। अभी जैसा चल रहा है, ठीक चल रहा है। इसलिए अब तू ये किस्सा छोड़।"

"टैक्सी स्टैण्ड पर मिलने में क्या वान्दा था?"

"जरूर जानना चाहता है?"

"हां।"

"मेरे को लगा था कि उधर तू किसी की निगाह में था..."

"गलत लगा था।"

"या हो सकता था। मेरे अन्दर कहीं घन्टी बजी कि हो सकता था। इस वास्ते खबरदार होना पड़ा।"

"बंडल!"

"दो दिन में कुछ और भी ऐसे वाकये हुए जो मुझे खटके और मेरे बैटर जजमेंट ने मुझे यही राय दी कि मेरे को एक्स्ट्रा प्रीकाशन बरतने का था।"

"स्टोरी करता है, बाप!"

"नहीं, स्टोरी नहीं। कल एलजे क्रास रोड चौकी पर कोई मेरा भेजा आदमी बन कर वहां के एक हवलदार से मिलने पहुंच गया, जब कि मैंने ऐसा कोई आदमी नहीं भेजा था।"

वो ठिठका, उसने अपलक जीतसिंह की तरफ देखा।

"क्या देखता है, बाप?"—जीतसिंह विचलित भाव से बोला।

"मेरे उस फर्जी हरकारे को हमारी परसों की मीटिंग की वाकफियत थी"—वो बोला—"जो कि तेरे और मेरे अलावा किसी को नहीं हो सकती थी..."

"काहे को? वो पुलिस वाले..."

"वो मेरे से बाहर नहीं जा सकते थे। फिर कोई उन पुलिस वालों में से एक के पास पहुंचा, उन पुलिस वालों में से कोई उसके पास न पहुंचा।"

"क्या कहना चाहता है, बाप?"

"समझ।"

"अगर तुम समझता है कि मैं कुछ किया तो..."

"नहीं किया?"

"नहीं किया।"

"ठीक है। मुझे तेरी बात पर ऐतबार है। अब ये किस्सा खत्म। ओके?"

जीतसिंह ने सहमति में सिर हिलाया।

"जिसके साथ काम करना हो उसको शक की निगाहों से नहीं देखा जाता।"

"लेकिन फासला बना के रखा जाता है।"

"वक्त आने दे, जीतसिंह, सब फासले दूर हो जायेंगे।"

"मैं उस वक्त का इन्तजार करूंगा।"

"अब असल मसले पर आयें?"

"हां। जरूर। वान्दा नहीं।"

"टूल किट चौकस है?"

"हां।"

"जो मांगता था, वहीं डिलीवर हुआ?"

"हां।"

"कहां है?"

कैनवस के एक झोले में रखी टूल किट जीतसिंह ने पेश की।

उसने उसे झोले से निकाल कर परखा, खोल कर देखा, फिर वापिस झोले में रखा।

"इसे मैं अपने पास रखूंगा।"—फिर बोला।

"बोले तो!"

"तेरे को टाइम के टाइम मिलेगी न! जहां तू मेहमान होगा, वहां तू टूल किट साथ नहीं ले जा पायेगा। पहले ही बोला।"

"लेकिन तुम ले जा पायेगा!"

"कोई ले जा पायेगा। टूल किट जहां पहुंचनी है, वहां पहुंच जायेगी। तब तू देखना कैसे पहुंची!"

"कहां पहुंच जायेगी? अब तो असल किस्सा बयान करो।"

"करता हूं न! इसी वास्ते तो हम यहां बैठे हैं! नहीं?"

"हां। तुम किसी पार्टी का जिक्र किया था। टूल किट पार्टी में पहुंचेगी? उसकी जरूरत उधर होगी?"

"यही समझ लो।"

"समझ लूं?"

"वो बड़ी पार्टी है। बड़े आदमी की बड़ी पार्टी है। मैरिज रिसैप्शन पार्टी है। शादी तीन दिन पहले बुधवार को हुई, इतवार को ग्रैंड रिसैप्शन पार्टी है जहां बहुत बड़े-बड़े लोग इनवाइटिड होंगे।"

"कहां? कहां है पार्टी?"

"कोलाबा में। उधर सी-रॉक एस्टेट में..."

"सी-रॉक एस्टेट! वो तो बहरामजी कान्ट्रैक्टर की मिल्कियत है!"

"अच्छा, जानता है!"

"बाप, मुम्बई में कौन नहीं जानता?"

"ठीक। वहीं है पार्टी।"

"और सेफ भी? जो मेरे को खोलने का?"

"हां।"

"इसी वास्ते बोलता था कि काम ऐन वैसा था जैसा मैं हाल में कर चुका था! इसी वास्ते बोलता था कि मैंने एक तरह से अपने हो चुके तजुर्बे को दोहराना था!"

"श्याना है काफी!"

"आगे?"

"क्या आगे? भटका दिया मेरे को। हां, वो बहरामजी के इकलौते बेटे सोराब की शादी की रिसेप्शन पार्टी है। सोराब आबूधाबी में रहता है, वहां परमानेंटली सैटल्ड है। उधर उसका अपना बड़ा बिजनेस है ..."

"बाप वाला ही!"

"बकवास न कर। मतलब की बात सुन।"

"सॉरी।"

"वो शादी कराने के लिये इंडिया आया है, रिसैप्शन के बाद बीवी को लेकर वापिस आबूधाबी लौट जायेगा।"

"हजार लोगों को रिसैप्शन का न्योता है?"

"न्योता तो हजार से बहुत ज्यादा लोगों को है लेकिन ऐसी पार्टियों में सब तो आ नहीं पाते न! फिर भी कम से कम हजार लोगों की हाजिरी पक्की बताई जा रही है।"

"उस एस्टेट में इतने मेहमान समा सकते हैं?"

"दुगने समा सकते हैं। वो बहुत बड़ी एस्टेट है। एस्टेट में रिहायश के लिये जो मैंशन है, उसके पिछवाड़े में बहुत बड़ी टैरेस है, टैरेस से आगे उससे भी बड़ा लान है। मैंने सुना है वहां ढ़ाई-तीन हजार मेहमानों तक की पार्टी हो चुकी है।"

"पार्टी में सेफ का क्या काम?"

"सेफ मैंशन में है। मास्टर बैडरूम में।"

"मास्टर बोले तो नेता जी! बहरामजी कान्ट्रैक्टर?"

"हां।"

"जब पार्टी टैरेस पर है, आगे लान में है तो मेहमान का मैंशन में क्या काम?"

"कल रात काम होगा। हर मेहमान का काम होगा। मैंशन में जाने की कल रात कोई रोक टोक नहीं होगी।"

"क्यों भला?"

"समझो। टैरेस पर, लॉन में टायलेट नहीं है। किसी मेहमान को पार्टी के दौरान टायलेट में जाना होगा तो कहां जायेगा?"

"मैंशन में।"—स्वयमेव जीतसिंह के मुंह से निकला।

"करैक्ट! और मैंशन में कहां। किसी बैडरूम में। क्योंकि टायलेट्स—अटैच्ड टायलेट्स—तो बैडरूम में ही हैं जो कि बमय मास्टर बैडरूम वहां कई हैं।"

"यानी पार्टी की रात इस वजह से मैंशन के किसी बैडरूम में जाने पर पाबन्दी नहीं होगी क्योंकि टायलेट जाने के लिये किसी न किसी बैडरूम में जाना जरूरी है?"

"अभी आयी बात समझ में। जीतसिंह, मैंशन के बैडरूम्स में बेरोकटोक आवाजाही की पार्टी की रात पाबन्दी न होने की एक और भी वजह है।"

"वो क्या?"

"वो एय्याश आदमी की पार्टी है। मेजबान क्योंकि खुद माना हुआ एय्याश है इसलिये उसकी पार्टी में मेहमानों के लिये भी एय्याशी का तगड़ा इन्तजाम होगा।"

"स्काच की नदियां बहेंगी।"

"वो तो मामूली बात है। खास एय्याशी तो होस्टेसों की वजह से होगी।"

"होस्टेसें बोले तो?"

"जो मेहमानों को एन्टरटेन करती हैं।"—वो एक क्षण ठिठका, फिर बोला—"हर तरीके से।"

"हर तरीके से बोला?"

"हां।"

"तो बाईयां बोलो न बाप!"

"मैं नहीं बोल सकता। होस्टेस इज्जतदार टाइटल है। बड़े आदमी की बड़े लोगों की शिरकत वाली पार्टी है, होस्टेस नाम ही ठीक है।"

"मेहमानों को कैसे एन्टरटेन करती हैं पार्टी में?"

"अरे, पार्टी में नहीं। पार्टी में नहीं।"

"तो?"

"अरे, भई, नशे में कोई मेहमान, कोई रंगीला राजा, किसी होस्टेस की कमर में बांह डाले और उसे मैंशन की तरफ ले चले तो वो ऐतराज नहीं करेगी।"

"ये बात?"

"हां।"

"आगे मंजिल कोई बैडरूम, जिस तक जाने में कोई रोक टोक नहीं?"

"हां। जीतसिंह, कल रात, जब पार्टी का माहौल पीक पर होगा, तू ऐसे ही मास्टर बैडरूम में पहुंचेगा जहां कि वो सेफ है जो तूने खोलनी है।"

"हूं। टूल किट?"

"तब तेरे पास पहुंच जायेगी। पहले भी बोला।"

"कौन पहुंचायेगा?"

"देखना।"

"मैं सेफ खोलने की कोशिश करता पकड़ा गया तो?"

"ऐसा नहीं होगा। जब तक सेफ तेरे हवाले होगी तब तक वहां किसी के कदम नहीं पड़ेंगे।"

"फिर भी..."

"अब छोड़ न! तू ये न भूल ये काम तेरा नहीं, मेरा है। मैं अपना काम बिगड़ने दूंगा?"

"नहीं।"

"तो इस बात का पीछा छोड़। मेरी बात पर यकीन कर, तेरे को बेरोक टोक अपना काम करने का मौका मिलेगा।"

"इतनी बड़ी पार्टी में, इतने बड़े लोगों की पार्टी में, मेरा दाखिला कैसे होगा?"

"बतौर मेहमान होगा।"

"मैं मेहमान!"

"इन्तजाम है न! वक्त आने पर देखना।"

"तुम्हारा दाखिला कैसे होगा?"

"मेरा! मेरा उधर क्या काम?"

"तो किसका काम?"

"मेरे जैसे किसी और का।"

"वो, कोई और, मेरे को पार्टी में ले के जायेगा?"

"हां।"

"कोई और कौन! उसके बारे में कुछ बोलो न! और नहीं तो यही बोलो कि चावरिया नम्बर दो!"

वो सकपकाया। कुछ क्षण खामोशी रही।

"उसका नाम"—आखिर वो बोला—"विभोर सावन्त है।"

"एक और वर्किंग नेम!"

"बकवास न कर।"

"चलो, यही बताओ इस विभोर सावन्त का पार्टी में दाखिला कैसे होगा?"

"वो क्या है कि मेरे बॉस को उस पार्टी का न्योता है लेकिन वो पार्टी में नहीं जा सकेगा..."

"क्यों?"

"अरे, वजह को गोली मार।"—वो भड़कने को हुआ—"बोला न, नहीं जा सकेगा।"

"ठीक!"

"उसकी जगह उसका मातहत, पार्टी के लिये स्पैशल दूत, वहां पहुंचेगा..."

"विभोर सावन्त!"

"यार, टोका टाकी बन्द कर।"

"सॉरी! तो बॉस की जगह उसका स्पैशल कर के भीड़ू जायेगा!"

"हां। उसका काम बॉस की तरफ से नये शादीशुदा जोड़े को तोहफा पहुंचाना होगा। इस काम में उसके असिस्टेंट के तौर पर तू उसके साथ होगा।"

"कोई टोकेगा नहीं? रोकेगा नहीं?"

"नहीं। बॉस पहले, एडवांस में, खबर भिजवायेगा न कि किसी वजह से वो नहीं आ सकता था। वो एस्टेट की सिक्योरिटी को बोल के रखेगा कि उसकी जगह उसका स्पैशल एनवाय विभोर सावन्त बधाई के तोहफे के साथ आता था।"

"सिक्योरिटी की पहचान वाला?"

"क्या बोला?"

"कोई ऐसा भीड़ू, जिसको एस्टेट के फ्रंट के फाटक पर तैनात सिक्योरिटी पहचानती हो! नवां भीड़ू तो तुम्हारा बॉस, जाहिर है कि, इस काम के लिये नहीं भेजेगा?"

वो खामोश हो गया।

"बाप, बीच बीच में क्या बैटरी डाउन हो जाती है तुम्हारी?"

"बकवास न कर।"

"अच्छी बात है।"

"वैसे तो बॉस के दूत के तौर पर कोई नया आदमी भी वहां पहुंचे तो कोई हर्ज नहीं है क्योंकि उसके पास बिग बॉस को मिला इनवीटेशन कार्ड होगा और वो कार्ड भी उसकी शिनाख्त होगा लेकिन फिर भी बॉस कोई ऐसा आदमी ही इस काम के लिए चुनेगा जिसको उधर सिक्योरिटी पहले से पहचानती हो।"

"कैसे?"

"कैसे क्या! कभी उधर की किसी और पार्टी में बॉस के साथ गया होगा!"

"जैसे कि विभोर सावन्त!"

"हां। वो पहले भी बॉस के साथ सी-रॉक एस्टेट पर पार्टियां अटेंड कर चुका है।"

"ठीक! तो उधर तुम्हारा नाम विभोर सावन्त होगा?"

"क्या!"

"वर्किंग नेम आकाश चावरिया, असली नाम विभोर सावन्त।"

"क्या बकता है?"

"नहीं?"

"नहीं।"

"मुम्बई फिल्मों की नगरी है—परसों तुम ही मेरे को बोला जब फर्स्ट टाइम मेरी टैक्सी में सवार हुआ—यहां मेकअप आर्टिस्ट लोग मेकअप में कमाल कर दिखाते हैं। विग ऐसा लगाते हैं कि सिर पर से हिल के नहीं देता, उड़ के नहीं देता। दाढ़ी मूंछ ऐसी लगाते हैं कि खींचे नहीं उखड़ती।"

"क्या कहना चाहता है?"—वो उखड़े स्वर में बोला।

"जो कहना चाहता था, कह चुका।"

"क्या कह चुका? मेरी समझ में कुछ नहीं आया।"

"बाप, परसों तुम बोला था कि तुम गागल्स, हैट शक्ल छुपाने के लिये लगाता है। नहीं?"

"हां। तो?"

"ये काम अभी भी जरूरी?"

"आगे बोल।"

"बोल दूं?"

"अरे, बोला न, बोल।"

"परसों तुम मेरे को आफर किया था कि मैं तुम्हारा दाढ़ी मूंछ खींच के देख सकता था। मैं पूछता है कि क्या वो आफर अभी भी स्टैण्ड करता है?"

उसने तत्काल उत्तर न दिया।

"तू किस फिराक में है?"—फिर बोला।

"जब कबूल किया कि हैट गागल्स सूरत छुपाने के लिये तो, बाप, ये भी क्यों नहीं कबूल करता कि चेहरे पर दाढ़ी मूंछ भी सूरत छुपाने के लिये है। जब एक बात को कबूल करता है तो बच्चा भी समझ सकता है कि दूसरी बात भी कबूल ही है। अपनी मौजूदा सूरत में कल तुम पार्टी में नहीं जा सकता क्योंकि वहां इस शक्ल को पहचानने वाला कोई नहीं होगा। तो फिर पाखंड का क्या

फायदा ! जो शक्ल कल दिखानी ही पड़नी है, बाप, उसे आज ही क्यों नहीं दिखाता ?"

"अरे, कौन बोला कल तेरे साथ मैंने होना है ?"

"बोला तो कोई नहीं पण ..."

"छोड़ अपना पण। कल देखना क्या होता है ! अभी मगजमारी की कोई जरूरत नही है।"

"अच्छी बात है। तो बोलो कल का प्रोग्राम ? क्या करना है मेरे को कल ? किधर हाजिर होना है ?"

उसने बोला, सब बोला।

चर्च गेट स्टेशन के बाहर जीतसिंह की गाइलो और परदेसी से मुलाकात हुई।

हैट-गागल्स से मीटिंग से फारिग होकर उसने गाइलो को काल लगाई तो मालूम पड़ा वो घाटकोपर पहुंचा हुआ था। उसको चर्च गेट लौटने के लिये लोकल पकड़ने को बोल कर वो खुद भी वहां पहुंचा था और उसने वहां खड़ी अपनी टैक्सी काबू में की थी।

गाइलो की टैक्सी तब से दस मिनट बाद उसे दिखाई दी थी।

तब वो भी गाइलो की टैक्सी में सवार हुआ।

"क्या हुआ ?"—गाइलो उत्सुक भाव से बोला।

जीतसिंह ने सब बयान किया।

"साला चिल्लाक भीड़ू !"—वो खामोश हुआ तो गाइलो बोला—"टॉप का चिल्लाक भीड़ू। सब ताड़ के रखा !"

"लेकिन कैसे ?"—परदेसी बोला—"जब ताड़ता था तो हमें क्यों न दिखाई दिया ?"

"क्योंकि उसके साथ एक भीड़ू और था।"—जीतसिंह संजीदगी से बोला—"ताड़ने की लाइन में जो किया, उसने किया।"

"बोले तो"—गाइलो बोला—"पीछे अलैग्जेन्ड्रा के टैक्सी स्टैण्ड पर हैट-गागल्स की तरफ से वो एक्टिव था ? उसको मालूम पड़ा कि हम लोग तेरे को वाच करता था ?"

"हां।"

"तेरे को कैसे मालूम ? तू ने देखा ऐसा कोई भीड़ू ?"

"नहीं। लेकिन कोई तो जरूर था जिसकी मदद उस को हासिल थी। माटुंगा स्टेशन पर जब ट्रेन चलने को हुई थी तो किसी ने मेरी बांह पकड़ कर

मुझे ट्रेन से बाहर प्लेटफार्म पर धकेल दिया था जो कि मेरे लिये सख्त हैरानी की बात थी लेकिन वो हैरानी तब हवा हो गयी थी जब मैंने अपने पीछे हैट-गागल्स को खड़ा देखा था।"

"यानी"—परदेसी बोला—"वो सब प्रीप्लांड था!"

"बिल्कुल! उसको शक तो पहले से था—उसने खुद अपनी जुबानी कहा था—कि उसकी निगाहबीनी हो रही थी इसलिये उसका आज भी एहतियात बरतना बनता तो था जो कि उसने क्या खूब बरती! मेरे को खुल्ला दौड़ाया और फिर दौड़ के बीच में से घसीट कर किनारे कर लिया।"

परदेसी ने सहमति में सिर हिलाया।

"हमने एक गलती हुई, जीते।"—गाइलो बोला।

"क्या?"

"हमें टोनी को डिसमिस नहीं करना चाहिये थ। उसकी सान्त्रो को डिसमिस करना ठीक था लेकिन उसको हम यूज कर सकते थे। उसको रोक लेते तो वो तेरे लोकल के रन अराउन्ड में तेरे आजू बाजू होता। तब वो हैट-गागल्स का दूसरा भीड़ू उससे छुपा न रहता।"

"फायदा क्या होता?"

"देखते।"

"कोई फायदा न होता। हमारा मिशन हैट-गागल्स का फोटो खींचना था जो कि हम न खींच पाये क्योंकि वो हमारे—बोले तो तुम्हारे—मत्थे ही न लगा।"

"टोनी के लगता न?"

"यानी टैलीलैंस वाला एक कैमरा उसे भी थमाता?"

गाइलो चुप हो गया।

कुछ क्षण खामोशी रही।

"अब?—परदेसी बोला।

"अब क्या!"—जीतसिंह बोला—"उसने कल रात पौने दस बजे मुझे कोलाबा में अफगान चर्च के सामने मिलने को बोला है, मिलूंगा।"

"वो आयेगा?"

"मैंने बोला न, वो नहीं बोला ऐसा। नहीं हामी भरता कि मेरा कल रात का जोड़ीदार वो होगा। बोलता है कोई विभोर सावन्त करके भीड़ू मेरे को मिलेगा।"

"तेरे को यकीन?"

"नहीं। मेरे को पूरा पूरा शक है कि अपना हैट-गागल्स-दाढ़ी-मूंछ उतार कर वो ही विभोर सावन्त बन जायेगा पण वो ये बात कबूल करने को तैयार नहीं।"

"मेरे को अफसोस कि हम साला पूरी तैयारी के बावजूद उसके हैट-गागल्स-एक्स्ट्रा वाले थोबड़े का फोटू न निकाल पाये। वो फोटू हाथ आ जाता, उस पर ग्राफिक आर्टिस्ट अपना कमाल कर दिखाता तो कम से कम ये तो क्लियर हो जाता कि वो वो भीड़ू था या नहीं जो हवलदार धोवाले को खार में मिला था। तब ये फाइनल कर के सैटल हो जाता कि हैट-गागल्स-एक्स्ट्रा के नीचे कौन सा थोबड़ा छुपा था!"

"कल सब सामने आ जायेगा। आदमी के बच्चे की शिनाख्त उसकी आवाज से, बोलने के अन्दाज से, लहजे से भी होती है। कल मालूम पड़ेगा कुछ न कुछ।"

"गुड!"

सावन झंकार डॉक पर अपने रोजमर्रा के कार्य में व्यस्त था।

डॉक पर उसके तीन तरफ पेटियों का अम्बार था जिसे वो चैक कर रहा था, गिन रहा था और नतीजा हाथ में थमी एक नोट शीट पर दर्ज कर रहा था।

एक लॉट से फारिग हो कर वो दूसरे की तरफ बढ़ा तो एकाएक थमक कर खड़ा हो गया।

सामने हनीफ लोधी खड़ा था।

"बाप!"—अनायास उसके मुंह से निकला—"तुम इधर!"

"हां।"—हनीफ बोला तो उसका लहजा भावहीन था—"मैं इधर।"

"कमाल है! बोले तो डॉक पर मैं पहली बार देखा तुम्हेरे को।"

"तू ने पहली बार देखा, पण मैं आता रहता है।"

"ऐसा?"

"हां।"

"अभी ... अभी कैसे आया?"

"तेरे से मिलने आया।"

"क्या! खुद आया! अरे, बाप, मेरे को तलब किया होता!"

"एकीच बात है।"

"पण आया मेरे से मिलने?"

"हां। अभी 'कमाल है' नहीं बोलने का। कोई कमाल नहीं है। अपने खास आदमियों के टच में रहना मेरे को पसन्द।"

"मैं! खास आदमी!"

"बरोबर।"

"बोले तो, शुक्रिया।"

"शुक्रिया कबूल। अभी कैसा चल रहा है?"

"ठीक।"

"अभी कोई प्राब्लम हो तो बोल।"

"प्राब्लम! नहीं, कोई नहीं। सब ठीक चलता है।"

"बढ़िया।"

"अभी ये तो बोलो बाप, कैसे आया इधर? मेरे से मिलने आया बरोबर। पण ... काहे वास्ते?"

"बोलता है। सुन। बिग बॉस का एक खास काम है जिसके वास्ते मैं तेरे को चुना। तू जानता है तू पहले से ही मेरी निगाह में है पण काम तेरे को न मिला। तू फर्स्ट चायस न बन सका। अभी तू ही फर्स्ट चायस है। इस वास्ते खुश हो जा।"

सावन खामोश रहा।

"क्या हुआ? खुशी नहीं हुआ तेरे को?"

"हुआ, बाप! बरोबर हुआ। काहे वास्ते नहीं होयेंगा! बिग बॉस का काम, मेरे सिर माथे। बोले तो बादशाह का काम, गुलाम हाजिर।"

"हां। ये सुर पसन्द मेरे को।"

"काम क्या है?"

"टेम आने पर बोलेगा।"

"अभी टेम नहीं आया?"

"नहीं।"

"तो फिर?"

"अभी मैं खाली तेरा मिजाज भांपने आया।"

"ओह! बोले तो, क्या भांपा, बाप?"

"वही भांपा जो भांपने आया। तू फिट भीड़ू।"

"तुम ऐसा बोलता है, बाप, तो मैं खुश।"

"काम शार्ट नोटिस पर बोलेगा मैं तेरे को। इस वास्ते दिखाई देते रहना। गायब न हो जाना।"

"अरे, नहीं, बाप।"

"किधर नवीं जगह जाना हो तो बोल के जाना।"

"नहीं जाना, बाप।"

"सुनता नहीं है। जाना हो तो बोल के जाना। ये बोला मैं।"

"सॉरी बोलता है, बाप।"

"मोबाइल चलता है बरोबर।"

"हां, बाप।"

"हर टेम पास रखने का। वर्किंग में रखने का। टेम आने पर मेरे वो ये न सुनना पड़े कि चार्ज खल्लास था, बैटरी डाउन था, किधर और पड़ा था, इस वास्ते घन्टी सुनाई न दिया।"

"ऐसा नहीं होगा, बाप।"

"बढ़िया। बुलाये जाने का इन्तजार करना। अभी जाता है।"

"बाप, काम का कोई हिन्ट मिल जाता तो..."

"हिन्ट है तेरे को। वैसीच काम जिसके लिये तू राजी से हां बोला।"

"ओह! पण, बाप, अब हालात जुदा हैं।"

"कोई हालात जुदा नहीं हैं। सब कुछ वैसा ही है।"

"पण..."

"नहीं मांगता पण। जाता है।"

वो चला गया।

पीछे सावन को एक नयी फिक्र में गोते लगाता छोड़कर।

दोपहरबाद दो बजे के करीब सोलोमन जहांगीर नेता जी के रूबरू हुआ।

नेता जी तभी लंच कर के हटा था और कीमती हवाना सिगार का आनन्द लेता ईजी चेयर पर अधलेटा ऊंघ रहा था।

उसने अप्रसन्न भाव से अपने चचेरे भाई की तरफ देखा!

"जरूरी बात है।"—सोलोमन अदब से बोला—"आपके सुनने लायक है।"

नेताजी का मिजाज बदला, वो ईजी चेयर पर सीधा हुआ।

"आपका अन्देशा सही निकला है।"—सोलोमन बोला।

नेता जी की भवें उठीं।

"आपने कल डीसीपी से मीटिंग के बाद कहा था कि जैसा वाकया हजूरीलाल के हवाले से हुआ था, वैसे वाकये और होंगे।"

"फिर कुछ हो गया?"

"जी हां।"

"फिर मेरा नाम लपेटा गया?"

"जी हां। पहले की ही तरह।"

"कब हुआ?"

"कल रात तीन बजे। तारीख के लिहाज से आज सुबह तीन बजे।"

"खबर कैसे लगी?"

"ये आज का 'मिड डे' है।"—सोलोमन ने एक अखबार नेताजी को थमाया—"ये और अखबारों की तरह सुबह नहीं आता, दोपहर में आता है। इसलिये जो खबर और अखबारों में कल छपेगी वो इसमें आज छपी है।"

"क्या छपा है?"

"बेहतर होगा आप खुद देखें। पढ़ें।"

नेता जी ने सहमति में सिर हिलाया और अखबार की तरफ तवज्जो दी। ज्यों ज्यों वो खबर पढ़ता गया उसका चेहरा गम्भीर होता गया।

आखिर उसने अखबार एक ओर डाला।

"हूं!"—और बोला—"तो पहले घड़ियां। अब मोबाइल!"

"मार्केट प्राइस तीन करोड़ बताई जाती है।"—सोलोमन बोला।

"वो चाहे तीस करोड़ बताई जाये, सौ करोड़ बताई जाये, अहम बात ये है कि माल बहरामजी का!"

सोलोमन ने झिझकते हुए सहमति में सिर हिलाया।

"मैंने पहले ही बोला था कि जो कुछ हो रहा है, एक नपी तुली साजिश के तहत हो रहा है जिस पर रोक न लगाई गयी तो बहुत देर तक चलेगी, बहुत दूर तक चलेगी। और हमारी ट्रेजेडी ये है कि हमें भनक भी नहीं लग रही कि हमारे खिलाफ ये किस की साजिश है। या"—नेताजी ने अपने सिक्योरिटी चीफ को घूरा—"लग रही है?"

"कोशिश जारी है, बिग ब्रदर।"—सोलोमन के स्वर में खेद का पुट आया—"लेकिन वैसी धुंआधार, चौतरफा कोशिश अभी नहीं हो पा रही, जैसी कि होनी चाहिए। वजह आपको मालूम है।"

"हूं।"

"कल की इवेंट निपट जाये, उसके बाद देखियेगा इस मामले में आपके वफादार मुम्बई को हिला के रख देंगे।"

"देखूंगा। बहरहाल अब वो डीसीपी—क्या नाम बोला था? हां, दलवी। शशिकान्त दलवी—फिर आता होगा!"

"शायद।"

"लेकिन इस बार मुझे सरपराइज नहीं दे पायेगा। इस बार मेरे पास भी होंगी कुछ बातें उसके मुंह पर मारने के लिये।"

"ऐसा?"

"हां। लगता है तू ने इस अखबार में छपी खबर के इस पहलू की तरफ ध्यान नहीं दिया कि बोटमैन जीवाजीराव खोटे अपने आपको निर्दोष बता रहा है, हालात का—बड़ी हद लालच का—शिकार बता रहा है।"

"ऐसा नहीं है?"

"नहीं हो सकता। सोलोमन, ये जो नयी वारदात हुई है, उसके पीछे जो मिशन है, उस पर गौर कर। मिशन उस वारदात के साथ बहरामजी का नाम जोड़ना है। ठीक?"

"जी हां।"

"तो फिर दूर समन्दर में खड़े बड़े जहाज का इसमें क्या रोल हुआ? जो माल पकड़वाया जाना है, वो जब खुश्की पर ही हासिल है तो उसके लिए चार किलोमीटर समन्दर में जाने का क्या मतलब हुआ?"

"आप ठीक कह रहे हैं। मुझे अफसोस है कि इस बात की तरफ मेरी तवज्जो न गयी। तो हाई सीज पर मिले शिप वाली कहानी फर्जी है!"

"सरासर! और यही बात साबित करती है कि बोटमैन खोटे की दुहाई झूठी है कि वो खाली बोटमैन है। वो बेखता नहीं हो सकता, उसकी उस साजिश में बराबर की शिरकत है।"

"ओह!"

"मोबाइल टेलीफोनों से भरी जो पेटी बरामद हुई, पकड़ी गयी, वो खुश्की पर ही तैयार थी। आपरेशन की रात के जिस टाइम की टिप आगे सरकाई गयी थी, उससे पहले वो लोग बोट पर समन्दर में बड़ी हद आधा किलोमीटर भीतर गये और पहले से तयशुदा टाइम पर समन्दर में अपनी हाजिरी लगाते हुए वापिस लौटे। तयशुदा स्कीम के मुताबिक बोट के नामोनिहाद पैसेंजर फरार हो गये और बोटमैन खोटे को लकड़ी की पेटी के साथ अपनी कहानी कहने को पीछे छोड़ गये जिसने अपनी बेगुनाही की दुहाई देते हुए पहले से गढ़ कर तैयार की गयी कहानी कही। यही हुआ न?"

"जी हां।"

"लेकिन अभी जो मैंने कहा, उसकी रू में क्या कहता है? वो बोटमैन बेगुनाह हो सकता है? जो हुआ, जो होने दिया गया, उससे बेखबर हो सकता है?"

"हरगिज नहीं। उसकी यकीनन साजिश में बराबर की शिरकत है। बल्कि उसका अहमतर रोल है क्योंकि पीछे रह कर, पुलिस की पकड़ाई में आकर, उसी ने उस साजिश को ये कह के फिनिशिंग टच देना था कि जो माल पकड़ा गया था, वो बहरामजी कान्ट्रैक्टर का था और बड़ी चालाकी से, बड़ी मासूमियत से और नाम उछालने थे। जो कि उसने उछाले।"

"जहांगीर और खालिद के!"

"जी हां। पेपर में छपा है साफ। लेकिन बिग ब्रदर..."

"हां।"

"...वो शख्स खोटे है सच में बोटमैन। मैंने दहिशर से पता लगवाया है, वो पिछले दस साल से उधर की मछुआरों की बस्ती का बाशिन्दा है और रोजी रोटी के लिये उसका धन्धा सच में ही बोट किराये पर देना है।"

"होगा। तभी तो वो मजबूत, बुलन्द आवाज में दुहाई दे रहा है कि वो खाली बोटमैन है, बड़ी उजरत की एवज में जिसने अपनी बोट भाड़े पर उठाई। लेकिन क्या ऐसे आदमी को खरीदा नहीं जा सकता?"

"खरीदा तो बराबर जा सकता है। उजरत मनमाफिक हो तो क्यों नहीं खरीदा जा सकता! क्या नहीं खरीदा जा सकता!"

"तो फिर? उसके मुंह पर चान्दी का जूता मारा गया और उसे समझाया गया कि जो सख्ती उस पर हो, उसे वो झेल ले और अपनी हालदुहाई पर कायम रहे कि वो तो खाली बोटमैन था जिससे सिर्फ इतना गुनाह हुआ था कि बड़ी उजरत के लालच में वो अपने कस्टमर्स के साथ बोट को समन्दर में बहुत अन्दर तक ले गया था। सोलोमन, अगर उसे करारा रोकड़ा चढ़ाया गया है, अगर वो मजबूत आदमी है तो पुलिस उसे उसके इस बयान से नहीं हिला पायेगी। इसलिये हमें कुछ करना होगा।"

"जी!"

"देख, जो सैटअप मैंने बयान किया है, उसमें जिन लोगों का भड़वा वो बना है, वो अब उसके करीब नहीं फटकने वाले। उनकी तरफ से खोटे की मदद के लिये कोई आगे आयेगा तो उसकी कहानी झूठी पड़ जायेगी कि वो मामूली बोटमैन है जो अपनी रोजी रोटी के लिये अपनी बोट भाड़े पर चढ़ाता है। खोटे की दुहाई तभी चलेगी जब कि उसका बेयारोमददगार इमेज बरकरार रहेगा।"

"यू आर राइट, बिग ब्रदर। मैं बोले तो मुमकिन है कि वो इनोसेंट बोटमैन वाला अपना इमेज पहले से, बहुत पहले से कैश कर रहा हो। दहिशर और सतपती के बीच का वो इलाका समगलर्स को बहुत माफिक आने वाला है। 'कम्पनी' के निजाम के दौर में 'कम्पनी' के समगलिंग के कारोबार में उस सी-कोस्ट का खुल्ला इस्तेमाल होता था। इस लिहाज से वो बोटमैन खोटे पहले से इस धन्धे में हो सकता है और किसी बड़े गैंग का रेगुलर मेम्बर हो सकता है!"

"मेरे मन में भी यही बात थी। अगर वो किसी बड़े समगलर की रेगुलर चाकरी में है तो उसे उस समगलर की वाकफियत होना लाजमी है। ऐसा आदमी अगर किसी गैंग में शामिल है तो वो इस तरह का कैजुअल वर्क नहीं पकड़ सकता। कोई नया आदमी, बाहरी आदमी उसे ऐसी किसी साजिश में—जो कि मेरे खिलाफ हुई—शामिल होने के लिये तैयार नहीं कर सकता।"

"यानी उसने जो किया अपने ... अपने बिग बॉस के लिये किया!"

"बिल्कुल! और आगे ये कि उसके जरिये हमें मालूम हो सकता है कि कौन है वो बिग बॉस जो बहरामजी को बदनाम करने के लिये, बरबाद करने के लिये, कसर कसे है। एक बार हमें अपने दुश्मन की शिनाख्त हो जाये तो फिर वो जाने हम जानें।"

"शिनाख्त बाजरिया बोटमैन खोटे, जो कि गिरफ्तार है?"

"हां।"

"लेकिन कैसे?"

"ये मैं बताऊं?"

"आप आलादिमाग हैं, बिग ब्रदर क्या हर्ज है?"

"उसको थाम।"

"जी!"

"वक्त की जरूरत ये है कि वो पुलिस के चंगुल में न हो, हमारे काबू में हो ताकि हम उसका मुंह खुलवा सकें, जान सकें कि उसका बॉस कौन है, हमारा दुश्मन कौन है! सोलोमन, एक बार वो हमारे काबू में आ जाये तो क्या उसका मुंह खुलवाना मुश्किल होगा?"

"जरा भी नहीं। आप जानते हैं हमने गूंगे बुलवाये हैं।"

"तो फिर!"

"लेकिन काबू में! कैसे?"

"दो तरीके हैं। एक तो उसकी जमानत कराई जाये।"

"जमानत हम करायें?"

"क्या मुश्किल है? जब हमारा भेजा कोई वकील उससे कान्टैक्ट करेगा तो वो यही भरम बना के रखेगा कि उसे उसके गैंग वालों ने उसकी मदद के लिये भेजा था। यूं जमानत पर छूटने का मौका वो शख्स भला क्यों खोयेगा?"

"नहीं खोयेगा? अगर वो अपनी 'पुअर बोटमैन' वाली दुहाई जारी रखेगा तो बजातेखुद तो वो किसी अच्छे वकील का, जमानती का, इन्तजाम कर ही नहीं पायेगा!"

"ठीक।"

"पुलिस ये साबित नहीं कर सकेगी कि वो समगलिंग में शामिल था। ये जुर्म उसके खिलाफ तभी साबित किया जा सकता है जबकि उन दो जनों में से कोई पकड़ा जाये जो कि पुलिस की लापरवाही की वजह से फरार होने में कामयाब हो गये। और ऐसा नहीं होने वाला। इसके अलावा उसके खिलाफ यही केस बनता है कि वो बोट लेकर हिन्दोस्तानी समुद्री हद से बाहर गया। लेकिन मछुआरे जाने अनजाने ऐसी हद लांघते ही रहते हैं। दूसरे पड़ोसी मुल्क ऐसे मछुआरों को गिरफ्तार कर लेते हैं तो हमारी सरकार बाकायदा उनकी रिहाई की कोशिश करती है। लिहाजा बोटमैन खोटे का अनजाने में समुद्री हद लांघ जाना कोई इतना बड़ा ऑफेंस नहीं है कि उसकी जमानत न हो सके। बिग ब्रदर, आपकी सोच ऐन दुरुस्त है।"

"लेकिन इसमें एक नुक्स है।"

"नुक्स है?"

"हां।"

"क्या?"

"इस तरीके से वो शख्स फौरन हमारे काबू में नहीं आ सकता। आज कोर्ट का हाफ डे होता है, कल इतवार है, परसों सोमवार को पुलिस उसे कोर्ट में पेश करेगी तो रिमांड के लिये पेश करेगी। यानी उस रोज तो जमानत की अर्जी खारिज ही होगी। यूं कानूनी प्रोसीजर के हवाले उसकी जमानत में हफ्ता दस दिन लग सकते हैं जो कि हमारे लिये गलत होगा।"

"तो?"

"उसे छुड़ाना होगा।"

"बिग ब्रदर, आप वही कह रहे हैं न जो कि मैं समझ रहा हूं?"

"हां। बहुत मुश्किल काम है ये हमारे वास्ते?"

"मुश्किल तो नहीं, बिग ब्रदर"—सोलोमन के स्वर में चिन्ता का पुट आया—"लेकिन ऐसा कोई कदम हमारी तरफ पहले से उठी उंगली को और मजबूती दे सकता है।"

"जरूरी नहीं। उस शख्स को छुड़ाने में उन लोगों की भी दिलचस्पी हो सकती है जिनका कि वो आदमी है और जिन्हें ये अन्देशा सताता हो सकता है कि पुलिस के कहर के जेरेसाया वो उनके खिलाफ कुछ बक सकता है। वो ऐसा हरगिज नहीं चाहेंगे। ऐसा होना तो उनके बुनियादी मिशन को ही फेल कर देगा।"

"एक्सक्यूज मी, बिग ब्रदर, लेकिन ये बात तो पहले केस पर भी, हजूरीलाल वाले केस पर भी लागू थी।"

"तो?"

"तो क्या इसी वजह से उसका कत्ल हुआ? उसका मुंह बन्द करने के लिये!"

"ये भी वजह हो सकती है लेकिन बड़ी वजह उसके कत्ल को भी हम पर थोपना था। यानी हमारे खिलाफ केस को संगीन बनाने के लिये उसका मरना जरूरी था।"

"मैं यही कहने की कोशिश कर रहा हूं। क्या खोटे को छुड़ाने की कोशिश करने की जगह इस बार भी वो लोग कत्ल का रास्ता अख्तियार करेंगे?"

नेता जी ने उस बात पर विचार किया।

"भई"—फिर बोला—"ये एक्शन इस बात पर मुनहसर कि बोटमैन खोटे उनका कितना आजमाया परखा आदमी है! शायद दुश्मनों को यकीन हो कि पुलिस थर्ड डिग्री से वो नहीं टूटेगा जब कि ऐसा यकीन उन्हें शायद हजूरीलाल पर न रहा हो।"

"लेकिन अगर मिशन आपके खिलाफ केस मजबूत करना है, एक नेस्टी केस आपके खिलाफ खड़ा करना है तो बोटमैन खोटे की कुर्बानी बनती तो है!"

नेता जी के चेहरे पर सोच के भाव आये।

"यूं आपका हौलनाक, बेरहम किरदार मोहरबन्द होगा कि आप अपने खिलाफ मुंह खोलते किसी को जिन्दा नहीं छोड़ते। बिग ब्रदर, ये बात आपकी रिप्यूट को कहीं ज्यादा डैमेज करेगी।"

"यानी फिर कत्ल!"

"क्यों नहीं दुश्मन आजमाई हुई मूव को फिर आजमायेगा?"

"अरे, भई, पुलिस बिल्कुल ही तो मिट्टी की माधो नहीं! जो काम ऐन उनकी नाक के नीचे एक बार हुआ, वो क्या उसे दोबारा होने देगी!"

"लिहाजा अपने नये कैदी की भरपूर हिफाजत करेगी!"

"कायदे से होना तो ऐसा ही चाहिये!"

"तो फिर ये बात उनके ही नहीं, हमारे भी रास्ते का रुकावट बनेगी।"

"कोशिश करना कि न बने। बने तो बनी रुकावट का कोई तोड़ निकालना।"

"मैं?"

"और कौन?"

"इट इज ए टाल आर्डर, बिग ब्रदर।"

"क्या टाल आर्डर!"—नेता जी तनिक झल्लाया—"अरे, बड़ी हद यही तो होगा, कि कामयाब नहीं होगा! परवाह नहीं अगर नहीं होगा। तब आल्टरनेट स्कीम है न हमारे पास!"

सोलोमन के चेहरे पर से संशय के भाव न मिटे।

"कनफ्यूज होने की जरूरत नहीं, सोलोमन। हर काम सोचे विचारे ढंग से ही नहीं होता। या होता है?"

मशीनी अंदाज से सोलोमन का सिर इंकार में हिला।

"तो फिर जो तेरे से होता है, कर, मैं भी इस सिलसिले में और मगजमारी करूंगा।"

सोलोमन खामोश रहा।

कुछ क्षण खामोशी बरकरार रही। उस दौरान नेता जी ने अपने सिगार का कश लगाने की कोशिश की तो पाया वो बुझ चुका था लेकिन उसने उसको फिर सुलगाने की कोशिश न की।

"तू बात को यूं समझ, सोलोमन"—आखिर नेता जी बोला—"कि अभी हमारे खिलाफ होहल्ला तो बहुत है लेकिन पुख्ता कुछ नहीं है, ऐसा कुछ नहीं है जिसका हमारे खिलाफ ओपन एण्ड शट केस का दर्जा हो। कुत्ते भौंकते हैं लेकिन नाहक भी भौंकते हैं, इस बात से पुलिस भी वाकिफ है। फिर भी कोई नुक्ता उनके हाथ में आ जाये तो उसको लेकर उनका उछलना कूदना, भाव खाना बनता है। ऐसे ही फंक्शन करती है पुलिस। अमूमन चोर बहकाती है बस। वो डीसीपी आया न यही करने! और कायम करने कि तफ्तीश के मामले में उनके लिए छोटे बड़े एक बराबर थे, उसने बहरामजी कान्ट्रैक्टर को अपनी तफ्तीश के निशाने पर लेकर उसकी बड़ी हैसियत का कोई रौब न खाया

वगैरह। जो उसने किया वो रूटीन था और रूटीन के सिवाय कुछ नहीं था। जो आगे करेगा वो भी इस बार से जुदा न होगा। लेकिन वो जुदा मसला है। इस वक्त जो मैं कहना चाहता हूं, वो ये है कि अभी हमारे खिलाफ पुख्ता कुछ नहीं है। समगलिंग सीरियस मसला है, उसमें गवाह का दिया बयान उसकी फेस वैल्यू पर ही नहीं कबूल किया जा सकता। हजूरीलाल दावा करता मर गया कि पकड़ा गया समगलिंग का माल बहरामजी का था लेकिन अपने दावे को साबित करने का उसके पास कोई जरिया नहीं था। इसी वास्ते उसका कत्ल कराया गया ताकि लगता कि बहरामजी अपने खिलाफ उसका मुंह खोलना अफोर्ड नहीं कर सकता था इसलिये उसने ... उसने उसका कत्ल करवा दिया। अभी इस दूसरे केस में भी ऐन यही बात है। गिरफ्तार बोटमैन खोटे भी मेरा नाम उछालता है लेकिन अपने दावे को साबित करने के लिए कोई सबूत पेश नहीं कर सकता।"

"अगर ऐसा है तो आपको फिक्र किस बात की है?"

"अरे, फिक्र इस बात की नहीं है कि मेरे खिलाफ कोई केस बन जायेगा। लेकिन गोवा की शिकस्त के बाद से बने हालात में मेरे खिलाफ ऐसी उंगली उठना भी मेरे लिये—मराठा मंच के सदर के लिए—जहमत खड़ी कर सकता है। सदन में जब मेरे मुखालिफ बेखौफ मेरे पर इलजाम लगायेंगे कि मैं कल भी समगलर था, आज भी समगलर हूं तो मैं उनका मुंह नहीं पकड़ पाऊंगा। ऐसा होने के बाद अखबारों में जो कुछ छपेगा, वो मेरे हक में नहीं होगा। कहने का मतलब ये है कि मेरे को पुलिस का उतना अन्देशा नहीं है जितना कि उस सियासी मुखालफत का है।"

"ओह!"

"दूसरे, ये जो खेल हमारे खिलाफ खेला जा रहा है, अगर ये और वसीह सूरत अख्तियार कर गया तो बावजूद बेजान मोरावाला की ओट के हमारा समगलिंग के कारोबार को खामोशी से चलाये रखना मुश्किल होगा। मोरावाला हमारी दुखती रग है, किसी ने उसको थाम लिया तो देख लेना बहरामजी पनाह मांगता फिरेगा। ये सब न होने पाये, ये तभी मुमकिन होगा जबकि हम जल्द-अज-जल्द अपने दुश्मन की शिनाख्त कर पायेंगे और उसकी हस्ती को हमेशा के लिये मिटा पायेंगे। इन वजुहात से हमारा वो रिस्क लेना, वो बड़ा, खतरनाक कदम उठाना जरूरी है जिसका अभी मैंने जिक्र किया, अंजाम भले ही कुछ भी हो।"

"बिग ब्रदर"—सोलोमन के स्वर में दृढ़ता का पुट आया—"वही होगा जो आप चाहते हैं। गॉड परमिटिंग, वो बोटमैन सोमवार ही हमारे कब्जे में होगा।"

"बढ़िया।"

"एक आखिरी बात और, बिग ब्रदर।"

"बोल!"

"सलमान गाजी का सन्देशा आया है कि किन्हीं न टाली जा सकने वाली वजह से वो कल की इवेंट में शिरकत नहीं कर सकेगा।"

"वो वजह मुझे मालूम है लेकिन फिर भी उम्मीद थी कि शायद हाजिरी की कोई सूरत निकाल पाये। आखिर मेरे इकलोते बेटे की शादी की रिसैप्शन है; शादी में तो हमने सिर्फ पारसी बिरादरी को बुलाया था।"

"वजह ... वजह आपको मालूम है?"

"हां। उस पर पणजी की अदालत में एक केस है जिसकी हाजिरी वो बहानों से अरसे से टालता आ रहा है—कभी बिजी है, कभी परदेस में है, कभी बीमार है, वगैरह—इसलिये इस बार अब उसके खिलाफ नानबेलेबल वारंट जारी हुआ है। परसों सुबह दस बजे उसकी पणजी के मैट्रोपोलिटन मैजिस्ट्रेट के कोर्ट में हाजिरी है जो उसने न भरी तो यकीनन गिरफ्तार होगा, गिरफ्तार करके कोर्ट में हाजिरी के लिये पणजी ले जाया जायेगा। वो ऐसा होना अफोर्ड नहीं कर सकता। इसलिये इस बार कोर्ट में जरूर हाजिर होगा और इसलिये कल शाम ही पणजी पहुंच जायेगा क्योंकि उसने अपने उधर के वकीलों से मशवरा करना होगा और बचाव की कोई सूरत निकालनी होगी, कोई स्ट्रेटेजी तैयार करनी होगी।"

"ओह! तो ये वजह है उसके कल यहां न आ पाने की!"

"हां।"

"फिर भी उसने कहलवाया है कि कैसे भी हो, इवेंट में उसकी रिप्रेजेंटेशन जरूर होगी।"

"ठीक है। ऐसे ही सही। अब मुझे थोड़ा रैस्ट करने दे।"

सोलोमन वहां से रुखसत हुआ।

हनीफ लोधी असद हयात के साथ चाय में शिरकत कर रहा था।

"किधर था?"—असद हयात 'शाह' ने पूछा।

"बन्दरगाह का चक्कर लगाने गया था।"—हनीफ बोला—"अपने आगे के सैटअप के सिलसिले में उधर का माहौल भांपने गया था।"

"ओह ! इस सिलसिले में मेरे सुनने लायक कोई बात ?"

"है तो सही !"

"क्या ?"

"डॉक पर मेरे को अपना सावन झंकार मिला था।"

"बढ़िया। इसमें मेरे सुनने लायक क्या बात है ?"

"वो आइन्दा सैटअप का हिस्सा है न !"

"फिर भी ?"

"फिर भी ये कि मेरे को उसके तेवर बदले हुए दिखाई दिये थे।"

"ऐसा ?"

"हां। जो शख्स पहले खुद बढ़ बढ़ के खुद को पेश कर के हटा था, जिसे अफसोस था कि पिछला काम हजूरी को मिला था, वो हमारी फर्स्ट चायस नहीं बन सका था, अभी मैं जब उससे बोला कि ये टेम वो फर्स्ट चायस था वो उसके चेहरे पर कोई रौनक ही न आयी। ढक्कन ने ऐसी शक्ल बना कर दिखाई जैसे कोई मातमी खबर सुनी हो।"

"वजह ?"

"क्या मालूम !"

"अभी क्या कहता है ? काम करेगा या नक्की बोला।"

"नक्की बोलने की उसकी मजाल तो नहीं हो सकती थी लेकिन हां यूं बोला जैसे फांसी लग रही हो। फैंसी लफ्फाजी से अपना मिजाज छुपाने की कोशिश की साले ने। बोला बिग बॉस का काम उसके सिर माथे। बादशाह का काम, गुलाम हाजिर।"

"पण तेरे को लगा कि सब लफ्फाजी झाड़ता था ?"

"बिल्कुल ! ऐसे लोगों का ऐसा मिजाज भांपने का मेरे को खास तजुर्बा है।"

"अरे, जब वो उखड़ रहा है तो कोई गुल तो नहीं खिलायेगा ?"

"गुल तो नहीं खिलायेगा—इतनी मजाल उसकी नहीं हो सकती—लेकिन..."

"क्या लेकिन ? अटक अटक के बात न कर। साफ बोल, क्या लेकिन ?"

"गुल खिला भी सकता है।"

"क्या कर सकता है? काम को नक्की बोलेगा? हुक्म मानने से इंकार कर देगा?"

"नहीं। वो जानता है ऐसा करना अपनी मौत बुलाना होगा।"

"तो?"

"कोई और खेल खेल सकता है।"

"क्या?"

"दुश्मन से पनाह मांग सकता है।"

"क्या! नेताजी के पास पहुंच जायेगा?"

"ऐसी कोई खुफिया कोशिश वो कर सकता है।"

"किस बिना पर?"

"वो नेता जी को सुझा सकता है कि जो कदम उसके खिलाफ उठ रहे थे, उनके पीछे कौन था।"

"कैसे सुझा सकता है? वो क्या जानता है?"

"क्या बात करते हो, बाप! यानी जो हो रहा है, वो तुम्हारी निजी हैसियत में हो रहा है? बिग बॉस का इसमें कोई दखल नहीं?"

"ओह! ओह! यानी वो बिग बॉस का नाम लेगा? उसे एक्सपोज करेगा?"

"नहीं लेगा। नहीं करेगा। लेकिन कर सकता है। साला मगज उलट गया तो कर सकता है। इस वास्ते हमें एहतियात बरतने की जरूरत है।"

"ठीक। क्या करेगा तू?"

"क्या करेंगे हम। हम, बाप, हम।"

"वही। वही। क्या करेगा? उसकी निगाहबीनी का इन्तजाम करेगा?"

"मैं पिराब्लम का दूसरा सिरा पकड़ूंगा, जो कि ज्यादा कारआमद साबित होगा। क्योंकि यूं वो अपनी किसी बेजा हरकत से मुकर नहीं सकेगा।"

"बोले तो?"

हनीफ ने बोला।

"बढ़िया।"—शाह सन्तुष्टिपूर्ण भाव से गर्दन हिलाता बोला—"काबिल शागिर्द है तू मेरा। एक दिन उस्ताद के पर कतरेगा।"

"मेरी मजाल नहीं हो सकती।"

"न ही हो तो अच्छा है। हा हा। अभी तू ही बोल ये काम किसके हवाले किया जाये। कौन सब जरूरी इन्तजाम कर लेगा? नाम सुझा कोई!"

हनीफ ने कुछ क्षण विचार किया।

"रवि मनेरिया।"

"ठीक। मेरे जेहन में भी उसी का नाम था। साथ में आदमी कितने?"

"बड़ा फील्ड कवर करना होगा। कम से कम छ: तो होने चाहियें।"

"खड़े पैर इन्तजाम हो जायेगा इतने आदमियों का?"

"हो जायेगा। मैं करूंगा, रवि करेगा, हो जायेगा।"

"फिर क्या वान्दा है! सैट कर सब।"

"अभी।"

थाने में दोपहरबाद से शाम को दिन ढल चुकने के बाद तक बन्दी बोटमैन जीवाजी राव खोटे की थानाध्यक्ष राजेश महाले के सामने चार बार पेशी हुई लेकिन खोटे अपने शुरुआती बयान से टस से मस न हुआ। उसकी एक ही जिद बरकरार रही कि वो खाली बोटमैन था जिसने भाड़े पर बोट दी थी, वो समगलिंग के माल या समगलरों की बाबत कुछ नहीं जानता था।

तीसरी पेशी से पहले उसकी ऐसी ठुकाई भी हुई जैसी कि अपना कोई प्रत्यक्ष, अपनी कहानी आप कहने वाला, निशान पीछे न छोड़ती लेकिन खोटे की इस तोता रटन्त में कोई फर्क न आया कि वो बेगुनाह था। उस पर पुलिस की ये पुड़िया भी काम न आयी कि अगर वो उन दो जनों की बाबत बक के दे जो कि फरार होने में कामयाब हो गये थे और उनकी गिरफ्तारी में मददगार साबित हो तो उसे वादामाफ गवाह बना लिया जायेगा।

रात आठ बजे उसे एसीपी शिवेश गोहिल के हुजूर में पेश किया गया जिसने अपने तरीके से मुलजिम की क्लास ली।

नतीजा सिफर निकला।

आजिज आकर उसने मुलजिम को वापिस लॉक अप में ले जाये जाने का हुक्म सुना दिया।

पीछे उसके साथ एसएचओ महाले रह गया।

"डीसीपी साहब सख्त नाराज हैं"—एसीपी गम्भीरता से बोला—"कि गुजरी रात दो जनों को फरार हो जाने दिया गया।"

"सर"—एसएचओ विनीत भाव से बोला—"उन्होंने रिस्क ही ऐसा लिया जिसकी कि हमें उम्मीद नहीं थी। वो पूरी तरह से कवर्ड थे, गंस के सर्च लाइट्स के निशाने पर थे फिर भी...फिर भी..."

उसने असहाय भाव से कन्धे उचकाये।

"हूं।"

"सर, वो एक शैतानी हरकत थी, डेयरडेविल काम था, जिसको उन्होंने जान हथेली पर रख कर अंजाम दिया और...और निकल भागने में कामयाब हो गये। उनकी खुशकिस्मती भी काबिलेरश्क थी कि उन पर बेतहाशा, बेशुमार गोलियां दागी गयीं लेकिन एक भी निशाने पर जाकर न लगी।"

"तुम लोगों की टेकिंग ही गलत थी। बाजरिया मोटरबोट उनके लिये समुद्र को खंगाला जाना चाहिये था।"

"लेकिन सर, मोटरबोट...हमारे पास कहां थी?"

"क्यों नहीं थी? बराबर थी। वो लोग जेटी पर चप्पू वाली नाव खेते आकर लगे थे?"

"सर, तब की अफरातफरी में...मुझे अफसोस है...किसी को उस बोट का तो खयाल ही न आया जिसे कि...जिसे कि हम इस्तेमाल कर सकते थे। बोटमैन अपनी बेगुनाही की दुहाई दे रहा था, हम उसी को...उसी को इस्तेमाल कर सकते थे।"

"ऐग्जैक्टली।"

"आई एम एक्सट्रीमली सॉरी सर, कि मुझे..."

"नैवर माइन्ड। जो हुआ सो हुआ। अब आगे की सुनो। वो सुनो जिसके लिये मैंने तुम्हें पीछे रोका है।"

"यस, सर।"

"ये परसों शाम वाले केस जैसा ही केस है। नो?"

"यस, सर।"

"मैं नहीं चाहता कि परसों रात तुम्हारे थाने में तुम्हारी नाक के नीचे जो अंजाम हजूरीलाल का हुआ, वो अब इस कैदी का भी हो..."

"ऐसा हरगिज नहीं होगा, सर।"

"पहले भी हरगिज नहीं होना चाहिये था लेकिन हुआ।"

"सर, वो वकील...हमने उसका लिहाज किया, उसके साथ रियायत बरती, बस यही गलती हमारे से हुई..."

"जो कि वकील भी नहीं था, कोई इमपोस्टर था जो कि कैदी को जहर सरकाने की नीयत से ही थाने पहुंचा था। और ये काम उसने ऐन तुम्हारे हवलदार की नाक के नीचे किया। बल्कि तुम्हारी नाक के नीचे किया।"

"आई एम सॉरी, सर..."

"सो यू आर। सो यू आर। अब मेरी हिदायत सुनो।"

"यस, सर।"

"किसी को, किसी को भी, बन्दी से मिलने नहीं देना है ..."

"लेकिन, सर, अगर कोई वकील, इस बार जेनुइन वकील ..."

"उसको टालना है। मुलाकात के मामले में उसको डिसकरेज करना है। न टले तो पहले कनफर्म करना है कि वे जेनुइन वकील है और फिर अपने सामने—आई रिपीट, इन्स्पेक्टर महाले, अपने सामने—बन्दी की उससे मुख्तसर मुलाकात करानी है। फालोड ?"

"यस, सर !"

"और कोई भी मुलाकाती आये उसे बन्दी के पास भी नहीं फटकने देना, भले ही वो अपने को कितनी भी बड़ी तोप बताये।"

"यस, सर !"

"इन्स्पेक्टर महाले, अगर इस बार इस बन्दी के साथ पिछली बार जैसा कोई हादसा गुजरा तो, ताकीद रहे, डेरेलिक्शन आफ डयूटी के लिये, ड्यूटी में लापरवाही बरतने के लिए कोई एक जना नहीं, दो जने नहीं, थाने का पूरा ड्यूटी स्टाफ मुअत्तल होगा। एण्ड दैट इंक्लूड्स यू, इन्स्पेक्टर महाले।"

एसएचओ के शरीर में सिहरन दौड़ गयी।

"गैट अलांग।"

एसएचओ तत्परता से सैल्यूट मार कर वहां से रुखसत हुआ।

सावन झंकार अपनी शिफ्ट से वापिस लौटा।

तब तक सूरज डूब चुका था और वातावरण में अन्धेरा छा चुका था।

खामोशी से वो अपनी चाल की तरफ बढ़ रहा था जब कि उसे सामने से कारमला आती दिखाई दी।

वो टाइट जींस और वैसा ही टाइट टॉप पहने थी, उसके चेहरे पर सलीके का मेकअप था और कटे हुए बाल खुले थे लेकिन संवरे हुए थे। उस घड़ी वो निहायत खूबसूरत लग रही थी।

सावन के मन में टीस सी उठी।

कितनी करीब थी ! फिर भी कितनी दूर थी !

वो दूरी खत्म करने के लिये ही उसने वो जोखमभरा कदम उठाने का फैसला किया था जिसमें अब फच्चर पड़ गया था। हजूरी के अंजाम के बाद अब उसे यकीन था कि वो कदम ऐसा था जो यकीनन उसे मौत की दहलीज पर ले जा खड़ा करता।

कैसी सांप छछूंदर जैसी अपनी हालत कर ली थी खुद उसने !

कारमला करीब आई और उसे देख कर बड़े चित्ताकर्षक अन्दाज से मुस्कराई।

"कहां जा रही है?"—वो बोला।

"ये लो! अरे, मालूम नहीं तुम्हारे को!"

"आज न जा।"

उसके स्वर में ऐसी आद्रता थी कि कारमला पर उसका असर हुए बिना न रहा।

"ठीक है।"—वो बोली—"नहीं जाती।"

"शुक्रिया।"

"न जा के क्या करे मैं?"

"मेरे साथ चल।"

"कहां?"

"कहीं भी। जहां बैठ के थोड़ी देर बातें कर सकें। सुख दुख बांट सकें।"

"कोई खास बात है?"

"तेरे साथ की तलब है। ये बात खास नहीं तो कोई खास बात नहीं।"

"खास है किधर जाना मांगता है?"

सावन ने एक क्षण सोचा, फिर बोला—"जुहू।"

"ओके।"

एक ऑटो पर सवार होकर वो जुहू पहुंचे।

वहां सावन ने कारमला के लिये उसकी पसन्दीदा चुसकी 'काला खट्टा' खरीदा और खुद एक पेप्सी लिया। दोनों ने भीड़ से दूर एक तनहा जगह तलाश की और वहां रेत में बैठ गये। खामोशी से उन्होंने अपनी अपनी आइटम का आनन्द लिया। फिर कारमला सावन के साथ सट कर बैठ गयी।

"अब बोलो"—वो संजीदा लहजे से बोली—"क्या बात है? क्या है तुम्हारे मन में?"

सावन ने उसे डॉक पर हनीफ लोधी की आमद के बारे में बताया।

"ओह!"—कारमला बोली—"तो उस वजह से हिला हुआ है, मैन!"

"हां।"—सावन धीरे से बोला—"अब मुझे यकीनी तौर पर लग रहा है कि जो ढ़ोल मैंने खुद अपने गले में डाला है, वो मुझे बजाना ही पड़ेगा।"

"तो? जब तुम उसके लिये मेंटली तैयार है..."

"सजा के लिये तैयार हूं, मौत के लिये तैयार नहीं हूं। हजूरी को भूल गयी? उसके अंजाम को भूल गयी? हमारे थाने के फेरे के बाद अब तो इस बात

में भी शक की कोई गुंजायश नहीं कि उसका कत्ल हुआ। और इस काम को खुद हनीफ लोधी ने अंजाम दिया। खुद वो वकील बन कर थाने पहुंचा और उसने हजूरी को जहर की गोली सरकाई।"

"जिसे उस शख्स का हुक्म मान कर हजूरी खा गया?"

"अरे, नहीं, भई। गोली की बाबत उसे कोई और पट्टी पढ़ाई गयी।"

"क्या?"

"वो चरसिया था। हवालात में उसे चरस नहीं मिलने वाली थी, हनीफ लोधी ने उसे एक नशे की जगह दूसरा नशा सुझाया, चरस की जगह किसी दूसरे नशे की गोली सरकाई जो कि असल में जहर की गोली थी लेकिन नशे की तलब के मारे हजूरी ने यकीन के साथ खाई, राजी से खाई।"

"ये हो सकता है।"

"अब मुझे यकीन है कि बहुत जल्द मुझे भी हजूरी जैसा ही कोई काम—या उससे भी खतरनाक काम—सौंपा जायेगा और फिर मेरा अंजाम हजूरी के अंजाम से जुदा न होगा।"

"जीसस! तुम इंकार नहीं कर सकते?"

"कैसे कर सकता हूं? खुद तो मुंह फाड़ा। ये सोच कर फाड़ा कि सजा की बात थी जो मैं भुगत लेता और फिर बड़े इनाम का सुख पाता। तब मुझे क्या मालूम था कि इनाम से पहले मौत का तोहफा कबूल करना पड़ना था।"

"तुम इसी बात पर जोर दे कर काम से इंकार कर सकते हो।"

"नहीं कर सकता। मैं क्या हनीफ लोधी के मुंह पर उसे कह सकता हूं कि मुझे मालूम है कि वकील बन कर वो थाने में गया था और खुद उसने हजूरी की मौत का सामान किया था? जाहिरा तौर पर हजूरी की मौत एक हादसा थी और इस बात को मैं, सिस्टम का एक अदना प्यादा, चैलेंज नहीं कर सकता?"

"मीडिया इस बात को उछाले तो? वो कहे कि हजूरी का कत्ल हुआ था?"

"वो ऐसा कह सकते हैं लेकिन कत्ल का रिश्ता हनीफ लोधी से नहीं जोड़ सकते।"

"हम इस बाबत मीडिया को गुमनाम टिप दे सकते हैं।"

"लेकिन कोई सबूत पेश नहीं कर सकते। मुझे लगता है कि थाने के उस हवलदार ने—शान्ताराम मोडक ने—वकील का जो हुलिया बयान किया था, वो हनीफ लोधी का था लेकिन मुझे लगने की क्या कीमत है! कौन मेरी बात पर यकीन करेगा? मैं फिर भी कोशिश करूंगा तो खुद अपने आपको

एक्सपोज करूंगा। हनीफ लोधी का तो फिर भी कुछ नहीं बिगड़ेगा, मेरी लाश यकीनन समन्दर में तैरती पायी जायेगी।"

"जीसस! जीसस! मैन, ये क्या पंगा लिया तुम?"

"तेरी खातिर, कारमला, तेरी खातिर।"—सावन की आवाज भर्रा गयी—"सिर्फ तेरी खातिर।"

कारमला ने कस कर उसे सीने से लगा लिया।

"माई डार्लिंग!"—वो होठों में बुदबुदाई—"माई लव।"

कुछ क्षण खामोशी रही।

फिर कारमला ने उसे अपने से अलग किया।

"दूसरा रास्ता कोई नहीं?"—वो बोली।

"है तो सही एक।"

"क्या?"

"लेकिन जोखम उसमें भी कम नहीं।"

"अरे, क्या?"

"देखो, ये जो कुछ हो रहा है, ये बहरामजी कान्ट्रैक्टर को नुकसान पहुंचाने के लिये, समगलिंग के धन्धे से उसको आउट करने के लिये हो रहा है क्योंकि हमारा बिग बॉस उसकी टांग नीचे खींच कर उसकी जगह लेना चाहता है और सारे धन्धे पर खुद काबिज होना चाहता है। इस बात से बहरामजी कान्ट्रैक्टर वाकिफ नहीं।"

"लेकिन वाकिफ हो तो सकता है!"

"हो सकता है लेकिन ऐसी वाकफियत तक पहुंचाने वाले रास्ते बन्द किये जा रहे हैं। इसीलिये हजूरी का कत्ल हुआ, इसीलिये मुझे यकीन है वो दूसरा शख्स जीवाजीराव जो वैसे ही सैटअप में अब पकड़ा गया है, उसका भी कत्ल हो के रहेगा और अगर बहरामजी कान्ट्रैक्टर के खिलाफ बिछी इस बिसात का तीसरा मोहरा मैं हुआ तो मैं भी जान से जाऊंगा।"

"वो तो हुआ लेकिन तुम किसी दूसरे रास्ते की बात कर रहे थे!"

"वो दूसरा रास्ता यही है कि मैं इस जानकारी को कैश करूं कि कौन सा अंडरवर्ल्ड बिग बॉस बहरामजी कान्ट्रैक्टर पर एक नपी तुली साजिश के तहत वार पर वार कर रहा है।"

"सूपर। अरे, कर न कैश! बता जा के बहरामजी कान्ट्रैक्टर को सब। फिर वो ही तेरे को प्रोटेक्ट करेगा। नहीं?"

"हां। मेरे मन में भी ऐसा ही कुछ है।"

"तो? क्या प्राब्लम है?"

"है न! इतने बड़े आदमी के पास मेरे को फटकने कौन देगा?"

"बोले तो?"

"वो कोलाबा में रहता है। सी-रॉक एस्टेट उसका रेजीडेंस है, हैडक्वार्टर है, उसकी बादशाहत का धुरा है। ऊपर से वो बड़ा मवाली ही नहीं, बड़ा नेता भी है। मैं क्या करूंगा? जा के सी-रॉक एस्टेट की घन्टी मारूंगा और बोलूंगा 'मेरे को बहरामजी कान्ट्रैक्टर से मिलने का' और मेरे को बोला जायेगा 'यस, सर। कम इन, सर। बिग बॉस वेट करता है'।"

"नो। नैवर।"

"क्या होगा?"

"डांट के भगा दिया जायेगा। जिद करेगा तो ठोक के भगाया जायेगा।"

"बिल्कुल!"

"लेकिन तुम्हारा अपना बात सीधे ही उस तक पहुंचाना जरूरी थोड़े ही है! कोई ऐसा तरीका भी तो हो सकता है कि उसके रूबरू न होना पड़े लेकिन बात उस तक पहुंच जाये।"

सावन ने उस बात पर विचार किया।

"तुम किसी बीच के भीड़ू से बात करो और वो बीच का भीड़ू या तो बात को आगे बहरामजी तक पहुंचाई जाने का इन्तजाम करे या तुम्हारे को बहरामजी तक पहुंचाने का इन्तजाम करे?"

"हूं।"

"मैन, ये बीच का रास्ता पकड़ो। बाल्कनी पर जोर दो और सोचो कोई ऐसा भीड़ू जो तुम्हारे वास्ते ये काम कर सकता हो।"

"है तो सही ऐसा एक भीड़ू!"

"गुड! कौन?"

"खालिद। खालिद है उसका नाम। बहरामजी का खास है।"

"कहां मिलेगा?"

"इत्तफाक से मेरे को उसकी एक रूटीन की खबर है। कोलाबा में एक बेवड़ा अड्डा है। सासून डॉक के करीब। नाम ग्रैग्रीज बार। रात आठ से नौ तक वो वहां होता है।"

"हमेशा?"

"हमेशा तो नहीं—हमेशा कौन हो सकता है! मालिक का खास है, नहीं भी फारिग हो सकता। लेकिन होता है तो... होता है।"

कारमला ने अपनी कलाई घड़ी पर निगाह डाली।

"देखने में कोई हर्ज है?"—फिर बोली।

"नहीं तो?"

"अभी पौने आठ बजे हैं। टैक्सी पकड़ें तो साढ़े आठ तक वहां होंगे। क्या खयाल है?"

"नेक खयाल है। उठो। चलो।"

वो कोलाबा और आगे सासून डॉक पहुंचे।

ग्रैग्रीज बार से थोड़ा आगे वो टैक्सी पर से उतरे।

"तू अगर"—सावने दबे स्वर में बोला—"टैक्सी में ही बैठे तो?"

कारमला ने मजबूती से इंकार में सिर हिलाया।

"खालिद शायद तेरे सामने खुल कर बात करने को तैयार न हो!"

"वो ऐसा मिजाज दिखायेगा तो मैं उठ के चली आऊंगी।"

"लेकिन..."

"अरे, पहले देख तो लो वो यहां है या नहीं! लेकिन वेकिन फिर कर लेना।"

सावन के चेहरे पर अनिश्चय के भाव आये।

"ओ, कम आन!"—कारमला उतावले स्वर में बोली।

"टैक्सी को रोक के रखें?"

"कोई जरूरत नहीं। और मिल जायेगी।"

सावन ने टैक्सी का भाड़ा चुका कर उसे वहां से रुखसत किया। फिर दोनों ग्रैग्रीज बार की ओर बढ़े।

वे बार के प्रवेश द्वार पर पहुंचे।

"तू यही रुक।"—सावन बोला—"मैं देखता हूं।"

"हम देखते हैं।"

"लेकिन, यार..."

"कैसा आदमी है! थाने जबरदस्ती ले के गया, यहां हुज्जत करता है।"

"अच्छा, आओ।"

"यस, दैट्स मोर लाइक इट। चलो।"

सावन ने आगे कदम बढ़ाया।

"वहीं रुक जा, सावन!"

सावन को जैसे बिच्छू ने काटा, वो थमक कर खड़ा हुआ, वापिस घूमा।

करीबी नीमअन्धेरे से निकल कर एक साया उनके सामने आ खड़ा हुआ।

सावन फिर चौंका।

विजय शिवधरे।

गैंग का प्यादा।

लेकिन उसका दोस्त।

"विजय!"—वो खिसियाया सा बोला—"तू यहां!"

"यहीच मैं तेरे को पूछता है।"—विजय शिवधरे, सर्द लहजे से बोला—"सावन! तू यहां!"

"वो...वो...ड्रिंक के वास्ते आया। फ्रेंड, बोले तो होने वाली बीवी, साथ न!"

"मालूम! धारावी से इधर मुम्बई के दूसरे सिरे तक बीच में तेरे को कोई बार न मिला?"

"वो...वो क्या है कि..."

"डोर को छोड़। एक बाजू हट।"

तीनों दरवाजा छोड़ कर फुटपाथ पर परे नीमअन्धेरे में सरक आये।

"मैं अभी कुछ बोलने का।"—विजय शिवधरे बोला—"मेरे को मालूम तेरा कारमला से सब सांझा। इस वास्ते इसके सामने बोलता है..."

"क-क्या?"

"मेरे को मालूम तू इधर क्यों आया?"

"म-मालूम!"

"हां।"

"क-क्यों...क्यों आया?"

"क्योंकि जिन्दगी से बेजार है। इस वास्ते अपनी मौत से मुकाकात करने आया। क्या?"

सावन के मुंह से बोल न फूटा।

"खालिद भीतर मौजूद है। और कुछ बोलने की जरूरत है?"

सावन ने बेचैनी से पहलू बदला।

"बहुत श्याना बनता है। समझता है हनीफ लोधी से श्यानपन्ती कर सकता है। नहीं जानता कि तू—या तेरे जैसे और—डाल डाल है तो वो पात पात है।"

"क-क्या...ब-बात...बात क्या है?"

"बात ये है कि शुक्र मना कि इधर मैं तेरे को मिला। कोई और मिलता तो तेरा इस्टोरी फिनिश था।"

"क-कोई और?"

"मेरे जैसे आधा दर्जन भीड़ू तेरी ताक में। उनके ऊपर खुद रवि मनेरिया। रवि मनेरिया मालूम!"

सावन का सिर मशीन की तरह सहमति में हिला।

"डेंजर भीड़ू। शाह का खास। उसकी निगाह में हनीफ लोधी से जरा ही कम। क्या समझा?"

"न-नहीं... नहीं समझा। क-क्या... क्या माजरा है?"

"हनीफ लोधी तेरे को डॉक पर मिला था?"

"हं-हां।"

"वो सब भांप गया तेरे मन में क्या था?"

"स-सब भांप गया?"

"तू दूसरे पाले में जाना मांगता था। समझता है कि बहरामजी की शरण में जायेगा तो वो तुझे बचा लेगा। इसी वास्ते तू इधर खालिद से मिलने आया और मेरी निगाह में आया। इस सिलसिले में किधर भी जाता मेरे जैसे किसी की निगाह में आता। सावन, हर वो जगह शाह के प्यादों की निगरानी में है जिधर कि तू बहरामजी तक पहुंच बनाने के लिये पहुंच सकता था। जैसे कि ग्रैग्रीज बार।"

सावन जैसे आसमान से गिरा।

"अब तू गणपति का शुकर मना कि इधर मैं था—तेरा फिरेंड विजय शिवधरे था, शाह का, मनेरिया का, कोई दूसरा प्यादा नहीं। अभी तू चुपचाप इधर से निकल ले। तू इधर आया, तेरी खातिर, फिरेंडशिप की खातिर, मैं किसी को कुछ नहीं बोलेगा। बोलेगा तो यहीच बोलेगा कि तू इधर नहीं आया था। क्या!"

सावन ने अपने एकाएक सूख आये होंठों पर जुबान फेरी।

"अभी भूल के भी बहरामजी से कान्टैक्ट बनाने का खयाल भी नहीं करने का। यूं थोड़ा टेम बाद हनीफ लोधी ये सोचने पर मजबूर हो जायेगा कि उसने तेरे बारे में जो सोचा था, गलत सोचा था। जब तक उसका खयाल पलटी नहीं खाता तब तक तेरे को पिराब्लम। तेरे को पिराब्लम तो खामखाह"—उसने कारमला की तरफ देखा—"बाई को भी पिराब्लम। मांगता है?"

सावन का सिर तत्काल इंकार में हिला।

"सावन, फोर्स करके बोलता है तेरे को, अपने बैस्ट फिरेंड को। सब कुछ नार्मल कर, ऐन पहले जैसा नार्मल कर वर्ना बेमौत मारा जायेगा। अभी निकल ले और भूल जा कि तूने कभी इधर का रुख भी किया था। भूल जा कि तेरे को मालूम रात के ये टेम बहरामजी का खास खालिद इधर पाया जाता था। भूल जा कि तूने बिग बॉस के खिलाफ जाने का, बहरामजी से पनाह पाने का खयाल भी किया था। अभी जा। जा। मैंने नहीं देखा तेरे को इधर।"

विजय शिवधरे घूमा और लम्बे डग भरता आगे बढ़ गया।

सावन को यूं पीछे छोड़ कर जैसे वो खड़ा खड़ा मर गया हो।

रविवार : 11 अक्टूबर

वो इतवार का दिन था और सुबह के आठ बजे थे जबकि माहिम काज़वे पर माहिम वाली साइड में पुलिस की नाकाबन्दी थी। सुबह की उस घड़ी भी सड़क पर पर्याप्त मोटर ट्रैफिक था और एक एक बड़े वाहन को खासतौर से चैक किया जा रहा था।

बड़े वाहन को इसलिये कि उसकी बाबत पुलिस को गुमनाम टिप हासिल हुई थी। लेकिन इस बार टिप नॉरकॉटिक्स कन्ट्रोल ब्यूरो को नहीं, सीधे पुलिस को हासिल हुई थी। किसी ने सुबह सवेरे '100' डायल करके पुलिस को टिप सरकाई थी कि सुबह आठ बजे के करीब स्वामी विवेकानन्द रोड पर माहिम काजवे से बान्द्रा वैस्ट की तरफ एक बड़ी गाड़ी गुजरने वाली थी जिस पर कि समगलिंग का माल ढोया जा रहा था।

माल की किस्म का फोन करने वाले ने कोई जिक्र नहीं किया था और वो बड़ी गाड़ी की किस्म—मेक, कलर, नम्बर वगैरह के बारे में कुछ नहीं बता सका था। तत्काल टिप की बाबत उच्चाधिकारियों को खबर की गयी थी जिन्होंने सम्बन्धित थाने को खबरदार किया था और फिर वो नाकाबन्दी आर्गेनाइज की गयी थी।

पुलिस के उच्चाधिकारियों में उस टिप को पहले हासिल हुई वैसी दो टिप्स से जोड़ कर देखा जा रहा था इसलिये ये आम धारणा थी कि वो आयोजन बेकार नहीं जाने वाला था, कोई न कोई माल जरूर पकड़ा जाने वाला था इसलिये नाकाबन्दी पर माहिम थाने का एसएचओ भाउराव बोरकर खुद मौजूद था।

सड़क पर नाकाबन्दी इस ढंग से की गयी थी कि उसमें से एक ही वाहन गुजर सकता था जिस वजह से अक्सर सड़क पर वाहनों की लम्बी लाइन लग जाती थी। वहां काफी संख्या में पुलिस बल तैनात था इसलिये चैकिंग के लिये वाहन के नाके पर पहुंचने का इन्तजार नहीं किया जाता था, पुलिस वाले पीछे

खड़े वाहनों पर पहुंचते थे और उन्हें उनकी उसी स्थिति में चैक करते थे। इस वजह से वाहनों की लाइन लम्बी हो जाती थी तो छंटती भी जल्दी थी।

इन्स्पेक्टर बोरकर घाघ जैसी चौकन्नी निगाह से चैकअप का तमाम नजारा कर रहा था।

एकाएक उसकी तवज्जो नाकाबन्दी की लाइन में कोई दस वाहन पीछे तभी आन खड़ी हुई एक सफेद रंग की फोर्ड फियेस्टा की तरफ गयी। वो बड़ी गाड़ी थी, कीमती गाड़ी थी, लेकिन उसकी ड्राइविंग सीट पर कोई टपोरी बैठा लग रहा था।

किसी अज्ञात भावना से प्रेरित होकर वो उस गाड़ी के करीब पहुंचा।

उस वक्त एक हवलदार ड्राइवर से मुखातिब था और सावधानी की प्रतिमूर्ति बना एक सिपाही उसके करीब खड़ा था।

हवलदार ड्राइवर को बाहर निकलने को कह रहा था लेकिन प्रत्यक्षत: ड्राइवर हुज्जत कर रहा था।

इन्स्पेक्टर करीब पहुंचा।

"तुम दोनों दूसरी गाड़ी देखो"—वो अधिकारपूर्ण स्वर में बोला—"इसे मैं देखता हूं।"

हवलदार और सिपाही तत्काल परे हट गये और एक अन्य वाहन की ओर बढ़ चले।

"बहरा है?"—पीछे इन्स्पेक्टर कड़क कर बोला।

"नहीं, बाप।"—अपने लहजे में भरसक अदब घोलता ड्राइवर बोला।

"तेरे को बाहर निकलने को बोला गया तो सुनाई क्यों नहीं दिया?"

"अभी निकलता है न, बाप! मैं तो हवलदार साहब को खाली ये बोल रहा था कि..."

"पहले निकल। फिर बोल क्या बोल रहा था।"

"अभी। अभी, बाप।"

ड्राइवर कार से बाहर निकला।

"नाम बोल।"—इन्स्पेक्टर बोला।

"राजू। राजू दातार।"

"लाइसेंस दिखा।"

उसने दिखाया।

"गाड़ी तेरी है?"

"नहीं, बाप। मालिक की है। मैं तो खाली डिरेवर।"

"किधर से आता है, किधर जाता है?"

"सिवकी से आता है, बाप, गोरेगांव जाता है?"

"क्या करने?"

"ये गाड़ी उधर छोड़ के आने का।"

"गाड़ी और और क्या?"

"बोले तो?"

"गाड़ी में क्या है?"

"कुछ नहीं, बाप। खाली है।"

"डिकी खोल?"

"बाप, उसमें खाली एक कार्ड बोर्ड का बॉक्स है..."

"खोल। दिखा।"

खामोशी छा गयी।

"सुना नहीं क्या?"—इन्स्पेक्टर गुर्राया।

"सुना, बाप, बरोबर सुना। पण..."

"क्या पण?"

"वो... वो"—ड्राइवर धीमे स्वर में बोला—"गुलदस्ता नहीं पहुंचा क्या?"

"क्या बकता है?"

"पूछता है। फिरयाद करके पूछता है, बाप। बाप, ये बिग बॉस की गाड़ी है, उसकी हर थाने में सैटिंग है..."

"कौन बिग बॉस?"

"मोरावाला। उसका माल कोई नहीं रोकता। कोई नहीं चैक करता..."

"तो कबूल करता है गाड़ी में माल है?"

"है न?"

"समगलिंग का?"

"हां।"

"क्या माल?"

"क्या फर्क पड़ता है?"

"क्या माल?"

"सोना। ज्यादती नहीं। खाली दस किलो। अभी मेरे को जाने दो। मोरावाला थैंक्यू बोलेगा। इस्पेशल कर के।"

"क्या सबूत है तू मोरावाला का माल ढ़ोता है, तेरा खुद का नहीं?"

"सबूत ?"

"हां। बोले तो तू ही साला समगलर, जो मोरावाला के नाम की ओट लेता है।"

"ऐसा नहीं है, बाप।"

"तेरे कहने से क्या होता है।"

"मैं ... मोरावाला से बात कराता है।"

"करा। पर पहले गाड़ी साइड में ले।"

"अभी, बाप।"

ड्राइवर वापिस फोर्ड में सवार हुआ, उसने उसे वाहनों की कतार में से निकाला और उनसे परे सड़क से नीचे उतार कर खड़ा किया।

इन्स्पेक्टर उसके पीछे पीछे फोर्ड के करीब पहुंचा।

ड्राइवर फिर फोर्ड से बाहर निकाला, उसने अपना मोबाइल निकाल कर एक नम्बर पंच किया, उसे कान से लगा कर कुछ क्षण इन्तजार किया, फिर बोला— "मैं राजू दातार बोलता है। इधर माहिम काजवे पर पुलिस की नाकाबन्दी में फंसेला है। बोले तो इधर पिराब्लम। पुलिस पिराब्लम। इस वास्ते मेरे को अर्जेंट करके मोरावाला बॉस से बात करने का ... होल्ड करता है। पण जल्दी ..."

कुछ क्षण उसने होल्ड किया फिर मोबाइल को लाउडस्पीकर पर लगा कर इन्स्पेक्टर की तरफ बढ़ाया।

"बॉस लाइन पर है।"—वो बोला।

"मोरावाला ?"—इन्स्पेक्टर बोला—"बेजान मोरावाला ?"

"वही। जानता ही होगा, बाप ! हर थाने वाला ..."

"नाम सुना खाली। अब चुप कर।"

इन्स्पेक्टर ने फोन ले लिया।

"मैं इन्स्पेक्टर भाउराव बोरकर"—वो सावधानी से बोला—"एसएचओ माहिम पुलिस स्टेशन। इधर माहिम क्रीक पर रोड ब्लॉक पर है। तुम्हारा ड्राइवर और गाड़ी काबू में है।"—उसका लहजा धीमा पड़ा—"माल समेत।"

"नाकाबन्दी की नौबत कैसे आयी ?"—पूछा गया।

"गुमनाम टिप मिली।"

"फिर ?"

"हां।"

"ओह ! इन्स्पेक्टर, हमारा माल कोई नहीं पकड़ता। उसे छोड़ो और अपने गुलदस्ते का साइज बोलो।"

"पहले दो बार पकड़ा न !"

"तब हालात जुदा थे। अभी हमारे आदमी को छोड़ो और जो मांगता है, बोलो।"

"मुश्किल है।"

"मुश्किल को आसान करो वर्ना बड़ा बाप मेरी वाट लगा देगा।"

"बड़ा बाप कौन ?"

"तुम्हें मालूम है कौन ! नाम लेना ठीक न होगा।"

"नेता जी !"

"अरे, चुप कर, भाई। ड्राइवर सुनता होगा। अभी बोल क्या मांगता है ?"

"दस।"

"मंजूर। दो घन्टे में थाने में ... "

"अभी। नाके पर।"

"अरे, उधर सम्भालेगा कैसे ?"

"वो मेरी प्राब्लम है।"

"ठीक है।"

"दस मिनट में।"

"ठीक है, भई। मैं करता हूं इन्तजाम।"

लाइन कट गयी।

दस मिनट में नाकाबन्दी पर मोटरसाइकिल दौड़ाता एक आदमी पहुंचा और इन्स्पेक्टर बोरकर को एक पैकेट थमा कर गया।

इन्स्पेक्टर ने पैकेट का एक कोना उधेड़ कर तसल्ली की कि भीतर हजार-हजार के नोट थे और फिर फोर्ड को नाकाबन्दी से निकल जाने दिया।

फोर्ड निर्विघ्न माहिम क्रीक का पुल पार कर गयी।

फोर्ड की डिकी में कार्ड बोर्ड की एक पेटी तो मौजूद थी लेकिन वो खाली थी। नाके पर इन्स्पेक्टर अगर गुलदस्ता न थामता तो भी उसके हाथ कुछ न आता। ड्राइवर दातार बड़े इत्मीनान से मुकर जाता कि उसने कहा था कि गाड़ी में सोना था और दावा करता कि वो इन्स्पेक्टर की खुद की गढ़ी हुई बात थी जो नाहक उसके खिलाफ कोई फर्जी केस खड़ा करना चाहता था।

ये हनीफ लोधी की — जिसने मोरावाला बन कर इन्स्पेक्टर से बात की थी — नयी स्ट्रेटेजी थी जिसमें इनवेस्टमेंट खाली एक दस पेटी का गुलदस्ता था और जो गनीमत थी कि नाकाम नहीं हुई थी।

और जिसकी एक्सटेंशन अभी बाकी थी।

नाकाबन्दी दो घन्टे और चली।

इन्स्पेक्टर बोरकर जानता था कि पीछे जो हो चुका था — वो गुलदस्ता थाम चुका था — उसकी रू में अब वो नाकाबन्दी बेमानी थी। वो लोग रात तक भी वहां लगे रहते तो कोई केस नहीं पकड़ा जाने वाला था।

दस बजे उसने अपने एसीपी से बात की और बोला कि नाकाबन्दी में कुछ नहीं रखा था, इस बार पुलिस को मिली टिप जरूर बोगस थी।

एसीपी ने उस बात से इत्तफाक जाहिर किया और नाकाबन्दी हटा लेने का हुक्म जारी कर दिया।

एक बजे 'एक्सप्रैस' का रिपोर्टर पंकज झालानी माहिम पुलिस स्टेशन पहुंचा।

झालानी — जैसा कि नाम से लगता था — सिन्धी नहीं, राजस्थानी था, नाक पर मोटे फ्रेम वाला चश्मा और कुर्ता, जींस, कोल्हापुरी चप्पल उसका हमेशा का पहनावा था जो कि उसकी खास शिनाख्त थी।

वो स्टेशन हाउस आफिसर भाउराव बोरकर से मिला।

झालानी बड़े अखबार का रिपोर्टर था, बोरकर उससे वाकिफ था इसलिये उसने उसे नकली मुस्कराहट के साथ रिसीव किया।

"कैसे आये ?" — फिर बोला।

"नौकरी लाई।" — झालानी संजीदगी से बोला।

"मेरे थाने में ?"

"हां।"

"क्या बात है ?"

"आज सुबह सवेरे माहिम काजवे पर पुलिस की नाकाबन्दी थी !"

"सुबह सवेरे तो नहीं लेकिन थी। तुम्हें कैसे मालूम पड़ा ?"

"ऐसे मामलों में मीडिया के अपने सोर्स होते हैं। क्यों थी नाकाबन्दी ?"

"हमें एक गुमनाम टिप मिली थी कि उधर समगलिंग के माल की मूवमेंट होने वाली थी।"

"हुई?"

"नहीं। वो गुमनाम टिप बोगस निकली थी, किसी शरारती आदमी की शरारत निकली थी।"

"ऐसा अक्सर होता है?"

"अक्सर तो नहीं होता लेकिन इस बार हुआ। गुरुवार के बाद से पुलिस को पहले भी ऐसी दो टिप मिली थीं जो कि जेनुइन निकली थीं, इस बार की टिप के भी जेनुइन न होने की कोई वजह नहीं थी क्योंकि वो भी पहली दो टिप्स की किस्म की ही टिप थी लेकिन, हैरानी की बात थी कि, बोगस निकली।"

"कुछ पकड़ में न आया?"

"हां।"

"मेहनत बेकार गयी?"

"हां, भई।"

"हमारी जानकारी तो कुछ और कहती है!"

"कुछ और कहती है! क्या और कहती है?"

"कुछ पकड़ में आया बराबर लेकिन छोड़ दिया गया।"

"क्या!"

"एक फोर्ड फियेस्टा गाड़ी पकड़ में आयी जिसमें सोना लदा था, जो ड्राइवर ने बड़ा नाम उछाला तो छोड़ दी गयी। वो गाड़ी खुद एसएचओ साहब ने पकड़ी और छोड़ी।"

एसएचओ अन्दर तक हिल गया, बड़ी मुश्किल से वो स्वयं को सुसंयत बनाये रख पाया।

"क्या बकता है?"—वो भड़का।

"मैं क्या बकता हूं, आपने सुना। आप जवाब दीजिये।"

"देता हूं लेकिन पहले तू मेरी और बात सुन।"

"क्या?"

"देख, तू मेरा दोस्त है..."

"नहीं।"

"अरे, वाकिफ तो है न? पुलिस से बाहर तो नहीं है न?"

"वो तो मैं नहीं हूं।"

"तो मेरे को ये बता कि जो कुछ तू कह रहा है, उसकी तुझे खबर कैसे लगी?"

"बता दूं?"

"हां। प्लीज।"

" 'एक्सप्रैस' को गुमनाम टिप मिली। कोई फोन पर बोला कि माहिम थाने के थानेदार ने आज सुबह माहिम काजवे पर नाकाबन्दी के दौरान खुद... खुद एक बड़ी फोर्ड गाड़ी को — फोर्ड फियेस्टा को — चैक किया तो पाया उसमें सोना लदा था लेकिन ड्राइवर डरने की जगह भाई लोगों की हूल देने लगा..."

"कौन भाई लोग?"

"मोरावाला। बेजान मोरावाला। जिससे ड्राईवर ने तुम्हारी फोन पर बात भी कराई और ये भी बताया कि माल असल में और भी बड़े भाई का था..."

"और बड़ा भाई कौन?"

झालानी ने तत्काल उत्तर न दिया।

"नाम बोल, भाई।"

"नाम आपको मालूम है, एसएचओ साहब। मगर मोरावाला मालूम है तो ये भी मालूम है कि वो आजकल किसका फ्रन्ट बना हुआ है!"

"अरे, तू नाम ले। बेखौफ नाम ले। यहां सुनने वाला कोई नहीं है। जो बोलेगा, वो हम दोनों के बीच ही रहेगा।"

"बहरामजी कान्ट्रैक्टर।"

"क्या!"

"आपने आज सुबह बहरामजी कान्ट्रैक्टर का माल पकड़ा और उसके बड़े नाम की धौंस खा कर छोड़ दिया। शाबाशी थाने पहुंच गयी या अभी पहुंचेगी?"

"अरे, क्या बकता है तू?"

"जवाब मांगता हूं। मांग करता हूं कि जवाब 'एक्सप्रैस' को मिले।"

"अरे, वो इतना बड़ा, इतना पावरफुल नेता है..."

"अब है। किसे नहीं मालूम कि पहले क्या था!"

"पहले की बात पहले के साथ गयी। किसी का पहले कुछ होना उसके अब कुछ होने पर लागू नहीं होता। खुद हमारा पीएम पहले चाय बेचता था। एक और कैबिनेट मन्त्री पहले सऊदी अरेबिया में कंस्ट्रक्शन वर्कर था..."

"ये मिसालें मौजूदा केस पर लागू नहीं होतीं, दरोगा जी। चाय बेचना, कंस्ट्रक्शन वर्कर होना गैरकानूनी धन्धे नहीं, लेकिन समगलिंग, कालाबाजारी गैर कानूनी धन्धे हैं।"

"अरे, उसके खिलाफ कभी कुछ साबित नहीं हुआ।"

"क्योंकि साबित करने वाले बिकते रहे, गवाह मुकरते रहे, लेकिन ये हकीकत फिर भी अपनी जगह कायम है कि मराठा मंच पार्टी का ताकतवर सदर बनने से पहले बहरामजी कान्ट्रैक्टर समगलर था, कालाबाजरिया था।"

"तू यहां मेरे सामने बैठा कुछ भी कह सकता है लेकिन बाजरिया 'एक्सप्रैस' कहने की तेरी मजाल नहीं हो सकती।"

"हो सकती है। आप कबूल कीजिये कि आपने बाजरिया मोरावाला बहरामजी के दबाव में आकर उसका आदमी छोड़ा, माल छोड़ा, फिर देखिये हमारी मजाल।"

"अरे, भई, ऐसा कुछ नहीं हुआ था। 'एक्सप्रैस' को मिली टिप गलत है सरासर। जैसे पुलिस को मिली टिप गलत है। ये किसी एक ही आदमी की शरारत मालूम होती है जिसे ऐसे पंगे लेने में मजा आता है। होते हैं ऐसे सिरफिरे इस दुनिया में।"

"तो आप इस बात से इंकार करते हैं कि आपने नेताजी बहरामजी कान्ट्रैक्टर, एक्स समगलर एण्ड ब्लैक मार्केटियर, के दबाव में आकर पकड़ा हुआ केस छोड़ दिया था?"

मन ही मन एसएचओ शुक्र मना रहा था कि झालानी ने एक बार भी दस लाख रुपयों का जिक्र नहीं किया था।

"सरासर इंकार करता हूं।"—प्रत्यक्षत: वो दिलेरी से बोला।

"ठीक है फिर।"—झालानी उठ खड़ा हुआ—"मुझे आपका जवाब मंजूर है।"

"शुकर है। अब 'एक्सप्रैस' में कुछ छापोगे तो नहीं?"

"अब कैसे छापेंगे! छापते तो तब जब कि आपका जवाब माकूल होता।"

"अरे, उस टिप में कुछ नहीं रखा। वो सरासर किसी खरदिमाग ढक्कन-की बकवास थी।"

"ठीक। ठीक। सहयोग के लिये शुक्रिया, थानेदार साहब। जयहिन्द।"

पीछे अत्यन्त चिन्तित थानेदार को छोड़कर झालानी वहां से विदा हुआ।

बोरकर कई क्षण खामोश बैठा उंगलियों से मेज खटखटाता रहा।

हालात चिन्ताजनक थे। झालानी कोई मामूली रिपोर्टर नहीं था और एक्सप्रैस कोई मामूली अखबार नहीं था। अपने अखबार को मिली टिप का पीछा करता जैसे वो उसके पास पहुंचा था, वैसे डिस्ट्रिक्ट के डीसीपी के पास पहुंच सकता था, और भी ऊपर पहुंच सकता था। नतीजतन उसकी

जवाबतलबी लाजमी होती। तफ्तीश होती तो नाकाबन्दी में शामिल कोई पुलिसिया ये कहने वाला भी निकल आता कि एक फोर्ड गाड़ी वो एसएचओ साहब ने खुद हैण्डल किया था और एक अरसा रोके रखने के बाद निकल जाने दिया था। अपनी सफाई तो वो पेश कर लेता लेकिन यूं उसका अपने अफसरान की निगाह में आना, उनके शक का बायस बनना भी तो गलत था।

उसने एकाएक फोन उठाया और अपने एक पूरे भरोसे के मातहत सब-इन्स्पेक्टर विशाल तारे को फोन लगाया।

"बेजान मोरावाला मालूम?"—सम्पर्क स्थापित होने पर वो माउथ पीस में बोला।

"मालूम।"—जवाब मिला।

"क्या मालूम?"

"भाई है। समगलिंग के धन्धे में बताया जाता है, लेकिन कभी पकड़ा नहीं गया।"

"और?"

"और ये अफवाहें भी अक्सर सुनने में आती हैं कि उसकी अपनी इन्डीपेडेंट हैसियत कोई नहीं, वो महज मराठा मंच पार्टी के नेता बहरामजी कान्ट्रैक्टर का उसके पुराने समगलिंग के धन्धे में फ्रंट है जिसमें कि नेता जी के कदम फिर से पड़े बताये जाते हैं। बात क्या है, सर?"

"मेरे को मोरावाला का पता चाहिये।"

"क्यों चाहिये, सर?"

"है कोई वजह। मेरे को कहीं से भी उसका पता निकाल के दे।"

"अच्छा!"

"तारे, ये काम वार फुटिंग पर करना है। कर सकेगा?"

"उम्मीद तो हैं!"

"कर। और मेरे को गुड न्यूज दे।"

उसने सम्बन्ध विच्छेद कर दिया।

पांच बजे बेजान मोरावाला सी-रॉक एस्टेट पहुंचा।

वो एक कोई पैंतालीस साल का क्लीनशेव्ड, गंजेपन की ओर अग्रसर, लम्बा तड़ंगा, मजबूत काठी वाला पारसी था जो सूरत से भी सख्त मिजाज जान पड़ता था। खुदा ने उसको सूरत ही ऐसी दी थी कि उसकी त्योरी हर घड़ी तनी जान पड़ती थी।

बाजरिया सोलोमन वो नेता जी के रूबरू हुआ।

नेता जी ने अप्रसन्न भाव से मोरावाला की तरफ देखा।

"ये मुलाकात कल तक वेट नहीं कर सकती थी?"—फिर कहा।

"कर सकती थी।"—मोरावाला संजीदगी से बोला—"परसों तक भी कर सकती थी लेकिन मेरे बैटर जजमेंट ने यही गवाही दी कि ताजा हालात की खबर आपको फौरन होना चाहिये थी।"

"क्या हैं ताजा हालात?"

"अच्छे नहीं है। दुश्मनों की साजिश परवान चढ़ती जा रही है।"

"फिर नया कुछ हुआ?"

"जी हां। आज सुबह माहिम काजवे के करीब ऐसा कुछ हुआ जिसका सीधा सम्बन्ध हमारे से जोड़ा गया लेकिन जिसकी हमें दूर दराज की भी खबर नहीं थी।"

"क्या हुआ?"

"आज सुबह माहिम काजवे पर पुलिस की नाकाबन्दी थी जिसमें नाकाबन्दी की सदारत करते इलाके के थाने के थानेदार भाउराव बोरकर ने एक फोर्ड फियेस्टा कार को खुद पकड़ा जिसके ड्राइवर ने कबूल किया कि फोर्ड में समगलिंग का सोना था और माल बिग बॉस का था।"

"बिग बॉस कौन?"

"आप।"

"माल हमारा था?"

"नहीं था। न ड्राइवर हमारा था, न गाड़ी हमारी थी।"

"आगे?"

"ड्राइवर ने थानेदार बोरकर की फोन पर मोरावाला से बात करवाई जिसने इशारे से तसदीक की कि माल बिग बॉस का यानी कि आपका था। मोरावाला ने थानेदार को आपके नाम की हूल दी और दस लाख का गुलदस्ता पहुंचाया तो उसने फोर्ड को और उसके ड्राइवर को छोड़ा। सर, गौरतलब बात ये है कि मेरे को ऐसी कोई काल नहीं आयी थी।"

"किसी ने हमें लपेटने के लिये कहानी गढ़ी!"

"जाहिर है।"

"इस सिलसिले की तुम्हें कैसे खबर लगी?"

"थानेदार बोरकर के लगाये लगी। हालात का जायजा ये कहता है कि हमारे दुश्मनों ने पहले समगलिंग के माल वाली फोर्ड की स्टोरी पुलिस को

सरकाई, फिर जब उस बाबत माहिम काजवे पर तमाम ड्रामा हो चुका तो उस बाबत एक गुमनाम काल 'एक्सप्रैस' के आफिस में भी कर दी जहां से एक रिपोर्टर उस बाबत पूछताछ करता बोरकर के थाने में पहुंच गया। बोरकर ने किसी तरह से रिपोर्टर से पीछा तो छुड़ा लिया लेकिन वो इस बात से भड़क गया कि ये खबर लीक क्योंकर हुई और मेरे पास आ धमका।"

"वो जानता था तेरे पास कहां पहुंचा जा सकता था?"

"नहीं। लेकिन पुलिस आफिसर है, उसके लिये जान लेना क्या बड़ी बात थी?"

"हूं। आगे?"

"वो आकर मेरे पर इलजाम लगाने लगा कि 'एक्सप्रैस' को खबर मैंने लीक की थी। कहने लगा कि गुलदस्ता थाम कर उसने एक केस को निकल जाने दिया था, ये बात या मुझे मालूम थी या उसे मालूम थी। इसलिये यकीनी तौर पर मैंने 'एक्सप्रैस' को इस बाबत टिप जारी की थी। बोला, वो जानता था ये काम किसी टॉप के अन्डरवर्ल्ड डॉन का था और वो डॉन आप थे।"

"टॉप के डॉन वाली बात कहां से निकली? कैसे बोला वो?"

"मैंने भी सवाल किया था। जवाब मिला था कि पकड़ा गया ड्राइवर बोलता था कि उसके बिग बॉस की मुम्बई के हर थाने में सैटिंग थी इसलिये हैरान था कि उसे पकड़ा गया था।"

"हर थाने में सैटिंग!"—सोलोमन हैरानी से बोला।

"देखो तो! सौ से ऊपर थाने हैं मुम्बई में। किसलिये हर थाने में सैटिंग? हमारा वास्ता तो दस फीसदी थानों से भी नहीं पड़ता।"

"सिखाया पढ़ाया तोता था। बड़ा बोल इसलिये बोला कि 'बड़ा बाप' की बड़ी हैसियत बने, बिग ब्रदर का नाम उछाले तो नाम हैसियत से मैच करता लगे।"

"वो सब छोड़।"—नेताजी झुंझलाया—"मोरावाला को बोलने दे। और क्या बोला वो इंस्पेक्टर?"

"और जो बोला"—मोरावाला चिन्तित भाव से बोला—"बुरा ही बोला।"

"क्या?"

"धमकी दे कर गया कि अगर मैंने... हमने 'एक्सप्रैस' के रिपोर्टर पंकज झालानी का उस बाबत मुंह बन्द न किया तो वो खुद इस बात की पब्लिसिटी

करने में कोई कसर उठा नहीं रखेगा कि आप मेरे को फ्रंट बना कर फिर समगलिंग के फील्ड में एक्टिव थे।"

"क्या करेगा?"

"बोलता था समगलिंग का कोई भी दूसरा छोटा मोटा केस पकड़ेगा, उसे बड़े केस की शक्ल देगा और गिरफ्तार लोगों से कहलवायेगा कि वो नेता जी के आदमी थे और पकड़ा गया माल नेता जी का था।"

"वो लोग ये झूठ बोल देंगे?"

"थानेदार दावा करके गया कि वो ये झूठ बुलवा के दिखायेगा।"

"हूं।"

"ये हाल तब है जब कि सारे सिलसिले की मेरे को कोई भनक तक नहीं थी, मैंने कभी थानेदार बोरकर से फोन पर कोई बात नहीं की थी और माल छुड़ाने की एवज में कभी कोई गुलदस्ता उसे नहीं भिजवाया था।"

"ये बात उसको बोली होती!"

"बोली थी। पर वो इतना भड़का हुआ था कि मेरी किसी बात पर ऐतबार लाने को तैयार नहीं था। मैंने ये तक आफर किया कि वो फोर्ड के रजिस्ट्रेशन नम्बर के जरिये उसके ड्राइवर को—नाम राजू दातार—ट्रेस करे, उसे थामे और मेरे पास लाकर मेरे सामने उससे सवाल करे कि क्या मैं वो शख्स था जिसने उसे उस काम पर लगाया था।"

"ठीक किया। रूबरू होने पर वो शख्स कभी हमारा आदमी होने की हामी न भर पाता और फिर ये भी बकता कि असल में वो किस के लिये काम करता था।"

"ऐग्जैक्टली। लेकिन थानेदार बोरकर को फोर्ड का नम्बर मालूम ही नहीं था।"

"मालूम होता भी"—सोलोमन बोला—"तो क्या गारन्टी थी कि नकली न निकलता?"

"नकली ही निकलता।"—नेताजी बोला—"इतनी कामनसैंस तो किसी में भी हो सकती है।"

"बहरहाल"—मोरावाला बोला—"अब प्राब्लम ये है कि जो आज हुआ, उसको बाजरिया 'एक्सप्रैस' हवा मिल सकती है जो कि मौजूदा हालात में हमारे लिये—बुरा तो हो ही रहा है—और बुरा होगा। थानेदार के गुलदस्ता थाम कर फोर्ड को निकल जाने देने की बात की किसी को भनक भी न लगती अगरचे कि 'एक्सप्रैस' को भी उस बाबत गुमनाम काल न की गयी होती।"

"वारदात को पब्लिसिटी न मिले"—सोलोमन बोला—"इस बात से तो हमारे खिलाफ साजिश करने वालों का मतलब हल नहीं होता था! बात को उछाला जाना तो जरूरी था जिसके लिये कि उन्होंने 'एक्सप्रैस' को टिप ड्रॉप की!"

"अब अहम सवाल ये है कि क्या एक गुमनाम टिप पर बेस्ड अनसब्स्टैंशियेटिड टिप को 'एक्सप्रैस' जैसा नेशनल डेली अपने पेपर में जगह देगा?"

"सीधे से तो नहीं देगा लेकिन हिंट ड्रॉप कर सकता है, इशारेबाजी वाली जुबान—जो कि वो पहले ही करता आ रहा है—अब ज्यादा पुरजोर तरीके से इस्तेमाल कर सकता है।"

"ऐसा भी नहीं होना चाहिये।"—नेताजी चिन्तापूर्ण स्वर में बोला—"ये भी एक कारआमद तरीका होता है पब्लिक ओपीनियन को किसी के खिलाफ मोबीलाइज करने का। मेरे को ये नहीं मांगता। वो रिपोर्टर...क्या नाम बोला?"

"पंकज झालानी?"—मोरावाला बोला।

"मालूम किया कैसा आदमी है?"

"जी हां, किया। ईमानदार, कमिटिड जर्नलिस्ट है। उसकी खामोशी खरीदी नहीं जा सकती।"

"फिर तो सिवाय इसके हमारे पास और कोई चारा नहीं कि हम कल का 'एक्सप्रैस' पब्लिश होने का इन्तजार करें। अगर इस बाबत कुछ न हो तो बात ही क्या है, छपा हो तो भुगतें।"

"लेकिन वो डैमेज, जो हो रहा है..."

"हम नहीं रोक सकते। हम उसे तब तक नहीं रोक सकते जब तक कि उसका आर्किटैक्ट एक्सपोज न हो। और ऐसा कब होगा"—नेता जी के स्वर में वितृष्णा का भाव आया—"हमारे सोलोमन को मालूम है। मालूम है न, सोलोमन!"

"बिग ब्रदर, मैं शर्मिन्दा हूं।"—सोलोमन बोला—"लेकिन आप इस बात से बेखबर नहीं कि हाल में क्यों मेरी कोशिशें रफ्तार नहीं पकड़ पायीं। आज की इवेन्ट ठीक से निपट जाये, फिर कल देखना..."

"मेरे वफादार मुम्बई को हिला के रख देंगे। हमारा दुश्मन हमारे सामने खड़ा रहम की भीख मांगता होगा। ठीक!"

"अब और शर्मिन्दा न करें, बिग ब्रदर, लेकिन ऐन ऐसा ही होगा..."

"मेरी जिन्दगी में?"

"बिग ब्रदर, बहुत जल्द होगा। यकीनन बहुत जल्द होगा। और फिर करने वाले तो खुद आप हैं, हम सब तो आपके हुक्म के गुलाम हैं..."

"काफी हो गया। अब मोरावाला को अपनी बात खत्म करने दे।"

सोलोमन खामोश हो गया।

नेता जी की सवालिया निगाह मोरावाला पर पड़ी।

"सर"—मोरावाला दबे स्वर में बोला—"हमारे लोगों में—वर्कर्स में, कैरियर्स में—हताशा का, निराशा का माहौल है। वो हालिया वाकयात से खौफजदा हैं और चाहते हैं कि हम अपने सारे आपरेशन मुल्तवी कर दें।"

"ऐसा नहीं हो सकता।"—नेताजी आवेश से बोला।

"कुछ अरसे के लिये, सर, कुछ अरसे के लिये, जब तक कि मौजूदा हालात हमारे काबू में नहीं आ जाते।"

"हूं।"

"सर, अभी तक दुश्मन अपना माल पकड़वा रहे हैं, अपना नुकसान कर रहे हैं हमें बैक फुट पर लाने के लिये लेकिन हमारे आदमी कहते हैं कि आइन्दा वो ऐसे हालात पैदा कर सकते हैं कि जब पकड़ा जाये, हमारा ही माल पकड़ा जाये और हर बार आपकी तरफ उंगली उठे। सर, क्या ऐसा होने देना ठीक होगा?"

"नहीं। हरगिज नहीं।"

"तो!"

"मोरावाला, अभी मेरे दिलोदिमाग पर शाम की इवेंट का प्रैशर है। मैं तेरी 'तो' का जवाब कल दूंगा।"

"ठीक है, सर, ऐसे ही सही। मैं कल तक इन्तजार करूंगा।"

"अभी शाम को यहां तेरी हाजिरी है। टिकेगा या लौट के आयेगा?"

"लौट के आऊंगा।"

"फिर निकल ले।"

मोरावाला ने उठकर नेता जी का अभिवादन किया और वहां से रुखसत हुआ।

रात पौने दस बजे जीतसिंह कोलाबा में निर्धारित स्थान पर—अफगान चर्च के सामने—मौजूद था।

उस घड़ी वो अपना नया हासिल काला सूट पहने था और झक सफेद कमीज के साथ बो टाई लगाये था। उसके पैरों में काली जुर्राबें और चमकदार

काला जूता था, जो कि उसने सूट कमीज, बो टाई के साथ नया खरीदा था। उसके सिर पर सूट से मैच करता फैल्ट हैट था, दाढ़ी उसने बड़े सलीके से तरशवा ली थी और उस घड़ी उसे देखकर कोई नहीं कह सकता था कि वो टैक्सी ड्राइवर था, तालातोड़ था, टपोरी था।

जो काम उससे कराया जाना था, उससे अब उसे कोई एतराज बाकी नहीं रहा था लेकिन जिस जगह वो काम था, वो उसका दिल हिलाती थी। पार्टी में पूरी एहतियात बरतने के बावजूद उसका सामना नेताजी से हो सकता था, खालिद से हो सकता था, किसी और ऐसे शख्स से हो सकता था जो उसे गोवा में मिरामर बीच पर के नेता जी के कॉटेज पर मिला था और वो बतौर रौशन बेग पहचाना जा सकता था।

मन ही मन हनुमान चालीसा का पाठ करते हुए वो प्रतीक्षा करता रहा।

एक चमचम सफेद मर्सिडीज कार उसके करीब आ कर रुकी।

जीतसिंह ने गर्दन निकाल कर कार पर निगाह दौड़ाई।

कार की ड्राइविंग सीट पर सफेद वर्दी और पीक कैपधारी ड्राइवर सवार था और पीछे उसी जैसा काला हैट और सूट पहने कार का पैसेंजर था जिसकी सूरत अन्धेरे की वजह से उसे न दिखाई दी।

"जीतसिंह!"—कार का उसकी ओर का दरवाजा खोलता पैसेंजर बोला—"आ जा।"

दरवाजा खुलने की वजह से कार के भीतर रौशनी हुई और उस रौशनी में जीतसिंह ने मर्सिडीज के पैसेंजर को पहचाना।

वो वो क्लीनशेव्ड आदमी था खार में जिसकी डेविड परदेसी ने तसवीर खींची थी।

जीतसिंह कार में उसके पहलू में सवार हुआ।

"सब ठीक?"—उसने निरर्थक सा प्रश्न किया।

जीतसिंह ने सहमति में सिर हिलाया।

"विभोर सावन्त?"—फिर बोला।

"हां!"—वो बोला—"कैसे मालूम?"

"चावरिया साहब बोला न, इधर जो भीड़ू मेरे को मिलेगा, वो विभोर सावन्त।"

"ओह!"

जीतसिंह ने देखा, कार की अगली सीट पर दो बड़े बड़े गिफ्टरैप्ड पार्सल पड़े थे।

कार खामोशी से सड़क पर आगे सरकी।

सावन्त के बायें हाथ में एक डनहिल का पैकेट प्रकट हुआ।

"सिग्रेट!"—वो बोला।

जीतसिंह ने सहमति में सिर हिलाते पैकेट की तरफ हाथ बढ़ाया तो उसकी निगाह पैकेट थामे हाथ पर पड़ी।

हाथ पर—बायें हाथ पर—अंगूठे के करीब एक बैंडएड चिपकी हुई थी।

ये बात !

उसने पैकेट में से एक सिग्रेट निकाल लिया।

सावन्त ने भी एक सिग्रेट काबू में किया, फिर दायें हाथ में थमे डनहिल के सुनहरे लाइटर से दोनों सिग्रेट सुलगाये।

काला सूट लिनन का। हैट भी जाना पहचाना सा।

"कार तुम्हारी है ?"—जीतसिंह बोला, वो खामखाह का डायलॉग शुरू कर रहा था क्योंकि वो उसकी आवाज अच्छी तरह से सुनना चाहता था।

"हा हा।"

"चावरिया साहब की ?"

"अरे, नहीं, भई।"

"ओह ! तो बिग बॉस की ?"

"हो सकती थी। लेकिन किराये की है।"

"ओह !"

"मर्सिडीज से शान बनती है। मालूम ?"

"मालूम।"

"बड़े आदमी की पार्टी में बड़ी फूं फां के साथ जाना पड़ता है।"

"भले ही खुद की औकात छोटी हो।"

"अरे, मालिक की औकात से मुलाजिम की औकात बनती है।"

"ठीक !"

"ड्राइवर को देख ! क्या शानदार वर्दी पहने है ? क्यों पहने है ? क्योंकि मर्सिडीज का ड्राइवर है। आल्टो पोलो का ड्राइवर होता, फियेट का ड्राइवर होता तो क्या ये वर्दी पहने होता।"—वो ड्राइवर की पीठ से सम्बोधित हुआ—"क्यों, रामदास ?"

"बरोबर बोला, सर।"—ड्राइवर बिना गर्दन घुमाये बोला।

"सो देयर।"

जीतसिंह का सिर स्वयमेव सहमति में हिला।

"चावरिया साहब कैसा है?"—फिर बोला।

"ठीक है। उसे क्या होना है?"

"कुछ नहीं। यूं ही पूछा।"

"कोई खास वजह हो पूछने की तो बोलो!"

"नहीं, कोई खास वजह नहीं।"

आवाज नहीं मिलती थी। जरूर भीड़ू को आवाज बदल कर बोलने का खास अभ्यास था।

कार सी-रॉक एस्टेट पहुंची।

सारी एस्टेट रौशनियों से जगमगा रही थी। मेहमानों की आवाजाही जारी थी। एस्टेट का अक्सर बन्द रहने वाला आयरन गेट पूरा खुला था, उसके सामने सिक्योरिटी स्टाफ पूरी मुस्तैदी से ड्यूटी कर रहा था।

उनकी कार को रुकने का इशारा किया गया। फिर एक गार्ड कार की पिछली विंडो पर पहुंचा।

विभोर सावन्त ने उधर का शीशा गिराया और बोला—"विभोर सावन्त। बिग बॉस का स्पैशल मैसेंजर। साथ में मेरा सैक्रेट्री। हमारी आमद की इधर खबर है।"

"इनवीटेशन कार्ड दिखाइये।"—गार्ड सादर बोला।

सावन्त ने एक फैंसी, एनग्रेव्ड, रंगीन लिफाफा उसकी तरफ बढ़ाया।

गार्ड ने कार्ड थामा, बिना उस पर निगाह डाले घूमा, लम्बे डग भरता गेट हाउस के खुले दरवाजे पर पहुंचा और भीतर दाखिल हुआ।

भीतर जहांगीर कांट्रैक्टर मौजूद था, वैसी पार्टियों के दौरान जिसकी हमेशा गेट पर ड्यूटी होती थी। उसने कार्ड का बारीक मुआयना किया, शीशे की खिड़की के रास्ते बाहर खड़ी मर्सिडीज पर निगाह डाली, फिर एक रजिस्टर खोला और उसमें जैसे कोई ऐन्ट्री तलाश करने लगा।

उस दौरान सिक्योरिटी स्टाफ ने एक रॉड के सिरे पर लगे शीशे की मदद से कार के तले को चैक किया और डिकी खुलवा कर भीतर का मुआयना किया।

तब तक एक और कार मर्सिडीज के पीछे आन खड़ी हुई थी और हौले से हार्न बजा रही थी।

आखिर जहांगीर ने रजिस्टर बन्द किया। उसने कार्ड वापिस गार्ड को सौंपा।

"जाने दो।"—फिर बोला।

गार्ड ने सहमति में सिर हिलाया, वो कार्ड के साथ लपकता हुआ वापिस मर्सिडीज पर पहुंचा, उसने कार्ड सावन्त को लौटाया और गार्ड को कार आगे बढ़ा ले जाने का इशारा किया।

कार तुरन्त आगे सरकी।

"ईजी!"—सावन्त विजेता के से भाव से बोला।

"हां।"—जीतसिंह बोला—"मैं जरा कार्ड देख सकता हूं?"

"काहे को?"

"कभी कोई कीमती कार्ड नहीं देखा न, इसलिये! सुना है कार्ड पर भी बड़े लोग हजारों में खर्चा करते हैं।"

"ये भी वैसा ही है।"

"मैं देख सकता हूं?"

"नहीं"—उसका स्वर एकाएक शुष्क हुआ—"नहीं देख सकते हो?"

"क्यों? मेरे एक निगाह डाल लेने से कार्ड की आब उतर जायेगी?"

"अरे, बोला न, नहीं।"

"लेकिन क्यों?"

"अब छोड़ वो किस्सा। और चुप बैठ।"

जीतसिंह खामोश हो गया।

कार्ड पर मेहमान का नाम दर्ज होना था, देखने को मिलता तो उसे मालूम पड़ सकता था कि 'बिग बॉस' कौन था!"

सावन्त ने यूं एहतियात से कार्ड को अपने परले पहलू में दबाया जैसे जानता हो वो क्या चाहता था।

मर्सिडीज आगे बढ़ी, आयरन गेट से गुजरी और रौशनियों से जगमग ड्राइवे को पार करके नेता जी के आलीशान मैंशन के उस विशाल कम्पाउन्ड में पहुंची जहां कि पार्किंग का इन्तजाम था और जहां बेशुमार कारें पहले से खड़ी थी।

ड्राइवर ने कार को मैंशन की सफेद संगमरमर की सीढ़ियों पर उस स्थान पर ले जाकर रोका जहां कि पहली सीढ़ी से लेकर ऊपर आखिरी सीढ़ी तक और फिर आगे टैरेस पर मैंशन के सामने से आगे बाजू से गुजरती और पिछवाड़े में जाती राहदारी के सिरे तक लाल कार्पेट बिछा हुआ था। वहां पहली सीढ़ी पर मेहमानों के स्वागत के लिये खुद एस्टेट का सिक्योरिटी चीफ नेताजी के

छ: भांजों में से दो के साथ खड़ा था और वहां पहुंचते मेहमानों को रिसीव कर रहा था।

नेता जी के ऐसे भतीजे भांजे जहांगीर के अलावा दस और थे जो ऐसी पार्टियों में बतौर सिक्योरिटी स्टाफ ड्यूटी करते थे जब कि काफी सारा ऐसा स्टाफ बाहर से भी—किसी परखी हुई, विश्वसनीय सिक्योरिटी एजेन्सी से—बुलवाया जाता था। सिक्योरिटी के बड़े इन्तजामात की जरूरत इसलिये महसूस की जाती थी क्योंकि ऐसी पार्टियों में महिलायें करोड़ों के कीमती जेवरात पहन कर आती थीं जिनकी वजह से वहां कोई चोरी-डकैती की वारदात का खतरा बराबर होता था।

सावन्त के इशारे पर जीतसिंह पहले कार में से निकला और उसने अगली सीट पर रखे दोनों गिफ्ट पार्सल अपने कब्जे में किये। दोनों पर भेजने वाले की चिट लगी थी लेकिन उस पर जो लिखा था, वो उर्दू में था इसलिये वो न जान सका कि भेजने वाला कौन था। उसने दोनों पार्सल एक दूसरे के ऊपर रखे और उन्हें उठा लिया। पार्सल इतने बड़े थे कि वो एक दूसरे के ऊपर रखे उसकी नाक तक पहुंच रहे थे।

पता नहीं भीतर क्या था लेकिन जो था, यकीनन कीमती था वर्ना उन पार्सलों का मुकाम वहां न होता।

सावन्त कार से बाहर निकला।

तभी उसकी निगाह मैंशन की दीवार पर टंगे एक कैमरे पर पड़ी। वो उस कैमरे को पहचानता था जो कि मेहमानों की आमद को कवर करने के काम आता था। भीतर पार्टी स्थल पर कहीं एक जायन्ट स्क्रीन लगी होती थी जिस पर कि कैमरे द्वारा पकड़ी गयी छवियों की फिल्म चलती थी और हाजिर मेहमानों को नवागन्तुकों की खबर लगती थी।

उसने अपने हैट को आगे से नीचे झुका लिया और फुसफुसाता सा जीतसिंह से बोला—एक पार्सल मेरे को दे।"

"मैं उठाता हूं न..."

"दे!"

जीतसिंह ने दोनों पार्सल उसकी तरफ बढ़ाये तो ऊपरवाला सावन्त ने अपने काबू में कर लिया।

दोनों आगे बढ़े।

सावन्त ने पार्सल यूं ऊंचा कर के उठाया हुआ था कि वो तकरीबन उसके हैट के रिम को छू रहा था।

सोलोमन न तमाम मेहमानों को पहचानता था, न पहचानता हो सकता था। वहां सिक्योरिटी का इन्तजाम इस मिजाज के साथ किया जाता था कि जो मेहमान आयरन गेट को लांघ आया था, वो मुअज्जित था और इस्तकबाल के काबिल था।

सोलोमन ने मशीनी अंदाज में मुस्कराते हुए वैसे ही मशीनी अन्दाज से अनचीन्हे मेहमानों को खुशामदीद बोला और अदब से पिछवाड़े के रास्ते पर बढ़ने का इशारा किया।

दोनों लाल कार्पेट से ढंकी सीढ़ियां चढ़ने लगे।

वे टैरेस पर पहुंच कर पिछवाड़े जाने के लिये बायें घूमे तो कैमरे की तरफ उनकी पीठ हो गयी। तब सावन्त ने अपना पार्सल वापिस जीतसिंह के हाथ में थमे पार्सल के ऊपर रख दिया और शान से उसके आगे चलने लगा।

"मैं तो पहले ही बोला था" — जीतसिंह बोला — "कि मैं उठाता हूं..."

सावन्त ने उसकी बात की तरफ कोई तवज्जो नहीं दी।

वे पिछवाड़े में पहुंचे जहां टैरेस पर और आगे लान पर अनगिनत मेहमानों की हाजिरी थी। एक तरफ बैंड स्टैण्ड था जहां पांच म्यूजिशियंस का बजाया लाइव बैंड बज रहा था। बैंड स्टैण्ड के सामने डांस फ्लोर था जिस पर कुछ नौजवान जोड़े संगीत की स्वर लहरियों पर थिरक रहे थे। दूसरी तरफ फूड स्टाल थे जिन पर भांति भांति के व्यंजनों का प्रबन्ध था। फूड स्टाल के बाजू में बार था लेकिन वो खाली था क्योंकि वहां बड़ी मुस्तैद वेटिंग सर्विस थी। टैरेस पर एक शामियाना लगा हुआ था। जिसके नीचे राजसिंहासनों जैसी दो कुर्सियों पर दुल्हा और उसकी जगमग जगमग बेगम विराजमान थे। शामियाने में भी सिक्योरिटी गार्ड मौजूद थे जिनमें नेता जी के चार भांजे-भतीजे भी शामिल थे। एक तरफ कई टेबलों को जोड़कर एक विशाल प्लेटफार्म खड़ा किया गया था जिस पर मेहमानों के दुल्हा-दुल्हन के लिये लाये तोहफे रखे जा रहे थे।

"हमें सबसे पहले इन तोहफों से फारिग होना है।" — सावन्त बोला — "इसलिये शामियाने में जाना होगा।"

"बाप, उधर नेता जी हो सकता है।" — जीतसिंह व्याकुल भाव से बोला — "खालिद हो सकता है।"

"तो?"

"क्या तो? चावरिया साहब कुछ नहीं बोला?"

"अच्छा, वो! लेकिन शामियाने में जो सिक्योरिटी स्टाफ मौजूद है, उसमें खालिद नहीं है।"

"तुम्हें क्या मालूम?"

"मैं पहचानता हूं न खालिद को, जो कि नेता जी का बाडीगार्ड है!"

"ओह! पहचानते हो।"

"नेता जी भी इस घड़ी शामियाने में नहीं है।"

"आ तो सकता है किसी भी टेम! आखिर दूल्हे का बाप है! उसकी दूल्हे के करीब हाजिरी रसमी है, जरूरी है।"

"इतना रिस्क तो लेना पड़ेगा!"

"मेरे को वान्दा नहीं पण फिर तुम्हारे काम में लोचा पड़ के रहेगा। मैं पहचान लिया गया तो तुम्हारी पोल खुल जायेगी।"

"ऐसा तो नहीं होना चाहिये।"—उसके स्वर में चिन्ता का पुट था।

"बोले तो खुद जाओ।"

उसने उत्तर न दिया।

"क्या प्राब्लम है? गिफ्ट पार्सल उठाने में तुम्हारी इज्जत खराब होती है?"

"बिग बॉस की इज्जत खराब होती है। मैं उसका स्पैशल एनवाय, साथ में सैक्रेट्री, फिर मेरे पार्सल उठाने का क्या मतलब?"

"ये तुम सोचो।"

"तू चल। मैं वहां रुकूंगा, तू गिफ्ट पार्सल थमा के लौट चलना।"

"सोच लो।"

"सोच लिया। चल।"

दोनों आगे बढ़े, शामियाने में दाखिल हुए और दूल्हा दुल्हन के करीब पहुंचे।

सावन्त के इशारे पर जीतसिंह ने गिफ्ट आगे बढ़ाये जिन्हें दुल्हन ने बड़ी नजाकत से छुआ और फिर बड़ी तत्परता से उसके पीछे खड़े एक गार्ड ने गिफ्ट थाम लिये।

"मुबारक, जनाब"—सावन्त एक कान से दूसरे कान तक मुस्कराता हुआ बोला।

दूल्हे ने मुस्करा कर सिर नवा कर मुबारक कबूल की।

जीतसिंह अदब से पीछे हट गया।

तभी शामियाने के पृष्ठ भाग में उसे नेता जी शामियाने में कदम रखता दिखाई दिया। नेता जी के एक कदम पीछे मुस्तैद बाडीगार्ड खालिद था।

जीतसिंह तत्काल घूमा और लम्बे डग भरता विपरीत दिशा में आगे बढ़ चला।

शामियाने से दूर वो लान में पहुंच गया तो उसकी जान में जान आई।

पीछे सावन्त दुल्हा-दुल्हन से क्या बतियाता रहा, वो न जान सका। वो ये भी न जान सका कि वो नेता जी के मत्थे लगा या न लगा।

बहरहाल अब उसके चारों तरफ मेहमान थे और वो नेता जी और खालिद से बहुत दूर था। वैसे भी शामियाने में जैसा माहौल था उसकी रू में दोनों की शामियाने से बाहर तवज्जो जाने की कोई वजह नहीं थी। बड़े, मुअज्जित मेहमान मुतवातर शामियाने में पहुंच रहे थे और दूल्हा-दुल्हन से पहले नेताजी को बधाईयों से लाद रहे थे।

और खालिद का अपने बॉस के पहलू में मौजूद रहना जरूरी था।

यानी वो लान में मेहमानों के बीच सेफ था।

एक वेटर ने उसे ड्रिंक्स की ट्रे पेश की।

जीतसिंह ने देखा ट्रे में विस्की, वोदका, वाइन, बीयर, सब थे। उसने विस्की का एक गिलास उठा लिया। वेटर आगे बढ़ गया।

कुछ अरसा यूं ही गुजरा।

वो विस्की का गिलास बस थामे था, उसको खाली करने की उसकी कोई मंशा नहीं थी। आगे उसने जो काम करना था, नशा उसमें बाधक हो सकता था, उससे उसकी एकाग्रता में फर्क आ सकता था।

उसकी शामियाने की तरफ निगाह उठी तो उसने पाया सावन्त अब वहां नहीं था। लेकिन दूल्हे के पहलू में नेता जी तब भी दिखाई दे रहा था।

तभी महबूब फिरंगी वहां पहुंचा जिसे उसने फौरन पहचाना।

आखिर उसके हुक्म पर उसकी धुनाई हुई थी। लेकिन फिर इनाम इकराम से भी नवाजा गया था।

महबूब फिरंगी नेता जी से गले लग के मिला।

उसके साथ आये चमचों ने दुल्हा दुल्हन को तोहफे भेंट किये।

जीतसिंह ने नोट किया जब तक महबूब फिरंगी नेता जी और दूल्हा दुल्हन के साथ था, तब तक कोई दूसरा मेहमान करीब नहीं फटका था।

आखिर दो बड़े गैंगस्टर्स का मिलन हो रहा था, उसमें विघ्न डालने की, कबाब में हड्डी बनने की, किसकी मजाल हो सकती थी?

दस-बारह मिनट और गुजरे।

तभी एक सुन्दर, जवान सजी धजी युवती उसके करीब पहुंची। उसके लाली लिये भूरे बाल बड़े फैशनेबल ढंग से कटे हुए थे और चेहरे पर बड़े सलीके का मेकअप था—ऐसा कि होंठों पर, कपोलों पर, पलकों और भवों के बीच हर वाजिब रंग लगा हुआ था फिर भी लगता था जैसे युवती ने कास्मैटिक्स से परहेज किया हो। ऐसा उसकी बेतहाशा खूबसूरती और जवानी की चमक की वजह से ही मुमकिन हो पाया था। पोशाक की मद में वो एक कालर वाली पूरी बांह की गुलाबी शर्ट और काले रंग की मुश्किल से घुटनों तक पहुंचने वाली टाइट स्कर्ट पहने थी। अपने बायें कन्धे पर वो एक बड़ा फैशनेबल बैग लटकाये थी जिसकी दूसरी खूबी—या खामी—ये थी कि वह असाधारण रूप से बड़ा था।

"हल्लो!"—वो चहकती सी बोली—"एनजाईंग युअरसैल्फ?"

जीतसिंह ने उलझनपूर्ण भाव से उसकी तरफ देखा।

कौन थी?

"कनफ्यूज हो गये?"—वो यूं बोली जैसे उसकी उलझन का आनन्द ले रही हो।

"है तो ऐसा ही!"—जीतसिंह झिझकता सा बोला।

"तुम अकेले हो, अकेले मेहमान को कम्पनी देना मेरी ड्यूटी है।"

ओह! तो बाई थी इज्जतदार नाम वाली! होस्टेस थी!

"मेरे को नहीं मांगता।"

"क्या? क्या नहीं मांगता?"

"कम्पनी।"

"ईडियट!"

जीतसिंह हड़बड़ाया।

"चावरिया कुछ नहीं बोला?"

"चावरिया?"

"या सावन्त?"

"क्या नहीं बोला?"

"जहां काम है"—उसका स्वर धीमा पड़ा—"वहां तक कैसे पहुंचोगे? तुम्हें मालूम है कहां जाना है, किधर जाना है?"

"ओह! ओह!"

"अभी आयी बात समझ में?"

जीतसिंह ने सहमति में सिर हिलाया। उसने विस्की का एक घूंट भरा।

"बाटम्स अप।"—लड़की आदेशात्मक स्वर में बोली।

"क्या?"

"अरे, गिलास खाली करो। तुम पार्टी में हो, एक ही जाम से चिपके नहीं रह सकते। लोग नोट करते हैं।"

"लेकिन..."

युवती ने जवाब देने की जगह करीब से गुजरते एक वेटर को रोका और उसकी ट्रे में से एक वाइन और एक विस्की का गिलास उठा लिया। उसने जीतसिंह को कोहनी मारी तो उसने अपना खाली गिलास वेटर की ट्रे में रख दिया।

युवती ने उसे नया जाम थमाया।

"चियर्स!"—फिर बोली।

"चियर्स!"—जीतसिंह बोला।

दोनों ने गिलास टकराये।

"मेरा नाम रुचिरा है।"—वो बोली।

"मैं रौ... जीतसिंह।"

"मालूम।"

स्नैक्स की ट्रे लिये वेटर करीब आया। दोनों ने टुथपिक में अटके फ्राइड फिश के टुकड़े उठाये। वेटर वहां से हट गया।

"हमारे काम के लिये अभी टाइम मुनासिब नहीं है"—युवती का स्वर फिर धीमा पड़ा—"इसलिये पार्टी एनजाय करो।"

"टाइम कब मुनासिब होगा?"—जीतसिंह भी वैसे ही धीमे स्वर में बोला।

"बोलूंगी।"

"सावन्त कहां है?"

"होगा कहीं। अभी तुम्हें उसकी जरूरत नहीं है। जब होगी तो जैसे आसमान से टपकेगा। देखना।"

तभी टैरेस की ऐन्ट्री की तरफ हलचल दिखाई दी।

जीतसिंह की निगाह स्वयमेव ही उधर उठी।

सफेद सूट पहने कई लोगों से घिरा एक रौबदार आदमी भीतर चला आ रहा था।

"कोई"—जीतसिंह बोला—"इम्पोर्टेंट करके भीड़ू जान पड़ता है!"

"ऐसा ही है।"—रुचिरा बोली—"अमर नायक नाम है..."

तो ये था अमर नायक !

"... बड़ा 'भाई'। बड़ा समगलर !"

"यहां इनवाइटिड ?"

"क्यों न हो ! मेजबान का बिरादरीभाई जो ठहरा !"

"बिरादरीभाई ?"

"और क्या ! जात औकात कहीं छुपती है !"

"इस नये मेहमान की ?"

"नेताजी की। बहरामजी की।"

"अरे, धीरे बोलो। कोई सुन लेगा।"

"ओह ! सॉरी !"

आधा घन्टा यूं ही गुजरा।

उस दौरान कई मेहमान वहां पहुंचे लेकिन उनकी आमद का जैसे किसी ने नोटिस ही न लिया।

फिर एक बार फिर एन्ट्री पर हलचल हुई।

इस बार चमचों से घिरा जो व्यक्ति हलचल में दिखाई दिया, वो उम्रदराज था, खद्दर का कुर्ता पाजामा पहने था और वैसी ही मोदी जैकेट पहने था।

"सदाराव नगरकर।"—रुचिरा बोली—"पब्लिक पार्टी का प्रैसीडेंट है।"

"अच्छा, ये है ?"

"हां। बहरामजी के पालिटिक्स में आने से पहले अपोजिशन में बस इसी की तूती बोलती थी लेकिन अब हाल ये है कि ये बहरामजी के आगे कहीं नहीं ठहरता, इसकी पार्टी मराठा मंच के आगे कहीं नहीं ठहरती। छत्तीस का आंकड़ा है दोनों में। पीठ पीछे एक दूसरे को गाली देते हैं, एक दूसरे की मौत की कामना करते हैं लेकिन अभी शामियाने में देखना कैसे हँस हँस कर, एक दूसरे के गले लग लग कर मिलेंगे !"

"नेता जो ठहरे !"

"इसीलिये कहते हैं पालिटिक्स मेक्स स्ट्रेंज बैडफैलोज़।"

"बोले तो ?"

"सियासत अजीबोगरीब दोस्त बनाती है।"

"ओह !"

कुछ क्षण खामोशी से गुजरे।

"वो, उधर"—फिर एकाएक जीतसिंह बोला—"दो आदमी बहुत घुट घुट के बातें कर रहे हैं। एक तो महबूब फिरंगी है, दूसरा कौन है?"

"महबूब फिरंगी को पहचानते हो?"

"हां। इत्तफाक से।"

"कैसे?"

"कुछ महीने पहले एक बार वास्ता पड़ा था। मजबूरन उसकी हाजिरी भरनी पड़ी थी मेरे को।"

"ओह!"

"तुमने जवाब नहीं दिया। महबूब फिरंगी किससे घुट घुट के बातें कर रहा है?"

"क्यों न करे? वो कहते नहीं है कि चोर चोर मौसेरे भाई!"

"बोले तो?"

"बल्लू कनौजिया है वो जिससे महबूब फिरंगी बातें कर रहा है। बड़ा गैंगस्टर है। महबूब फिरंगी की तरह ही बड़ा समगलर है।"

"ऐसे इतने लोग यहां मौजूद हैं, इनका आपस में टकराव नहीं होता?"

"होता होगा। लेकिन उसकी पब्लिक को खबर थोड़े ही लगती होगी! ये लोग आपस में लड़ते भिड़ते ही रहते हैं, अति हो जाती है तो सुलह कर लेते हैं, इलाके बांट लेते हैं और कोशिश करते हैं कि एक दूसरे के रास्ते में न आयें।"

"ओह!"

"लेकिन टकराव फिर भी होते हैं। कभी समन्दर से—माहिम क्रीक से, कम्बाला सी-फेस से, बैक वे से, मलाड क्रीक से—गोलियों से बिंधी लाशें बरामद होने लगें तो समझो, सुलह नहीं चली, भाई लोगों में ठन गयी।"

"तुम इतनी बातें कैसे जानती हो?"

"मैं ऐसी पार्टियों में जाती रहती हूं न!"

"नेता जी बहुत पार्टियां करता है?"

"अरे, यही क्यों? और भी तो हैं यहां मौजूद बड़े बाप जो बहानों से बड़ी बड़ी पार्टियां करते हैं! बड़प्पन बना के रखने का ये भी तरीका है न इन लोगों का! जितना बड़ा गैंगस्टर, जितना बड़ा नेता, उतनी बड़ी पार्टी।"

"तुमने तो गैंगस्टर और नेता को एक ही गज से नाप दिया!"

"कोई फर्क है दोनों में? एक ही मिशन है दोनों का। मुल्क को लूट के खा जाना।"

"ओह!"

"ड्रिंक्स वाला वेटर आ रहा है, एक पैग और लो।"

"मेरे खयाल से ये ठीक नहीं होगा।"

"अरे, बारह बजने से पहले कुछ नहीं होने वाला। लापरवाही, अलगर्जी का दौर तभी शुरू होगा। सुरूर में आये लोगों को शैतानी हरकतें भी तभी सूझनी शुरू होंगी। तुम ने भी ऐसा ही एक लोग बनना है।"

"मैं नशे में होना अफोर्ड नहीं कर सकता। अगर मैंने काम चौकस करना है तो..."

"मालूम। मालूम। तुमने नशे में नहीं होना, नशे में होने का एक्टिंग करना है। तभी तो मुझे दबोचोगे और मैंशन में कोई पनाहगाह ढूंढ़ने निकलोगे!"

"ओह!"

"तुम ड्रिंक लो, मैं मैंशन का एक चक्कर लगा के आती हूं।"

जीतसिंह की भवें उठीं।

"अरे मालूम तो करना होगा या नहीं कि उधर का माहौल हमारे मनमाफिक है या नहीं!"

"ओह!"

"कोई अड़चन है, कोई लोचा है तो वो हमारी जानकारी में आना चाहिये या नहीं?"

"जरूर आना चाहिये।"

"तो फिर?"

"ठीक है!"

"आती हूं। जल्दी।"

ड्रिंक के साथ जीतसिंह को पीछे छोड़ कर वो चली गयी।

जीतसिंह अनमने भाव से ड्रिंक चुसकता रहा।

"हल्लो!"

जीतसिंह ने अचकचा कर सिर उठाया।

सामने एक कोई पैंतालीस साल का रौबदार, सख्तमिजाज व्यक्ति खड़ा था। वो क्लीनशेव्ड था और उस कमउम्र में ही गंजेपन की तरफ अग्रसर जान पड़ता था। उसका कद लम्बा था, रंग अंग्रेजों जैसा गोरा था और नयननक्श तीखे थे।

"हल्लो, सर।"—जीतसिंह सकपकाया सा बोला।

फिर तत्काल उसे लगा कि उसे 'सर' नहीं कहना चाहिये था, यूं उसकी छोटी औकात झलकती थी।

"सारी, भई।"—वो बोला—"मैंने तुम्हें कोई और समझा था। फासले से तुम मुझे मेरे वाकिफ जान पड़े थे।"

"मेरी शक्ल किसी से मिलती है?"

"शक्ल नहीं मिलती, ब्रदर, दाढ़ी मिलती है। मेरा दोस्त याकूब हसन भी ऐसी ही दाढ़ी रखता है।"

"ओह!"

"बाई दि वे, मैं मोरावाला! बेजान मोरावाला!"

"म-मैं ... मैं नाम से वाकिफ हूं।"

"फिर तो मालूम होगा मैं होस्ट का करीबी हूं!"

जीतसिंह को वो तरंग में लगा।

"जी नहीं, ये नहीं मालूम था।"

"तुमने अपना इन्ट्रो नहीं दिया?"

"जी मैं ... मैं बद्रीनाथ।"

"बद्रीनाथ! यानी हिन्दू हो।"

"जी हां।"

"दाढ़ी से तो ऐन मुसलमान लगते हो!"

"जनाब, मेरे ऐसी दाढ़ी रखने से मुसलमान नाराज तो नहीं हो जायेंगे?"

"हा हा हा।"—उसने मुक्त कण्ठ से अट्टहास किया फिर तत्काल संजीदा हुआ—"लगता है किसी के साथ हो! क्योंकि डायरेक्ट इनवाइटी होते तो मैं जरूर तुम्हें जानता होता। किसके साथ हो?"

"ब-बल्लू कनौजिया साहब के। मैं उनका सैक्रेट्री हूं।"

"आई सी। ओके, मिस्टर नाथ, एनजाय युअरसैल्फ। मैं याकूब भाई को कहीं और देखता हूं।"

झूमता सा वो वहां से चला गया।

पीछे जीतसिंह ने फिर अपने जाम की तरफ तवज्जो दी।

पांच मिनट और गुजरे तो रुचिरा लौटी।

जीतसिंह ने सवालिया निगाह से उसकी तरफ देखा।

"सब ठीक है।"—वो बोली—"मेहमान खुल्ले मैंशन में आ जा रहे हैं। कोई रोक टोक नहीं है।"

"बढ़िया।"

"सच पूछो तो कोई रोकने टोकने वाला था ही नहीं। खाली मैंशन के मेन गेट पर एक गार्ड था जो किसी को टोकता तक नहीं था। कोई मेहमान

ही बताये तो बताये कि वो टायलेट जा रहा था—या पूछे कि टायलेट कहां था—गार्ड तो खुद ही सोच लेता था कि मैंशन में पहुंचा ऐसा मेहमान टायलेट की तलाश में था।"

"यानी उस फ्रंट पर कोई अड़चन, कोई विघ्न बाधा पेश नहीं आयेगी?"

"कतई नहीं।"

"बढ़िया।"

"ड्रिंक और लो।"

"नहीं, बस। मैंने बोला ही कि…"

"मालूम! मालूम! एक आखिरी ड्रिंक और लो और उसे बारह बजे तक चलाओ। सवा ग्यारह तो बज भी गये हैं!"

"अच्छा! इतनी जल्दी!"

"रौनक में, तफरीह में पता नहीं चलता। ड्रिंक लो।"

वेटर की ट्रे में से दोनों ने जाम उठाये और एक दूसरे वेटर की ट्रे में से उठाकर स्नैक्स चबाये।

"लो!"—एकाएक रुचिरा बोली—"अब तो यूं समझो कि महफिल को चार चान्द लग गये।"

"मतलब?"—जीतसिंह सकपकाया।

"स्टेट के गवर्नर साहब पधारे हैं।"

जीतसिंह ने टैरेस की ऐन्ट्री की तरफ निगाह उठाई तो बन्द गले के कोटवाला सफेद सूट पहने एक उम्रदराज, सिर से गंजे, रौबदार शख्स को काली वर्दी वाले कमांडोज से घिरे शामियाने की ओर बढ़ते पाया।

"देखी बहरामजी का माया!"—रुचिरा दबे स्वर में बोली—"किसी ने यूं ही नहीं कहा कि पॉलिटिक्स इज दि लास्ट रिजार्ट आफ स्काउन्ड्रल्स!"

"क्या बोला?"

"पॉलिटिक्स लुच्चों की आखिरी पनाह है।"

"बहरामजी को लुच्चा कह रही हो?"

"पॉलीटीशियन को लुच्चा कह रही हूं।"

"एक ही बात नहीं?"

"है तो है।"

"हूं। एक बात बताओ।"

"पूछो।"

"काम के वक्त मुझे टूल किट हासिल होगी, इसका मतलब है वो अन्दर है, यहीं कहीं—लॉन में या मैंशन में—उपलब्ध है?"

"हां।"

"कहां?"

"कहीं भी।"

"ऐन्ट्री पर इतनी सिक्योरिटी चैकिंग थी, कैसे भीतर पहुंची?"

"पहुंची किसी तरह से।"

"फिर भी..."

"क्या फिर भी? तुम्हें आम खाने से मतलब होना चाहिये, पेड़ गिनने से नहीं। अब टॉपिक चेंज करो।"

"तो सावन्त की बोलो!"

"क्या?"

"मैं उसकी बाबत हैरान हूं।"

"क्यों?"

"इतना अरसा हो गया, एक बार भी दिखाई नहीं दिया।"

"नहीं दिखाई दिया तो क्या आफत आ गयी?"

"आफत नहीं आ गयी लेकिन... कहां होगा?"

"अरे, होगा यहीं कहीं। अभी उसका इधर कोई काम नहीं है, जब काम होगा तो देख लेना जैसे जादू के जोर से तुम्हारे सामने आन खड़ा होगा।"

"तुम सावन्त को कैसे जानती हो?"

"मैं सावन्त को कैसे जानती हूं?"

"हां।"

"अरे, मेरे सामने वो क्या बला है? पूछो, वो मुझे कैसे जानता है?"

"वो तुम्हें कैसे जानता है?"

"मैं बिग बॉस की खास हूं"—उसके स्वर में अभिमान का पुट आया—"वो बिग बॉस का आम है। इसलिये मेरे को भाव देता है—मजबूरी है उसकी—बस!"

"बॉस कौन?"

"जान जाओगे। उसका काम कामयाबी से करोगे तो जान जाओगे। देखना, बिग बॉस खुद तुम्हें बुला कर शाबाशी देगा।"

"लेकिन कौन..."

"बोला न, जान जाओगे। अब छोड़ो ये किस्सा।"

"तुम्हारा बैग!"

"क्या हुआ इसे?"

"कुछ ज्यादा ही बड़ा है?"

"तो?"

"भारी भी जान पड़ता है। तुम्हारा कन्धा झुका जा रहा है इसके वजन से!"

"अरे, तो?"

"तो कुछ नहीं। यूं ही सोच रहा था कि इतना बड़ा बैग तुम्हारे बाकी रखरखाव से, यहां के माहौल से, मैच नहीं करता।"

"कोई बात बेमानी नहीं होती। आगे बहुत बातों के मायने समझोगे। अभी ड्रिंक की तरफ ध्यान दो।"

जीतसिंह ने सहमति से सिर हिलाया और हाथ में थमे गिलास में से एक चुसकी भरी।

उसने नोट किया कि नये मेहमान अभी भी आ रहे थे।

पता नहीं पार्टी कब तक चलने वाली थी।

कदरन सस्पैंस के हवाले वो वक्त गुजरता रहा।

आखिर बारह बजने को हुए।

"गिलास खाली करो।"—एकाएक रुचिरा ने हुक्म दिया।

जीतसिंह ने आदेश का पालन किया।

दोनों ने गिलास खाली किये और उन्हें तिलांजलि दी।

"अब तुम टुन्न हो।"—वो सावधान स्वर में बोली—"और नशा तुम्हारी काम वासना भड़का रहा है। समझे?"

जीतसिंह ने हिचकिचाते हुए सहमति में सिर हिलाया।

"साबित करो।"

जीतसिंह ने उसे झूम कर दिखाया। आंखों में रंगीनी तैरा कर दिखाया।

"गुड! अब हिदायत के दूसरे हिस्से पर अमल कर के दिखाओ।"

जीतसिंह ने बाज जैसा झपट्टा मारा और उसे अपनी बांहों में दबोच लिया।

"ज्यादा हो रहा है।"—उसने उसे घुड़का—"ज्यादा हो रहा है।"

जीतसिंह ने हड़बड़ा कर उस पर से अपनी पकड़ ढ़ीली कर दी। फिर उसने उसकी कमर में हाथ डाला और खींच कर उसे अपने पहलू से लगा लिया।

"अब ठीक है।"—रुचिरा उसके कन्धे पर ढेर होती बोली—"अब चलो।"

"तुम चलाओ।"—जीतसिंह झूमकर बोला।

"शाबाश! चलाऊंगी मैं ही, क्योंकि मुझे मालूम है कहां पहुंचना है। लेकिन जब तक हम ओपन में हैं, देखने वालों को यही लगना चाहिये कि तुम मुझे चला रहे हो। तुम मुझे कहीं ले जाने को बेताब हो। ओके?"

"हां।"

"डू इट।"

जीतसिंह ने, जैसा उसे समझाया गया, वैसा किया। एक दूसरे पर ढेर होते, मेहमानों में जगह बनाने, वो मैंशन की दिशा में बढ़े।

मैंशन तक पहुंचने के लिये बीच में शामियाना आता था जिसके करीब भी जीतसिंह फटकना नहीं चाहता था, हालांकि शामियाने में तब भी गहमागहमी थी जिसकी वजह से शायद ही किसी की तवज्जो उनकी तरफ जाती। लेकिन रिस्क लेना गलत होता इसलिये उन्होंने एंट्री की विपरीत दिशा में दूर दूर से शामियाने का घेरा काटा और पीछे टैरेस पर और आगे मैंशन पर पहुंचे।

फ्रंट की तरह मैंशन के पिछवाड़े में सीढ़ियां नहीं थीं। उधर मैंशन की बुनियाद टैरेस के लैवल पर थी।

वो प्रवेश द्वार पर पहुंचे।

वहां एक गार्ड खड़ा था जिसने भावहीन ढंग से उन दोनों की तरफ देखा।

"हल्लो!"—रुचिरा ने उसे कोहनी मारी तो जीतसिंह नाहक चहका।

"हल्लो, सर।"—गार्ड निर्विकार भाव से बोला।

"भीतर जाने का। मालूम क्यों?"

"क्यों, सर?"

जीतसिंह ने कनकी उंगली उठाई, रुचिरा को वो तब भी बड़े कुत्सित भाव से बगल में दबोचे था।

"नो प्राब्लम, सर।"

"असल में मालूम क्यों?"

"क्यों, सर?"

जीतसिंह ने उसे आंख मारी और रुचिरा को अपने पहलू के साथ भींचा।

रुचिरा ने निहाल होकर दिखाया। जीतसिंह के साथ तो वो लिपटी ही हुई थी, अब तो जैसे उसकी गर्दन से झूल गयी।

"फैजान!" — वो रंगीन लहजे से बोली — "पीछे नहीं आना।"

"नैवर, मैडम।"

"थैंक्यू। गॉड ब्लैस यू।"

दोनों भीतर दाखिल हुए।

गार्ड के लिये जैसे उनका अस्तित्व खत्म हो गया, उसने उधर से निगाह हटा ली।

"इधर!" — भीतर रुचिरा सतर्क स्वर में बोली, अब उसके लहजे से टपकती रंगीनी सरासर गायब हो चुकी थी।

जीतसिंह ने देखा जिधर वो इशारा कर रही थी, उधर एक लम्बा, सुनसान गलियारा था। वो रुचिरा के साथ उस गलियारे में आगे बढ़ा।

"गार्ड को नाम से पुकारा!" — वो बोला — "जानती थी?"

"हां।"

"कैसे?"

"सिक्योरिटी एजेन्सी से है। वो एजेन्सी और जगह, और पार्टियों में भी गार्ड भेजती है। टकराव होता रहता है।"

"ओह! पढ़ा लिखा जान पड़ता था।"

"ठीक जान पड़ता था। उसकी एजुकेशन की बाबत सुनोगे तो हैरान हो जाओगे।"

"अच्छा।"

"एमए पास है।"

"फिर भी गार्ड है।"

"बहुत बेरोजगारी है मुल्क में। इंजीनियर जूता पालिश करते हैं, एलएलबी मुंशीगिरी करते हैं। गलत कहा मैंने?"

"नहीं।"

"अच्छा हुआ अब हमें मेरा वाकिफ गार्ड मिला..."

"अब?"

"हां। मेरे पिछले फेरे पर गेट पर फैजान नहीं था।"

"ओह!"

"फैजान पीछे नहीं आयेगा। मेरे पीछे कभी नहीं आता।"

"तुम्हारे पीछे?"

"लिहाज करता है मेरा।"

"लेकिन तुम्हारे पीछे! यानी तुम्हारे साथ ऐसे... मुझे रंगीन इत्तफाक होते ही रहते हैं!"

"रंगीन इत्तफाक क्या! सैक्सुअल एनकाउन्टर बोलो। मैं पार्टी होस्टेस हूं। ये मेरी सर्विसिज का हिस्सा है।"

"ओह! क्यों करती हो?"

"क्यों करती हूं? न करूं तो क्या करूं? गार्ड बन जाऊं? जूता पालिश करूं? मुंशीगिरी करूं? बेरोजगारी मेरे लिये नहीं है?"

जीतसिंह ने उत्तर न दिया।

वो गलियारे के सिरे पर पहुंचे।

आगे बायीं तरफ एक कदरन छोटा गलियारा था जिसके सिरे पर, ऐन गलियारे के माथे पर एक विशाल, सजावटी, नक्काशीदार शीशम का भारी दरवाजा था।

"ये है मास्टर बैडरूम।"—वो बदले मिजाज के साथ फुसफुसाई—"उम्मीद है कि दरवाजा लाक्ड नहीं होगा। हुआ तो तुम्हें इसको भी खोलना होगा।"

"लेकिन टूल किट..."

"मिल जायेगी। पहले दरवाजा ट्राई तो करो।"

जीतसिंह ने किया।

दरवाजा लाक्ड नहीं था।

"शुक्र है।"—रुचिरा ने गहरी सांस ली—"बन्द होता तो प्राब्लम होती। गलियारे में आवाजाही हो सकती थी। गार्ड नहीं तो कोई टायलेट जाने का अभिलाषी, कोई हमारे जैसा ही जोड़ा इधर टपक पड़ सकता था। प्राब्लम होती बराबर। नहीं?"

"हां।"

"चलो।"

जीतसिंह ने हौले से दरवाजा इतना खोला कि दोनों एक दूसरे के पीछे भीतर दाखिल हो पाते। फिर उसने पीछे दरवाजा बन्द कर दिया और हैंडल का लॉक बटन दबा दिया।

रुचिरा ने स्विच बोर्ड टटोल कर एक स्विच आन किया।

विशाल बैडरूम में मद्धम सी रौशनी फैल गयी।

वो भव्य, फिल्मों के सैट्स की तरह सजा, ऐश्वर्यशाली बैडरूम था जहां कि मैंशन का मालिक, भूतपूर्व समगलर और वर्तमान नेता, बहरामजी

कान्ट्रैक्टर मुकाम पाता था। प्रवेश द्वार से विपरीत दीवार में छत तक पहुंची शीशे की दो विशाल खिड़कियां थीं जिन पर भारी पर्दे पड़े हुए थे। उसके सामने साधारण से कहीं बड़ी, लग्जरी होट्ल्स की साजसज्जा को भी मात करती, डबल बैड थी। एक तरफ बार था, राइटिंग टेबल थी और एक रिक्लाइनर था।

"वो कहां है?"—जीतसिंह फुसफुसाया।

रुचिरा ने बायीं तरफ इशारा किया।

जीतसिंह ने देखा बाईं दीवार में सैट एक विशाल, डेकोरेटिव बुक शैल्फ था जिसके बाजू में सेफ थी।

दोनों सेफ के करीब पहुंचे।

जीतसिंह ने सेफ का मुआयना किया।

"चब (CHUBB) की इलैक्ट्रॉनिक सेफ है।"—वो बोला—"आटोमैटिक बिल्टइन अलार्म वाली। पहले इस का अलार्म खारिज करना पड़ेगा वर्ना ऐसा होहल्ला मचेगा कि पनाह मांगते बनेगी।"

"ऐसा तो नहीं होना चाहिये! अलार्म इनएक्टिव कर लोगे?"

जीतसिंह ने घूरकर उसे देखा।

"कर लोगे?"

"मैडम, मैं यहां अपनी स्पैशियलिटी की वजह से हूं, तुम्हारी स्पैशियलिटी की वजह से नहीं।"

उसका चेहरा सुर्ख होने लगा।

"बड़े बद्तमीज हो!"—फिर बोली।

"ओह! तो हम चौपाटी पर हैं! भेल खाने आये हैं!"

उसको झटका सा लगा। तत्काल उसने अपने बदले मिजाज पर काबू किया।

"मेरा सामान बैग में हैं—जीतसिंह बोला—"तो निकाल कर मेरे हवाले करो।"

"कैसे जाना?"

"मुझ देर से सूझा लेकिन सूझा कि इतने बड़े बैग की कोई और वजह नहीं हो सकती।"

उसका सिर हौले से सहमति में हिला, फिर उसने बैग कन्धे पर से उतारा और उसमें से टूल्स निकाल निकाल कर जीतसिंह को थमाने लगी।

"ये क्या? किट कहां गयी?"

"वो बहुत बड़ी थी। बैग में मुश्किल से आती थी..."

"बैग के साइज के लिहाज से इतनी बड़ी तो नहीं थी!"

"...और वजन भी बढ़ाती थी। वैसे भी तुम्हारा मतलब टूल्स से है, किट का तुमने क्या करना है!"

जीत खामोश रहा। वो उसे टूल्स थमाती रही और जीतसिंह उन्हें सेफ के करीब फर्श पर रखता गया।

वो उस काम से फारिग हुई तो उसने बैग को बैड के करीब की एक कुर्सी पर रखा और पहले अपनी शर्ट की आस्तीनों के और फिर गिरहबान के बटन खोलने लगी।

"ये क्या करती हो?"

उसने उत्तर न दिया, उसने शर्ट उतार कर कुर्सी की पीठ पर डाल दी। नीचे से काली ब्रा के बन्धन में जकड़े उसके उन्नत, दूधिया उरोज उजागर हुए।

"ये क्या हो रहा है?"

उसने स्कर्ट भी उतारी और कुर्सी पर डाल दी।

अब वो उसके सामने बहुत ही संक्षिप्त काली पैंटी और ब्रा में खड़ी थी।

जीतसिंह का कण्ठ सूखने लगा।

"अरे, ये क्या हो रहा है?"—इस बार वो बड़ी मुश्किल से बोल पाया।

"होगा।"—वो सहज भाव से बोली—"भगवान न करे हो लेकिन अगर हुआ तो ये एक प्रीकाशन है जो हमारे काम आयेगी।"

"क-कैसे?"

"देखना। अब तुम भी कपड़े उतारो।"

"मैं!"

"हां।"

"सारे।"

"पतलून छोड़कर सारे। जूते भी।"

"लेकिन क्यों?"

"हैट पहन के, डिनर ड्रैस पहन के मेरे साथ...वो करते मूर्ख लगोगे इसलिये।"

"देवा रे!"

"बातों में वक्त जाया मत करो। वक्त की नजाकत को समझो। हम पहले ही बहुत बहसबाजी कर चुके हैं। अब जो कहा है, करो।"

जीतसिंह ने अपने कपड़े उतार के एक दूसरी कुर्सी पर डाल दिये और जूते कुर्सी के करीब फर्श पर रख दिये। अब उसके जिस्म पर सिर्फ पतलून थी।

"गुड !"—वो बोली—"यूं काम करने में कोई प्राब्लम ?"

"नहीं।"

"तो शुरू करो।"

वो तुरन्त अपने उस काम में जुट गया जिस का वो स्पैशियलिस्ट था और जिसकी वजह से वो वहां था।

रुचिरा अपने उसी हाल में सेफ के पहलू में खड़ी रही और खामोशी से, सस्पैंस में उसे काम करता देखती रही।

अपनी बेमिसाल कारीगरी में जीतसिंह का स्विच-आन बहुत तगड़ा था, पलक झपकते वो दीन दुनिया को भूल कर पूरी तल्लीनता से अपना काम करने लग गया था। अब उसके जेहन पर न पार्टी का नक्शा था, न इस बात की फिक्र थी कि सावन्त वहां पहुंचने के बाद से ही दो घन्टे से कहां गायब था ! अब उसके सामने एक ही लक्ष्य था जिस पर उसकी समस्त इन्द्रियों की एकाग्रता, चेतनता केन्द्रित थी।

पांच मिनट में उसने अलार्म को निष्क्रिय कर दिया।

लेकिन आगे सेफ को खोल पाने में उसको आधा घन्टा लगा।

सेफ के सामने दोहरा हुआ उसका शरीर सीधा हुआ।

"खुल गयी ?"—रुचिरा सस्पेंसभरे स्वर में फुसफुसाई।

जीतसिंह का सिर सहमति में हिला, उसने रुचिरा को दिखाने के लिये कि दरवाजा खुल चुका था, उसकी तरफ हाथ बढ़ाया।

"रहने दो।"—वो तीखे स्वर में बोली—"मुझे तुम्हारी बात पर यकीन है।"

उसने हाथ वापिस खींच लिया और आजू बाजू बिखरे पड़े अपने औजार इकट्ठे करने लगा।

तभी दरवाजे पर दस्तक पड़ी।

क्षण भर को दोनों को जैसे सांप सूंघ गया।

"उठो।"—फिर वो गुर्राई—"हिलो। हटो।"

जीतसिंह ने सब किया।

औजार समेटने, उठाने का वक्त नहीं था, रुचिरा ने कुर्सी पर से जीतसिंह का कोट उठाकर उन पर उछाल दिया।

औजार कोट के नीचे छुप गये।

दरवाजे पर, इस बार जिदभरी, दस्तक फिर पड़ी।

रुचिरा छलांग मार का बैड पर पहुंची, उसने अपनी ब्रा उतार कर अपने बाकी कपड़ों पर उछाल दी और पलंग पर लेट कर दोनों हाथों से फैंसी कम्बल पकड़ कर अपनी ठोढ़ी तक खींच लिया।

उसने जीतसिंह को एक खास इशारा किया जो उसने फौरन समझा।

उसने अपने बाल बिखराये, पतलून के हुक खोले, जिप को नीचे सरकाया और फिर पतलून को सम्भालता दरवाजे पर पहुंचा। उसने हैंडल को घुमाया, दरवाजे को भीतर को खींचा और बाहर झांका।

चौखट पर जहांगीर खड़ा था।

तब तक पौना एक बजने को हो चला था और नये मेहमानों की आमद बन्द हो चुकी थी इसलिये वो गेट छोड़ कर भीतर चला आया था। मैंशन में वो कैजुअल चैकिंग पर था जब कि उसने मास्टर बैडरूम को भीतर से बन्द पाया था।

नेत्र सिकोड़ कर उसने अधनंगे जीतसिंह का मुआयना किया।

खिसियाया सा जीतसिंह पतलून की जिप खींच कर उसके हुक लगाने लगा।

जहांगीर की निगाह उसके कन्धे पर से होती भीतर बैडरूम में फिरी और बैड पर ठिठकी।

रुचिरा नेत्र फैलाये बितर बितर उसकी तरफ देखने लगी। जान बूझ कर उसने कम्बल पर से अपनी उंगलियों की पकड़ ढ़ीली कर दी। कम्बल नीचे उसके अधलेटे जिस्म की गोद में ढेर हुआ तो जहांगीर को दो संगमरमर जैसे सर्वदा नग्न उन्नत उरोजों के दर्शन हुए।

रुचिरा ने मुंह से एक घुटी हुई सिसकारी निकाली और उसने कम्बल वापिस अपनी ठोढ़ी तक खींच लिया।

जहांगीर की निगाह पैन होती हुई बाकी बैडरूम में फिरी तो उसे एक कुर्सी पर पड़े जनाना कपड़े दिखाई दिये, उसकी पीठ पर लटकी बड़े बड़े कपों वाली, जालीदार काली ब्रा दिखाई दी, एक दूसरी कुर्सी पर पड़े मर्दाना कपड़े और फर्श पर ढेर हुआ कोट दिखाई दिया।

फिर उसके चेहरे पर से टेंशन के भाव छंटे और उनकी जगह नर्मी ने ली।

"ये मास्टर बैडरूम है।"—वो बोला।

"ह-हमें न-हीं मालूम था।"—जीतसिंह सिर तनिक झुकाये खेदपूर्ण स्वर में बोला।

"इन्डीपेंडेंट गैस्ट हैं या किसी गैस्ट के साथ आये हैं?"

"इन्डीपेंडेंट गैस्ट नहीं है लेकिन ... किसी के साथ भी नहीं आये।"

"मतलब ?"

"किसी गैस्ट के भेजे आये। उसके स्पैशल एनवाय के तौर पर।"

"कार्ड है ?"

"है, लेकिन कार में है। गेट पर चैक करवाया था।"

"स्पैशल एनवाय बोला ?"

"हां।"

"साथ में आप जैसी ड्रैस वाले"—उसने उसकी पतलून पर और पीछे कुर्सी पर निगाह डाली—"एक और जनाब भी थे ?"

"हां।"

"स्पैशल एनवाय दोनों ?"

"जी नहीं। मैं सैक्रेट्री।"

"मर्सिडीज ! सफेद ! एसएलआर मकलारेन रोडस्टर ! शोफर ड्रिवन !"

"वही।"

"साथी कहां हैं ? जिनको स्पैशल एनवाय बोला ?"

"पार्टी में ही कहीं होंगे !"

"उनके, आपके शौक"—उसने पीछे बैड पर निगाह डाली—"एक नहीं ?"

जवाब देने की जगह जीतसिंह खिसियाया सा हँसा।

"दस मिनट ! दस मिनट में इधर से रुखसत पाइये।"

वो घूमा और लम्बे डग भरता वहां से विदा हो गया।

जीतसिंह ने चैन की मील लम्बी सांस ली।

उसने हाथ बढ़ा कर दरवाजा बन्द किया।

रुचिरा छलांग मार कर बैड में से निकली और आनन फानन कपड़े पहनने लगी।

वैसे ही, वही काम जीतसिंह भी करने लगा।

"जहांगीर कांट्रैक्टर था।"—रुचिरा त्रस्त भाव से बोली—"नेता जी का भांजा। मेरी तो जान ही निकल गयी थी।"

"मेरी भी। भीतर आने की जिद करता तो मुमकिन था सब भांप जाता।"

"मेरी वजह से न आया। नौजवान है। एम्बैरेसमेंट फील करता।"

"इसी वजह से कपड़े उतारे ?"

"हां।"

"यानी अन्देशा था कि ऐसा कुछ हो सकता था?"

"नहीं था। सिर्फ सावधानी बरती थी। जो कि तुमने देखा ही कि कितने उम्दा तरीके से काम आयी!"

"सदके तुम्हारी सावधानी के! तुम्हारी दूरन्देशी के!"

"थोड़ी देर तुम्हारे सामने अपने जिस्म की नुमायश करनी पड़ी..."

"मेरा मुकम्मल ध्यान अपने काम की तरफ था, तुम्हारी तरफ कतई नहीं था। कसम उठवा लो।"

"...कम्बल छोड़ कर उसको भी झांकी दिखानी पड़ी। मेरे ये देखे तो लगता था आंखें कटोरियों से बाहर निकल आयेंगी। जल्दी से कम्बल वापिस खींचा वर्ना क्या पता चौखट पर ही ढेर हो जाता।"

"बहुत गरूर है अपने ... अपने सामान पर!"

वो हँसी।

उस दौरान वो फर्श पर से औजार भी उठाकर अपने बैग के हवाले किये जा रही थी।

"तो"——वो बोली——"तुम्हारा ध्यान मेरी बॉडी की तरफ, मेरी फिगर की तरफ नहीं था?"

"नहीं था।"

"छत्तीस-पच्चीस-अड़तीस है।"

"नहीं था।"

"होता तो काम छोड़ देते! मेरे पर टूट पड़ते।"

"तुम टूट पड़ने देतीं?"

"इस नाजुक घड़ी में नहीं।"

"फिर तो बात ही खत्म हो गयी! वैसे मेरा ऐसा कोई इरादा नहीं था।"

"बहुत कैरेक्टर वाले हो?"

"नहीं। लेकिन काम में उसूल वाला हूं। काम के वक्त तफरीह का खयाल भी नहीं करता। तवज्जो भटकती है तो काम चौकस नहीं होता।"

"गुड। तो तुमने ब्रा-पैंटी में मुझे सामने खड़ा देखा या बिजली का खम्बा खड़ा देखा, एक ही बात थी!"

जीतसिंह हँसा।

"किसी और माहौल में मिलना।"——फिर बोला——"सब कुछ चबा जाऊंगा। हड्डियां जहां कहोगी भिजवा दूंगा।"

"मेरी फीस अफोर्ड कर सकोगे?"

"अब कर सकूंगा। दो।"

"क्या?"

"मेरी फीस। चार लाख। मैंने अपना काम कामयाबी से किया न! निकालो।"

"निकालो! वो यहां कहां है?"

"मुझसे क्या पूछती हो! तुम्हें मालूम है कहां है!"

"मेरा मतलब है यहां नहीं है।"

"तुम्हारे पास नहीं है?"

"नहीं है।"

"क्यों नहीं है?"

"बस, नहीं है। किसी ने नहीं सौंपी इसलिये नहीं है।"

"ये वादाखिलाफी है। करार यही हुआ था कि काम खत्म होते ही मुझे फीस मिलेगी।"

"मेरे को इस बाबत किसी ने कुछ नहीं बोला।"

"ये धोखा है।"

"अरे, फीस तुम्हें मिल जायेगी।"

"कब?"

"कल ही।"

"तुम्हें क्या मालूम?"

"देखना। तुम्हारी टूल किट भी तो तुम्हारे पास पहुंचानी होगी! उसके साथ, देखना, फीस भी पहुंच जायेगी।"

"मेरे साथ ऐसा तय नहीं हुआ था।"

"कहने सुनने में कहीं जरूर कुछ गलतफहमी हुई। बहरहाल सब ठीक हो जायेगा।"

"पता नहीं क्या हो जायेगा! लेकिन फीस के मामले में जैसा झटका मेरे को दिया गया है, वैसा मैं भी दे सकता हूं।"

"तुम क्या कर सकते हो?"

जीतसिंह कुटिल भाव से मुस्कराया।

"क्या है तुम्हारे मन में?"

"सेफ का दरवाजा इस घड़ी सेफ की बॉडी से मिला हुआ है लेकिन खुला हैं—हैंडल खींचने पर खुल जायेगा—लेकिन खोल कर दोबारा बन्द

किया जायेगा तो फौरन उसको इलैक्ट्रानिकली आटोमैटिक लॉक लग जायेगा और तुम लोग फिर 'अ' से अनार 'आ' से आम पढ़ रहे होगे।"

"क्या कहना चाहते हो?"

"मैं दरवाजा खोल के बन्द करता हूं न! फिर कुछ कहने की जरूरत कहां होगी?"

"खबरदार!"

"फिर दोबारा सेफ खोलने के लिये जीतसिंह हासिल भी होगा तो मौका हासिल नहीं होगा। ऐसी पार्टियां यहां रोज रोज नहीं होती होंगी। दूसरी पता नहीं कब हो! नहीं?"

"हां।"

"फिर अगली बार इस बैडरूम को ताला लगा होगा और बाहर गार्ड खड़ा होगा। मैं करता हूं सेफ को रीलॉक।"

"अरे, फार गॉड सेक, ऐसा न करना।"

"एक सैकंड से कम का काम है। ये दरवाजा खींचा, ये बन्द किया, बस। खतम!"

"देखो, और किसी का नहीं तो मेरा लिहाज करो। ऐसा कुछ करने का खयाल छोड़ दो।"

"तुम्हारा लिहाज!"

"तुम क्या समझते हो ये सब मैं फोकट में कर रही हूं! अपनी यहां होस्टेस की ड्यूटी के तहत कर रही हूं!"

"नहीं?"

"नहीं। ये खतरे का काम है। जहांगीर आसानी से न टल गया होता, जो यहां हो रहा था, वो उसकी पकड़ में आ जाता — जो कि आ के रहता — तो क्या वो मेरे को बख्श देता?"

"नहीं।"

"मैंने ये खतरा मोल लिया क्योंकि मेरे को भी मोटी फीस का वादा मिला था।"

"कितनी?"

"तीन लाख!"

"ओह!"

"ये मेरे लिये बड़ी रकम है। बतौर होस्टेस मेरे को बीस हजार मिलते हैं जो कि इसलिये ज्यादा नहीं क्योंकि कई बार कई कई दिन काम नहीं मिलता।

इसलिये, फार गॉड सेक, मेरे पर ... मेरे पर रहम खाओ और जो खतरनाक खयाल तुम्हारे मन में है, उसको छोड़ दो।"

"ठीक है, छोड़ दिया। तुम भी क्या याद करोगी !"

"थैंक्यू।"

"लेकिन एक शर्त मेरी भी माननी पड़ेगी।"

"क्या ? जल्दी बोलो।"

"फिर मिलो।"

"ठीक है।"

"अपना मोबाइल नम्बर दो। घर का पता दो।"

उसने बिना हुज्जत एक कागज पर कुछ शब्द, कुछ अंक घसीटे और कागज उसे सौंप दिया।

"अगर ये पुड़िया निकली ... "

"नानसेंस। कागज पर जो मोबाइल नम्बर लिखा है वो अभी बजाओ। देखो, मेरे बैग मे पड़ा वो बजता है या नहीं !"

जीतसिंह ने वैसी कोई कोशिश न की।

"अब निकल लो।"—रुचिरा उसे बांह पकड़ कर दरवाजे की तरफ चलाने लगी—"अब तुम्हारे यहां पार्टी में रुकने की भी जरूरत नहीं है। यहां आने वालों की चैकिंग है जाने वालों की चैकिंग नहीं है।"

"तुम ?"

"मैं अभी यहां रुकूंगी।"

"क्यों ?"

"जो दस मिनट हमें मिले हैं, उसमें अभी गुंजायश है न ! दूसरे, मैं चाहती हूं कि हम दोनों इकट्ठे यहां से बाहर न निकलें।"

"क्यों ?"

"जो पीछे हुआ, जो जहांगीर यहां देख कर गया, उसकी रू में मैं अब तुम्हारे साथ नहीं देखी जाना चाहती।"

"बस, यही वजह है पीछे रुकने की ?"

"और क्या वजह होगी ?"

"सवाल मैंने किया है।"

"यही वजह है।"

"एक आखिरी सवाल का जवाब दे दो तो मैं चैन महसूस करता यहां से जाऊंगा।"

"बोलो।"

"सेफ में क्या है?"

"कुछ नहीं।"

"तो खुलवाई क्यों?"

"मेरा मतलब है वैल्युएबल कुछ नहीं। खाली कुछ कागजात हैं, किसी की जिनमें दिलचस्पी है। अब ये बात आगे न बढ़ाओ, फिर मिलेंगे तो लम्बी डिस्कशन कर लेना।"

"मैं एक बार भीतर झांक लेता तो तबाही आ जाती?"

"नहीं झांक पाये तो तबाही आ गयी है।"

"काफी हाजिर जवाब हो।"

"चलो, निकलो अब।"

"मैं फोन करूंगा।"

"करना। कल करना। अब बस करो।"

"जवाब न मिला तो ... "

"पहली घन्टी पर मिलेगा। अब जा भी चुको।"

जीतसिंह बाहर निकल गया।

रुचिरा ने तत्काल उसके पीछे दरवाजा बन्द कर लिया।

पार्टी दो बजे के बाद तक चली।

तमाम मेहमानों के और बाकी लोगों के—सर्विस स्टॉफ, आउटसाइड सिक्योरिटी स्टाफ, बैंड, बार सर्विस वगैरह के—रुखसत होने तक ढ़ाई बज गये।

तदोपरान्त एक घन्टे से ऊपर मैंशन को 'सैनीटाइज' करने की ड्रिल चली।

वो ड्रिल वहां हुई हर पार्टी के बाद जरूरी होती थी। तब क्योंकि मैंशन में मेहमानों की आवाजाही पर कोई पाबन्दी नहीं होती थी इसलिये बाद में पूरे मैंशन की उसके हर कोने खुदरे की बारीक जांच होती थी। वो मिलिट्री जैसा आपरेशन था जो नेता जी की सुरक्षा के लिये जरूरी समझा जाता था और मिलिट्री आपरेशन की तरह ही उस प्रक्रिया को प्रिमिसिज को सैनीटाइज करना कहा जाता था। जिसमें मैंशन का सारा सिक्योरिटी स्टाफ लगता था, भले ही किसी फाउलप्ले की कोई गुंजायश नहीं होती थी।

चार बजे मैंशन को 'क्लीन' घोषित किया गया और तब जा कर नेता जी को अपने मास्टर बैडरूम में जा कर सोना नसीब हुआ।

तभी थके हारे बाकी लोग—भाई, भतीजे, भांजे, स्टाफ—भी नीन्द के हवाले हुए।

पांच बजे बम फटा।

सोमवार : 12 अक्टूबर

गाइलो दौड़ता हुआ जीतसिंह की खोली के दरवाजे पर पहुंचा और उसका बन्द दरवाजा भड़भड़ाने लगा।

दरवाजा खुला।

आंखें मलता जीतसिंह चौखट पर प्रकट हुआ।

"क्या हुआ ?"—वो तिक्त भाव से बोला—"भूचाल आ गया या फिर आतंकी हमला हो गया मुम्बई पर।"

"हमला ही हुआ, जीते।"—गाइलो उत्तेजित भाव से बोला—"तू टीवी लगा।"

"क्या ?"

"अरे, जाग जा, ब्रदर, और टीवी लगा..."

"मैं तीन बजे सोया था।"

"सुनता नहीं है।"

"कौन सी चैनल ?"

"कोई भी। सब न्यूज चैनल पर साला एकीच खबर है ये टेम।"

"टाइम क्या हुआ है ?"

"आठ बजने को हैं। तू टीवी चला। कोई न्यूज चैनल लगा।"

"लगाता हूं। तब तक इतना तो बता, बात क्या है ?"

"सी-रॉक एस्टेट में बम फटा।"

"क्या !"

"टीवी चला।"

जीतसिंह ने हड़बड़ाते हुए टीवी पर 'आज तक' न्यूज चैनल चलाई।

हाहाकारी न्यूज थी जो कि एस्टेट के, मैंशन के विजुअल्स के साथ, नेता जी के सिक्योरिटी चीफ, डिस्ट्रिक्ट के डीसीपी के इन्टरव्यूज के साथ दिखाई जा रही थी।

न्यूज के मुताबिक गुजरी रात मराठा मंच पार्टी के प्रेसीडेंट बहरामजी कान्ट्रैक्टर के आवास सी-रॉक एस्टेट में उनके इकलौते बेटे सोराब की शादी की रिसैप्शन की भव्य पार्टी थी जिसमें राज्य के गवर्नर समेत हजार से ज्यादा मेहमान आमन्त्रित थे। पार्टी रात ढ़ाई बजे तक चली थी जिसके बाद मैंशन को सैनीटाइज करने के लिये लम्बी सिक्योरिटी ड्रिल चली थी जिसके कम्पलीट हो जाने के बाद ही, चार बजे के करीब, नेता जी अपने बैडरूम में जा कर नींद के हवाले हुए थे। पांच बजे उनके बैडरूम में बम विस्फोट हुआ था जो कि इतना भीषण था कि दोमंजिला मैंशन की दीवारें थरथरा गयी थी। विस्फोट की ऐसी बुलन्द आवाज हुई थी कि तुरन्त सारी एस्टेट में जाग हो गयी थी।

"नेता जी के बैडरूम में बम !"—जीतसिंह के मुंह से निकला—"जब सारे मैंशन में तलाशी अभियान चला था तो..."

"आगे सुन।"—गाइलो ने उतावले स्वर में उसे टोका—"आगे सुन बम कहां था ! सुनेगा तो फ्लैट हो जायेगा साला।"

जीतसिंह खामोश हो गया, उसने फिर टीवी की ओर तवज्जो दी।

"शुरुआती तहकीकात में रौशनी में आया है कि"—न्यूज रीडर न्यूज पढ़ रहा था—"बम नेताजी के बैडरूम में मौजूद एक सेफ में था..."

जीतसिंह के मुंह से तीखी सिसकारी निकली।

"...बम इतना शक्तिशाली था कि सेफ के मजबूत स्टील के दरवाजे के टुकड़े टुकड़े हो गये थे और बैडरूम की दो विशाल ग्लास विंडोज के परखच्चे उड़ गये थे। वही हाल नेता जी का भी हुआ होता अगरचे कि वो उस घड़ी अपने बैड पर होते..."

"ओह !"—जीतसिंह के मुंह से निकला—"यानी बच गया।"

"सुन, सुन !"—गाइलो बोला—"अभी आगे सुन !"

"...संयोगवश नेता जी उस घड़ी बाथरूम में थे जो कि बैडरूम से अटैच्ड था। भीषण विस्फोट ने उस बाथरूम के दरवाजे को भी उधेड़ डाला था और भीतर मौजूद नेताजी को अपनी चपेट में ले लिया था। नेता जी गम्भीर रूप से घायल हुए बताये जाते हैं जिन्हें कि विस्फोट के बाद तत्काल नजदीकी नानावटी मैडीकल सेंटर में पहुंचाया गया जहां कि अब वो जिन्दगी और मौत के बीच झूलते बताये जाते हैं..."

"मैं इस नर्सिंग होम से वाकिफ हूं। मेरे तुलसी चैम्बर्स की लिफ्ट वाले हादसे के बाद सेठ पुरसूमल चंगुलानी की मेहरबानी से—भगवान उसकी

आत्मा को शान्ति दे — मेरे को भी उसी नर्सिंग होम में भरती कराया गया था। फोर्ट में नरीमन रोड पर है ... "

"आगे सुन। आगे एस्टेट के सिक्योरिटी चीफ के बयान का हवाला है।"

"ओह!"

" ... एस्टेट के सिक्योरिटी चीफ सोलोमन कान्ट्रैक्टर — जो कि नेता जी के चचेरे भाई भी हैं — का कहना है कि सेफ जर्मन कम्पनी चब की आटोमैटिक इलैक्ट्रॉनिक सेफ थी जो कि मजबूती से बन्द थी, जिसे कि मालिक के सिवाय कोई नहीं खोल सकता था लेकिन ये तथ्य अब तक पूर्ण रूप से स्थापित हो चुका है कि बम, जो मास्टर बैडरूम में फटा, उस सेफ में था। सिक्योरिटी चीफ के लिये ये हैरानी की, बल्कि करिश्मे की, बात थी कि पार्टी की रात किसी ने उस अभेद्य सेफ को खोल लिया और उसमें टाइम बम प्लांट कर दिया जो कि पांच बजे तब फटा जब कि नेता जी ने अपने बैड में सोये पड़े होना था। विस्फोट के वक्त वो बैड में ही होते तो उनकी मौत निश्चित थी। फटने का जो टाइम बम पर सैट किया गया था, उस वक्त नेता जी ने निश्चित रूप से दीन दुनिया ये बेखबर बैड में ही सोये पड़े होना था। लेकिन किस्मत का अनोखा खेल हुआ कि ऐन विस्फोट के टाइम से पहले उन्हें टायलेट जाने की हाजत महसूस हुई, वो उठकर बाथरूम में गये और यूं निश्चित मौत से बच गये। ... नेता जी की मौजूदा हालत के बारे में हम अपने दर्शकों को कुछ समय बाद नानावटी मैडीकल सेंटर के परिसर से सीधे प्रसारण में दिखायेंगे ... बहरहाल विस्फोट के मामले में एस्टेट के सिक्योरिटी चीफ का बयान है कि कोई शातिर सेफ बस्टर किसी नामालूम तरीके से बतौर गेटक्रैशर पार्टी में दाखिला पाने में कामयाब हो गया था, उसी ने किसी खुफिया तरीके से मास्टर बैडरूम तक अपनी पहुंच बनायी थी, अपने कमाल के हुनर का प्रदर्शन करते हुए सेफ को खोल लेने में कामयाबी पायी थी और उसमें टाइम बम प्लांट कर दिया था जिसका उद्देश्य नेताजी की हत्या करने के अलावा और कोई नहीं हो सकता था। सिक्योरिटी चीफ ने इसे नेता जी के सियासी दुश्मनों की साजिश बताया है और घोषणा की है कि जब तक वो उन दुश्मनों का पर्दाफाश नहीं कर लेंगे, चैन की सांस नहीं लेंगे। इस सन्दर्भ में अपनी आइन्दा स्ट्रेटेजी का भी उन्होंने संकेत दिया जो कि ये है कि वो पहले उस सेफ बस्टर को खोज निकालने की कोशिश करेंगे जिसने कि उस सेफ को खोलने के असम्भव काम को सम्भव कर के दिखाया था और फिर उसके जरिये नेता जी के उन दुश्मनों को एक्सपोज करेंगे जिन्होंने नेता जी कि इतने नृशंस तरीके से जान लेने का घिनौना षड्यन्त्र रचा

था। बकौल सिक्योरिटी चीफ, ऐसा एक टॉप का तालातोड़ उसकी जानकारी में था, जिसका अपने हुनर की महारत में कोई सानी नहीं था, लेकिन इत्तफाक से अब वो इस दुनिया में नहीं था। चार महीने पहले पणजी में बड़ी रहस्यपूर्ण परिस्थितियों में उसकी मौत हो गयी थी, ये बात उन्हें यकीनी तौर से मालूम थी। नेता जी के ऐसे सियासी दुश्मन कौन हो सकते थे, जिन्होंने कि बाजरिया बम नेता जी पर कातिलाना हमला कराने से गुरेज नहीं किया था, ये सवाल जब सिक्योरिटी चीफ सोलोमन कान्ट्रैक्टर से किया गया था तो उन्होंने कोई नाम लेने से साफ इंकार कर दिया था..."

"आगे कुछ नहीं है।"—गाइलो बोला—"खाली रेपीटीशन है।"

जीतसिंह ने टीवी बन्द कर दिया।

"अभी मगज में आया कि कैसे इस्टाइल से तेरे को सैट किया गया? कैसे तेरे को डेंजर सिचुएशन में धकेला गया!"

जीतसिंह के चेहरे पर चिन्ता के भाव गहन हुए।

"लास्ट टाइम का माफिक—जब कि तेरे को खड़े पैर गोवा निकल लेना पड़ा था—फिर लोकल, टॉप के तालातोड़ों की पड़ताल होगी, फिर तमाम की तमाम उंगलियां तेरी तरफ उठेंगी।"

"तो क्या?"—जीतसिंह ने प्रतिवाद किया, लेकिन उसके स्वर में आश्वासन का सर्वदा अभाव था—"नेताजी को जाती तौर पर मालूम है, खालिद को मालूम है, कि जीतसिंह मर चुका है।"

"जब जीतसिंह के अलावा ये काम कोई कर सकता हैइच नहीं तो मुर्दा कब्र से उठकर खड़ा हुआ न!"

"क्या कहना चाहता है?"

"तूने खुद बोला था कि गोवा में नेता जी—उसके खालिद जैसे खास आदमी भी—इलैक्शन में बिजी इसलिए जो सिचुएशन उधर तूने क्रियेट की थी, उसमें डीप जाने की कोशिश किसी ने नहीं की थी। इसीलिये, तू खुद बोला कि, जो सिनेरियो तूने पेश किया, वो उन्होंने कबूल कर लिया। तू बोला तू रौशन बेग, तेरे साथ आया कैदी जीतसिंह, उन्होंने कबूल कर लिया और उसको ढेर करके और तेरे को रिवार्ड देकर सिचुएशन का समरी निपटारा कर दिया वर्ना वो कनफर्म कर सकते थे कि पेश किया गया कैदी मुसलमान था और तू—रौशन बेग—मुसलमान नहीं था। जीते, अब एक बार शक की उंगली तेरी तरफ उठी तो वो, जो पीछे गोवा में बीती, उसको रिव्यू कर सकते हैं और तेरा उधर का गेम समझ सकते हैं। फिर जानता है क्या होगा?"

"क्या होगा ?"—जीतसिंह खोखले स्वर में बोला।

"रौशन बेग की चौतरफा तलाश होगी।"

"रौशन बेग की ? जीतसिंह की नहीं ?"

"एकीच बात। तेरे को मालूम एकीच बात। तब कहां जा कर छुपेगा रोशन बेग ?"

"तू तो मुझे डरा रहा है !"

"ठीक कर रहा हूं। डरेगा तो खबरदार होगा न !"

"जीता !"—उसके स्वर में वितृष्णा का पुट आया—"मैं जीता ! क्या जीता मैं ! खाई में गिरने से बचने की कोशिश में कुयें में जा गिरा। फुल सैट किया मेरे को। मेरे को ख्वाब में खयाल नहीं आ सकता था कि क्यों सेफ खाली खोलनी थी, मेरे को हरगिज नहीं सूझ सकता था—नहीं सूझा था—कि सेफ में से कुछ निकालना नहीं था, कुछ डालना था।"

"क्योंकि बम मैंशन में कहीं भी छुपा कर रखा जाता वो मैंशन की पोस्ट पार्टी सेनीटेशन ड्राइव में बरामद हो जाता। जरूर उन लोगों को—चावरिया-सावन्त को या उनके बॉसिज को—पोस्ट पार्टी ड्रिल की खबर थी इसलिये बम छुपाने के लिये उन्होंने सेफ को चुना जो कि खुल नहीं सकती थी इसलिये सैनीटेशन ड्राइव के दौरान किसी को सेफ को भी चैक करने का खयाल तक नहीं आने वाला था। जीते, अभी समझ में आया कि उनकी स्कीम में तेरा क्या रोल था और वो कितना अहम था !"

जीते का सिर मशीन की तरह सहमति में हिला।

"ऊपर से तेरी बैड लक खराब ..."

"क्योंकि मैं जीता हूं।"

"... कि दैट सन आफ ए बिच चावरिया भांप गया कि तू रोशन बेग नहीं, जीता था।"

"जब कि ये कोई आसान काम भी नहीं था !"

"बरोबर बोला।"

"चावरिया ने जैसे मेरे को नेता जी की हूल दी थी, उसकी रू में मैं उसके काम से इंकार नहीं कर सकता था लेकिन अगर मुझे भनक भी लग जाती कि मुझे नेता जी के कत्ल की साजिश का मोहरा बनाया जा रहा था तो मैं वो काम हरगिज कुबूल नहीं करता।"

"वो लोग तेरे को—रौशन बेग को—नेता जी पर एक्सपोज कर देते !"

"पहले मैं उनको एक्सपोज कर देता। मैं नेता जी को उसके खिलाफ रची जा रही साजिश की खबर कर देता। खबरदार होकर, वक्त रहते खबरदार होकर, नेताजी पलटवार करता तो हो सकता था अपने साजिश रचते दुश्मनों का सर्वनाश कर देता। तब शायद वो मेरी भी खता माफ कर देता।"

"जीते, जो हुआ नहीं, अब उसका क्या रोना रोना। अभी सोच, आगे क्या करने का?"

"तू बता।"

"अरे, तू मगज वाला है, तू खुद सोच।"

"हूं।"—वो कुछ क्षण खामोश रहा, फिर बोला—"मेरे को अभी टूल किट वापिस मिलनी है। करार का चार लाख रुपया मिलना है।"

"कब?"

"आज ही। आज ही किसी वक्त। मेरे खयाल से दोपहर से पहले।"

"साला ढक्कन!"

"क्या बोला?"

"मैं तेरे को मगज वाला बोला, साला बोम मारा।"

"अरे, क्या कह रहा है?"

"कोई तेरे पास भी फटक जाये तो बोलना।"

"मुझे टूल किट नहीं मिलेगी? रोकड़ा नहीं मिलेगा?"

"आई रिपीट, कोई तेरे पास भी फटक जाये तो बोलना।"

"मैंने उनका इतना बड़ा काम किया..."

"बरोबर। पण काम हो गया न मोस्ट सैटिस्फैक्ट्री करके! अभी तू कौन और मैं कौन!"

"अरे, गाइलो, वीरवार को जब मैं बोला कि चावरिया से चार पेटी मेरे को नहीं मिलने वाला था तो तू बोला कि शायद मिल जाये, अभी तू ही बोलता है कि साला हरगिज नहीं मिलने वाला!"

"थर्सडे के बाद जो इतना कुछ हो गया, तब मेरे को किधर खबर थी उसकी! तू पास्ट को भूल जा, मैं प्रेजेंट का फिर रिपीट कर के बोलता है, तेरे को रोकड़ा मिलना तो दूर, कोई तेरे पास नहीं फटकने वाला।"

"ऐसा?"

"हां। तू देखना। देखना बरोबर। अरे, इतना बड़ा काम हो जाने के बाद, इतना बड़ा कांड हो जाने के बाद कोई काहे वास्ते तेरे से वास्ता रखेगा?"

"तू ठीक कहता है लेकिन इतनी आसानी से तो मैं भी पीछा नहीं छोड़ने वाला।"

"क्या करेगा ?"

"अपना रोकड़ा, किट, करार के मुताबिक सीधे नहीं पाऊंगा तो वसूलूंगा।"

"कैसे ?"

"एक जरिया है मेरे पास चावरिया उर्फ सावन्त तक पहुंच बनाने का।"

"वो दोनों एक ही भीड़ ?"

"गारन्टी से।"

"कैसे जाना ?"

जीतसिंह ने उसे बैंड एड के बारे में, लिनन के काले सूट के बारे में बताया।

"ओह !"—गाइलो बोला—"पण जो जरिया करके तू बोला, वो क्या है ?"

"कल पार्टी में रुचिरा नाम की जो लड़की मेरे पर थोपी गयी थी, उसने मुझे अपना मोबाइल नम्बर और घर का पता लिख कर दिया था। मैं उस लड़की को चावरिया तक पहुंचने की सीढ़ी बनाऊंगा।"

"मोबाइल नम्बर ! पता !"

"हां।"

"किधर है ?"

जीतसिंह ने रुचिरा का दिया कागज उसे दिखाया।

"हूं।"—गाइलो ने संजीदगी से तहरीर का मुआयना किया—"पता तारदेव का है। पूर्णिमा आपार्टमेंट्स, कारमाइकल रोड, चौथा माला, फ्लैट नम्बर 402। नाम रुचिरा। रुचिरा क्या ? बोले तो सरनेम क्या ?"

"वो तो वो बोली नहीं ! मेरे को भी पूछने का खयाल न आया।"

"वान्दा नहीं। जब पता कम्पलीट है तो वान्दा नहीं। तू... तू मोबाइल बजा।"

"काहे को ?"

"अरे बजा। साली तेरे साथ नेकड लेटी, क्या फोन काल माइन्ड करेगी ! तू टीवी न्यूज को डिसकस करने का वास्ते ही बजा। और देख, क्या बोलती है !"

सहमति में सिर हिलाते जीतसिंह ने कागज पर दर्ज नम्बर पर काल लगाई।

"ये नम्बर मौजूद नहीं हैं की अनाउन्समेंट हो रही है।"—फिर बोला।

"अभी क्या समझा?"

"लेकिन"—उसके स्वर में आवेश का पुट आया—"कल रात उसने मेरे को आफर किया था कि मैं वो नम्बर बजाऊं, उसके बैग में रखा उसका मोबाइल बोलेगा बताकर।"

"तू ने बजाया?"

"बजाया तो नहीं, उसकी बात का विश्वास किया, लेकिन बजाता और न बजता तो ..."

"जरूर बजता।"

"क्या मतलब?"

"वही मतलब जो बोला। जरूर बजता। तेरे को साला चैन पड़ता कि आल वाज वैल। फिर तेरे से पीछा छूटने के बाद वो अपने मोबाइल से सिम निकाल कर गटर में फेंकती और नया सिम ले लेती। ऐनी प्राब्लम?"

जीतसिंह का सिर मशीन की तरह इंकार में हिला।

"फिर तो"—फिर बोला—"ये पता भी ठीक नहीं हो सकता।"

"जब फोन नम्बर साला डड निकला तो पता भी विद गारन्टी बोगस होयेंगा। जीते, यू हैव बिन टेकन फार ए राइड वन हण्डर्ड पर्सेंट।"

"बलि का बकरा बना दिया! वो भी फोकट में!"

"ऐग्जैक्टली!"

"अब करने का क्या मैं?"

"वेट एण्ड वाच। जस्ट वेट एण्ड वाच। अभी तू इसके सिवाय कुछ नहीं कर सकता।"

"ठीक है। पर तारदेव के इस पते का एक चक्कर मैं फिर भी लगाऊंगा।"

"लगाना। कोई वान्दा नहीं। खाली कनफर्म होगा कि पता बोगस है।"

"देखेंगे।"

डीसीपी शशिकान्त दलवी सी-रॉक एस्टेट पहुंचा।

उस घड़ी आठ बजने को थे।

नजदीकी कोलाबा पुलिस स्टेशन से आया पुलिस का अमला तब भी वहां मौजूद था, अलबत्ता वहां एकाएक जमा हुए मीडिया वाले वहां से रुखसत हो चुके थे।

वो केस दलवी की डिस्ट्रिक्ट का नहीं था लेकिन हालिया घटनाओं का उस केस से रिश्ता हो सकता था इसलिये खुद कमिश्नर की राय थी कि उसे उस केस पर निगाह रखनी चाहिये थी।

जिन लोगों से वो पहले दो फेरों में मिल चुका था उनमें से कोई उसे वहां न दिखाई दिया। मालूम पड़ा कि वो सब नानावटी मेडीकल सेंटर में थे जहां कि विस्फोट के बाद बड़ी शोचनीय दशा में नेता जी बहरामजी कान्ट्रैक्टर को ले जाया गया था।

कोलाबा थाने का एसएचओ कौशिक पेश हुआ।

"क्या खबर है?"—डीसीपी ने पूछा।

एसएचओ ने मोटे तौर पर सब वही बयान कर दिया जो कि डीसीपी टीवी पर देखकर आया था।

"अब क्या हो रहा है?"

"यहां रहते रिश्तेदारों के, स्टाफ के बयान हो रहे हैं।"

"कुछ हासिल होने की उम्मीद बनी?"

एसएचओ ने संकोचपूर्ण भाव से इंकार में सिर हिलाया।

"मौकायवारदात दिखाओ।"

एसएचओ उसे मास्टर बैडरूम के दरवाजे पर लेकर आया जहां कि तबाही का आलम था।

"बम वो उधर सेफ में था"—एसएचओ मुस्तैदी दिखाता बोला—"जिसके बारे में बताया जाता है कि नहीं खोली जा सकती थी..."

"मालूम! मालूम!"—डीसीपी उतावले स्वर में बोला—"सब टीवी पर देख कर आया न मैं!"

एसएचओ हड़बड़ाया और खामोश हो गया।

तभी सोलोमन वहां पहुंचा।

"हल्लो!"—वो पशेमान लहजे से बोला—"मुझे गेट से पता लगा कि आप पधारे थे। सॉरी, मैं आपको रिसीव न कर सका। मैं नर्सिंग होम में था..."

"इट्स आल राइट। नेता जी कैसे हैं?"

"अभी तो नाजुक हालत में ही हैं। जिन्दगी और मौत के बीच झूल रहे हैं। डाक्टर कहते हैं कि चौबीस घन्टे बाद ही फाइनल रिपोर्ट दे पायेंगे।"

"आई सी। इस वारदात के लिये कौन जिम्मेदार होगा ?"

"हमें क्या पता ! आप इनवैस्टिगेटिंग अथारिटी हैं, आप पता लगाइये।"

"मेरा मतलब था कि शायद आप लोगों का कोई अन्दाजा हो ?"

"हमारा कोई अन्दाजा नहीं।"

"है नहीं या पुलिस को नहीं बताना चाहते ?"

"जी, क्या फरमाया ?"

"बदला खुद ही उतारने का तो कोई मंसूबा नहीं ?"

"अव्वल तो ऐसा है नहीं, होगा तो क्या मैं पुलिस के इतने सीनियर आफिसर के सामने कबूल करूंगा !"

"सही फरमाया आपने। हम इस बैडरूम को सील करना चाहेंगे।"

"खामखाह !"

"नहीं खामखाह। ये मौकायवारदात है।"

"इसलिये आपको अख्तियार है इसे सील करने का ?"

"जी हां।"

"हम ऐतराज करें तो ?"

"नहीं चलेगा।"

"नेता जी एतराज करें तो ?"

"वैसे तो आपने बताया कि वो ऐतराज करने की हालत में नहीं है लेकिन ... तो भी नहीं चलेगा।"

सोलोमन के चेहरे पर कठोर भाव आये।

"ये बड़ी वारदात है, जो बड़े, आतंकी हमले की शक्ल अख्तियार कर सकती थी इसलिये स्पैशल टास्क फोर्स द्वारा तफ्तीश की जरूरत महसूस की जा सकती है। इसलिये" — डीसीपी जानबूझ कर एक क्षण ठिठका ओर फिर बोला — "मैंशन को सील किया जा सकता है ..."

"क्या ?" — सोलोमन तिलमिलाया।

"पूरी एस्टेट को सील किया जा सकता है।"

सोलोमन के चेहरे पर हाहाकारी भाव आये।

"नेता जी के पास्ट को खातिर में लाया जाये तो ये वारदात एक गैंगवार की बुनियाद हो सकती है। इसलिये इसकी जांच में कई एजेन्सियां सक्रिय हो सकती हैं।"

"वाट नानसेंस !"

"आप देखना।"

"मिस्टर डीसीपी, यू आर बीईंग अननसैसरिली अथारोटेटिव।"

"एण्ड यू आर बीईंग अननसैसरिली अनरीजनेबल। पुलिस की कार्यवाही में रोड़े अटकाना नासमझी है।"

"ठीक है। जो जी में आये, कीजिये।"

"थैंक्यू।"

"लेकिन नेता जी जिस हालत में है उसमें न होते तो शायद आप ये रवैया अख्तियार न करते।"

"तब कोई रवैया अख्तियार करने की जरूरत ही कहां होती!"

सोलोमन को जवाब न सूझा।

"हमें नेता जी पर जो गुजरी, उसका सख्त अफसोस है। हम उनकी लम्बी उम्र की दुआ करते हैं।"

"थैंक्यू।"

"यहां पहुंचते वक्त दो खास बातें मेरी निगाह में आयी थीं।"

सवालिया अंदाज से सोलोमन की भवें उठीं।

"एक कैमरा था जो मैंशन की ऐंट्री पर काफी हाइट पर माउन्टिड था, जो मेहमानों की आमद रिकार्ड करने के लिये ही होता होगा!"

"जी हां, इसी वजह से था। भीतर एक जायन्ट स्क्रीन थी जिस पर उस कैमरे के जरिये पकड़े गये इमेज दौड़ते थे और पहले से पहुंचे मेहमानों को आये गये की खबर लगती थी।"

"मेरा भी यही खयाल था। रूटीन के तौर पर ऐसे कैमरे की रिकॉर्डिंग उपलब्ध होती है। नहीं?"

"हां।"

"उस रिकार्डिंग की एक कापी हमें चाहिये होगी।"

"क्या करेंगे उसका?"

डीसीपी ने जवाब न दिया।

"ठीक है। मिल जायेगी।"

"थैंक्यू।"

"दूसरी बात?"

"मैंने बाहर शामियाने में तोहफों का एक बड़ा अम्बार देखा था। जरूर वो वही तोहफे होंगे जो कल मेहमान वर-वधू के लिये लाये!"

"जी हां।"

"अभी तक शामियाने में क्यों पड़े हैं?"

"पार्टी लम्बी चली थी—दो ढ़ाई बजे तक। तब उठाने का हाल नहीं था।"

"बस, यही वजह थी?"

सोलोमन कुछ क्षण खामोश रहा।

"यही वजह तो नहीं थी?"—फिर बोला।

"और क्या वजह थी?"

"और वजह सिक्योरिटी थी।"

"प्लीज एक्सप्लेन।"

"ऐसी पार्टी में जो आता है, हमारा मुअज्ज़िज मेहमान होता है, उसके साथ लाये तोहफे की एयरपोर्ट जैसी एक्सरे स्क्रीनिंग हो तो वो इसे अपनी तौहीन महसूस कर सकता है। इसलिये तोहफों को बिना स्क्रीनिंग के आने दिया जाता है और उन्हें आइसोलेट कर के रखा जाता है। वो वारदात न होती तो आज एक एक तोहफे के लाने वाले की शिनाख्त करके उन्हें खोला जाता।"

"कितने लोग मेहमान थे?"

"हजार के करीब तो थे!"

"यानी हजार तोहफे!"

"यही समझ लीजिये।"

"अभी वो तोहफे जस के तस पड़े हैं, उन्हें छेड़ा नहीं गया?"

"जी हां।"

"आपको सब मेहमानों की वाकफियत थी?"

"तकरीबन सब मेहमानों की वाकफियत थी।"

"बाकियों की क्यों नहीं?"

"कोई मेहमान किसी वजह से नहीं आ पाता तो वो अपना कोई एनवाय, कोई नुमायंदा भेजता है। मैं ऐसे किसी शख्स को जानता नहीं हो सकता।"

"आई सी।"

"लेकिन वो जेनुइन है, ये फिर भी चैक किया जाता है।... आप इस बाबत इतने सवाल क्यों पूछ रहे हैं?"

"मेरे जेहन में एक स्कीम है जो कि हमें वारदात के हल तक ले जा सकती है।"

"क्या? क्या स्कीम है?"

"मैं चाहता हूं कि एक एक तोहफे की शिनाख्त पुलिस वालों के सामने की जाये। जिन तोहफों के मालिकान से आप बाखूबी वाकिफ हैं उन तोहफों

को अलग कर दिया जाये और बाकी बचे तोहफे, जिनके लाने वालों को या जिन के भेजने वालों को आप नहीं जानते, उन्हें अलग किया जाये और हमारे हवाले किया जाये। ऐसे कितने तोहफे होंगे?"

"ज्यादा नहीं। बड़ी हद बीस-बाइस।"

"गुड। फिर तो ये कोई बड़ा काम नहीं साबित होगा? हम उन तोहफों पर खास तवज्जो देंगे और उन को लाने वालों को या उनके भेजने वालों को ट्रेस करेंगे। मुझे उम्मीद है कि यूं हम उस शख्स को सिंगल आउट करने में कामयाब हो जायेंगे जिसने कि बैडरूम की सेफ खोलने के नामुमकिन काम को मुमकिन बनाया और भीतर बम प्लांट किया।"

"ऐसा हो जाये तो बात ही क्या है?"

"होगा।"

"मैं कबूल करता हूं, डीसीपी साहब, कि आपकी स्कीम में, आला सोच में दम है लेकिन इसमें एक प्राब्लम है।"

"क्या?"

"इस काम में मेरी हाजिरी जरूरी है क्योंकि कल तमाम के तमाम मेहमानों को यहां की स्थापित रूटीन के तौर पर मैंने रिसीव किया था लेकिन ये घन्टों का काम है जब कि आज तो मुझे मिनटों में फुर्सत नहीं होने वाली।"

"कोई बात नहीं। हम इस काम के लिये आपको फुर्सत होने का इन्तजार कर लेंगे लेकिन आपकी फुर्सत की घड़ी आने तक आपको सुनिश्चित करना होगा कि तोहफों के साथ किसी भी किस्म की कोई छेड़खानी नहीं की जायेगी।"

"आप निश्चिंत रहिये। वो घड़ी आने तक कोई तोहफों के पास भी नहीं फटकेगा।"

"थैंक्यू। अब मैं जरा मौकायवारदात को सील करने की लोकल एसएचओ को हिदायत दूंगा और फिर चलूंगा।"

सोलोमन ने सहमति में सिर हिलाया।

बल्लू कनौजिया ने हाल ही में तीसरी शादी की थी इसलिये उसका लेट सोकर उठना बनता था। लेकिन उसकी आदत बन गयी हुई थी कि रात को वो कितना भी लेट सोये, सुबह जल्दी उठता था। उसका मौजूदा आवास जुहू के एक पुराने स्टाइल के बंगले में था जो कि पचास के दशक में प्रसिद्ध एक फिल्म अभिनेत्री ने तब बनवाया था जबकि जुहू उजाड़ होता था और जो उसने अभिनेत्री के मरणोपरान्त आधी से ज्यादा कीमत दो नम्बर की रकम के तौर पर अदा कर के

खरीदा था। बंगले के पिछवाड़े में ऊंची दीवारों से घिरा एक स्विमिंग पूल था जिसमें अर्ली मार्निंग स्विम भी उसकी स्थापित दिनचर्या थी।

आठ बजे से पहले वो स्विम से और हल्के नाश्ते से फारिग हो जाता था और फिर सुबह आठ बजे का न्यूज बुलेटिन देखता था जो कि उसकी स्थापित दिनचर्या का ही एक हिस्सा था।

यूं उसे सी-रॉक एस्टेट पर हुए बम ब्लास्ट की खबर लगी, बहरामजी के साथ क्या बीती, उसकी खबर लगी।

वो सख्त हैरान हुआ।

तभी सरताज बख्शी वहां पहुंचा।

सरताज बख्शी उसका बिजनेस पार्टनर था, यानी फैलो गैंगस्टर था। वो कोई पचास साल का हृष्ट पुष्ट व्यक्ति था जो अपने सीनियर पार्टनर से उम्र में छ: साल बड़ा था। पांच साल से वो विधुर का जीवन जी रहा था—उसकी इकतालीस साला बीवी लेट प्रेग्नेंसी की पेचीदगियों का शिकार हो कर चाइल्ड बर्थ में मर गयी थी—उसने दूसरी शादी नहीं की थी लेकिन स्त्री सुख से वो वंचित नहीं था। हर इतवार रात उसकी ग्रांट रोड के एक ब्रॉदल में, जो कि बल्लू कनौजिया की सरपरस्ती में चलता था, लम्बी हाजिरी होती थी।

सुबह की उस घड़ी उसके चेहरे पर ऐसी तृप्ति के भाव थे जैसे बिलौटा ढेर सारी मलाई चाट कर आया हो।

"क्या?"—वो एक कान से दूसरे कान तक बांछें खिलाता बोला।

"क्या, क्या?"—जान बूझ कर अनजान बनता कनौजिया बोला।

"अरे, बिरादर, तेरे को नहीं मालूम क्या? ये चिड़िया की चुग चुग बाज का झपट्टा कैसे बन गयी?"

"बाज कौन? अपना सरताज?"

"मैं! मैं खामखाह!"

"तो और कौन?"

"कोई भी।"

"कोई नाम ले।"

"सलमान गाजी।"

"वो कल से पणजी में है।"

"तो क्या हुआ! जो हुआ, उसने खुद करना था?"

"ठीक। महबूब फिरंगी के बारे में क्या खयाल है?"

"बहरामजी का वफादार है। उसके अन्डर में चल चुका है।"

"तो क्या हुआ ? कुत्ता उस हाथ को भी काट ही बैठता है जो कि उसको निवाला देता है।"

"वो तो ठीक है लेकिन ... अमर नायक की बाबत क्या कहता है ?"

"तू बोल, तू अपनी बाबत क्या कहता है ?"

"फेंक नहीं, बिरादर। किस्से कहानियों में ही दायें हाथ से छुपता है कि बायां हाथ क्या कर रहा है !"

"मैं दायां हाथ !"

"हां।"

"बायें हाथ का किया दायें हाथ से छुपता भी है तो वान्दा नहीं। कुछ बातें ऐसी भी होती हैं जिनको न जानना ही अच्छा होता है। नहीं ?"

"हां।"

"तो खत्म कर ये बात।"

"की। लेकिन एक बात का फिर भी अफसोस है।"

"किस बात का ?"

"जिन्दा है।"

"नालायकों की नालायकी है।"

"नहीं बिरादर, उसकी तकदीर बुलन्द है।"

"फिलहाल।"

"मतलब ?"

"मियां, आगे आगे देखिये होता है क्या !"

"ठीक।"

"अभी मैं तेरे को थैंक्यू बोलूं ?"

"फिर वहीं पहुंच गया ?"

"न बोलूं ?"

"हां।"

"तो क्या करूं ?"

"वही जो मेरे को सलाह दी। आगे आगे देखिये होता है क्या ?"

"पीछे अन्धेरा आगे उजाला ! पीछे पर्दादारी आगे उम्मीद का सब्जा !"

"यही समझ ले।"

"ठीक है।"—कनौजिया निर्णायक भाव से बोला—"समझ लिया।"

सदाराव नगरकर—पब्लिक पार्टी का सुप्रीमो—प्रभादेवी में रहता था। वहां केडल रोड पर एक काफी पुरानी बनी हुई दोमंजिला इमारत थी जिसकी पहली मंजिल पर उसका आवास था और ग्राउन्ड फ्लोर पर पार्टी का और उसका अपना दफ्तर था।

उस समय अभी साढ़े आठ ही बजे थे कि वो अपने आफिस में मौजूद था, जैसा कि अमूमन नहीं होता था। सुबह उसने टीवी पर जो 'ब्रेकिंग न्यूज' के तहत हौलनाक न्यूज देखी थी, उससे वो काफी विचलित था और तत्काल उसने अपने डिप्टी—पार्टी में सैकण्ड इन कमांड—विनय केसकर को तलब किया था जो कि किसी भी क्षण वहां पहुंचने वाला था।

विनय केसकर के कदम उसके आफिस में पड़े। वो पैंतीसेक साल का जोशीला, फुर्तीला नौजवान था, नगरकर का हनुमान जैसा भक्त था इसलिये उसके भरोसे का था, उसके दिल के करीब था।

उसने अदब से अपने सुप्रीमो का अभिवादन किया।

नगरकर ने गर्दन के खम के साथ अभिवादन स्वीकार किया और कहा—"बैठ।"

धन्यवाद करता डिप्टी उसके सामने एक विजिटर्स चेयर पर बैठ गया।

"टीवी देखा?"—नगरकर ने चिन्तित भाव से सवाल किया।

"देखा।"—केसकर दबे स्वर में बोला।

"बहरामजी की खबर लगी?"

"जी हां, लगी!"

"क्या कहता है?"

"मैं क्या कहूं! आप कहिये।"

"अच्छा नहीं हुआ।"

"हमें क्या?"

"हमें है।"

"अच्छा, है!"

"हां। हमारी तरफ उंगली उठेगी।"

"कौन उठायेगा? पुलिस?"

"नहीं, पुलिस नहीं। पुलिस को भुगतना आसान है। बहरामजी के भाई, भांजे, भतीजे जो कि वारदात से तड़पे हुए होंगे, भड़के हुए होंगे।"

"ओह!"

"तड़पा-भड़का आदमी विवेक से काम नहीं लेता। अविवेक के हवाले जो होता है, फसादी होता है, डिजास्टरस होता है।"

"हो। हमें क्या ? जब हमने कुछ किया ही नहीं ..."

"शायद किया हो !"

"जी।"

"बहरामजी से हमारी खुन्नस, हमारी सियासी मुखालफत जगविदित है। हमारे वफादार कार्यकर्ता जानते हैं कि जबसे बहरामजी ने पॉलिटिक्स में कदम रखा है, और आनन फानन तरक्की की है, तब से हमें, हमारी पार्टी को भारी सैट बैक झेलना पड़ रहा है। पांच साल पहले तक पब्लिक पार्टी की प्रान्तीय राजनीति में अच्छी पूछ थी, हाउस में हैसियत थी। फिर बहरामजी आन टपका और आनन फानन औकात बनाने लगा। नतीजतन हमें पता ही न लगा कि कब हमारे हाथों से इनीशियेटिव निकल गया और हम पीछे धकेल दिये गये। दो साल से हमारी किरकिरी हो रही है, हम सैटबैक के शिकार हैं और ये आम अफवाहें उड़ती हैं कि और किसी को मानें या मानें, बहरामजी को हम अपना, अपनी पार्टी का दुश्मन मानते हैं। ये बात हमारे वफादार कार्यकर्ता भी सुनते हैं। मुझे अन्देशा ये सता रहा है, बेटा, कि कहीं हमारे किसी अतिउत्साहित कार्यकर्ता ने वो कदम न उठाया हो जिस का अंजाम बहरामजी नर्सिंग होम में पड़ा भुगत रहा है !"

"देवा ! आप तो मेरे होश उड़ा रहे हैं !"

"ऐसा हो सकता है। पार्टी की भलाई के लिये निष्ठावान कार्यकत्ता, पार्टी के हितैषी कार्यकर्ता कई बार अपने लीडर को भनक भी लगने दिये बिना अति कर बैठते हैं।"

"लेकिन, बप्पा, जो हुआ, बहरामजी की एस्टेट की पार्टी में हुआ जहां कि ऐन्ट्री रिस्ट्रिक्टिड थी, स्क्रींड थी, मानीटर्ड थी। कैसे कोई हमारा — आपका भक्त — कार्यकर्ता उसमें दाखिला पा सकता था ?"

"वो बाद का मसला है। किसने क्या, कैसे आर्गेनाइज किया, ये बाद का मसला है। अहम वो है जो कि हुआ और जिसका नतीजा सामने है। मेरा दिल गवाही देता है कि ये काम किसी वफादार का हो सकता है जिसने उस काण्ड का कोई सीक्रेट, आर्गेनाइज्ड अभियांन चलाया हो सकता है।"

"ओह !"

"ऊपर से कोढ़ में खाज ये कि बहरामजी मरा नहीं। मर खप जाता तो थोड़े बहुत होहल्ले के बाद मामला ठण्डा पड़ जाता। लेकिन वो जिन्दा है, उठकर खड़ा हो गया तो सोचो, कितना कहर ढायेगा?"

तब केसकर के चेहरे पर भी चिन्ता के भाव गहन हुए।

"पर वो कहर तो उसका कुनबा भी ढा सकता है!"

"ढा सकता है। और हो सकता है इस दिशा में वो लोग जो करें, गलत करें, नाजायज करें, अति जैसा करें। ये न भूलो कि मराठा मंच भले लोगों की नहीं, सुलझी सोच वाले सुशिक्षित लोगों की नहीं, मुख्यत: गुण्डे बदमाशों की पार्टी है और उनका नेता एक मवाली है, गैंगस्टर है, भूतपूर्व समगलर और काला बाजारिया है।"

"ओह!"

"मराठा मंच पार्टी की ये भी एक ट्रेजेडी है कि उसकी लीडरशिप सिर्फ एक आदमी पर केन्द्रित है जो कि बहरामजी है। अब जब कि बहरामजी आउट आफ एक्शन है, उसकी पार्टी दिशाहीन है। पीछे राह दिखाने वाले कोई नहीं है इसलिये उसके भांजे, भतीजे—जिनकी मैंने सुना है कि पलटन है—आपे से बाहर हो सकते हैं, अपनी आयी पर आ सकते हैं जिसका निशाना वो हमारी पार्टी को बना सकते हैं। भाई मेरे, शहर में कोहराम मच सकता है। दंगे हो सकते हैं।"

"इतना कुछ हो सकता है?"

"अन्देशा बराबर है मेरे को।"

"हम कैसे रोक सकते हैं?"

"सुन। सबसे पहले इस बात की तफ्तीश जरूरी है कि जो हुआ, वो हमारे किसी आदमी का कारनामा नहीं जिसको कि उसने पार्टी की भलाई के लिये, अपने नेता की भलाई के लिये अंजाम दिया। ये बात कनफर्म हो जाये, फिर मैं कुछ करूंगा।"

"क्या करेंगे?"

"सोलोमन कान्ट्रैक्टर बड़ा है, उम्रदराज है, पढ़ा लिखा है, समझदार है, उसे समझाऊंगा कि उस वारदात में हमारा कोई हाथ न है, न होना मुमकिन है।"

"वो समझ जायेगा?"

"उम्मीद तो है! उसे समझाना आसान होगा कि राजनैतिक प्रतिद्वन्द्विता की परिणति यूं नहीं होती।"

"पहले ही क्यों नहीं समझाते?"

"अभी वो कदम उठाने में लोचा है।"

"क्या?"

"मैं समझाने बैठा और उन्होंने साबित कर दिखाया कि सब किया धरा हमारे ही किसी आदमी का था तो?"

"ओह!"

"इसलिये जरूरी है कि पहले हमें गारन्टी हो कि ये कदम हमारी जानकारी के बिना हमारे किसी आदमी ने नहीं उठाया, जो कि तू करेगा।"

"मैं बराबर करूंगा।"

"अच्छा करेगा। इसी वास्ते मैंने इतनी सुबह तेरे को तलब किया। कर लेगा?"

"आपको शक है?"

"नहीं। लेकिन जो करना होगा, जल्दी करना होगा।"

"जल्दी ही करूंगा। मैं वार फुटिंग पर इस काम को हैंडल करूंगा।"

"बढ़िया।"

"एक बात बताइये। बहरामजी मर गया तो उसकी पार्टी का क्या होगा?"

सुप्रीमो सदाराव नगरकर ने उस बात पर विचार किया।

"मेरे खयाल से तो पार्टी बिखर जायेगी।"

"ये तो बहुत अच्छा होगा! हमारे लिये।"

नगरकर खामोश रहा।

"बप्पा, जिस काम में कुदरत ने कसर छोड़ दी, उसे हम मुकम्मल करवायें?"

"क्या? खबरदार!"

"मैं तो"—केसकर जबरन हँसा—"मजाक कर रहा था। माफी चाहता हूं।"

"कहीं तू ही तो मेरी जानकारी के बिना कोई गुल नहीं खिला रहा!"

"मैं!"

"हां, तू।"

"देवा रे! मैंने आज तक कभी आप से बाहर जा कर कोई काम किया है?"

"बाहर जा कर नहीं किया, लेकिन खबर किये बिना..."

"नहीं। हरगिज नहीं। यकीन कीजिये मेरा।"

"ठीक है, तू कहता है तो..."

"मैं कहता हूं। पुरजोर कहता हूं। पुरइसरार कहता हूं।"

" ... तो किया।"

"थैंक्यू! थैंक्यू वैरी मच। बप्पा" — फिर केसकर का सुर बदला — "एक बात मेरे को अक्सर हैरान करती है।"

नगरकर की भवें उठीं।

"बहरामजी पारसी है। नहीं?"

"हां। क्या कहना चाहता है?"

"उसने अपनी पार्टी का नाम मराठा — मराठा मंच क्योंकर रखा?"

"उसने न रखा। न ही उसने पार्टी की स्थापना की थी।"

"ऐसा?"

"हां। पार्टी के संस्थापक वसन्तराव भीमराव शुभगांवकर थे जो कि खालिस मराठा थे, गोपाल कृष्ण गोखले के अनुयायी रह चुके थे। उन्होंने मराठा मंच की स्थापना की थी जिसमें तब के समगलर बहरामजी कान्ट्रैक्टर का ये रोल था कि वो पार्टी का फाइनांसर था, फंड रेजर था इसलिये उसका दर्जा पार्टी के जनरल सैक्रेट्री का था। उसने पार्टी को करोड़ों रुपया खुद दिया था और करोड़ों रुपया अपने दम पर पब्लिक से उगाहा था।"

"पार्टी के संस्थापक को, बिग बॉस को उसकी, एक समगलर की, कन्ट्रीब्यूशन कबूल थी?"

"ये बात उनकी जिन्दगी में अक्सर उठी थी लेकिन उन्होंने हमेशा यही स्टैण्ड लिया था कि उन्हें बिल्कुल यकीन नहीं था कि पार्टी का जनरल सैक्रेट्री समगलर था, काला बाजारिया था।"

"तो और क्या था?"

"ट्रेडर था। इम्पोर्ट एकसपोर्ट के धन्धे में था।"

"बंडल!"

"अरे, कोई दान की बछिया के दान्त गिनता है?"

"ये बात भी ठीक है।"

"कौन सी पोलिटिकल पार्टी है जिसको अन्डरवर्ल्ड की, शेडी डीलर्स की फंडिंग हासिल नहीं होती?"

"सबको होती है।"

"तो फिर?"

"बात कोई और हो रही थी। बहरामजी पार्टी का सदर कैसे बना?"

"पार्टी सुप्रीमो का, शुभगांवकर जी का देहान्त हो गया। रात को सोये तो सुबह न उठे।"

"क्या हुआ?"

"कहते हैं सोते में दिल का भीषण दौरा पड़ा।"

"कहते हैं!"

"हां, भई, कहते ही हैं। वैसे तो तब इस अफवाह ने भी तूल पकड़ा था कि उन्हें जहर दिया गया था लेकिन वो तूल किसी सिरे नहीं पहुंचा था। न कोई पुलिस केस बना था, न कोई पोस्टमार्टम की मांग उठी थी , न किसी बड़े फैनफेयर के साथ अन्तिम यात्रा का जलूस निकला था। जैसे सादामिजाज शख्स थे, वैसा ही सादा अन्तिम संस्कार हुआ था।"

"ओह!"

"तब बहरामजी बड़ी आसानी से, बड़े आराम से पार्टी पर काबिज हो गया था और आज तक काबिज है।"

"इसलिये पार्टी का नाम मराठा मंच, क्योंकि उसके मूल संस्थापक मराठा थे?"

"हां। बहरामजी ने इस मामले में एक समझदारी की। उसने शुभगांवकर जी के नाम को, नाम के बड़े प्रभाव को सदा जिन्दा रखा, खुद को उन का, उनकी स्मृति का दास घोषित किया। इस बात ने मराठा वोटरों को खुश किया। वो आज भी शुभगांवकर जी के नाम को, उनकी याद को वोट देते हैं, न कि बहरामजी को।"

"उसके नाम को मुस्लिम वोट मिलते हैं। बेशुमार मुस्लिम वोटरों को तो पता ही नहीं है कि बहरामजी मुस्लिम नहीं, पारसी है।"

"कोई फर्क नहीं पड़ता। मुम्बई के मुसलिम वोटर और मिजाज के हैं। जो भरमाये, उसके पीछे लग लेते हैं। कभी कांग्रेस के साथ होते हैं तो कभी बीजेपी के। कभी शिवसेना के साथ होते हैं तो कभी मराठा मंच के..."

"और कभी"—केसकर हँसा—"पब्लिक पार्टी के।"

"क्या गलत है? हमारे बेशुमार मुसलिम कार्यकर्ता हैं। हमारी पार्टी के टिकट पर इलैक्शन जीते तीन मुस्लिम एमएलए हैं। हम मन वचन कर्म से सैक्यूलर पार्टी हैं।"

"वो तो हम हैं बराबर।"

"अब वक्त जाया न कर। जो करना है, जाके कर।"

"अभी।"

महबूब फिरंगी कदरन जल्दी पार्टी से लौटा था, जल्दी सो गया था इसलिये जल्दी सोकर उठा था।

नौ बजे बाजरिया को अपने खास आदमी ओम राजे से वो खबर मिली।

"बाप"—ओम राजे व्यग्र भाव से बोला—"खास खबर ये नहीं है कि बम फटा, खास खबर ये है कि नेता जी..."

"गया?"—सांस रोके फिरंगी ने पूछा।

"...बच गया।"

"ओह!"

"फिलहाल। बहुत बुरी तरह से घायल हुआ बताया जाता है। कुछ भी हो सकता है।"

"हूं।"

"कुछ का कुछ हो गया तो..."

"क्या तो?"

"तो फिर तुम ही तुम है, बाप।"

"कहां मैं ही मैं हूं?"

"बाप, मालूम तुम्हेरे को।"

"नहीं मालूम मेरे को। साला अभी दिन चढ़ा नहीं कि मुसाहिबी शुरू! मसके बाजी शुरू!"

"भाव नहीं खाने का, बाप, मैं सॉरी बोलता है न!"

"अभी मेरे को फोन लगाने दे।"

"फोन।"

"अरे, वाकये पर अफसोस जाहिर करूंगा या नहीं! कोई रसमिया हमदर्दी जताऊंगा या नहीं!"

"ओह! मैं...जाता है।"

ओम राजे अभिवादन कर के चला गया।

पीछे फिरंगी ने एस्टेट की लैंड लाइन बजायी।

जवाब न मिला।

बहरामजी का मोबाइल बजाने का कोई फायदा नहीं था फिर भी उसने उस पर काल लगायी।

जवाब मिला।

सोलोमन कान्ट्रैक्टर लाइन पर आया।

उसने गमगीन लहजे में घटित घटना पर दुख जताया, कैसी भी किसी मदद के लिये खुद को हाजिर घोषित किया और फौरन नानावटी मैडीकल सैंटर पहुंचने के वादे के साथ फोन बन्द किया।

आखिर लोकाचार जरूरी था।

जिस बात का उसे कोई गम नहीं था, उस पर भी उसने गमगीन होकर दिखाना था — बेशक वजह कोई और ही होती।

अमर नायक पचास के पेटे में पहुंचा हुआ था लेकिन स्त्री सुख की उसकी भूख अभी भी नौजवानों जैसी थी। बेशुमार नवयुवतियों का मानमर्दन कर चुका था फिर भी अभी स्कोर में बेतहाशा इजाफा करने का, करते रहने का तमन्नाई था।

पिछली रात की पार्टी से वो भी कदरन जल्दी, साढ़े बारह बजे के करीब, लौट आया था। उसने पहले ही नरीमन प्वायन्ट के एक होटल में एक सुइट बुक कराया हुआ था जिसमें वो पहुंचा था तो उसने स्वाति नाम की बला की हसीन, मुश्किल से बीस साल की, बाला को उसका इन्तजार करते पाया था। स्वाति को उस सूइट में स्थापित करके ही वो पार्टी में गया था और उसी की वजह से वो पार्टी से कदरन जल्दी लौटा था।

स्वाति फिल्म स्टार बनने की तमन्नाई थी और अमर नायक ने उसे यकीन दिलाया था कि उसके उस अभियान में वो उसकी भारी मदद कर सकता था क्योंकि गाहे बगाहे वो टॉप बजट की — खास तौर से खान्स की — फिल्मों को फाइनांस करता था। वो नहीं जानती थी कि वो उसका रेगुलर झांसा था जिसमें पहले भी उस जैसी कई लड़कियां फंस चुकी थीं।

सुबह के पांच बजे तक वो स्वाति के नौजवान जिस्म का भोग लगाता रहा था और फिर उस पर ढेर हो कर सोया था।

दस बजे स्वाति ने उसे झिझोंड़ कर जगाया।

"क्या है?" — वो जानवर की तरह गुर्राया — "क्यों जगाया, साली!"

"टीवी पर उस पार्टी की न्यूज है जिसमें कल रात आप गये थे।"

"तो मैं क्या करूं? सोना छोड़ के न्यूज देखूं?"

"हां।"

युवती के स्वर में ऐसी दृढ़ता थी कि नायक सकपकाया, फिर उसका मिजाज बदला।

"क्या बात है?" — वो नम्र स्वर में बोला — "क्या खास बात है? तू बता।"

युवती ने खास बात बताई।

वो खामोश हुई तो नायक ने उठ कर नाचने में कसर न छोड़ी।

"बहुत बढ़िया खबर सुनाई, लड़की।"—वो बोला—"जीती रह।"

"अब तो नाराज नहीं हो कि जगा दिया?"

"नहीं, बिल्कुल नहीं। लेकिन अधूरी खबर सुनाई।"

"पूरी क्या होती?"

"ये कि साला मर गया। ये खबर सुनाती तो तेरा मुंह मोतियों से भर देता।"

"मेरा नुकसान हो गया।"—युवती ने मुंह बिसूरा—"लेकिन वो खस्ता हालत में बताया जाता है। शायद न बचे!"

"ऐसा भी हुआ तो तेरा मुंह मोतियों से भर दूंगा।"

"भर देना।"—युवती इठलाई—"और भी जो आपको सूझे, भर देना।"

लेकिन नायक की तवज्जो उसकी बातों की तरफ नहीं थी, वो अपनी ही कल्पना में मग्न था।

"देखो तो!"—वो यूं बोला जैसे अपने आप से बात कर रहा हो—"जैसे साली मेरी दुआ कबूल हुई। लेकिन बिजली न टूटी उस पर, फैटल एक्सीडेंट न हुआ, कैंसर ने न लपेटा, बम की चपेट में आया साला! वो भी ऐसी जगह जो उसके लिये सबसे सेफ थी। अभी साला दम तोड़ ही दे तो..."

कितनी ही देर वो यूं ही बड़बड़ाता रहा, सुखद सपनों को जुबान देता रहा।

सलमान गाजी को उस वारदात की खबर लगी ही नहीं।

पणजी पहुंचते ही, अदालत में पेश होते ही, अदालत की अवमानना के जुर्म में उसे गिरफ्तार कर लिया गया और जेल भेज दिया गया।

उसके वकील, जो उसकी रूटीन पेशी के लिये तैयार हो कर आये थे, अब उसकी जमानत कराने की ड्रिल में मसरूफ हो गये।

(कथानक की अगली और आखिरी कड़ी

मुझसे बुरा कोई नहीं

हार्पर कालिंस द्वारा अतिशीघ्र प्रकाशित)

उपन्यास की अगली कड़ी
मुझसे बुरा कोई नहीं
जून में प्रकाशित